神医帝妃

同是天涯沦落人

第1部【第一卷】

阿彩

著

图书在版编目（CIP）数据

神医帝妃．第一部．第一卷，同是天涯沦落人 / 阿彩著．— 北京 : 新世界出版社，2019.4

ISBN 978-7-5104-6733-2

Ⅰ．①神… Ⅱ．①阿… Ⅲ．①长篇小说－中国－当代 Ⅳ．①I247.5

中国版本图书馆CIP数据核字(2019)第040019号

神医帝妃．第一部．第一卷，同是天涯沦落人

作　　者：阿　彩
策划编辑：张铁成
责任编辑：张晓翠
责任印制：王宝根
出版发行：新世界出版社
社　　址：北京西城区百万庄大街24号（100037）
发 行 部：（010）6899 5968　（010）6899 8733（传真）
总 编 室：（010）6899 5424　（010）6832 6679（传真）
http：//www.nwp.cn
http：//www.nwp.com.cn
版 权 部：+8610 6899 6306
版权部电子信箱：nwpcd@sina.com
印　　刷：三河市金元印装有限公司
经　　销：新华书店
开　　本：710mm×980mm　1/16
字　　数：407千字　印张：18
版　　次：2019年4月第1版　2019年4月第1次印刷
书　　号：ISBN 978-7-5104-6733-2
定　　价：149.80元（全四卷）

目录

【第一卷 同是天涯沦落人】

第一章　未婚夫瘫痪在床

屋外的阳光透过六棱窗户折射进来，一室温暖。而躺在床上的林初九却没有丝毫的暖意，她无助地看着床顶，泪珠顺着眼角一颗颗落下……

三天前才回到这个阔别三年的家，她陪着父亲吃了一顿团圆饭后，自己竟然就失去了意识。

此时的林初九懊恼不已，恨极了自己的愚蠢，学了一身医术，居然还中了计，如果她师父知道了，怕是要从坟墓里爬出来揍她一顿了。

“嘭”的一声响，门被人从外面暴力推开，林初九扭头望去，就见她父亲怒气冲冲地走了进来，继母跟在身后，嘴巴张张合合，林初九听不到她说了什么，但可以想象绝不是什么好话。

“孽女！”

一声怒骂在耳边炸开，林初九还来不及反应，就被提了起来，还未站稳，就被父亲一巴掌打了出去。

咚的一声，林初九重重地摔倒在地，左脸火辣辣地灼痛，全身酸涩沉重，眼睛也睁不开，嘴里噙满了血水。

“呸”的一声，吐掉口里的血水，林初九努力睁开眼来，就看到她的父亲，一脸狰狞地看着她：“孽女，圣旨已下，任何人也改变不了。哪怕是死了，你的尸骨也会被抬进王府。别再给我寻死觅活的，这几天你给我老实点，不然吃苦的还是你自己！”

王府？什么王府？

林初九张了张嘴，却发现她的嗓子像是被堵住了一样，什么也说不出来。

久久得不到林初九的回答，她的父亲——东文国的左相怒气冲冲地追问一句：“孽女，你听到没有？”

林初九下意识地“嗯”了一声。

“哼，你最好给我安分点，别逼为父把你绑起来。”得到肯定的回答，林相的语气总算柔和了几分。

林相怒火一消，跟在他身旁的女人，也就是林初九的继母林夫人适时开口劝说：“老爷，你放心，初九是个乖孩子，我先前都跟她说了，她只是一时接受不了。现在，她知道了您是为她好，就不会再闹事了。”

“那最好，但愿她能懂事一点儿。”林相冷哼一声，语气里对林初九有着浓浓的不满。

林初九努力抬头，看着面前的男女，心里说不出是什么滋味。作为嫡长女，她空有身份却没有得到相应的待遇。十五年前，母亲病逝，继母登堂入室，不久后她因琐事惹父亲不满，被送到林家在乡下的老宅，要不是幸运地遇上了她师父，她这会儿怕是坟头都长草了。

“看好大小姐，大小姐要是有个三长两短，我唯你们是问。”见林初九没有寻死的力气，一番警告过后，不顾林初九还狼狈不堪地趴在地上，林相便甩袖而去。

林初九听到她父亲的警告声，紧接着又是她继母温柔的语气：“你们一定要服侍好大小姐，大小姐要什么，缺什么，尽管到我那儿去取。”

林初九看着面前这个女人温柔如秋水般的眸子，在心中冷笑。母亲在她三岁时病逝，而后她父亲娶了她母亲的亲妹妹，也就是镇国公府的嫡次女为继室。堂堂镇国公府的嫡次女，竟甘为继室嫁给姐夫，自然是因为真爱。不过，继母还有一个冠冕堂皇的理由，那就是为了照顾亲姐姐留下来的女儿，也就是她。

有这么一个亲姨妈照顾，在别人看来是天大的福气，可她的亲姨妈嫁过来后，她与父亲的关系竟越来越远，并且坏名传遍京城，不得不避退到乡下老宅。不仅如此，她的好继母、好姨妈还把她的亲事给照顾没了。

她娘临死前，的确给她定了一门好亲事。

有多好？

未来的太子妃！

只等她及笄就可以成亲，可三天前她回来，得知这门亲事已经是她异母妹妹的了，因为所有人都认为，粗鄙、任性骄纵、在乡下老宅长大的她，怎能配得上太子妃的尊贵之位？

“没娘的孩子真可怜，如果我母亲还活着，我肯定不会活得这么苦。”林初九艰难地从地上爬了起来，擦掉嘴角的血迹，“我避居老宅三年，你们仍旧不肯放过我。既然退让无用，那我就换一个活法，所有人欠我的，我都会讨回来，这一次，我不会再退让了。”

“呸。”将嘴里的血水吐掉，林初九碰了碰肿起来的左脸，疼得直抽气。父亲下手竟然这般狠，就如同三年前，毫不犹豫地把病重的她丢到乡下老宅，任她自生自灭一般狠毒。

林初九压下心中的酸涩，走到桌前，给自己倒了一杯水，将茶壶重重放下，以发泄自己的不满。

任谁刚醒来就被人扇一巴掌都不会高兴，更不用提……

对了，她突然想起来，刚才林相说了一句什么“嫁”的事？

太子不是和她妹妹成对了吗？那她要嫁给谁？她父亲张口闭口骂她是孽女，说她不听话，可事实上她根本不知道发生了什么事。

三天前一回来，才感受到家的温暖，她就被放倒了，紧接着人就失去了意识，整个人昏昏沉沉的，完全不知道这三天发生了什么事。

林初九扶着桌子坐了下来，无意识地一转头就看到地上有一条白绫，还有一个被踢倒的绣墩。

“我之前做了什么？”林初九一脸茫然，她发誓，她绝对没有自杀。

那么，在她昏迷不醒的三天里，她那好继母到底做了什么？

林初九一脸深思，就在此时，门外响起一阵脚步声，随即门被人从外面推开。

一对男女！

确切地说，应该是一对金灿灿的年轻男女，他们脚踏阳光优雅而来，伴随着他们的进入，屋内一片金光闪闪，明媚璀璨。

这光真不是一般刺眼！

林初九伸手在眼前挡了一下，直到门关上后，才能正常视物。

男人一身杏黄宫装，端庄大气，赫然是东文国的太子殿下萧天瑞。只见他气宇轩昂，身形挺拔，全身都散发着高高在上的尊贵气，处处都透着高人一等的优越。

太子殿下身边的女子，秀发如瀑，肤若凝脂，眉眼如画，秋波似水，小脸只有巴掌大，看上去娇俏可人。林初九不用想也知道，这肯定是她异母妹妹林婉婷。

“姐姐……”就在林初九想着这两人身份时，林婉婷怯怯地走上前，在林初九面前轻唤一声，见林初九看向她，一脸关心地问道：“姐姐，你的脸还好吗？疼不疼？要不要我给你吹吹，娘说吹吹就不疼了。”

“姐姐，你怎么不理我？”林婉婷见林初九没有理自己，眼眶立刻就红了，随即一副梨花带雨受了天大委屈的样子，不等林初九开口便主动认错道：“姐姐，你是不是还在生我的气？呜呜呜……对不起，姐姐，对不起，可是，可是我真的不是故意的，我，我……”

一句话说得断断续续，眼泪一颗一颗地掉下来，那小模样要多可怜就有多可怜，真是海棠落泪揪人心疼。

林初九还来不及仔细欣赏美人垂泪，身后气宇轩昂、尊贵不凡的太子殿下猛然上前，一把将林婉婷抱在怀里，极尽宠溺道：“婉婷别哭，你没有错，你不需要向这个恶毒的女人道歉。”

“殿下……”林婉婷这一声叫得凄婉缠绵，林初九差点没有吐出来，但是……

太子似乎很吃这一套，格外心疼地安慰道：“婉婷，你别哭，你哭得孤心都碎了。婉婷，你就是太善良了，我们是真心相爱，你没有对不起这女人，你要记住就连母后也同意了我们的婚事。”

“殿下，你真好。”林婉婷终于止住了泪。

这两人有没有搞错呀？

明明是她被抢了婚姻，怎么还骂她恶毒，能不能再无耻一点儿？

林初九本就被打得头疼，现在看到这对男女在她面前旁若无人般秀恩爱，差点没吐出来，本以为这对男女秀完就会走，结果他们完全没有要走的意思。

林婉婷在太子怀里哭了老半天，这才“惊觉”他们的举动于礼不合，“啊”的一声娇喝，连忙推开太子，随后像是犯了错的小学生似的，拘谨地站在林初九面前，怯怯地解释道：“姐姐，你，你千万别生气，我和太子殿下是发乎情，止乎礼，不是你想的那样。”

“婉婷，你不必和她解释，我们是情到深处，情不自禁……”太子摆出大男人样，一把将林婉婷拉到身后，生怕她受委屈，甜言蜜语，百般怜惜。

但继而他又阴沉着一张脸，对着林初九冷冷道：“林初九，你给孤听着，看在婉婷的面子上，孤不计较你的失礼。婉婷即将是孤的太子妃，你要再敢欺负婉婷，孤就让你后悔到这世上活一遭！”

太子气度不凡，由皇家熏陶出来的威严之气更是骇人，要不是林初九见多识广，还真会被吓到。

林初九低下头，掩去眼中的冷意，轻轻地应了一声：“嗯。”

她现在身子弱，还搞不清楚状况，不适合和这对男女硬碰硬，当务之急就是赶紧把人打发走。

这么听话？

太子诧异万分地望着林初九，他极少见林初九这么安静，林婉婷也是一脸震惊，不过她掩饰得很好，只是水汪汪的大眼，暗暗地闪着迷惑与不安。

林初九看到太子为她出头，不是应该扑上来又打又骂的吗？

今天怎么听话了？这样太子殿下还怎么看恶毒姐姐欺负她的戏码？

不过，在看到林初九脸上的伤后，林婉婷明白了，林初九肯定是被打怕了，想必是明白了父亲根本不会帮她。

想到这里，林婉婷心里暗暗得意，当然她不会傻到在太子面前表现出来。

林婉婷垂眉敛目，站在太子殿下身后，依旧一副饱受委屈的可怜样……

太子看不到她的异常，盯着林初九看了半晌，最终确定林初九是真听话后，当下松了口气，语气缓和几分：“林初九，你肯听话最好，圣旨已下，你的婚事不可改变，你就是再不愿意，也必须嫁给孤的四叔，以后……你就是孤的四皇婶，莫再缠着孤令四叔难堪。”

太子一副谆谆教诲的语气，得意之色怎么都掩饰不住。

林初九则是直接傻眼了！

什么？原来她要嫁的是太子的四皇叔？那她继母为什么不告诉她？为什么还要弄一出她要上吊的戏码？

这是想在她出嫁前，先坏了她名声，让太子四叔对她不满吗？

等等！既然她要嫁给太子的四叔，那就是太子未来的长辈啊，太子居然还敢教训她？

林初九抬头，狠狠地瞪向太子，嘴巴不好说话，便只能用眼神表达：我是你长辈，你懂不懂礼貌？

可惜，林初九气势虽够，但配上那半张猪头脸，却一点儿效果也没有，太子完全没有明白她的意思。

不仅如此，在看到林初九那张猪头脸后，太子眼中闪过一抹厌恶。可很快，厌恶又被得意取代，太子软言说道："好了，初九……时辰不早了，你好好休息，三天后就是你和四叔大婚的日子，你乖乖地别再闹事，莫要让四叔不满。"

那教训的口气，那理所当然的口吻，把林初九气得不行。

太子殿下，你真的是在和你未来四婶说话吗？

要不是一说话就扯得左脸痛，林初九绝不会只翻白眼。

林初九弄清事情真相后，很果断地起身送客，太子貌似也不愿意面对林初九的那张猪头脸，拉着林婉婷就要走，却不想林婉婷松开了太子的手，"咚"的一声跪到林初九面前。

"婉婷？"太子吓了一跳，想要把林婉婷扶起来，却被林婉婷拒绝了："殿下，你别管我，这是我欠姐姐的。"

林婉婷委曲求全的模样，把太子心疼得不行，劝了好半晌也劝不动林婉婷，恶狠狠地瞪向罪魁祸首林初九，却看到……

林初九不知何时，人退得远远的，双手环抱，斜倚在梳妆台上似笑非笑地看着林婉婷，虽然左脸依旧红肿，只不过那神情，怎么看都透着戏谑。

林初九不理会太子的打量，落落大方，居高临下打量着林婉婷，心中暗想：就林婉婷这朵伪白莲，还真当她和她一样二傻，任她耍着玩？

想跪？那就跪个够吧，想要让她再背负骂名，那还是洗洗睡吧，也许在梦里有可能。

林婉婷这一跪，根本没有跪在林初九面前，害得太子到嘴的责怪说不出来，林婉婷亦是愣住了。不过她的反应极快，立刻移了一个位置，虽不是跪在林初九脚下，也是对着她的方向下跪。

"姐姐，我知道你心里不高兴，我知道你心里怨我、怪我，你打我、骂我都可以，可我真的不能把太子让给你，我和太子殿下是真爱，我不能没有他。"林婉婷说这话时，不忘深情绵绵地看太子一眼，把太子看得心都疼了："婉婷……"

"殿下。"林婉婷柔中带强地唤了一句，两人深情凝望，那炙热的眼神，似要将彼此融化。

林初九差点就吐了出来，要不是脸疼得厉害，她真想冷笑三声。

真爱？！

你们母女全是真爱，我和我的母亲算什么？

你们真爱你们的，可有没有一点儿公德心？有没有一点儿责任心？

抢别人丈夫、未婚夫，这叫真爱？

这么污蔑真爱，真爱会哭的！

林初九再次翻白眼，真心想要拿扫把赶人，这对男女一直在这里叽叽歪歪个什么劲呀？能不能快点滚蛋？

她真心对这个长得人模狗样，却蠢得无可救药的太子殿下没有好感，她还忙着去了解她的记忆，弄清她三天后要嫁的是个什么人呢，没时间看这对男女演戏……

可惜，太子和林婉婷听不到林初九的心声，两人深情凝望半天后，林婉婷再次拒绝了太子扶她起来的好意，继续对着林初九道歉道：

“姐姐，我知道你不愿意嫁给瘫痪在床的萧王，可那是圣上赐婚，圣命不可违呀，你不嫁也得嫁。妹妹求求你了……求你别再拿自己的生命开玩笑，父亲和娘听到你上吊自杀的消息吓得不行，就怕你有一个好歹，父亲打你一巴掌，那也是爱之深责之切啊。”

“姐姐，我知道你委屈，你难过……”

林初九听着这一连串不带喘的话，头更痛了。她离京三载，京中许多事都不了解，她虽想从林婉婷嘴里套消息，但这女人这般聒噪，简直让人暴躁。

林婉婷说了半天不见林初九有反应，跪着又膝盖疼，干脆直接站了起来，走到林初九的身边，拉着林初九的衣服，怯生生地道：“姐姐，你没事吧？你，你可千万别再想不开呀，萧王已经知道你不愿嫁他而寻死的事了，你要再闹事，萧王肯定，肯定会对我们林府不满的……”

林婉婷说着说着就哭了出来，像是受了天大的委屈。

林初九心里气极，她就知道继母不怀好意，所以看了一眼扯着她的袖子，做出可怜样的林婉婷，更加觉得恶心，她一脸嫌恶地抽回袖子，没好气地道：“别碰我！”

如果可以，她很想大吼一声“滚”，但理智提醒她这个时候还是低调为妙。

可是，她只是不耐地抽了下自己的袖子，能有多大的力气？

偏偏林婉婷居然来了一个180度大旋转，华丽丽地摔倒在地不说，还不忘声音充满痛楚地惨叫一句：“哎呀，好疼呀！”

“婉婷……”眼见林婉婷摔得如此之“重”，太子殿下急忙上前，小心翼翼地把林婉婷搀扶起来，然后格外关心地检查林婉婷身上有没有伤，柔声问道，“婉婷，摔疼了没有？有没有伤着哪里？”

林婉婷依偎在太子怀里，柔柔地摇头，眼中的泪水要落不落：“殿下，我，我没事的，我不疼的……”她是这么说的，脸上却是一副忍痛难耐的表情，看在太子的眼里，便是她忍痛欺瞒。

顿时，太子怒了，他转头对着林初九大声咆哮：“林初九，你好大的胆子，当着孤的面也敢欺负婉婷，你活得不耐烦了？”

太子一脸戾气，目光阴冷，看上去很吓人，要是之前林初九没弄清状况，顶多当哑巴不予理会，可现在她都被设计得将要嫁给一个瘫痪在床的病人，而这个伪清纯妹妹竟然还演戏演个没完，她心中也是噌地一下就冒起了火，有揍人的冲动！

“太子殿下，你哪只眼睛看到我欺负她了？明明是她自己转了个圈摔倒的，与我何干？”

“你？强词夺理！”太子眼见林初九一脸不敬之色，气得脸都红了，伸手恶狠狠指着林初九的鼻子，一副要把人宰了的样子。

“强词夺理？”很不屑的斜睨一眼林婉婷，林初九冷笑一声，走到林婉婷面前，扯着受伤的嘴角，一字一字对太子道，“太子殿下，我这就让你看明白，什么叫欺负。”

啪……一个响亮的耳光声响起，林初九在太子与林婉婷完全没有防备时，扬手在林婉婷的脸上甩了个巴掌。

这一巴掌，林初九可是用尽了吃奶的力气，打得是又狠又响，虽然自己的手都疼得直发麻，可她高兴。

解气啊！

“啊……”林婉婷没有防备，被打了个正着，捂着脸一怔：“你，你竟然打我？”

“林初九，你竟敢当着孤的面打婉婷？”太子也气急了，他根本没有想到林初九胆子这么大。

“殿下，你又错了，我这不是打林婉婷，我只是想让你看明白什么叫被欺负，免得殿下又污蔑我。”林初九暗暗甩了甩发麻的手，扯了扯嘴角，说得含糊不清。

没办法，她脸疼。

“林初九，你，你，你好大的胆子。”太子殿下抬手欲打，可是……

林初九半点儿不惧，反倒将被打肿的左脸送上去：“打吧，把我的脸打坏了，三天后我就大闹婚礼，把这张脸露给宾客看，说太子殿下看不起萧王爷，认为残废就该配丑女，所以把我的脸打坏了。到时候且看天下人如何看待太子殿下您？”

“你，你敢威胁孤？”

太子一路顺风顺水，是中宫嫡长子，一出生位置就稳固得无可撼动，身边的人从来都是奉承，就连皇上也极少对他说重话，却想不到被一个女人这样威胁。

太子顿时怒火连连，觉得林初九简直不可饶恕，但偏偏他还真不敢动手。

林初九可是要嫁给他叔叔的女人。

“殿下又污蔑我了，我这不是威胁，只是好心地提前告诉殿下一声，免得殿下犯糊涂。当然，殿下大可试试，我的脸反正就在这里，殿下要打就快点动手，我要后退半步我就不叫林初九。”林初九伸手指着自己的左脸，满脸不耐烦。

于是，太子的手僵在半空，打也不是，不打也不是，一张俊脸涨得通红。

“殿，殿下……”林婉婷艰难地开口，林初九虽然气力小，那一巴掌也把林婉婷的脸打肿了，一说话就疼得厉害。

“婉婷，你怎么了？”太子闻声立刻收手，转而去关心林婉婷，那动作快得，也不知道是真的太在乎这个女人，还是有了台阶赶紧溜下去了。

林婉婷含泪摇头，强忍着疼痛开口道：“殿下，姐姐只是心情不好，你别……别和她计较。”她恨得心里都滴血了，不过此时也只能如此。但好在，林初九这么不给太子面子，她相信太子会更加厌烦，想必日后没什么好果子吃，也算是小小回报了一番。

“你呀……你真是太善良了，可惜有些人就是不领情，要不是你，她林初九这辈子都嫁不出去。”太子再次瞪了林初九一眼。

林初九却是眼睛一眯，看向林婉婷……

原来我会嫁给残疾的萧王爷，都是你的功劳，这笔账我给你记下了。

林婉婷被林初九的眼神吓了一跳，连忙低头不敢与之直视，拉着太子的衣摆道：“殿下，我的脸好疼，我们先去看大夫好不好？”

“好，好好好……孤这就命人宣太医。”

太子立刻顺着这个台阶，扶着林婉婷就往外走。走之前，太子仍不忘恶狠狠地瞪林初九一眼，那一眼，杀气腾腾！

林初九一点也不在乎，甚至在太子和林婉婷将要走出去之前，又很嚣张地补充一句：“记得让下人给我送冰块和消肿的药，不然三天后的大婚……”

这话，威胁意味十足。

太子脚步一顿，差点又要折回来好好教训林初九一顿，却被林婉婷给拉住了：“殿下，我疼……”

太子立刻丢下林初九，对着下人大喊：“来人呀，没看到二小姐受伤了吗？还不快去宣太医！”

“是，是，是……”下人连忙应是，一个个急忙往外跑，生怕金尊玉贵的二小姐因这一巴掌毁了容，至于伤势更重的林初九，有谁记得？

太子和林婉婷走后，林初九的房门再次被关上，还是从外面锁上，防止林初九逃出去。

林初九这会儿根本不在意能不能出去，她身上还有伤，在没有搞清楚状态前，她根本不会胡乱跑，以免发生意外。把她关在屋子里也就算了，可是为什么连吃喝都不给她送来？

清水、冰块和消肿的药倒是送了进来，但这些东西不能吃呀，她对着这堆东西，肚子也没法饱！

林初九很郁闷，可不管她和外面的人怎么说，看守她的人就是不吭声，也不给她送吃的，就如同三年前完全当她不存在一般。她一个大活人却连一个说话的人都没有，堂堂嫡出大小姐，险些饿死在林府。

想到三年前的经历，林初九放弃了与林家的下人沟通，咬牙切齿地处理好自己左脸的伤后，果断爬进被窝，既然那群人不给她吃的，她就睡觉好了，睡饱了才有力气抗争不是？

虽然昏睡了三天，可一醒来就面对林家的狂风暴雨，林初九实在累狠了，身心俱疲，人倒在床上没多久就睡着了，直到第二天早上才醒过来。

摸了摸左脸，发现冰敷和消肿药的效果不错，至少她左脸没有那么疼了，只是肚子却空得咕咕叫。

“好饿呀！”林初九也不知道她有多久没吃东西，醒来后都十几个小时了，除了水什么东西都没有吃，她已经饿得有些头昏眼花。

“真不给我吃的？这是要饿死我吗？我不都同意嫁了吗？”林初九大喊一声，倒在床上，看着床顶发呆……

她知道她要嫁的人是谁了，她进城的时候听到过他的消息。

太子口中的四王叔，是当今圣上的弟弟，被先皇亲封为萧王。三个月前，他还是俊逸无双，风姿过人，东文威名赫赫百战百胜的战神王爷，更是东文皇室第一个即将冲击武神的绝顶高手。

如果是三个月以前，凭林初九的身份和长相，是怎么也嫁不进萧王府的，甚至连多看萧王一眼，都会被人鄙视，说她癞蛤蟆想吃天鹅肉。

当然，她是癞蛤蟆，萧王是天鹅肉。

可惜这位王爷很倒霉，在冲击武神前惨遭暗算，一身武功被废不说，下半身更是直接失去知觉，彻底残疾，瘫痪在床。

不过还有更惨的，那就是他没有武功，又无法行走，于是萧王爷手中的兵权，很快就被皇上名正言顺地拿走，皇上还对外宣称萧王贤明，主动上交。

“贤明？遇到强盗就是不想贤明也得贤明一把。”林初九嘲讽一笑，她虽然没有多强的政治头脑，但那位萧王会出事，要说没有皇上的手笔，林初九是半点儿不信。

“嫁这么一个丈夫，还真是倒霉啊。”林初九叹息，不过转念一想也就放下了。

她自己也不是什么天仙女神，林家更是一个泥潭，而且她名声也不好，她这样的人能嫁给萧王，算是高攀了。

突然，林初九眉头突然传来一阵炙热……

林初九吓了一跳，连忙将铜镜拿了过来，就看到她的额头突然浮现出一枚杏花形的烙印，而现在这个烙印不断发烫，红得似铁。

这是什么？林初九的大脑一阵恍惚，不过很快她就知道了。

师门传承！

她眉心的烙印，是她拜进师门的时候，她师父用神秘手法为她文上的烙印，这个烙印文上后，肉眼根本看不见。她曾问过师父，反正看不见，为什么要在眉心文上这个烙印？

要知道，文上这个烙印后，她足足病了一个月。师父告诉她，这是他们师门的规矩，每个入门的子弟，都必须在眉心文上这个烙印。

据传，他们的祖师爷乃是陆上最后一个打开仙门，登上升仙梯，踏入仙门的人。这个烙印其实是一个须弥芥子，里面是他们的祖师爷用仙家手段创造的一个虚拟空间。虚拟空间里面有一个空间之灵，名为医圣之心，只有得到灵物医圣之心的认可，虚拟空间才能打开。

虚拟空间里面包罗万象，封印着大量救人的药物与器具，如若有人能打开，就可以拥有虚拟空间里面的一切，可以将里面的药物取出来救人，而唯一的缺点就是，医圣之心是由病人对大夫的感恩而形成的灵物，它需要病人的感恩才能维持。是以虚拟空间开启后，作为空间之灵的医圣之心为了保持自己的能量，会要求强制开启者为需要的病人治病，用来维持医圣之心的正常能量，并且不容拒绝。

千百年来，从来没有人能开启医圣之心，她的师门虽然一直让弟子文医圣之心的烙印，但其实就是一个师门标志，她师门的人并不相信医圣之心能开启，只当那是一个神话传说，她当然也是不信的，可现在她将医圣之心开启了，把传说变成了真实。

林初九整个人都呆住了!

“医圣之心，原来是真的。”眉心的炙热渐渐淡去后，林初九得到了医圣之心的传承。

医圣之心对医者来说，乃是可遇不可求的至宝，是每个医者梦寐以求的神物，但林初九一点儿也不想要。她刚刚从医圣之心的传承中得知，医圣之心一旦开启就不可能关闭，也就是说，她要终生受医圣之心的牵制，为所有需要她医治的病人治病，如若她拒绝，那就等着惩罚吧!

而现在，在她不知情的情况下把医圣之心唤醒了，以后她终生都要奔走在济世救人的道路上，真是想想就觉得人生很灰暗。

不过，唤醒了医圣之心也不是没有好处，至少她脸上的伤就不用担心了，医圣之心第一个找到的病人，就是她自己。医圣之心发现病人后，会以一种只有林初九能听得懂的方式传递给她。此刻医圣之心将她的情况显示了出来：除了左脸的外伤，身体的虚弱外，她居然中毒了!

林初九大吃一惊，立刻从床上弹了起来，看到医圣之心显示出来的结果，林初九气得想要杀人：“这是谋杀？刚回家就给我下毒，你们……太狠了！”

哪怕林初九不惧生死，这一刻也忍不住害怕。医圣之心检查的结果显示，她体内的毒药是慢性的毒药，药效极其霸道，不出三个月，她全身都会被毒素侵蚀，到时候药石罔然。而三个月后，她早已嫁入萧王府，便是死了，也没有人能查到林府头上来。

“真是太狠了！”林初九不用想也知道，能给她下毒的十有八九就是那个继母。

林府真是太可怕了，她一回来就被下毒。这个时候，林初九有些庆幸，因为她还有三天就可以离开了。

……

三天的时间虽然不长，却也足够林初九熟悉医圣之心，至于脸上的伤?

那一巴掌打得太重了，即使有医圣之心提供的药材，三天的时间也只能消肿、淡化瘀痕，想要一点儿都看不出来是不可能的。

接下来的三天里，林府的下人并没有完全不管林初九，至少每天会给她端一碗稀得不能再稀的稀饭，让林初九不至于饿死，但也绝对没有下床的力气。

亏得林初九还能借助医圣之心给自己补充一些营养，不然她这条小命还真会交代给那个表面贤良实则恶毒的继母。

饶是如此，林初九也饿得难受，胃部传来的抽搐痛感，不是喝几碗药就能解决的。林初九发誓她从来没有饿得这么狠过，就连三年前被丢到乡下老宅也没有这么惨。

如果只是饿三天，林初九还能理解渣父继母是为了防止她跑掉或者寻死，故意饿着她。可是饿了她三天后，突然再给她上一桌油腻腻、香喷喷的全荤宴是什么意思?

“大小姐，这是夫人特意给你准备的，就怕你饿狠了对身体不好。”送菜的婆子笑得那叫一个谄媚，完全看不出丝毫恶意。

如果她还是那个傻丫头，肯定就上当了，说不定还会一边吃一边说那个恶毒继母是个大好人，可是林初九再笨也知道，给饿狠的人上全荤宴，这绝对是要她命的节奏，更不用提她的身子本就被毒药毁得差不多了。

她那好继母和妹妹，用尽心机把她嫁给一个瘫痪在床的男人不说，还要她在成婚当天出丑才满足吗?

果然，母女俩够阴险。

热气氤氲，袅袅的肉香味在房内弥漫流溢，刺激得林初九口水直流，但是不能吃，绝对不能吃!

她只要一吃下去，保准肠胃今晚就会罢工，说不定明天在婚礼上，她就会直接拉肚子，拉得臭气熏天。

到时候，林府虽然难堪，可最惨的人只有她!

她的好继母呀!

林初九躺在床上，强忍着扑下去进食的欲望，抬头看向立在桌子边的老婆子和小丫鬟，没有意外，看到了她们眼中的嘲讽与得意。

林初九默默地翻了个白眼，吞了吞口水，虚弱地道：“你们下去吧，我自己会吃。”

下人却一动不动，沉着脸道：“大小姐，夫人要奴婢服侍你，大小姐身子骨太弱，奴婢服侍你起床。”

这话中的意思，就是说她那好继母要人盯着她全吃完?

狠毒而又细心的女人，果然非要置她于死地不可。

林初九绝对佩服这女人，可是?

以为她和之前一样，会任人摆布，随便让人哄两句就傻乎乎地把对方当亲人，任由对方折腾吗？

“滚出去！”虽然饿狠了，但丢东西的力气还是有的，林初九抄起床上的瓷枕就朝那老婆子砸去。

“嘭！”瓷枕非常精准正中对方脑门，鲜血瞬间便往外飙。

“啊！”老婆子尖叫一声，随即顺势摔倒在地，她身后两个小丫鬟见状，脸色一白，再也不敢上前。

“别让我再说第二遍，拖着地上的人，都给我滚出去！”

林初九手上虽然没了东西，但三天没有吃饭的脸惨白若纸，跟厉鬼似的，做做凶样还是很吓人的。两个丫鬟顿时腿软，半扶半拖地把老婆子带了出去，留下林初九，还有一桌香喷喷的饭菜。

桌上的饭菜散发着诱人的香气，换作一般人肯定会控制不住扑上去，但林初九不是一般人。林初九是一个自制力非常强的人，她的过人之处便是她的坚毅、隐忍和超强的克制力。

三天没有进食，面对一桌香喷喷的饭菜没有人不想吃，林初九也想吃，但一想到桌上那些饭菜对自己百害而无一利，林初九就失去了进食的欲望，即使饿得想死，她也可以毫不动摇。

待下人全部出去后，林初九掀开被子，把床上的药品全部放回医圣之心，再三检查确保没有遗漏下什么蛛丝马迹，这才下床。

看到满满一桌由大厨精心烹制的美味，林初九无声一笑，没有任何犹豫地抠住桌边，往上一掀：“哐当”一声，桌上所有的菜全部摔落在地，无一幸免。

“嘭！”房门打开，看守的丫鬟听到声音冲了进来，看到屋内杯盘狼藉的模样后，大叫道：“大小姐，你在干什么？”

林初九没有理会她们，而是怔怔地看着地上的美食，眼中闪过一抹寒意：她不想闹事，可有些人就是非逼她不可！

这些吃食落地后，医圣之心突然对她发出警报：发现有毒物质，不过含量极低，不会致命。

林初九冷笑一声，既然她那好继母要玩，那就玩一把大的。林初九收起脸上的嘲讽，面无表情看向门口的两个丫鬟，一字一字道：“我要见林相！”

“大，大小姐，你，你说什么？”丫鬟脸色骤变，一脸无措地看向林初九。

大小姐叫老爷什么？

“你们没有听错，我说我要见林相！”明天就要嫁人了，她还怕什么？怕以后没有娘家人撑腰？

“大，大小姐，老，老爷他……”丫鬟手足无措，但却不肯移脚。

林初九早就料到，看守她的丫鬟必然是继母的人，但她一点儿也不担心，缓缓开口道：“告诉林夫人，如果成婚当天，萧王爷发现他未来的妻子被人下药会当如何？”

毒药在她身体内，医圣之心能检查得出来，别的大夫想必也能检查出来，皇宫的太医可不是吃素的，只是他们轻易不敢说真话而已。

“大，大小姐，你说什么？我们不懂。”丫鬟是真的不知道，而林初九也没有为难对方的意思，冷冷道：“你们不需要知道，只要把这句话带给夫人。一刻钟，我只等一刻钟，一刻钟后林夫人没有来见我，后果自负。”

林初九拉出椅子，对着门口坐下：“对了，再给我送两碗米粥，只要白米粥，别的什么也不要放。”

两个丫鬟面面相觑，不知该不该走，林初九也不催，看了一眼计时的沙漏，淡淡开口：“你们最好掂量一下，你们承不承担得起坏了夫人好事的后果？”

“这，这……”丫鬟一脸为难，看到林初九信誓旦旦的样子，两个丫鬟真怕出事，相视一眼，其中一个丫鬟跺了跺脚，连忙跑出去找林夫人。

看着丫鬟渐行渐远的身影，林初九笑了，嘴角噙着一抹淡淡的戏谑之情，慵懒地靠在椅子上，等着她继母进来。

来日方长，她原本不想在这个时候闹，可那个女人不肯放过她，既然如此，那她就最后玩一把好了。

敢算计她林初九？

她会让那个女人后悔当初没有彻底弄死她，想要当个“贤惠继母”是件多么愚蠢的事情。

林夫人听到丫鬟的话，有那么一瞬间脑子完全空白，根本无法思考。

给林初九下毒药的事，除了她自己外，再也没有第二个人知晓，林初九怎么可能会察觉到？

不过，林夫人也是个有城府的，即使有下人在，她仍然状若无意地说了一句：“初九那孩子在胡说什么？要见我让下人说一声就成了，扯什么乱七八糟的下毒，这不是丢我们林家的脸吗？”

林夫人摇头叹息，优雅地起身，不急不躁地说道：“我去看看，那孩子真是的，都要成婚的人了，还这么胡闹。”

即使她身边只有下人，林夫人也习惯演戏，不管是人前还是人后，她都不会露出破绽。

林夫人带着丫鬟，仪态万千地朝林初九的院子走去，步子不快不慢，却正好在一刻钟内出现在林初九的面前。

“初九，你这是怎么了？是不是下人不尽心？告诉母亲，母亲定给你出气。”林夫人一脸关切地看向林初九，要人为之动容。

林初九没有吭声，也没有起身，似笑非笑地看着林夫人。

林夫人也不恼，示意丫鬟搬把椅子，坐在林初九身侧，一脸关心地问道：“初九怎么了？不高兴了？是不是怪母亲这几天没来看你？初九，你也知道，你明天就要大婚了，这几天母亲一直忙着给你准备嫁妆，实在是抽不出时间来，本打算晚上和老爷一起过来看你，没想到你就先想母亲了。”

林夫人一脸和气，眼中的慈爱毫不掩饰，丝毫不将林初九的冷淡放在眼里。

真是一个可怕女人，林初九不得不承认她那个伪白莲妹妹，连这位夫人的三成都没有学到。

林夫人眼眸低垂，待看到散乱在地上的饭菜后，轻叹了口气，说道：“初九，你怎么把饭菜砸了，是不是饭菜不合你的口味？这些都是你最爱吃的，母亲本想着，你在娘家最后一顿饭要吃得满意，没想到下人居然连这点事情都办不好。”

林夫人一开口就把责任往下人身上推，瞬间撇得干干净净。

“初九，好孩子，你想吃什么尽管和母亲说，母亲这就让人去准备。”不管林初九如何冷淡，林夫人始终保持着得体的笑容。

林初九知道，沉默对这位夫人没用。

“夫人……”林初九开口了，可她一开口，林夫人便吓了一大跳，甚至很不自然地说道：“初九，你这是怎么了？是不是母亲哪里没有做好，让你不开心了？”

林初九轻扯唇角，冷冷道：“夫人做得很好，实在是太好了。”

林夫人的心里咯噔一声，保养得宜的面容有着几分僵硬，神色扭捏道：“初九，到底发生了什么事情？你怎么这样同母亲说话？”

难道这个傻货，真发现了她下药的事？林夫人暗暗捏紧帕子，心里闪过一抹不安，可很快就镇定下来，就凭这个蠢货，怎么可能发现自己做的事？林初九定是在诈自己。

这么一想，林夫人又安心了，不过望向林初九的眼神，却是带着一丝轻蔑，不是她看不起林初九，实在是林初九和她那个愚蠢的姐姐一样笨，一样容易轻信别人。

当年，她还只是一个姑娘，就能神不知鬼不觉地将嫡姐弄死，现在弄死林初九这么一个小女孩，那还不是和捏死一只蚂蚁一样容易？

第二章　嫁妆不能少

林夫人从来没有把林初九当回事，她根本不会防着林初九，她的心事虽完全没有写在脸上，可眼中却是带出来些许的轻蔑、鄙夷、怨恨，甚至还有杀意……

这些统统没有逃过林初九的双眼，暗暗叹息，林初九说道：“夫人，明人面前不说暗话，你这些年都给我下了什么毒，你给这堆菜里添了什么，你比我更清楚，我想你应该不想让外人知道吧？”

“初九，你在胡说什么？母亲听不明白。”林夫人收起思绪，一脸不解地望着林初九，脸上没有一丝破绽，当然，眼神也没有流露出半丝不安。

这才是真正的高手，可是林初九没有陪她玩下去的想法：“夫人想要和我装糊涂我没意见，不过我现在没兴趣陪你上演什么母女深情的戏码。我明天就要出嫁了，今天我想怎么做就怎么做……”

林初九话里话外，都暗示她之前是在陪林夫人演戏，她没有林夫人想象中的那么愚蠢。

林夫人本不相信，但对视上林初九那双清明凌厉的眸子，不知怎么的，心里却忍不住害怕了，脑子里不由自主地浮现出她嫡姐死前对她说的话：“妹妹，姐姐求仁得仁，复无怨怼。”

林夫人总感觉，她姐姐一直都知道她暗中所做的事情，只是偏偏不说，看她像个小丑一样的在那里蹦跶，现在林初九也给她同样的感觉。

林夫人发现，面对林初九，她居然胆怯了！

林夫人挺了胸膛，刚想辩解，林初九却不给她这个机会：“夫人，我明天就要出嫁了，不知我的嫁妆你可准备好了？”

嫁妆是女子的私产，既然自己要嫁的未来丈夫是个残疾，又是被皇上防备的王爷，那么唯有自己手上有银钱才好办事。

“什么，嫁妆？”林夫人完全被林初九弄懵了，她到底是什么意思？她到底知道多少？

“夫人，我的嫁妆单子呢？我还没有看到呢。”林初九伸手，一脸无辜，眼神时不时看向地下的残羹剩饭，威胁意味十足。

这下，林夫人就是再自我安慰，也无法自欺欺人地说林初九是瞎猜的。

林初九知道，她一直都知道，这个贱人却一直装模作样地哄着她，骗着她，真是该死！

林夫人双眼通红，目光扭捏，林初九半点儿也不在意，笑眯眯地说道：“夫人，你别这么看我，我明天就出嫁了，要是今天出点什么事，你拿什么和皇上交代？拿什么和萧王交代？你又如何扮演贤妻良母的好形象？”

“初，初九。”林夫人压下心中的杀意，咬牙切齿地道，“你到底想要什么？”

诚然，她现在不能杀了林初九，眼下也只能先把人安抚住，以后再想办法！

想要什么？

这还真是一个难题……

林初九还真没有想过自己想要什么，她把事情摊开来说，只是给这位好继母一点儿警告，免得她有事没事就使下三烂的招术烦自己。现在，既然人家都主动提出来了，林初九不介意私下发一笔小财。

眼看着林夫人手中的帕子都快拧成干条了，林初九才开口道：“夫人，父亲为官这么多年，想必家产颇丰，给我添一点私房钱应该不是问题吧？”

“你想要多少？”林夫人大大地松了口气，能用银子解决的问题都不是问题。

多少？她又不知道林家有多少家产，她怎么知道要多少才能让林夫人肉痛？

林初九没有吭声，而是高深莫测地望着林夫人，似笑非笑道：“这就要看林夫人的诚意了，夫人知道的，我一向是个笨的，有些事情时常记不清。”

银子多，她忘得就多！

林夫人脸颊微微抽动，深吸口气道：“五十万两。”

林初九全部的嫁妆加起来，也不过才十多万两，这还是嫁给亲王，要嫁给普通人，三五万两也就差不多了。可见林夫人绝对是下了血本，林初九也觉得很多，但谈判这种东西，别人开价你就应下，那就显得太急切了。

林初九唇角噙着一抹浅笑，轻轻摇头：“夫人你这是打发叫花子呢？堂堂左相嫡长女，准萧王妃，就值五十万两？”

“那你究竟想要多少？初九，你应该很清楚，你父亲并没有多少银子，这五十万两都是我的私房钱。”

林夫人气得快炸了，却又不得不忍住。当初就不应该下什么慢性毒药，就应该一劳永逸地解决掉这小贱人，现在也不会白白受气。

“夫人，你别欺我不管家，就以为我什么都不知道。父亲虽然没有祖上留下来的家产，但这些年来家里绝对没少进银子，夫人丢个五十万两，这是打发穷亲戚吗？”

“那你到底想要多少？”林夫人的火气也上来了，穷亲戚？谁家的穷亲戚要用五十万两来打发？

“嗯……”林初九故作深思，一脸无奈地开口，“五十万两就五十万两吧。”

可林夫人还来不及高兴，就听见林初九话锋一转：“不过是五十万两黄金，而不是白银！”

“什么？”林夫人激动得直接站了起来，“五十万两黄金，你怎么不去抢，整个林府也不过五十万两黄金。”林夫人这下可真是气坏了，一张脸涨成紫红色，眼中闪烁着愤怒的火花。

要不是林初九明天就要出嫁，她一定会把林初九立刻弄死。在后院悄无声息地弄死一个姑娘，那可比捏死一只蚂蚁还要容易。

林初九有她的把柄又如何，她能走出这林府大门吗？

出不了林府，林初九就是有刀子也不管用，可惜偏偏林初九挑了一个最好的时机。在大婚前一天，林初九要是有个什么三长两短，就算萧王不管，皇家也不会不管，万一查出来那她就惨了。

林初九，果然够阴险，能忍到今天，真不是一个简单的角色。

林夫人气得直喘粗气，完全没有注意到自己一气之下说了些什么。

林夫人没有注意到，并不代表林初九没有注意到，听到林夫人的话，林初九唇角微扬，笑得相当妖娆：“夫人，五十万两黄金太多的话，那就二十五万两好了。作为林家的嫡长女，要半个林府不为过吧？”

“初九，你眼里还有没有妹妹和弟弟？”林夫人气得差点吐血。

“我娘就生了我一个。”换言之，林初九不承认那些所谓的弟弟妹妹。

林夫人又被气了一回，张了张嘴，却硬生生把到嘴边的话噎了回来，深吸了好几口气后，这才说道：“初九，你前两天打伤了婉婷，太子正为这个事情不高兴呢，皇后娘娘也很不满。”

这是交易，林初九退一步，林夫人帮她摆平太子和皇后。

可是，她需要吗？

林初九不置可否地一笑：“夫人，长姐如母，我教训自家妹妹，与太子、皇后何干？太子、皇后还管不到林家后院，当然也管不到萧王府后院。”

“婉婷的事，自有我这个当母亲的管教，初九你这是逾越。”长姐如母，那是母亲不在，她这个母亲可还在呢！

“夫人平日里对我那么地照顾有加，我偶尔代夫人教训一下也没什么大不了的吧？”林初九擦了擦自己的指甲，轻轻地吹了口气，不着痕迹地露在林夫人面前。

三天不曾梳洗，林初九的双手却不沾半点脏污，让林夫人不得不多想：这左相府里，是不是有林初九的人？

要是没有，林初九被她饿了三天，怎么可能还活蹦乱跳的？

林夫人垂眉敛目，心中有了盘算……

林初九知道林夫人不想给，可今天林夫人不给也得给："夫人，我时间有限。二十五万两黄金，你爱给就给，不爱给拉倒。不过，你应该很清楚我的性子……"

后面的话，林初九没有说，话中隐含的威胁，林夫人却是听得明明白白。时间有限，不就是告诉她，不给银子明天就大闹婚礼，大家都别想好过嘛。

林初九名声已经毁了，她不在乎再难听一点儿。林夫人不同，她是京中赫赫有名的大善人，贤妻良母，亲生女儿还要嫁给太子，她绝不允许林初九毁她名声。

林夫人别无选择，只得认命地问了一句："拿了银子，一笔勾销？"

不过是身外物，她还不缺这个数。林初九哪怕有命拿，也要看她有没有命花，今天这笔账她早晚会从林初九身上讨回来。

"过往一笔勾销。"林初九起身，对上林夫人的眸子，轻浅一笑，"夫人，明天天亮前，我要看到银票！"

"明天，这不可能……"林夫人本想拖到林初九回门，也许林初九没命回门。毕竟萧王爷脾气极差，手段残忍那是有目共睹的。

"那就是你的事情啦。"林初九起身送客，"夫人，慢走，不送……对了，出门的时候记得提醒一下丫鬟，我要的米粥什么时候端上来？当然，也提醒夫人一句，别再给我加料了，加一点儿我可能会和你多要五万两黄金哦！"

林初九说完，转身朝内堂走去，留下林夫人恨恨地僵在原地。

二十五万两黄金，换成白银那就是二百五十万两，这绝对是一个天文数字，就算一张银票一万两，也有二百五十张。

林夫人一夜之间，根本拿不出这么多的现银，拿不到这么多的银票，所以她整个晚上都要为这二百五十万两的银子发愁！

而这也正是林初九想要的，只有林夫人足够忙，才没有时间算计她，她才能平安度过在林家的最后一天，至于明天……

林初九不是悲观主义者，明天的事还没有发生，她现在想再多也没用。她不知道萧王爷是个怎样的人，也不知道萧王爷残到什么程度，一切等她嫁过去再说。

横竖，萧王爷就是再残暴，那也是一个大男人，他总不会和林夫人一样，想尽办法毒死她吧？

林初九坚信，只要活着就有希望。

晚上，林初九吃了一碗白米粥，虽然还想吃，可她知道饿久的人不宜吃太多，所以强力克制自己的食欲，休息片刻后，便让下人打水，她要沐浴。

泡了一个澡，又不用担心林夫人会趁机对她下黑手，林初九便安心睡觉。

这一夜，林初九睡得极安稳，却有两个人因为她而一整夜无法入睡。其中一个自然便是到处筹银子的林夫人，而另一个则是……

京中一处大宅子的书房里，一男子坐在椅子上，半张脸隐在暗处，半张脸露在烛光下，中间的界线不甚明显，扑朔迷离如鬼魅，五官似模糊又似清晰，无端地增添一股神秘感。

隐在暗处的半张脸看不清楚，只隐隐感觉到，这个男人很危险；露在烛光下的那半张脸，则泛着莹亮光泽，温润如玉，比女人还完美精致，散发出妙不可言的诱人魅力……

剑眉冷冽，目若寒潭，眼神格外地幽邃宁静，似乎能洞察人世间所有的阴暗肮脏。俊挺的鼻梁，绯色的薄唇，无一处不精致无瑕，组合在一起，更是有着致命的吸引力！

男子虽然是坐在椅子上，但气势却不减半分，只是往那里一坐，就有种迫人窒息的威严，周身似有一层寒光淡淡笼罩，衬得他如方外谪仙，如暗夜的王者，令人压根不敢直视，哪怕仰望，也觉得是亵渎！

烛光下，有一个黑衣人跪在他的脚下，那人明明跪在那里，却一点儿存在感都没有，甚至连呼吸都微不可闻。

黑衣人屏气凝神，一动不动地跪在男人脚下，直到男人轻敲扶手，黑衣人这才开口道：“主子，林初九几天前回到林府一直被关在屋内，据林府的下人说，林初九为拒婚绝食。今天傍晚，她却精神十足地出现，完全没有一丝虚弱感，并且借机对林家继夫人发难，指责林夫人下慢性毒药暗害她，从林夫人手里敲诈到黄金二十五万两。”

坐在椅子上的男子，眼眸轻垂，薄唇微抿，冷硬的脸部线条至今未曾动弹一下，听到属下的汇报后，男人并没有说话……

右手大拇指，有一下没一下地摩挲着左手大拇指上的玉扳指，看上去像是无意识的动作，可男子做出来，却给人一种压迫感，让人的心都为之一紧。

啪嗒，啪嗒……

汗珠从额头滴下，落在地上，啪的一声溅开，如同血花一般涟漪层层。汗珠越来越多，很快面前就湿了一片，跪在地上的黑衣人，却不敢伸手去擦。

随着男人摩挲扳指的动作一停，屋内的空气似乎也为之一凝，黑衣人暗暗吞了口口水，头顶传来男人低沉而有韵律的语调：“到底是怎么回事？”

男人咬字很轻也很慢，语调不疾不徐。

黑衣人的头埋得更低了：“请主子责罚。”

“本王要知道，这几日到底发生了什么？”男人的声音没有一丝起伏，听不出喜怒。

这个男人就是传言中瘫痪在床的前战神，萧王萧天耀。

萧天耀右手撑着脑袋，眼眸微垂，等待着黑衣人的回答。

“林初九三天闭门不出，也不曾进食。后来林初九饿晕了过去，林相夫人趁机制造她上吊拒婚的假象，让林相厌恶她。”黑衣人不敢隐瞒，将这几天发生的事一五一十禀报，末了又小心翼翼地加了一句，“主子，属下对天发誓，林初九当时真的闭气了。属下趁下人不在时上前检查过，属下真不知道，她为什么又活过来了。”

说起这件事，黑衣人那是一脸的血泪。三天前，他奉命监视林初九，今早收到消息暗杀林初九。他正要出手，就看到林夫人对林初九下手，他便等了一下。

等到林夫人带着下人走后，他跃入屋内检查过，明明林初九已经没有气了，可到了晚上，她居然活过来了。这对一个以杀人为主要任务的暗卫来说，简直是耻辱！

“是吗？”萧天耀轻轻开口，听不出他是信还是不信，黑衣人更紧张了，额头的汗珠越冒越多，至于背后，就更不用说了，早就湿透了。

“属下不敢欺瞒主子。”黑衣人心中忐忑，语气却很坚定。他对自己的身手很有信心，问题绝对是出在林初九的身上。

萧天耀抬眸，眼眸在黑衣人身上扫了一圈，在黑衣人既紧张又期待下，萧天耀说出对他的惩罚：“去领十鞭。”

十鞭……那可不是普通的鞭子，最少都得在床上躺上半个月，不过这已是最轻的处罚了，毕竟他这次不管怎么说都是严重失职。

黑衣人不敢多言，立刻叩头告退。

一出门，黑衣人便长长松了口气，抬手擦了擦额头上的汗珠，发现自己的袖子也湿透了，黑衣人苦笑一声，大步往前，不敢停留。

屋内，萧天耀有一下没一下地继续摩挲着扳指，绯色的双唇轻启如莲花：“林初九？本王记着你了。”

声音很轻，如同呢喃，要是不仔细听的话，根本听不清楚。

同一时刻，睡得正香的林初九突然惊醒，整个人从床上弹了起来，双手捂住心口，大口大口地喘气，借着月色，隐隐能看到她惊慌惨白的脸色，还有慌乱无助的眼神。

林初九吓得不轻。

“呼，呼，呼……”林初九好半天才缓过劲来，拍了拍心口，又捏了捏自己，这才确定自己刚刚是做噩梦了。

“幸亏只是噩梦，我现在还在林府，没有被医圣之心逼着天天救人，也没有因速度慢跟不上而被医圣之心责罚。”

想到梦里，她每天忍受医圣之心的折磨，不断救人，救到双手打抖也不能停下来的日子，还因为速度慢，被医圣之心各种折磨，林初九就想哭了。

和梦里生不如死的生活一比，林初九对林府的生活非常满意，尤其是第二天一大早，看到顶着两个黑眼圈、明明恨得想要杀她却又不得不强颜欢笑的林夫人捧着一个盒子来见她，林初九就更满意了。

“夫人！”林初九笑靥如花，气色极好，即使昨晚做了噩梦，也没有影响到林初九这只猪的睡眠质量。

“初九今天可真漂亮呀。”林夫人皮笑肉不笑。她也想要装，可一想到她昨晚求了多少人，才筹到这两百多万两银票，林夫人就装不出来了。

“夫人夸奖了，多谢夫人的贺礼。”只见林初九一身大红色的嫁衣，凤冠霞帔，美艳雍容，落落大方，当得起林夫人的赞美。

林夫人的牙都咬酸了，按理她这个母亲，应该一直陪在林初九左右，但她实在不愿意看到林初九的那张笑脸，每每看到，林夫人都有一种想要杀人的冲动，将装银票的盒子塞给林初九后，林夫人随便找了一个理由离开了。

因当家主母的不重视，林府的下人也就没那么在乎林初九，本该是热闹的喜房，硬是没有几个人在。

好在，没过多久那些前来贺喜的夫人、小姐便来了，只是这些人全是林夫人请的，没有一个是林初九认识的。这群夫人和小姐添了妆，说了两句贺喜的话后，就没有人再搭理林初九，一个个去和林婉婷说话。

林婉婷和太子的婚事，皇上虽然还没有下旨意，可有眼睛的人都看得明白，这些人怎么可能放着未来准太子妃不巴结，去讨好一个注定无权无势只有名号的王妃?

这要换作别人，肯定会大吵大闹，以宣泄自己的不满。但林初九从来不是这样的人，林初九的人生字典里就没有哭闹之类的字眼。

血的事实教育她，哭闹是没有用的，面对困难她只能靠自己!

而且，没有人打扰正合林初九的本意，趁人不备，林初九以解手的名义支开喜娘，将林夫人拿来的盒子放进了医圣之心的阵法里。

收好银票，林初九端坐在喜床上，安心待嫁。

时间一分一秒过去，林府的下人们忙进忙出，把一切都安顿好了，只等新郎上门。

眼见吉时就要到了，却不见新郎，甚至连迎亲的队伍都没有看到。

这是出事了?

一干宾客见状，立刻嗅到不正常，三三两两聚在一起，交头接耳地说起悄悄话：“怎么回事，萧王爷不娶了吗？”

“这可是圣上赐婚，萧王爷这是要抗旨吗？”

“萧王爷不满这桩婚事？”

“听说新娘子也不满意呢，之前要死要活都不肯嫁。”

“新娘子好像和太子殿下不清不楚，萧王爷肯定是不想娶。”

……

宾客们窃窃私语，声音越来越大，似乎无所顾忌。

林夫人眼中闪过一抹幸灾乐祸的光芒，面上却没有表现出来，而是一副心急如焚的样子，不停地打发下人去看，引得一干夫人上前安慰。

林相刚出来便看到这一幕：偌大的喜堂就像菜市场，林夫人完全没有处理的意思，放任宾客说林府与萧王府的闲话。

林相面露不喜，想到之前收到的消息，知道他这位夫人在林初九手上吃了大亏，林相心中的不满降了三分。

终归，这个妻子心里只有自己的，林相如此安慰自己。

“咳咳……”林相轻咳一声，走进喜堂。

那些说悄悄话的人，立刻闭嘴，同时不忘提醒身边的人：“快别说了，林相来了。”

“相爷。”

“左相大人。”

一路走来，不停有人问好。林相一一浅笑回应，脸上挂着儒雅的笑容，完全没有面对林初九时的暴戾与愤怒。

“老爷……”林夫人早已收拾好情绪，缓步上前。林相给了她一个安抚的眼神后，便对众位宾客说道：“众位不必心急，萧王爷刚刚派人传来消息，他要亲自来迎接新娘，由于身体不适，路上耽搁了一些时间，萧王爷已重选吉时，还请众位稍等片刻。”

“什么？萧王爷亲自迎亲？”

林相这话，顿时如一块巨石砸入平静的湖面，众人都不淡定了。

自从三个月前，萧王爷出事，被太医诊断会终生瘫痪后，他就没有在人前现身过，甚至连皇上收回萧王爷的兵权，也不见萧王爷出面。

外人都传，萧王爷是无脸见人，这一辈子都不会在人前露面。

对这一点，众人深表理解。要知道，萧王爷可不是普通人，在他没有瘫痪前，他可是东文国百战百胜的不败战神，是皇上亲封的战神王爷。

萧王爷一身武功出神入化，离武神只差一步。

萧王爷英明神武，在战场上杀敌无数。

萧王爷风华绝代，俊美不似凡人……

萧王爷……

总之，没有瘫痪之前的萧王爷，在东文百姓甚至是官员的眼中，是高高在上置身九天之巅的天宫神祇，任何人都只能仰望，东文的百姓可能不知皇帝是谁，但无人不知战神萧王爷。

这样的一个绝世人物，是当之无愧的天之骄子，是上天的宠儿，就是这样的一个人物，却惨遭小人暗算，一辈子只能瘫痪在床。东文不知有多少人惋惜，可再多的惋惜也改变不了既定的事实。

对于萧王爷不在人前出现，众人都能理解，别说萧王爷了，就是他们遇到这样的事情，也不会愿意在人前现身。

现在，林相却说萧王爷居然为了迎娶林初九，要以残疾的样子出现在人前，这简直是让人无法理解。

萧王爷，他到底是有多重视林初九？

喜房内，收到消息的姑娘们，一个个羡慕地对着林初九说道：“初九，你真是太幸福了。”

“就是，就是，萧王爷对你可真好。”

“真的好羡慕呀！”

一群小姑娘围着林初九，叽叽喳喳地说个不停，话里话外全是羡慕，却没有人嫉妒，因为她们都很清楚萧王爷的情况，林初九真得不值得嫉妒。

只不过大喜的日子，没有人会在这个当口，说什么让人不高兴的话，可是就有天真单纯又无知的少女，在这个时候一脸惋惜地道：“要是萧王爷没有出事，那就更好了，那姐姐就是东文最幸福的女人了。好可惜呀，萧王爷他也不知道为何就……”

没错，这个单纯无知的少女，就是林初九的异母妹妹林婉婷，而她的话马上就受到更多的人应和，喜房内的气氛骤然一变，众人从刚刚的羡慕追捧变成惋惜。

“唉……”

“唉……”左唉声右叹气，不知情的人还以为这是灵堂呢，这也就是林初九，要换作任何一个待嫁姑娘肯定会发飙，当然就算新娘子不发飙，也有母亲和家人代为出面，可是林初九呢?

林府有谁会为她出面?

就算喜娘觉得不妥，可面对一干贵妇、大家闺秀，喜娘也不敢多吭一声，只能一脸愁苦地看看这个，再望望那个，红艳艳的喜房一点儿喜气也没有。

喜娘本以为林初九会生气，却不想林初九像是什么也没有听到一般，端坐在喜床上，安安静静的，没有一点声音。

林婉婷在那里挑拨老半天，嘴里说着为林初九着想，可每一句话都是暗藏刀锋，直往林初九的心窝里戳。

林婉婷这么做的目的很明确，不过是和以往一样，想要逼林初九闹事，好让林初九在全城的夫人、小姐面前丢脸，好让萧王爷厌恶林初九。可惜，现在的林初九，根本不是林婉婷能够煽动的，林婉婷说了半天，林初九依旧不为所动，根本没有生气的迹象，不仅如此，林婉婷还因为说得太多，以至于……

“好了，别说了。”江家的大小姐拉住欲附和林婉婷的小妹妹。

“三姐姐，快来看新娘子。”苏家的小姐把姐姐带离林婉婷身边。

“柔儿，到娘这里来。”尚书夫人把女儿叫走。

后院的女人哪个也不是笨蛋，林婉婷的话初听没有什么，仔细一回想就会发现，林婉婷的话句句都在挑拨人，好妹妹什么的，看清其真面目，其实也就那么回事。

这林婉婷绝不是什么温柔善良之辈，以后可得提醒自家妹妹（女儿）警醒一点，别和林家大小姐一样，被人卖了还帮人数银子。

“不作死就不会死。”林初九坐在喜床上，看热闹看得正欢，而林府也是热闹非凡。

随着小厮一句：“新郎到了，新郎到了！”错过吉时的萧王爷，终于在日落前赶到林府，一干想要目睹萧王爷“风采”的宾客，一个个伸长脖子，想看看现在那残疾的萧王爷，还是不是威风凛凛，可是……

众人寻了老半天也没有看到萧王爷的身影，只看到一顶黑漆漆的轿子走在喜轿前。

那轿子通体乌黑，普通人也许看不出什么，可有点儿眼力的都知道，那顶黑轿很不一般。

“王爷坐轿子来的？”

有人大胆猜测，随即又否定了，王爷要是坐轿子前来，又怎么可能误了吉时？

可现实就是这样，漆黑的八抬大轿稳妥妥地停在林府前，厚厚的轿帘挡住了众人窥探的目光，无人能断言这轿子里到底坐了谁，直到轿中的人开口：“本王来迎娶新娘！”

众人这才确定，萧王爷真是坐着轿子来的，而且看这架势，萧王爷根本没有出来的打算。

这也叫亲自迎娶？

众人面面相觑，却一个字都蹦不出来，一个个你看看我，我看看你，笑得无比尴尬。

大家虽然难免腹诽，但萧王爷能亲自来，已然是给了林家天大的面子，所以这样的小细节谁还会再深究呢，毕竟萧王爷他情况特殊啊。

众人无法目睹萧王爷的“风采”不免失望，却没有一个人敢吭声，尤其是看到黑色大轿两侧的护卫后，更是吓得不敢出声，一个个直往后面缩，就怕被那些个杀气腾腾的亲兵盯上。

谁家迎接新娘是带一群杀气腾腾的亲兵来的？

这是抢亲还是迎亲？

萧王爷这喜好还真叫人无法苟同，却没人敢上前“仗义执言”，就连新娘的父亲林相大人，亦是恭恭敬敬地走上前来，不敢表现出半分的不满之意。

伴随着萧王爷率领一队亲兵到来，喜庆热闹的林府一瞬间安静下来，除了喜锣、唢呐的声音外，竟没有半句交谈与贺喜声。

有几个客人见气氛尴尬，有心想要开口调节一下氛围，可看到萧王爷带来的那些人后，张了半天的嘴最后还是老老实实地闭上了。

为何？

因为萧王爷带来的护卫，可不是什么花架子。这些人大大小小经历过数百场战役，都是从战场上厮杀下来的铁血汉子，一身肃杀之气，还有醒目的刀疤剑痕显露在外，当即叫这些在京城尊贵处优的权臣、亲贵看得不免内心透凉。

试问，哪个这会儿还有胆子多话？

有了这群人镇场子，迎娶的过程非常简单，萧王爷一出声，他的亲兵便冲进林府，将新娘抬进喜轿。

是的，是抬的！

按礼，这个时候应该由林初九的弟弟背她出门，萧王爷的人不讲这些虚礼，直接用软轿把新娘抬了出去。

有这样迎娶新娘的吗？

众人都有点蒙地杵在原地，直到迎娶的队伍都出府走出百米远了，林府上下这才回过神来，放起了鞭炮！

噼里啪啦的鞭炮声在身后响起，令安静的迎亲队伍多了几分喜庆。

坐在喜轿里的林初九，忍不住勾起一抹浅笑。这场像戏本一样荒诞、像葬礼一样沉闷的婚礼，也就她林初九能接受，换别的女人指不定早寻死觅活了。

萧王爷，这是你给我的下马威吗？

我林初九接了，且看你还有什么怪招，一一使出来吧！

迎亲队伍距离林府越来越远，也越来越安静，除了整齐划一的脚步声外，听不到半丝的喜庆声，要不是队伍中有一顶醒目的喜轿，恐怕无人知晓这是有人在迎亲。

“这是谁家成亲，怎么和送葬一样？”

许是萧王爷的亲兵太严肃了，旁边的路人看到后忍不住嘀咕起来，更有甚者说这比冥婚还要冷清。

可惜，这些林初九听不到，不然她肯定得乐啊，她和萧王爷一个身中慢性毒药，一个致残此生无望，还真有那么几分冥婚的味道。

在林初九胡思乱想间，轿子抬进了萧王府，按说这个时候新郎该来踢轿门了，可萧王爷那个样子，你指望他用哪只脚踢轿门？

不过林初九是半点儿不指望，所以也就不曾失望。

在冲天而起的鞭炮声中，林初九被喜娘搀扶下轿，一步一步走进萧王府。

忐忑不安？紧张期待？

这些心情林初九通通都没有，她现在只想赶紧回房，把头上重死人的凤冠摘下来，可是那是奢望！

虽说这场婚礼办得很不热闹，可该走的程序却不能少。

林初九一进萧王府，就有宫里的人上前，引导林初九按规矩完成婚礼。

林初九一向识时务，不会在这种事情上要求特殊对待，虽然身体真有些吃不消，婚礼的气氛也很沉闷，可林初九还是硬挺着像没事人一样，一一完成嬷嬷要求的动作。

整场婚礼和旁人的没什么不同，真要说有什么不一样，那就是全程只有新娘子，新郎连个影儿都看不见。

对此，旁人颇有微词，就连宫中的嬷嬷也担心林初九会不高兴，可林初九从头到尾都没有吭一声，甚至一个人拜堂也没有觉得多委屈。

因为不在乎，所以无所谓。

林初九她根本就没有把这场闹剧似的婚礼当回事。

在司仪高唱“礼成，送入洞房”时，她只觉得松了口气，脚步也轻快了不少。

回到新房，待到外人一一出去后，林初九想也不想就把喜帕给掀了。

“姑娘，使不得呀，使不得呀。”喜娘吓了一跳，连忙上前制止林初九的动作，可林初九怎么可能会听她的？

“闭嘴。”一个冷眼扫过去，吓得喜娘连连后退，不敢再开口，只是一脸纠结地看着林初九，欲言又止。

在喜娘不赞同的眼神下，林初九又将凤冠取下，放在桌子上，那头乌黑的长发倾泻而下，林初九用手指顺了顺长发，满意地一笑，她的脖子终于解放了。

此时喜娘再也忍不住，开口道："姑娘……"

她刚开口，就被林初九打断了："记住自己的身份，我的事还轮不到你来指手画脚。"

喜娘一噎，连忙退到门口，而跟随林初九嫁过来的丫鬟，都是林夫人指定的，这些人哪里会管林初九死活，一个个低头装作不存在。

林初九对这些人本就没什么好感，但本着不用白不用的原则，直接让这些人去准备热水："我要沐浴，提热水来。"

陪嫁的丫鬟一动不动，站在原地，着桃红长裙的丫鬟不冷不热地开口道："姑娘，你还是忍忍吧，这里是萧王府，不是自己家。"想要她们去打水，也要看看自己够不够格！

丫鬟也敢给她下马威？

林初九眉毛一挑，无声地笑了：林夫人还真是不怕死！

林初九不在乎这场婚礼，更不在乎萧王爷是不是看重她，但一整天折腾下来，她着实是累了。而人累了，心情肯定好不到哪里去，这四个陪嫁丫鬟此时的行为，无疑是作死。

萧王爷身份尊贵，给她难堪她只能受着，这几个小丫鬟算什么东西？

林初九不怒反笑，衣袖一拂，便坐了下来，似笑非笑地看着四个丫鬟……

刚开始，四个陪嫁丫鬟还能稳得住，可时间一久腿肚子就在打颤了，刚说话的丫鬟犹豫半晌，上前说道："姑娘要是没有别的吩咐，还请早些将凤冠戴好，以免王爷进来看到姑娘仪容不整，还以为我们林家没有教养。"

"大胆。"林初九一拍桌子，怒喝，"这话也是你能说的？"

这话可不是一个小小的丫鬟能说的，偏偏人家就说了，还理直气壮。可见林夫人给林初九安排的陪嫁丫鬟，真心不是省油的灯。

见林初九发怒，那丫鬟虽然怔了一下，但依旧没有服软："姑娘，离家前夫人曾交代过奴婢，姑娘要有什么做得不好的地方，奴婢可以代夫人管教。另外，夫人说姑娘年纪小不懂事，这屋里的事姑娘从来没有管过，日后就由奴婢来管。"

"夫人真是用心良苦啊。"林初九忍不住摇头，看那丫鬟的眼神带着三分同情，三分嘲讽。

那丫鬟还以为林初九怕了，福了福身，一脸傲慢道："姑娘明白夫人的良苦用心就好了。时辰不早了，姑娘还是回喜床上坐好才对。"

"呵……"林初九忍不住笑了出来，倒是真得起身了，只是她并不是朝喜床走去，而是朝那丫鬟走去。

"姑，姑娘，你要干什么？"那丫鬟心有不安，却仍倔强地不肯后退，水盈盈的眸子闪着泪光，还别说这丫鬟长得真不是一般的出色，这外貌比林初九还要好几分。

难怪胆子这么大。

林初九忍不住笑了，漂亮的人，不管男女总是比旁人多一些机会，也会比普通人傲气那么一些。

林初九美眸微闪，笑意盈满眼眶，绝对地亲切和气，可那丫鬟不知道是心虚还是怎么的，神色不安地往后缩了缩身子，结巴了一句："姑，姑娘……"

"还记得我是姑娘就好。"林初九淡淡打断对方的话，伸手捏住她下颌。

"呜……痛，放，放手。"那丫鬟吃痛，居然不顾尊卑地去拍打林初九，喜娘和另外三个丫鬟，则像是没有看到一般，默契地低头，等着林初九这个养尊处优的千金大小姐吃瘪，可不想……

"啪！"清脆的巴掌声响起，众人抬头望去，只见那挑衅林初九的丫鬟捂着脸扑倒在地。

"姑，姑娘……"喜娘和那三个丫鬟满脸惊恐地看向林初九，对上林初九那凌厉的眼神时，连忙低头不敢再看。

林初九满意地点头："去打水，别让我说第三遍。"

三个丫鬟正想去，就听到被打的丫鬟道："夫，夫人不会放过你的。"

"你以为我会怕她？"林初九好笑地道，上前用鞋尖抵在对方的脸上："不过是有几分姿色，真以为你能踩在我头上？"

"你，不能……"被打的丫鬟生怕自己的花容月貌被林初九给毁了，连连后退往角落里缩。

林初九压根就不屑和一个小丫鬟计较，眼神扫向剩余的三个丫鬟，那三人不敢说不，连忙应是……

萧天耀原本没有进洞房的打算，可听到下人来报，说林初九非常配合，一个人完成了婚礼，让萧天耀颇为惊讶，这才让下人把他推了过来，却不想看了一出好戏。

林初九，一个表里不一的女人，却是皇上羞辱他的棋子。

"开门。"

在丫鬟出去前，萧天耀抢先一步命人打开门……

第三章　惊险刺激的洞房花烛夜

“吱呀”一声，喜房的门被人打开，烛光倾泻而出……

林初九反射性地往外看去，第一眼看到的不是高大威武的侍卫，而是坐在轮椅上的黑衣男子。

有那么一瞬间，林初九看呆了，收不回眼，脑子里不由自主地蹦出她曾背过的诗，积石如玉，列松如翠，郎艳独绝，世无其二。

她还是第一次见到长得这么好看，还没有一丝娘气的男人。他的五官超级俊朗，眉若墨黛，明眸善睐，琼鼻秀挺，樱唇凉薄，比女人还精致妖娆，人间绝色。但是不管怎么看都没有人会把他误认为女子，因为这男人身上的那股冷傲尊贵的气场，衬得他如绝代至尊君临天下，迫人窒息，比他的长相更令人无法忽视！

或许是这个男人的气势太强大了，林初九承认自己心里有点小怯，可她更清楚，这个时候她不能胆怯，因为这个男人是战神——萧王爷！

“王爷……”林初九红唇轻启，轻唤了一声，像是惊诧他的到来，但随即她微微低下了头。

“王……王爷？”喜娘和丫鬟听到林初九的话，面色一白，双腿一软，扑通一声就跪了下来，可碍于男人身上的肃杀之气，都不敢贸然开口，瑟缩地蜷成一团，抖个不停。

她们敢和林初九叫板，却不敢对上萧天耀，因为她们很清楚，萧天耀是个杀人不眨眼的大杀神！

萧天耀没理她们，眼神直接落在林初九身上。大红的嫁衣衬得她明艳动人，微微低下的俏脸难掩她内心的傲气。

无疑，她是美的，可这样的女人是萧天耀所不喜的！

不，应该说不管林初九是怎样的人，他萧天耀都讨厌。因为一个被皇帝用来羞辱他的女人，他怎么可能喜欢？

不过，他本以为今天一连串的打击会激怒林初九，没想到这个女人压根不把他的冷落和怠慢放在眼里，甚至还有精神在这里教训小丫鬟。

眼角的余光扫向跪在地上的丫鬟与喜娘，萧天耀眼中闪过一抹厌恶，张口道：“拖出去。”

“是。”身后一左一右如同门神的亲兵立刻踏入喜房，林初九眉头微蹙，却没有动。

那两个亲兵像是没有看到她一般，直接绕过她，把摔倒在地的丫鬟拽了起来，那丫鬟先是一惊，继而大叫：“王爷，王爷饶命，是姑娘，姑娘……”

“太吵。”萧天耀冷冷开口，亲兵毫不怜惜地将美貌丫鬟打晕，如同丢破布一般，把人从窗口丢了出去。

“扑通”一声，那丫鬟落在地上连一声都没有吭，这下不仅仅是跪在地上的喜娘和丫鬟吓了一跳，就是林初九也惊了一跳。

这位萧王爷，还真是一点也不怜香惜玉啊。

怜香惜玉？

奢望一个杀人不眨眼、坑杀十万俘虏的男人去怜香惜玉？那简直是在做梦。

倒在地上的丫鬟被丢出去后，萧天耀冷冷地一个“滚”字，把喜娘和剩下的三个丫鬟，吓得连滚带爬地出去了。

亲兵将萧天耀的轮椅抬进喜房后，不需要萧天耀命令，立刻自动退了出去，走之前还不忘把门关上。

喜房内，只余林初九和萧天耀两人，两人一个站，一个坐，按理说应该是林初九占了上风，可偏偏在气势上林初九还是差萧天耀一大截，被萧天耀压制得死死的，根本没有半点儿居高临下的优势。

两人静静相望，谁也没有开口，屋内只有喜烛燃烧偶尔发出的轻微声，沉闷的气息让人连呼吸都觉得吃力。

林初九眉头紧皱，有些拿不准萧天耀的意思，正犹豫着要不要开口，就听到萧天耀淡淡开口道：“坐。”

一个字，却尽显强势与霸道，让人不敢拒绝，至少林初九就不敢。

林初九暗暗吸了口气，端端正正地坐在萧天耀面前，迎上萧天耀的视线后，林初九不由自主地挺直背脊。

站着都在气势上输人家，坐下就更不用提了，林初九有一种被人压着的感觉，手脚都不知道该怎么摆。

“听说，”萧天耀无视林初九僵硬的举止缓缓开口，“你不肯嫁给本王，甚至不惜寻死？”

萧天耀语速平缓，就好似不经意地开口，可林初九却觉得天雷阵阵，地魔滚滚。

这是来和她算账的节奏啊！

林初九当即摇头："绝无此事。"

这个时候，说什么也不能承认。再大度的男人，听到自己未来的妻子，宁死不嫁都不会高兴。

"是吗？"萧天耀轻敲着扶手，依旧听不出喜怒。林初九却是无端地感觉到危险，连忙解释道："我绝无寻死之心，三天前闹一场，不过是为了嫁妆多一些。"大不了她把私房钱贡献出来，就说是闹来的嫁妆。

"哦……"萧天耀应了一声，抬眸看了林初九一眼，又淡漠地收回眼神。

这是什么意思？

林初九一脸不解，正想要不要表示贡献自己的一半嫁妆，以证明自己没有撒谎，就听见屋顶上突然一响，连砖带瓦地往下掉，最后竟然掉下来一个全身黑黢黢的人。

啥？

突如其来的状况让林初九一愣，摔在地上的人也是一脸错愕，好似没料到自己会一脚踩在一片碎瓦上就这么给摔下来。

"有刺客，快……保护王爷。"屋外的侍卫此时大声呐喊，林初九看着那人手里明晃晃的剑很是无语。

刺客？不是这么倒霉吧？

林初九飞快地看向萧天耀，只见萧天耀面寒如霜，手指微微有些僵硬，除此之外，再无多余的表情。

"嘭！"喜房的门被踹开，冲进来的竟不是萧天耀的亲兵，而是一个黑衣蒙面刺客，他手中的长剑直指萧天耀："狗王爷，受死吧！"

蒙面刺客近在眼前，而萧天耀的亲兵则被屋外的其他刺客缠住，喜房内与刺客对抗的只有林初九和萧天耀两人。

萧天耀在听到响声的第一时间，轮椅便在原地一个旋转，正对门口，当那人从房顶上掉下来时，他的手上已不知何时多出一把青铜长剑。

刺客扬言时，剑离萧天耀只有半寸的距离，林初九的呼吸一滞，正想着要怎样才能帮萧天耀时，就见萧天耀的轮椅往后一退，挥剑一挡。

"当"的一声，萧天耀挡住了刺客的致命一击，同时往前一推，将刺客逼退数步。可不等萧天耀喘气，先前那个意外摔下来的刺客已从左侧进攻，手中的剑在烛火的映照下泛着蓝光，应该是淬了剧毒。

萧天耀反应极快，在轮椅扶手上一拍，瞬间就转了方向，轻易避开了另一个刺客的攻击。

两人对打了三招，刺客没有讨到好，反倒被萧天耀一剑划伤了胳膊，可就在这个时候，刚被打退的那个刺客又杀了上来。

二对一，局面对萧天耀很不利，林初九在师门学的三脚猫功夫，即使担心也不敢上前送死。

好在萧天耀非常强势，即使坐在轮椅上行动不便，那两个刺客联手，也没有在他身上讨得上风。

林初九见状稍稍安心，倒不是她多担心萧天耀，而是萧天耀死了，这些刺客肯定不会放过她。于情于理，这个时候她都要祈祷萧天耀能胜，至少萧天耀胜了，她还有活命的可能。

趁无人注意，林初九退到安全地带后，连忙将身上碍事的嫁衣脱了，同时寻找顺手的武器。

这个时候自保很重要，林初九可以肯定，如果她被刺客抓了，或者刺客要杀她，萧天耀肯定不会救她。

想想看，萧天耀刻意错过吉时，乘一顶大黑轿子去迎娶她，之后又把她一个人丢在婚礼上，显而易见这个男人很讨厌她，根本不想娶她。

这事林初九倒也能理解，要她是萧天耀，也会不满。要知道，她原本是太子的未婚妻，现在太子看上了别的女人，解除了婚约，皇上就把太子不要的女人赐给萧天耀，萧天耀怎么可能高兴?

这事怎么看，都像是皇上在羞辱萧天耀。要知道，若萧天耀没有致残，皇上是绝不敢胡乱给萧天耀指婚的，更不用提把太子不要的女人丢给他。

当然，皇上此举除了羞辱萧天耀外，更多的是警告萧天耀，同时也是让天下人看清楚，手握重兵、威名赫赫的战神萧王爷，现在就是没了利爪的老虎，任由皇帝拿捏!

这样的情况下，萧天耀要是期待这场婚礼，满心欢悦地迎娶林初九那才叫怪了。

林初九觉得，萧天耀没有暗中下黑手弄死她，就已经算很不错了。她根本不奢望萧天耀会待她好，毕竟她的存在时时刻刻提醒着萧天耀这是皇上对他的羞辱。

慌乱间，林初九将挑喜帕的秤杆握在手上，然后躲在角落里一动不动，静等萧王府的亲兵把刺客打出去。只是理想很丰满，现实很骨感。

萧王府的亲兵个个都是久经沙场的老兵不假，但这些刺客也不是省油的灯，尤其是刺客人数多，再加他们手中的刀抹了毒，萧天耀的亲兵根本占不到优势。

虽然刺客还没有攻破亲兵的防守杀进喜房，同样亲兵也没有把刺客打退。而且人数上处于劣势，同时还面临着中毒的威胁，萧天耀的亲兵每倒下一个，压力就增大一分，危险也就多一分。

这样打下去不是办法!

林初九就算再笨也明白，如果没有援兵到来，萧王府的人肯定撑不了太久，可是……

援兵?

林初九只想说：想等援兵来，那绝对是做梦!

上百名刺客能潜入京城，能悄无声息地潜入萧王府，这还不能说明问题吗?

想到操办婚礼的人全是皇上派来的，林初九瞬间就懂了。看样子萧天耀虽然致残了，还是不能消除某些人的戒备，只有萧天耀死了，某些人才能真正安心。

如果她不和萧天耀绑在一起，林初九表示她也一定会赞同对萧天耀斩草除根的做法。

萧天耀这样的男人实在太危险了，哪怕他坐在轮椅上，也丝毫不减他的气势，这样的男人要么不与之为敌，一旦与他为敌，就一定要把他除得干干净净，要不然只能自求多福。

但显然他们两个现在已经绑在了一起，林初九唯一的希望就是萧天耀能活久一点。

随着时间的流逝，战斗越来越激烈，地上已经倒下不少人，黑衣刺客人手多，萧天耀的亲兵也不少，甚至又有两个刺客杀进了喜房。值得庆幸的是，这些刺客的目标是萧天耀，根本没有把林初九放在眼里，所以她暂时还很安全。

暂时安全的林初九，本能地望向萧天耀的处境，却发现这个人好像一点儿都没有对抗不了的意思。

她之前看萧天耀应付两个刺客虽然略占上风，却没法将他们击倒，还担心萧天耀现在面对四个刺客会更加危险，却不想四个刺客联手，萧天耀依旧能轻松应对，不让对方靠近半分。

不是说之前遭人暗算，武功只余一两成吗?

林初九眼中是毫不掩饰的惊叹，一个下半身致残的人，面对两个顶级刺客，外加两个普通刺客还能轻松应对，林初九只想说，这个男人真是不简单。她要是萧天耀的敌人，不把萧天耀彻底弄死，她肯定睡不安稳。

“希望咱们不要成为……”林初九喃喃自语，可话还没有说完，脑子里就响起一连串“叮叮叮”的声音，那声音比打雷还要烦人。

“有重伤患者需要救治，请您立刻进行医治，否则将受到天地惩罚。”这是除给自己医治外，医圣之心第一次提醒林初九救人。至于医圣之心按什么标准筛选病人，说实话林初九自己也不知道，她师父说医圣之心是仙家之物，不同凡响，也不是凡人可以开启的。

“这个时候让我去救治伤员，我是找死吗？”她可不想冒死当英雄，这些人可不会因为她是大夫就不对她动手，相反，两拨人马都有可能取她的性命。

对于刺客来说，她是萧天耀的新娘，杀她是必须的；对于萧天耀的亲兵来说，她不过是刚入王府的人，说不定这些刺客还是她引来的，杀她也没有压力。

可是，医圣之心根本不给林初九拒绝的可能，医圣之心提醒林初九，她还有半炷香的时间做准备，半炷香后林初九要不出手医治，将会受到来自仙人的惩罚。惩罚很简单，就是让林初九享受等同于生子的剧烈疼痛，直到林初九选择医治伤患为止。

“坑人啊。”林初九泪流满面，忍不住咒骂。

好在，这坑人的有一个好处，那就是救治人数达到指定的数额后，可以从虚拟空间换一些仙家东西，甚至还拥有拒绝医治的权利，不过现在的林初九还没有那个优特。

林初九在接到提醒的一刻，就躲在床后悄悄查看起来。发现她只要医治十人以上，就可以换一些杀伤力不大的自保药物。

这是一个好东西，她拼了！

林初九飞快地查看医圣之心配制出来的药，发现足足四十八人份，但她根本不敢拿出去，这些东西她拿出去后如何解释？

无奈之下林初九只挑了一类不起眼的药粉，压低身体把装陪嫁品的箱子拖过来，将里面的衣服全部丢出去，再把这些药放进去。

救人救得这么偷偷摸摸的，全天下也就只有林初九一人了。

林初九一边装东西，一边小心翼翼地查看四周，就怕被人发现。

将药放进去后，林初九松了口气，拿了大约十人份的疗伤药便往外面走。

刺客看到她，完全没有当回事，在他们看来要取林初九的性命，只是抬手间的事。要是林初九跑出萧王府，那只会死得更快。

外面早就埋伏了数百名弓箭手，不管是进还是出，只要有人出现在射程范围内，都会被弓箭手射成马蜂窝。

萧天耀也看到了林初九，但他根本不在乎林初九的生死。只是不明白林初九要是偷跑的话，拿一堆乱七八糟的东西干吗？

很快不管是萧天耀还是刺客都发现他们错了，林初九根本不是逃跑，她是去给受伤的人包扎伤口。

林初九会医术？

眼角的余光，扫到林初九熟练地清洗、上药、包扎，萧天耀平静如死水的眸子，飞快地闪过一抹不解。

只是萧天耀并没有太多的时间关注林初九，之前冲进喜房的两个刺客都是高手，再加上后来涌进来的两人，萧天耀不得不集中注意力，以免被刺客暗算了，要知道这些刺客手中的剑都是抹了毒的。

萧天耀的亲兵吃亏也就吃在这个上面，虽然不是什么见血封喉的奇毒，被刺客划上一刀，很快就会失去战斗力。

林初九救治时，就挑刚受伤、伤势不重、受毒素影响而无法战斗的亲兵，这些人被救治后，不用多久就能恢复战斗力。

这些亲兵见到林初九时，一个个脸色难堪，举刀阻止林初九靠近，可林初九是什么人？

她现在虽然弱了一点，但她真不是什么文弱的闺秀。真要动手，这些亲兵她一个都打不过，可中了毒的话就不好说了。

嘭！林初九抬腿就把对方手中的武器踢飞，冷着一张脸训斥：“中了毒还乱动，嫌命太长了吗？不想死就给我乖乖躺好。”

林初九知道自己没有萧天耀那种王霸之气，但拉下脸来，还是很能吓唬人的，多少都有些严肃之感。

不过，萧天耀的亲兵一向习惯萧天耀的那种冷脸，他们根本不怕林初九，他们只是被林初九这种愚蠢的行为蠢哭了：这个女人疯了吧？她以为自己是什么东西？

林初九才不管这些人想什么，只要这些人乖乖配合让她医治就成了，趁萧天耀的亲兵失神之际，林初九动作利落地将手中的银针扎了下去，给亲兵解毒。

“啊，痛……”亲兵第一反应就是挣扎，可林初九反应更快，伸手按在对方的肩膀上：“相信我，我不会害你。”

不知道是林初九的声音有信服力，还是亲兵因为中毒而无力动弹，那亲兵当下便放弃了挣扎，任由林初九施针。

“放松，肌肉绷太紧，银针都快断了。”林初九得寸进尺地说道。

事已至此，再抗拒也没有用，还不如乖乖配合，亲兵放松身体配合林初九医治，林初九也朝他露出一个赞许的笑容。

林初九的笑容一晃而过，那亲兵以为自己眼花了，使劲眨眨眼，再看林初九，她绷着一张脸，别说笑了，就连一个好脸色都没有。

肯定是自己眼花了。

林初九全心全意投入到工作中，根本没有心思管旁人想法，用银针为亲兵解毒后，林初九开始为亲兵清理余毒，包扎伤口。

林初九虽然只跟着她师父学了三年，可她天赋极高，她师父还曾戏言，说她不是祖师父转世就是祖师父的后人，最不济也是被祖师爷抱过的，学医用药比常人快出十倍不止。

前后不超过一炷香的时间，林初九就处理好一个伤者，医圣之心也给了她一点感激值，认可了她的付出。

十点，只要累积到十点感激值，林初九就能从医圣之心中换一包具有强烈迷药效果的防身药粉，冲着这个目标，林初九干劲十足。

有了第一个成功案例后，接下来受伤的亲兵非常配合，甚至不需要林初九开口，刚刚清了毒的亲兵，就过来帮她说服同伴，把受伤的同伴拖到安全地带，好方便她医治。

有了这些人的配合，接下来的医治过程非常顺利，不过因为有几个亲兵伤势较重，林初九花的时间较多，用了近两刻钟的时间，她才终于得到十点感激值。

听到提醒，有十点感激值，林初九眼中闪过一抹亮光，正准备开口让受伤的亲兵稍候时，一个肚子被划破的亲兵被送到林初九面前。

“林姑娘，求求你帮曹林看看，他，他是不是要死了……”扶着肚子被划破，肠子流出来的伤者，亲兵一脸的急色。

“你别急，我看看。”林初九上前检查了一下名叫曹林的伤，又查看了下曹林的瞳孔和心跳，脸色好转，“没有生命危险，你们不用担心。”

“林姑娘你说的是真的？曹林的肠子都出来了啊。”送曹林来的亲兵抹了一把脸，神色有几分焦虑。

“死不了，我一会儿给他塞回去。”林初九说得很肯定，让原本不安的众人渐渐放心。

林初九给他们包扎的方法很奇怪，可现在也顾不得那么多，只要有用，能救命就行。

林初九虽然急着去兑换自保的药粉，却也不敢丢下曹林不管，先给曹林用银针解毒，扭头查看了一下自己的用具，发现她拿出来的药根本不够用，她不回去都不行。

“你们谁掩护一下我，我回房间拿药。”林初九指了指一旁打得正激烈的刺客与亲兵，又指了指喜房。

“林姑娘，你的药在哪？我进去帮你拿。”送曹林来的汉子，估摸着送林初九进去的难度太大，决定自己冒险。

“我带来的药太多，你不知道拿什么，而且除了药，我还需要别的工具。”林初九一心想要把药从医圣之心中换出来，好解决眼前的危机。

萧天耀再不满意这场婚事，再讨厌她，看在她有用的分上，总能给她一条生路吧？

“好，林姑娘你当心一点儿，我掩护你进去。”送曹林来的亲兵，咬牙点头，林初九是不是好人他们不知道，但林初九救了他们这么多兄弟的命总不是假的，他们就当赌一把。

输了？输了，就杀了林初九为他的兄弟陪葬，想来主子也不会说什么。

“我很快就回来，你们别移动他，他暂时没有生命危险。”林初九叮嘱了一句，便起身往喜房内跑。

此时，喜房内的四名刺客久攻不下，已有几分心急，其中一人看见林初九进来，想到林初九刚刚救人的举动，便想拿林初九当人质，看看能不能威胁萧天耀……

当然，就是威胁不了萧天耀也没有关系，大不了杀了林初九就是。

刺客们配合默契，那人一抬眼，另外三人就明白他的心思，于是，三人同时出手拖住萧天耀，给那名刺客制造机会。

林初九一进来，就看到刺客朝她奔来，伸手就是一抓。

“混蛋。”林初九脸色大变，连连后退，身子一侧堪堪避开对方的攻击，很快对方又再次出手。

林初九不会武功，但她了解人的身体，跟着师父学了几招防身术，身形十分灵活，凭借着灵活的动作，林初九完美地避开了对方的攻击。

萧天耀趁对方退开之际，飞快地扫了林初九一眼，见林初九居然还有一点花架子，当下对她刮目相看，可也仅仅是这样，萧天耀完全没有出手搭救林初九的打算。

屋外的亲兵看到林初九受制，倒是想要出手，倒不是他们多担心林初九，而是曹林还等着林初九去救，只是他们自己都被刺客缠得走不开，有心也无力。

左闪右躲，不过数招，林初九已狼狈不堪，气息微喘，林初九也知道自己支撑不了多久，而这个时候又没有人会救她，她只能靠自己。

哪怕她救了萧天耀的亲兵，林初九也没有奢望过萧天耀或者他的亲兵来救自己，不管是在林府还是萧王府，她都只是一个人，想要活下去就必须得靠自己。

可是硬碰硬，她根本不是刺客的对手，凭她和刺客的差距，不出三招她就会被刺客拿下，而一旦被抓她就必死无疑！

为了活下去，她不得不拼一把，因为她很清楚这个时候没有人会来救她，她能依靠的只有自己！

当黑衣刺客再次冲上来时，林初九没有闪躲，而是侧过身子，将左肩露了出来。

没有意外，黑衣刺客看到林初九露出来的破绽，想也不想就伸手去抓。

咔嚓……

林初九听到了骨头错位的声音，钻心的痛令林初九脸色一变。就是这样林初九也没有动，趁刺客按住她左肩时，林初九飞快地从医圣之心中取出保命药粉。

这药粉药效很强，兑换的时候医圣之心就提醒她，一小包，可以放倒百头大象。

林初九拿到药粉时，黑衣刺客也将她抓到身前，一把扣住她的脖子："不想死就别动！"

"啊……"林初九不由自主往上仰，呼吸一窒，一张脸涨得发紫。

黑衣刺客压根没有把她当回事，拖着林初九就朝萧天耀走去："萧王爷，你的新娘子在我手上，你……"

黑衣刺客的话还没有说完，就见一片白色粉末朝自己袭来："不好。"

黑衣刺客大叫一句，立刻松开林初九，屏住呼吸连连后退，可是晚了！

林初九这一把直接撒了三分之一的分量，黑衣刺客只堪堪退了三步，便栽倒在地上。

咚的一声，不仅仅是萧天耀，就是喜房里的另外三位刺客亦是一惊，三人飞快地交换了一下视线，由两个武功高的缠住萧天耀，另一人则去击杀林初九。

"我这是拉仇恨了？"林初九顾不得肩膀上的伤，飞快地后退。

肩膀上的伤，疼得林初九咬牙切齿，她每走一步都像钻心般疼，而这还不是最让林初九头疼的，最让林初九头疼的是，刺客堵住了她出去的路，她只能往里退，可里面……

只有一张床和一堵墙，她能退到哪里去？

哐当……林初九撞到身后的桌子，桌子晃了一下，桌面上的酒杯、盘碗撞在一起，装交杯酒的酒瓶被林初九的衣袖一带顺势摔落在地。酒香飘散，闻到酒香，林初九眼前一亮：烈酒可以燃烧，交杯酒肯定不是什么烈酒，不一定能燃烧起来，可她有酒精呀！

天无绝人之路！

林初九也顾不得有没有人注意她，从医圣之心中拿出一瓶烈酒，朝着正在燃烧的龙凤喜烛奔去。

刺啦……一声，酒精与火苗接触，火焰瞬间往上冲，林初九只感觉一股热流扑面而来，好似能把人烧着。

林初九不敢多作停留，随手抓了一把药粉，往蹿起的火焰上撒。那迷药的药效实非一般，经燃烧之后的效果更加明显，林初九只感觉一团迷烟扑面而来，幸而她先一步捂住口鼻，屏住了呼吸，这才没有将迷药吸入肺腑中去。

黑衣刺客防备了林初九撒迷药，却没有想到林初九用燃烧的法子，只吸了一口气，就感觉眼前一黑，本想要撑一下，可是……

咚……身后一记闷棍敲来，黑衣刺客再也撑不住，摇晃了一下便栽倒在地。

敲闷棍的自然是林初九，成功解决了危险，林初九没有作死地往前冲，而是继续像小老鼠一样，偷偷躲在角落里，从医圣之心拿出解迷药的药水。

一小瓶绿色的药水，只要往鼻中点一滴就够了。

林初九憋了半天不敢喘气，一张脸都快闷紫了，拿到药水二话不说就点了，结果那辛辣刺鼻的味道，差点没把林初九呛死。

“这是辣椒水吗？”林初九鼻子通红，眼泪鼻涕齐流。

好在味道虽然难闻了一点，可效果却是极佳的，至少林初九可以正常呼吸，而不用担心被自己的迷药放倒了。

成功解除了自己的危险后，林初九立刻取出医治曹林需要的药物，找了一个首饰箱，把里面的首饰全倒掉，暂时充当药箱用。

不小的箱子，里面塞得满满当当，林初九估摸着医治完曹林后，她还能剩一点。

左肩被刺客抓伤，现在还疼得要命，根本无法拎起重物，林初九只能单手拎起药箱，刚拎起药箱，正准备往外走时，却看到萧王萧天耀，他，他，他……

“是我眼花了吗？”林初九傻眼了，被太医定为残疾的萧天耀，居然站了起来！

“原来，你的双腿没有废。”黑衣刺客受到的惊吓，一点儿也不比林初九少。

“既然知道了，那就把命留下吧。”萧天耀脸色不变，改守为攻，长剑逼近两个刺客的面门。

那两个刺客武功不弱，算是这一批刺客中实力最强的两个，可他们刚刚吸了不少迷药，虽然用内力可以抵抗一阵，但实力却大打折扣，林初九都还没有回过神来，萧天耀便已将他们全给解决了。

好快的剑！

林初九不懂武功，可也能看出来萧天耀很厉害，只是她一点儿都高兴不起来，她好像知道得太多了，现在跑还来得及吗？

林初九快哭了，悄悄地往后躲，可是来不及了。屋外的刺客和亲兵受迷药的影响，渐渐体力不支，一一倒地。萧天耀看了一眼却没有出去的打算，而是转身朝林初九走来。

滴血的长剑指向林初九，萧天耀走得很慢，可两人原本就没有多远的距离，不过三五步，剑尖就抵在林初九的眉心，只要轻轻一个用力，萧天耀就能收掉林初九的性命。

“林初九，你说本王该拿你怎么办？”萧天耀薄唇轻启，幽深的眸子没有一丝温度，周身散发着冰冷的杀气，林初九不由自地吞了口口水，很配合地举起双手：“王爷，我们有话好好说。”

这个男人是真要杀她！

“既然知道了本王的秘密，你就只能有一个下场。”萧天耀承认，他对现在的林初九很感兴趣，要是没有今天这一出，林初九还能多活两天，现在他必须杀人灭口！

萧天耀根本不给林初九说话的机会，手腕一动，毫不犹豫将剑刺入林初九的眉心：

"林初九，下辈子投胎眼睛放亮一点。"

凌厉的剑气扑面而来，林初九脸色煞白，退无可退……

这一剑萧天耀并没有尽全力，但他很清楚，这一剑杀死林初九足够了。但在剑尖即将刺入林初九眉心的那一刹那，她突然往后一仰，一个下腰，腰弯成九十度，让他这一剑刺空了。

不知何时，林初九的右手握了一把小刀，那把刀正好抵在他的心口，只要往前一捅，他就会毙命。当然，此时他的剑也架在了林初九的脖子上。

"王爷，你大意了。"林初九右手握刀，与萧天耀只有一拳头的距离，轻轻吸口气就能闻到萧天耀身上的冷香。

"本王倒是小瞧你了。"萧天耀冷冷地开口，幽深的眸子越发的平静，没有一丝情绪起伏。

萧天耀略一用力，剑刃压在脖子上，很快就压出一条血痕，林初九皱了皱眉："王爷，可不可以把剑移开一点。"

"本王手抖，握不稳剑。"萧天耀垂眸，扫了一眼林初九握刀的手，林初九握刀的姿势极稳，绝不是普通人。

"王爷，这个玩笑一点儿也不好笑。"林初九翻了个白眼，"王爷应该明白，我没有恶意，放过我好不……"

最后一个字，被破空而来的利箭打断……

咄，咄，咄！

一连三支长箭，划破虚空，以雷霆万钧之势，朝萧天耀和林初九射来。

"该死！"萧天耀和林初九这个时候也顾不得威胁对方，萧天耀的反应非常快，长箭刚射出，他便将手中的长剑掷出。

当的一声，飞掷而出的长剑，生生打断射向萧天耀的箭。而林初九则慢他一步，抵在萧天耀心口的手术刀，也"唰"的一下飞了出去。

手术刀在半空打个转，如风车一般旋出一个漂亮的弧度，而后"咔"的一声，正好卡住了第二支箭。可是……

还有第三支箭！

三支箭首尾相接，根本没有给萧天耀和林初九喘息的时机，要是全盛时期的萧天耀，只需要一个挥手，就能把这三箭打落，可依他现在的身手……

只能躲开！

第三支箭逼身而来，萧天耀低头看了一眼林初九，不知为何，手居然比脑子更快一步，在他还没有想明白时，右手已自动揽在林初九的腰上，轻轻一带。

咚的一声，两人同时跌进那张大红色的床榻上，顺带滚了一圈。

"啊……"重重跌下，受伤的左肩直接撞在床板上，林初九痛得大叫一声，俏脸血色全无，额头更是直冒冷汗，不等她反应过来，人就被萧天耀压在了身下。

“林初九，本王给你第二条路。你说，本王是要杀你灭口，还是把你毒哑？”萧天耀掐住林初九脖子，声音带着渗骨的寒意。

林初九毫不怀疑这个男人杀她灭口的动机，按理说她应该好声相劝，与萧天耀陈述利弊，求萧天耀放过她，可是她真的很生气！

她一再退让，一再表现出自己的诚意，可这个男人依旧不肯放过她，依旧要取她的性命，她还忍什么？

她林初九不发威，就当她是软包子，想怎么捏就怎么捏吗？

萧天耀，今天本姑娘就让你看清楚，歧视女人的下场！

林初九怒视萧天耀，右手对准萧天耀背后的穴位，确定萧天耀没有防备她后，林初九毫不犹豫地点下：“萧王爷，你又大意了！”

“唔……”萧天耀脸色一变，想要加重扼住林初九的力道，却发现他根本使不出力！

“林初九！”这个女人藏得可真深，他的人居然一点儿也没有查到。

“萧王爷，我在……”林初九一个翻身，将萧天耀压在身下，右腿抵在萧天耀胯间，学着萧天耀的语气，低声说道，“你说我是彻底废了你的双腿，还是……”

“你敢！”萧天耀一脸笃定，虽然遭到林初九暗算，面上却不见半丝惊慌，好像被林初九威胁的人不是他一般。

这气定神闲的模样还真是让人咬牙切齿，因为她确实不敢！

废了萧天耀，或者说杀了萧天耀她要怎么办？她要往哪里跑？

林家那个鬼地方她回不去，就算能回去，她也不会上门找死。而凭她“娇弱”的模样，估计一出城就会被人盯上，到时候怎么死的都说不定。

思来想去，在这个全然陌生的世界，也只有萧王府对她来说相对安全些。

这么一想，林初九的怒火便消了三分。林初九有气无力地趴在萧天耀身上，饱含委屈地说道：“萧王爷，你既然知道我不敢杀你，那你就应该知道我对你，对整个王府都没有恶意，我知道你对这桩婚事不满，可这桩婚事也不是我强求的，皇上指婚我也没有办法，现在我们两个绑在一起，也算是一条船上的人，你要出事我肯定也活不了，我绝对是第一个不希望你出事的人。”

林初九一边说一边注意萧天耀的表情，可萧天耀这人一向面无表情，甚至被林初九压在身下他也毫无反应，这让林初九根本拿不准萧天耀是怎么想的。

盯着萧天耀看了老半天，萧天耀依旧脸色不变，始终是那副死人脸样，林初九只能硬着头皮继续道：“萧王爷，我们已经成亲了，我现在是你的妻子，不管发生什么事，我肯定是站在你这边，而且绝不可能会出卖你，你能不能给我一条生路？”

林初九欲哭无泪，大半天得不到萧天耀的回复，林初九闷闷催促了句：“萧王爷，你给个准话行吗？”

“给个准话？你想要本王给你什么准话？”萧天耀还是第一次与女人靠这么近，发现林初九似乎不像其他女人那般令他讨厌，他好像不排斥林初九的亲近。

近距离打量林初九，萧天耀觉得这女人长得似乎还不错，尤其是那双眼睛，时而明亮，明而黯然，忽闪忽闪就像会说话一样。

林初九，长得不错。

林初九完全不知道萧天耀在想什么，指天发誓道：“萧王爷，你能不能给我一条活路？我可以对天发誓，我日后绝对不会出卖你！”

“一句誓言罢了，你以为本王会相信？”萧天耀放松身子，平躺在床上，一点儿也不着急。

“我说的都是实话，我不能也不敢背叛你，你也知道我父亲是什么人，他绝对靠不住。我得罪了林夫人，我那未来太子妃的妹妹一定不会放过我，你是我最大的依靠，我比任何人都希望王爷你越来越好。”林初九这话半真半假，虽然她需要借助萧天耀求得庇护，可从来没有想过依靠萧天耀。

“是吗？”萧天耀剑眉轻挑，就在林初九以为萧天耀会松口时，萧天耀却漫不经心地说道，“你不会背叛本王，本王就不能杀你了吗？”

“不是这样……”林初九开口，可话还没有说完便被萧天耀打断：“既然不是这样，本王又何必留你的小命，正好趁今天混乱，就说你死在刺客的手里，你说好不好？”

最后几个字说得极轻极柔，林初九却听得寒毛竖起，就像是阴风刮过一样：“王爷，这个玩笑真的不好笑。”

“不好笑？本王从来不说笑话，本王想不到留你一命的理由，没有必要活下来的人，本王留之何用？”萧天耀语速很慢，一脸认真，让人不由自主只注意他的话，以至于忽略其他。

此时，林初九趴在萧天耀身上，距离萧天耀最近，却没有发现萧天耀的手在动。林初九这个时候只想着，要如何才能让萧天耀打消杀她的念头。

林初九急切地说道：“王爷，我绝不是无用之人，我会医术。你有一个亲兵肚子被人划破，肠子都流了出来，我能救他。你把我留下，我可以充当王府的大夫，我不会白吃白喝的！而且王爷你也需要一个妻子不是吗？我要是死了，没准皇上又要给你塞一个女人，与其和一个陌生的女人过日子，不如咱俩凑合，怎么说我们也算认识了。”这个理由说出来林初九自己先囧了自己一把，果然人被逼到绝境，什么厚脸皮的话都说得出来。

“王爷，你要不要考虑一下，给条活路好不好？”林初九嘴上说得可怜兮兮，对上萧天耀那双冰冷的黑眸时，却没有闪躲。

萧天耀眼中闪过一抹激赏，有那么一瞬间，萧天耀想要松口。

许是他接触到的女子太少，总之他还真没有见过如林初九这般的女人，可柔可刚，有胆有谋，最主要的是人聪明，识时务，看得清局势。

如果他面前的这个人不是一个女子，他很乐意招揽这么一个属下，偏偏林初九不仅是个女子，还是他名义上的妻子。

可惜了！

萧天耀眼眸轻眨，缓缓开口："林初九，你说本王要是为死去的妻子守三年的丧，外人会不会赞美本王重情重义？"

"王爷，当着我的面讨论我的身后事，这样真好玩吗？"林初九的眼睛睁得大大的，眼中蓄满泪水，无力地看着床顶，愤愤地道，"王爷，你确定你不肯放过我，我还会不敢杀你？"

"不，本王相信你一定下得了手，但是……"萧天耀说到这里突然一顿，林初九诧异地看向他："但是什么？"

"但是……"萧天耀淡淡勾唇，冷冷一笑，"你没有这个机会！"

萧天耀一个翻身，将林初九压在身上，速度之快让林初九根本来不及反应。

林初九只感觉眼前一黑，再度睁开眼时，自己就被萧天耀压在身下，林初九不敢置信地问道："你，你怎么可能没事？"

"本王为什么要有事？"修长笔直的长腿，正好压住林初九的双腿，左手扣住林初九的双手，右手则在林初九的脸颊上来回抚摸，动作极轻柔，却是没有一丝温情。

萧天耀虽然出身尊贵，可他并不是养尊处优的人，手心和手指都有厚厚的茧子，粗糙的大手摸在脸上，蹭得脸颊生疼，一下一下……缓慢而温柔的抚摸，让林初九鸡皮疙瘩起一身。

为什么，她有一种被变态杀人狂抚摸的感觉！

"王爷，有话好好说，你杀我也脏手是不是？"双手都被压住，林初九就是有通天的本事也使不出来。

她承认她有点后悔了，她刚刚就应该杀人跑路！

"见风使舵，小人也！"萧天耀鄙夷地说道。

林初九快哭了……

她也不想见风使舵，可她更不想死呀。

"我非死不可吗？"林初九问得无奈，眼皮耷拉下来，一副认命的可怜样，可事实上，她正在寻找脱身之法。

她林初九从不认命，除非真没了气息，不然不到最后一刻，她决不会放弃。

"嗯……"萧天耀轻轻应了一声，右手移至林初九的颈脖处，却迟迟没有动手，整个人就像定住一般……

第四章　用生命赌你会放过我

咦？萧天耀中邪了？

林初九发现不对，眼皮一抬，就看到萧天耀极力压抑痛苦的样子。

“你怎么了？”林初九试探地问了一句，努力压下心中的狂喜：萧天耀出事了，她有活路了！

“别高兴得……太早！……”萧天耀像是知道林初九在想什么一样，一字一字从牙缝里挤出来，“本王要杀你，易如反掌。”

萧天耀脸色煞白，牙关紧咬，看得出来他此时正承受着非人的折磨。

林初九甚至感觉到，萧天耀放在她脖子旁边的手都在颤抖，双腿也丧失了之前的力道。让林初九奇怪的是，萧天耀明显不对劲，医圣之心怎么一点儿反应也没有？

莫非，医圣之心失灵了？

萧天耀的脸色越来越难看，额头布满细密的汗珠，手背青筋凸起，尤其是那两条腿，似乎在承受着巨大的折磨，可哪怕这样，这个男人也哼都不哼一声。

有那么一瞬间，林初九怀疑这男人是不是人？

“你，你还好吗？”林初九见惯了各式各样的病人，还是第一次见到萧天耀这样擅长忍耐的病人，明明被病痛折磨得半死不活，却不表露半分，不是故作骄傲和倔强，而是一种习惯，习惯自己撑着。

有那么一瞬间，林初九在萧天耀身上看到了自己，不管是受了伤还是遇到什么难题，她都只能自己一个人独自撑着，不是好强而是习惯罢了。

没有可以依靠的人，要软弱给谁看？

“死不了。”萧天耀闷声哼了一句，气息又恢复平稳，一个翻身松开了对林初九的钳制，红唇冷勾，“你可以滚了。”

“你，你不杀我了？”骤然得到自己想要的生机，林初九有片刻呆滞，完全不敢相信自己听到的。

“想死？”即使伤势反复，他依旧有余力杀死林初九，想死他完全可以成全。

“没有人会想死，我现在就走。”林初九反应极快，捂着受伤的左肩，立刻从床上爬了起来，可她并没有走。

看着极力忍耐痛苦的萧天耀，林初九站在床边，犹豫不决：救还是不救？

“怎么？还不走？”许是痛得厉害，萧天耀的声音就像是从肺腑发出来的，低沉而嘶哑。

“萧王爷，你腿上的伤是不是还没有彻底痊愈？”林初九小心翼翼地问道。要不是遇到萧天耀病发，她肯定也会被骗，因为医圣之心没有要她救治萧天耀。

“是又如何？”萧天耀没有隐瞒，这也没有什么好隐瞒的，林初九知道的已经够多了。

“你现在若不走，就永远别想走出萧王府。”只会被人抬出去。

林初九本欲上前为萧天耀诊断，听到他的话后又连忙收回迈出去的脚：“王爷，您能不能别再威胁我，我胆子小。”

“滚。”萧天耀没有多言，而是闭上眼，开始调息。

他三个月前被人偷袭，一身功力散得七七八八，太医诊断他终生瘫痪，而他也确实如太医所言的那般无法起身。

刚刚，他之所以能站起来，不过是强行用这段时间修炼出来的内力硬撑罢了。现在内力耗尽，腿上的伤再次加重，双腿完全不受控制，就如同面团一般，一点儿力气也使不上，更不用提那一波强过一波的剧痛。

萧天耀吼完林初九后便不再理会她，林初九是他少见的聪明女子，他敢肯定林初九不敢在这个时候对他下黑手。

萧天耀催动内力，希望借体内仅剩的内力来平息双腿处的刺痛，可惜收效甚微。萧天耀眼中闪过一抹苦涩，面无表情地看着床顶，他萧天耀居然沦落到这等地步，想来还真是可笑！

林初九不想救萧天耀，可是她不能走，离开了萧王府她又能去哪里？

而且医圣之心要求她救治的人，她还没有医完，她根本走不掉！

林初九看了萧天耀一眼，闪身躲到床后，继续像小仓鼠一样，偷偷摸摸地从医圣之心里取药，然后一一放在小药箱里。

林初九没有给萧天耀诊断，不知道萧天耀到底是什么病，看萧天耀痛成那样，便拿了一些有止痛效果的药丸。除了给萧天耀拿药外，林初九还顺便把自己错位的骨头矫正，按理说她左肩需要包扎固定，可这个时候她找谁给她包扎固定？

咔嚓……骨头矫正和骨头错位一样剧痛，而最残忍的是，林初九得自己对自己下重手了。要是力道不够还要重来，这真不得一般的虐人，也亏得林初九是个狠人，对自己狠的人，明明痛得嘴唇直哆嗦，她却能毫不手软地按下去。

躺在床上，默默承受剧痛的萧天耀听到这声音，不由自主地侧过头看去，只可惜被木头阻挡住了，萧天耀除了知道林初九没有走之外，什么也看不到。

林初九，真是一个让人看不透的女人。

萧天耀收回眼神不再管林初九，可林初九却又再次出现在他的眼前。

“这个药丸有止痛的效果。”林初九爬上床，半跪在萧天耀的面前，她生怕萧天耀不相信，便自己先吞了一颗，“喏，我吃给你看，没有毒。”

“药也能乱吃？”萧天耀根本没有怀疑林初九，林初九真要杀他，没有必要用毒药。

“我左肩受了伤，痛得厉害，正好也要吃。”林初九将两颗药丸递到萧天耀的嘴边，“吞了吧，我说过我不会害你。”

“为什么不走？你就不怕本王杀了你？”萧天耀看了一眼药丸，却没有吞下去，而是问林初九。

林初九苦笑一声：“我相信王爷不是出尔反尔的小人，既然说了放过我，就肯定不会再取我的命。”

萧天耀双眼一眨不眨地看着林初九，想要从她眼中看出什么阴谋和算计，可是没有。

林初九双眼清亮，一片坦荡，落落大方，根本没有算计人的狡黠与不安，赤诚如稚子。

萧天耀自认自己识人无数，能逃过他双眼的不多。如果林初九现在所做的一切、所说的一切都是伪装，只为得到他的信任，那他只想说林初九做得太成功了，连他都能骗过去。

林初九在赌，萧天耀也在赌……

张嘴，含住林初九手上的药丸，萧天耀道：“本王姑且信你一回。”在林初九没有背叛他前，他不会动她。

舌尖从她的指尖扫过，酥酥麻麻的感觉令人心跳加速，林初九一惊，耳根微红，连忙收回手，有些不自在地说道：“你，你先休息。我，我去看看其他人。”

说完，连滚带爬地下了床，就好像身后有猛兽在追一样。看到这样的林初九，萧天耀眼中闪过一抹笑意，再灵透聪明也不过一个刚及笄的少女！

止痛药没有那么快起效，萧天耀却感觉双腿的疼痛似乎减轻了不少，缓缓闭目，萧天耀没有再催动内力，而是慢慢调息。

气息渐稳，对外面的感知也更加灵敏，他发现林初九居然没有在一旁休息，而是跑出去救治受伤的人。

林初九还真是一个怪女人，出于好奇也出于防备，萧天耀坐了起来，靠在床柱上，看向屋外……

许是左肩的伤势太过严重，林初九的动作有些笨拙，即使如此她的手依旧沉稳，丝毫不受伤势的影响。

曹林，他的一个亲兵，肚子被划了一刀，肠子都流了出来，这会儿他肚子上的伤口却被林初九缝了起来，就像缝衣服一样，把破开的口子缝起来，留下一道丑陋的疤痕。

之前萧天耀就看到林初九医治他的亲兵，只不过那个时候他忙着应付刺客，只能粗粗扫一眼，现在他可以慢慢地看……

林初九做得很认真，每一个倒在地上的亲兵，她都会亲自翻过来查看一遍，身上有伤的就立刻为其清洗、上药、缝合、包扎，然后往那人鼻子上点一点药水。

那药水，萧天耀猜测应该是解迷药用的，因为没有受伤的亲兵，林初九也给滴了一滴药水。

林初九一个一个找过去，没有一丝不耐烦，萧天耀明显看出林初九体力不支，可她却没有停下来，依旧摇摇晃晃地走在人群里，大有不把所有人医好就绝不罢休的架势。

很傻，但萧天耀却没有办法嘲讽她。

因为她傻得很可爱！

此时，林初九并不知道萧天耀在想什么，她正在全神贯注地救治伤患。

她的左手已经使不上力，可她必须得坚持住，医圣之心要她救治的四十八人还未到数目，她必须得把医圣之心指定的伤者人数医完，不然……

她就是倒下，也会被痛醒。

三十二

三十三

……

四十

林初九拖着疲累不堪的身子，把萧天耀所有的亲兵都翻了一遍，找到了四十个受伤的人，还有八个。

没有办法，林初九只得找刺客，帮他们医治。

“那个女人在干什么？她眼睛瞎了吗？”萧天耀一度以为自己眼花，他眨了一下眼，却仍然看到林初九正在给黑衣刺客包扎伤口。

而这个时候，萧天耀的亲兵也陆续清醒了过来。这些亲兵都是萧天耀的心腹，他们醒来的第一件事不是关注自己的安全，而是寻找萧天耀。

“王爷。”第一醒来的亲兵连滚带爬跑进喜房，看到萧天耀靠在床头，安然无恙，这才松了口气。

“本王无事，清理现场。”萧天耀不想再看到林初九那个敌我不分、犯傻的女人了。

“是。”萧天耀的亲兵绝对服从萧天耀的命令，立刻出去组织一一醒来的亲兵，让他们把重伤的同伴安顿好，把刺客全部捆起来。

受伤的亲兵，林初九都一一包扎好了，只有曹林的伤势最重，林初九怕他们下手不知轻重，给曹林造成二次伤害，出声提醒了一句：“曹林伤在肚子上，你们小心一点，别碰到他身上的伤。”

“林……”这个时候萧天耀的亲兵，才注意到林初九在做什么。

亲兵们直接傻眼了，以为林初九没有看清医治的对象，好心提醒了一句：“林姑娘，那人是刺客。”

“我知道。”她也没有办法呀，这是第四十七个，还差一个呢。

“你知道还给他包扎伤口？”亲兵一头雾水：这林姑娘是奸细，还是傻了？

林初九心里那叫一个郁闷，面上却不能表现出来，大义凛然地道：“我是大夫，在我眼中只有病人。”

这话说得非常有圣人之风，如果是在一堆自命清高的文人学子面前，林初九这么一说，一定会赢得满堂赞美，可在这些喋血沙场的粗犷汉子眼中，林初九这种行为就是愚蠢。

医好敌人，然后让敌人来杀死自己，林姑娘的脑子没有问题吧？

众人就像看傻子一样地看着林初九，林初九默默泪了一把，假装没有看到，把第四十七个病人收拾好后，再继续为第四十八个病人医治。

终于到最后一个了！

“林姑娘，这些人是刺客，你医好他们，他们不仅不会感激你，反倒会杀了你。”萧天耀的亲兵实在看不过去，上前阻止。

林初九无奈地停下手上的动作，抬头道：“医者父母心，最后一个病人，你让我替他缝合好伤口，至于你们要怎么处理他我不管。”

“林姑娘你这又何必？你自己身上还有伤呢。”那亲兵眼睛尖，看到林初九左手不便。

林初九苦笑一声：“我也没有办法，看到有人受伤而不医治，我良心难安。”不肯放过她，她能怎么样？

“你这人还真怪。”那亲兵摇头，讪讪地收回手去。

萧天耀人虽然在屋内，林初九和亲兵的对话他却听得清清楚楚，他承认她的理由很充分，可他总觉得哪里不对。

虽然和林初九不熟，但凭借刚刚短暂的相处，萧天耀可以肯定林初九不是什么良善的女子。

林初九此举值得深思，还有，林初九拿出来的那些药丸的来历也值得深思。林初九的嫁妆抬进来前，他的人仔细检查过，根本没有药丸。

那么，林初九今晚拿出来的药丸，是哪来的？

萧天耀一脸深思，双眼眨也不眨地看向林初九，见林初九为一名刺客包扎好后，又摇摇晃晃地起身，朝另一个伤者走去。

不知是走得太急，还是身体太弱，林初九一个不稳，尖叫一声摔倒在地。

嘭……林初九笔直摔下，按理说这一摔就算不见血，她也要吃个大苦头。可不知是她运气太好，还是给她当垫背的人运气太背，林初九倒下时，正好砸在一名刺客的身上，有人给她当肉垫，这一摔再重也不会有多大事的。

“有意思。”萧天耀唇角微扬，当他看到亲兵上前，将“昏迷”不醒的林初九移开时，萧天耀淡淡开口道，“把人送进来。”

“是。”亲兵不敢置疑萧天耀的命令，小心翼翼地把林初九抬进新房。

林初九在听到萧天耀的命令时，就知道要糟糕了，萧天耀有多妖孽她是知道的，她装晕的事萧天耀一准就能看出来。

怎么办？怎么办？

她好不容易逃离了惩罚，不会又落到萧天耀手里吧？

要是萧天耀知道她装晕，她要找什么理由解释她前一秒还义正词严要救人，瞬间又怂了的原因？要不把自己弄成真晕？

林初九越想越觉得这个可以有，趁着亲兵将她抬到床上，正好遮挡住萧天耀的视线时，林初九装作不经意往里一滚，然后……

蘸了一点药粉，果断吞了！直接吞服的效果就是好，林初九很快就感觉脑子晕沉沉的，意识也不清楚，努力睁开眼睛，才能看到萧天耀慢悠悠靠了过来，可接下来任凭林初九再怎么努力，她也没有意识了，她成功地“晕”了过去。

“真的累晕了？”萧天耀上前，探了探林初九的气息，确定林初九是真的晕了过去。

林初九真晕了，萧天耀自然不会再去为难她。不管怎么说林初九都立了一个大功劳，要不是林初九出手，他手上的亲兵恐怕要折损不少。

在止痛药起作用双腿不那么痛后，萧天耀让属下把椅子推了过来，坐在轮椅上，让下人推他出去。新房是安排给林初九住的，萧天耀的院子并不在这里。萧天耀所住的浩天院，离新房很远。

新房外刺客和血迹很快就被清除干净，亲兵们火速散去，至于喜房里的林初九，还有林初九的四个陪嫁丫鬟则从头到尾都没有人关注她们。

亲兵们是一群大老粗，不会细心留人照顾林初九，只让两个伤势较轻的人，在院外面守着，以免有什么危险。

萧天耀回到浩天院后，并没有立刻召集亲信议事，而是先回去沐浴更衣，把自己收拾干净，这才不疾不徐地去了书房。

萧天耀不是容不得半点脏的人，毕竟常年在战场上厮杀，周身总是有浓郁的血腥味。虽说闻久了就会习惯，可习惯并不表示会喜欢，萧天耀就很讨厌血腥味。

书房里，有两个年轻男子在等候，一个身穿青衫，一个身穿黑衣。

青衫男子看起来温文尔雅，眉宇俊朗，五官精致，透出丝丝清贵，举手投足间亦是贵气十足，一眼就知道出身不凡，必是富贵堆里养出来的大家公子。

黑衣男子五官粗犷，浓眉大眼，棱角分明，很健康的小麦黄肤色，那眉眼间浓烈的沧桑感无声地告诉众人，他是一个常年在外奔波的大忙人。

萧天耀的轮椅距离书房还有数十步远时，黑衣男子便发现了他的到来。黑衣男子顿时一动，青衫男子也反应过来，两人如同约好一般，同时看向门外，静等那个如天神一般高高在上的男子进来。

没有让两人等太久，萧天耀的轮椅就出现在两人的视线里。

“王爷。”青衫与黑衣男子同时开口。看到萧天耀疲累惨白的脸色后，黑衣男子张了张嘴却又合上，青衫男子却没有这个顾忌，眉头一皱：“你动了手？”

萧天耀没有回答，而是由属下将轮椅推了进来，待到人进了书房，萧天耀这才慢条斯理道：“外面的人清理干净了吗？”

“跑了一个。”黑衣男子开口回答，语气不怎么好。

萧天耀挑眉问道：“周肆跑了？”

黑衣男子点了点头：“临走时发了三箭，不知道有没有伤到人？”

周肆的箭术例无虚发，他的绝技就是三箭齐射，虽不至于箭箭致命见血，可三箭总有一箭能见血。

“没有。”在三箭一前一后朝他飞射来时，萧天耀就猜到出手的人是周肆，只是……

“什么人请动了周肆？”萧天耀问道。

周肆是浪迹四国的杀手，臭名昭昭，有钱就杀人，但他一向不参与皇室斗争，也不会接皇家的生意，能让周肆出手的人，肯定不会是当今皇上。

“不知道，一点儿线索也查不到。我们之前也没有收到周肆在东文出没的消息。”青衫男子低着头，颇有几分恼意。

他手上掌控着萧王府的情报网，却连致命对手的到来都没有察觉到，事后也调查不到什么，这实在是失职。好在萧天耀这次没有出事，不然他绝对无法原谅自己。

萧天耀也知道这种事和对方无关，不仅没有追究他的错，反倒安慰了一声：“此事错不在你，有人暗中掩饰周肆的踪迹，不是我们想查就能查到的，今晚的事情说起来，也是我们大意了。”

“今晚的事都是我的错，中了人家的调虎离山之计。”黑衣男子低着头，脸色涨红。

萧天耀看了他一眼，并没有责备，而是转移话题问道：“墨神医可好？”

“墨神医和墨姑娘都安然无事，我已将他们安排在浣溪小苑。”黑衣男子刚说完，青衫男子就皱眉道：“流白，你知道自己在做什么吗？浣溪小苑可是天耀的私人别院，你怎么把墨神医和墨姑娘安排在……”

“我当然知道我在说什么，墨神医和墨姑娘是贵客，把他们安排在浣溪小苑才最安全。”黑衣男子也就是流白，并不认为此举有错，不过他还是偷偷看了萧天耀一眼。

萧天耀虽有不满，却也没有表露出来，只让流白调人保护好墨神医与墨姑娘。

“王爷请放心，我已让暗卫暗中保护墨神医父女。”流白暗松了口气，对自己的安排他还是有信心的。

暗卫既有保护也有监视的作用，毕竟墨神医父女对他们而言，还算是陌生人，不得不防。

“嗯。”萧天耀的脸色好看几许，眼神落在青衫男子身上。

青衫男子立刻收敛气息，上前问道：“里外都清理干净了，共一百零二名刺客，府上有八个奸细。这些人身上没有任何标记，嘴巴很紧，什么都问不出来。刺客像是死士，不管怎么用刑都没用。外面还有三百弓箭手，除逃走的周肆外，全部拿下，他们所用的弓和箭都像是军方的东西。”

“好大的手笔。”萧天耀轻哼，手指无意识地在扶手上敲打起来。

咄……咄……咄……一下一下，那种悠然的节奏慢条斯理，却像是敲打在人心上一样，屋内的气氛顿时紧张起来，流白与青衫男子不由自主地放慢呼吸。

他们打小和萧天耀相识，虽然为萧天耀做事，不像属下更像是朋友。但即便如此，他们面对萧天耀的威压，也只有俯首称臣的份。

萧天耀轻敲扶手，眼眸微敛，没有人知道他在想什么，也没有人敢开口打扰，好半天后，他倏地停下，抬头道：“流白，你去保护墨神医，墨神医有什么需要尽量满足。”

“好。”流白轻声应下，知道萧天耀没有别的吩咐，便先一步出去了。

屋内只余青衫男子和萧天耀，萧天耀沉默片刻，缓缓开口：“苏茶……”却只叫了对方名字，并不说话。

“王爷可是遇到了什么难事？”青衫男子也就是苏茶主动问道。

“嗯。”萧天耀也不隐瞒苏茶，“本王遇到一个很奇怪的人。”

“很奇怪的人？”苏茶不解，萧王府内外如同铁桶，今天清理一遍后，更不可能有奇怪的人出现，莫非是……

苏茶睁大眼睛看向萧天耀，萧天耀轻轻颔首，给了他肯定的答复：“林初九，皇上指给本王的王妃。”

“林初九？她怎么了？”苏茶一脸不解。

关于林初九的传闻，苏茶知道得很多，也曾有幸目睹过三年前的林家大小姐，苏茶不认为林初九有什么特别的。

萧天耀不是一个多话的人，可林初九实在太奇怪了，不仅和传闻一点儿都不相同，甚至和他们查到的消息都不一样。

萧天耀把今天晚上林初九的一举一动说给苏茶听，当然萧天耀绝不会把自己被林初九压在身下的事情说出来。这么丢脸的事，他自己知道就好了。

“不是说林家大小姐不学无术、骄纵任性的吗？怎么和传言完全不同？难不成，在乡下待三年就变乖了？”苏茶不解地问道。

“本王也很奇怪，而且她会医术，却中了毒没有解。”萧天耀眉头微皱。苏茶一脸不解：“她自己就会医术，还能中毒？”

“所以才奇怪。”萧天耀唇边溢出一丝冷笑。苏茶知道他不高兴，连忙道：“要不要让人盯着她？”

"本王亲自盯着她。"他也想看看，林初九身上还有什么秘密？

"那你自己当心点，如果她别有用心，你可千万不能再手软。"苏茶看似温尔，实则是个果断狠绝的人物，他信奉要把一切危险都扼杀在摇篮里。

"嗯。"一个林初九，萧天耀还不放在眼里，如果林初九没有二心，就当身边养只宠物好了。

苏茶轻轻点头，没有再多说，转而说起正事："那些人怎么处理？"

"杀！刺客送去大理寺；弓箭手送去枢密院；奸细送去监察院。明天一早送到，本王要全京城的人都知道昨晚到底发生了什么事。"萧天耀处理得干净利落，苏茶一眼就知道，萧天耀根本没有想过从那些人嘴里套出什么有用的信息。

只是……

"这么做，皇上会不会不满？"苏茶一脸担忧，他可是知道皇上那人有多狠，萧天耀这么打皇上的脸，皇上会高兴才有鬼。

"不满？"萧天耀冷笑，"他什么时候对本王满意过？本王不死，做什么他都不会满意。"

他曾经退了也让了，要不是他放权，皇上岂能轻易拿下他的兵权？

他就是致残了又如何？只要他萧天耀不松手，皇上也只有叹气的份。

看在兄弟一场的份上，他不深究皇上给外人方便暗算他的事，还把兵权交了上去，结果呢？

他的好皇兄得寸进尺，不仅指了个乱七八糟的女人来羞辱他，现在居然动用刺客，想要他萧天耀的命，只是皇上也不想想自己有没有那个能耐！

萧天耀眼中的杀意一闪而过，即便如此苏茶还是全身一寒，在心中默默地叹气。真是造化弄人，萧天耀没有当东文皇帝的野心，如果他有野心，当今圣上根本坐不稳龙椅，偏偏皇上却一再防备天耀。要光防备也没什么，哪个皇帝都不会喜欢手握重兵的兄弟。皇上千不该万不该下这么狠的手，硬生生把天耀给毁了，天耀要是不反击，那他就不是萧天耀了。

林初九醒来时，发现自己躺在喜床上，身上还穿着沾了血的衣服，连个被子都没有盖，全身冰凉冰凉的，人还没有坐起来，鼻涕水就不受控制地往下流。

林初九倒是想要抱怨，可想想萧天耀没有杀她就是天大的恩赐，她还能奢望什么？

做人不能太贪心，能留一条小命林初九就很满意了，至于接下来的生活是好是坏，这个她一点也不担心。

日子都是人过出来的，徐徐图之，她相信一切都会越来越美好。

揉了揉酸痛的胳膊，林初九为自己的处境暗暗摇头，但很快又打起精神来，正想起身去问问这是什么时候了，就听到医圣之心嘀嘀嘀的声音……

这声音林初九很熟悉，这是提醒她有病人，不过这一次不是要林初九去救人，而是提醒林初九她着凉了。

林初九真想翻白眼，症状这么明显，她需要医圣之心提醒吗？

为了不被医圣之心骚扰，她还是认命地从医圣之心里面取出药丸服下。

药服下，又坐了半晌，精神恢复了一些，林初九将左肩的绷带拆开，重新上药包扎。左肩的伤并不重，只是短时间内不能用力，自己多小心一些就好了。

收拾好自己，林初九便想出去找人，怎么着也得给自己弄点吃的来，她也不知道自己昏睡了多久，醒来后发觉很饿。

喜房内一片狼藉，翻倒的箱子、散乱在地的衣服，之前是怎样现在还是怎样，只有林初九放在箱子里的药不见了，还有刺客的尸体也不见了。

对于那些药，林初九并不放在心上，她拿出来的药都是普通的药丸，有足够的草药她也可以做一堆药丸出来，并不会引起旁人怀疑。

打开门，外面干干净净，之前惨烈的战斗好像不曾发生过。深吸一口气，还能闻到淡淡的花草树木的芬芳。

林初九扫望一眼，发现这院子真不是一般的大，最主要的是这院子视野很开阔，偌大的院子除了草坪什么都没有，看着就舒服，也让人舒心。

说实话，林初九不喜欢在院外种树、种花或者弄什么假山一类的，这些东西不仅遮挡视线，还方便贼人躲藏。

她就喜欢这种，一打开门就能看到围墙的院子。

走下台阶，踩着青石小道，林初九朝院外走去。看着宽阔的院落，内心很是舒坦，可是从房间走到门口却要走半晌，林初九倒是习惯了走路，可架不住身子娇弱，这才走几步啊就累得呼呼直喘气，而半路上也没有一个可以支撑的东西，害她想扶个东西休息一下都不成。

风一吹，林初九的鼻涕水又要掉下来了，她想要找块帕子，低头一看，才发现自己居然穿着带血的中衣就出门了。

“要不要回去换衣服？”林初九纠结了，转头看看自己走了三分之二的路，咬咬牙还是坚定地往前走。

要是走回去，她不一定有力气走出来。

在远处“保护”林初九的暗卫，看到林初九傻愣愣地站在原地，有些不解她想干什么，见到不远处有人过来，暗卫这才松了口气。

林初九继续往外走，眼见距离门口只有十几步远时，院门突然打开了。林初九连忙停下，只见一个身形削瘦、神情严肃的老者，带着四个低眉顺眼的小丫鬟走了进来。

老者看到林初九站在那里，脸上没有表现出任何诧异，从容地行礼：“奴才曹石，是王府的大管家，见过王妃。”

王妃？

林初九听到这个称呼，脸上露出一抹极浅的笑意：看样子，她明面上的身份还是得到了承认。

想来也是，她怎么说也是皇上指婚的萧王妃，只要她没死，这萧王妃的名分就是她的。

林初九半丝不怯，缓缓抬手："免礼。"

曹管家没有客气，立刻站直身来，指着身后的四位侍女道："王妃，这是王爷命奴才送来的侍女，日后就由她们侍候王妃的日常起居。"

侍候和监视同在，林初九表示理解，不过也没关系，她欣然接受："替我多谢王爷，他真是想得太周到了。"

曹管家没有想到林初九这么好说话，诧异地看了她一眼，正好对上林初九那双清冷莹亮的眸子，曹管家连忙低头，不敢再看。

"王妃，王爷要奴才问您，您的丫鬟要如何处理？"凭着做下人的直觉，曹管家觉得这个能让王爷特意指人来服侍的王妃不简单，他还是少惹为妙。

"连同陪房一起送回林府，就说萧王府不要吃里扒外的东西，更不要犯了事主子都无权处理的大爷。"林初九一点儿也不客气，一口气把林夫人埋在她身边的人全部送走。

那些人的卖身契全握在林夫人手里，要是这些人不合心意，林初九都没办法处置他们，与其替林夫人养人，她宁可一个也不要。

曹管家似乎没有想到，林初九会在新婚第二天就和娘家撕破脸，当下好心地建议道："王妃要不要先去见见那些人再做决定？"万一有合心的，他把人送走了，王妃日后后悔怎么办？

"不用。"林初九拒绝了曹管家的好意，让曹管家把人全部送走，"当然，送回去时，一定要声势浩大，让京城那些爱看热闹的人都知道，林家夫人给嫡长女安排陪嫁的人，却不肯把卖身契给嫡长女，竟想把手伸到萧王府。"

曹管家听到林初九的话后，脸色那叫一个精彩。他一大把岁数了，还真没有见过谁家的姑娘这么坑自家娘家的，这林姑娘果然不一般。

既然林初九都这么说了，曹管家也不好再劝，他之前劝那一句已是私心，因为林初九昨晚救的曹林，就是他儿子。

投桃报李，曹管家虽然没有明面上道谢，暗地里也帮林初九敲打了那四个丫鬟一番，让她们尽心服侍林初九。

林初九不知这一茬，见这四个丫鬟低眉顺眼，收拾屋子、打水什么的都做得妥妥当当，忍不住在心中默默称赞。和林夫人相比，萧天耀的段数实在高太多了，从丫鬟身上就能看出来。

要是林夫人给她的丫鬟能规规矩矩地做好这些，林初九也不会去找茬。她对丫鬟的要求真不高，她不需要丫鬟死心塌地把她当主人、当恩人、当姐妹。她只要丫鬟安分一点，能保证她的生活质量，不拖累她就行，至于其他，只要不太过分，想爬萧天耀床干什么的，她都可以接受。反正自己对萧天耀又不是真爱。

林初九终于美美地泡了一个澡，吃饱后休息片刻，又喝了一碗热姜汤。一番调养下来，林初九精神了许多，脸色也红润了许多。

这才是人过的日子呀！林初九小日子舒心了，可萧天耀却没有她那么好的命。虽然萧王府对外宣布萧王爷和萧王妃受了惊吓，要闭门休养，可萧天耀这几天根本没有时间休养……

一大早，一车车尸体从萧王府拖出去，大理寺、监察院和枢密院大门口全是尸体，一具具整齐地摆放在大门前。

除了尸体外，还有上百架强弓和强弩，虽然上面没有任何标记，明眼人都能看出来这些东西都是军方的，就算不是军方流出来的，也不是普通人家能够拿出来的。

和尸体、弓箭一同送来的，还有萧王府的状纸。萧王府状告枢密院、监察院、九门提督、顺天府尹、京都禁卫军首领、内务府总管太监。

总之，凡是可以扯上关系的人，萧王府一个都没有放过，状纸整整三十八页，其中有三十页写的全是被告人的名字和官职。

萧王府告他们玩忽职守，告他们与刺客勾结，告他们私藏私造武器，告他们藐视法纪，谋杀当朝亲王。

十八条罪状，每一条罪状都足以灭这些人三族以上，萧王府却一连写了十八条重罪。

人证、物证和状纸，一同递到官府，萧王府的人做完这些事便不再多言，只道他们相信朝廷，朝廷定会给萧王爷一个公道，不会让为保护国家而受伤致残的功臣心寒。

萧天耀这一招极狠。不仅将自己定位在道义的高度上，还当众撕开皇上的假面，把应该放在暗处处理的事情，全部摆到了明面上，这么一来皇上就是想睁一只眼闭一只眼都难。

“老四，你够狠！”皇上气得将奏折和状纸全部扫落在地上，可就是这样还不解恨，皇上抓起桌上的砚头就朝跪在案前的人砸去：“滚！”

嘭！那人被砸得头破血流，却不敢吭一声，捂着脑袋就飞快地退了出去，看他身上的官服，正是一名武将，也就是被萧天耀状告的禁军统领。

一夜之间，京城潜入数百名刺客暗杀萧王爷，他这个禁军统领怕是要当到头了。

“皇上息怒。”皇上的心腹太监，小心翼翼地凑上前来，“皇上，萧王现在就是一个废人，一辈子都站不起来，也不会有子嗣，皇上您实在不必和这么个废物生气。”

心腹太监特意咬重“废物”二字，他知道这两个字皇上特爱听，私底下皇上叫萧天耀就是叫废物，拍皇上马屁的大臣也明里暗里都叫萧天耀为废物王爷。

果不其然，皇上听到这话后脸色稍好，依旧不解气：“那帮没用的东西，连个废物都解决不了，简直是连废物都不如。”

“皇上您且息怒，这一次确实是几位大人大意了，毕竟谁也没有想到，萧王除了手上的亲兵外，暗地里还有一股这么强的势力。这次虽然损失了一些人，可好歹我们查到了萧王的底牌，下次……”心腹太监阴恻恻地笑了一声，“下次，萧王可就没有那么好的运气了。”

“你说得没错。”皇上听到这话，脸色总算平静下来，唇角甚至还泛起一丝冷笑，“能把他的底牌逼出来，也不枉朕牺牲那么多的人手。下一次，朕必取他性命。”

“皇上英明。”心腹太监很有眼色，立刻把奏折和萧王府的状纸摆在皇上面前，等皇上批阅。

皇上在御书房大发雷霆，但也为能逼出萧天耀底牌的事甚是得意。萧天耀第二天就知道了，不过他什么也没有说，只是轻蔑一笑……

苏茶在心中默默地为皇上点了一排白蜡烛。皇上真是太天真了，天耀十三岁入军，征战沙场十五年，怎么可能就只有那么一点底牌。

皇上自以为把天耀的底牌都逼了出来，事实上这不过是冰山一角。总有一天，皇上将为他的自大而付出代价的。

苏茶收起对皇上的同情，继续给萧天耀汇报外面的情况，等到他说完，正好到了中午时分，萧天耀留苏茶用饭，只是两人还未走出书房，曹管家就来了。

曹管家见到苏茶在，脸色犹豫地看向萧天耀，不知该不该说。

苏茶正想找个理由出去，萧天耀淡淡开口：“苏茶不是外人，但说无妨。”

主子开口，曹管家就没有顾忌，恭敬地把林初九的话重复了一遍：“请王爷定夺。”

虽是林家的事，可事关萧王府的颜面，并不是林初九想怎么办就能怎么办的，萧天耀想也不想就开口：“按她说的办。”

萧天耀冷硬的面部线条柔和几许，曹管家一直低着头看不到，苏茶却看到了。

曹管家走后，苏茶笑着打趣了一句：“不是一家人不进一家门，你们果真是夫妻。”

萧天耀斜睨苏茶一眼没有说话，苏茶耸了耸肩，上前帮萧天耀推轮椅，假装自己什么都没有说。

林初九把林家的事交给曹管家后，便把这事彻底地放下，吃饱消食后，林初九又小睡了片刻，这才彻底把精神养足了。

养足了精神，林初九便有心情了解现状。

“你们叫什么名字？”林初九看着四个姿色平平的丫鬟，心里明白这四个丫鬟绝不是备用小妾。

四个丫鬟齐身道：“请王妃赐名。”

主子给身边的下人赐名是惯例，林初九略一思考，便从左指到右：“珍珠、玛瑙、珊瑚、翡翠。”

“奴婢谢王妃赐名。”林初九身边的四个丫鬟，正式有了名字。

林初九赐了名后，就开始询问一些小事。四个丫鬟本以为林初九会打听萧王府的事，她们已经做好准备，绝不会让林初九打听到有用的消息，结果林初九只问了现在是什么时辰？之前受伤的亲兵怎么样了？她能不能去看看？萧王府有什么规矩？有机会问问萧王爷，她能不能走出这个院子？

除了这些外，林初九没有问一件和萧王府有关的事，也没有打听萧天耀的私事，这让四个丫鬟很是不解。要知道林初九可是皇上亲赐，萧天耀八台大轿迎娶进门的王妃，萧王府的女主人，按理说她有权管理萧王府的任何事，可林初九却把自己当外人，或者说客人更恰当。

四个丫鬟虽有不解，面上却不会表露出来，能被萧天耀特意指给林初九的人，绝不可能是普通丫鬟。四个丫鬟一一回答了林初九的问题，林初九不问的她们也不多说一句，至于能不能去看望受伤的亲兵，这个不是丫鬟所能做主的。

“王妃，此事还需请示王爷，如果王妃要去看望受伤的护卫，奴婢这就去禀报给管家知晓。”珍珠是四个丫鬟之首，行事沉稳周全，即使林初九没有摆王妃的架子，珍珠也不敢怠慢。

林初九固然对自己医治的病人负责，但她并不是什么良善的人，她不会为这种小事去找萧天耀：“不必了，你们留心一点，如果护卫当中有谁的伤势越来越严重，你们告诉我一声就好。”

“是，王妃。”珍珠听到林初九的回答，面上虽不流露，心里却对林初九刮目相看。

一个能看得清局势，知晓什么能做什么不能做的王妃，才能在萧王府长长久久地活下去。

曹管家禀报萧天耀后，怕手底下的人办不好差事，决定亲自把林府的下人送回去。

林初九明显不喜这些陪嫁，曹管家自然不会给他们面子，把人一捆全部丢到牛车上，拖到林府大门口。

让人去林家通报后，看到四周有不少看热闹的人，曹管家站在高处，把萧王府送下人回来的原因，大声地说了一遍：“老朽我活了这么多年，从来没有见过谁家给姑娘挑陪房，还不把卖身契给姑娘的。更没见过谁家的陪房是要主子亲自去见的。

“我家王爷与王妃昨日大婚，遭遇刺客，王爷和王妃都受了伤，王妃让小人去安顿这些陪房，结果这些陪房却嚷着要王妃亲自来见他们。

“林相府上的规矩可真是大啊，我们家王妃敬重继夫人，但继夫人也不能这么揉搓我们家王妃，把下人给了王妃，却把卖身契握在自己手里。

“我们家王妃娘娘是个有孝心的，知道林相家缺不得这些下人，便做主把这些下人全送了回来，免得继夫人无可信的下人用。”

曹管家的声音很大，语速虽快但咬字很清晰，在场的人都听得清清楚楚的，林府的人收到消息出来时，曹管家已经把话说完了。

见到林家的管家，曹管家完全不给对方说话的机会，双手抱拳冷冷道：“人已经送到了，我家王爷和王妃都受了伤，王府此时离不开人，我就不久留了。”

完全不给林府管家开口的机会，曹管家一扬手，就招呼萧王府的下人走了。

“曹管家，曹管家，等等，这是误会，这是误会……”林府的管家连忙追上前去，可萧王府的人个个训练有素，就是普通下人亦是身手矫健之辈，哪是林府的人能够追上的？

林府外跪了一大排下人，又有一堆看热闹的，林府管家快愁死了，一时半刻真不知该如何是好。

让这些人一直跪在外面？这实在是丢人现眼；若是把人带进去，那就表示林家收下这些人，想要再送回去那就难了！

这不是叫人为难吗？

林家为不为难，萧天耀和林初九一点儿也不在意，不管是萧天耀还是林初九，都没有想过和林家交好。

得知事情办妥，林初九心情大好，还再三告诉曹管家，林府要是把人和卖身契都送回来，坚决不能收，还有林家要是有人上门，就直接说她受了伤，无法见客！

林初九做好一切准备，一直在等林家派人上门，结果等了半天都没有一丝动静，林家别说把人送回来，就是派人上门解释一句都没有。

林夫人还真不是一般的嚣张。不过，林初九现在要做的事，不是去考虑林夫人在想什么，她现在要做的是，应付皇上派来的太医。

萧王和萧王妃新婚夜遭遇刺客暗杀，两人都受了伤，皇上收到消息后龙颜大怒，命大理寺和刑部严查此案，绝不放过任何主谋者，至于萧王爷呈上的状纸，皇上只当没有看见，绝口不提此事。

除此之外，皇上还下旨，让太医院医术最好的三位太医前来萧王府，为萧王和林初九医治。

只是大家心里都很明白，这太医名义是来医治，实际上却是来确定萧天耀和林初九到底是不是真受伤。

好在，林初九确实是受伤了，再加上她自己就是大夫，稍稍动一下手脚就能让自己的脉搏变得无力，太医诊断的结果自然是不怎么好。

萧天耀那里就更好办了，他之前强行驱动内力与刺客应战，之后又没有得到及时的调息，身体更加糟糕，甚至之前的伤势都加重了。

太医们诊断过后，皆是一脸沉重，太医院秦院正神色严肃地说道：“王爷的伤势又加重了，日后怕是更难治愈了。”眼神落在萧天耀的双腿上，带着一丝不易察觉的同情。

伤上加伤，萧王爷是真的废了。

秦院正一句话令得萧王府都愁云惨淡，死气沉沉，没有一丝活力，萧天耀却依旧面无表情，就好像无法动弹的人不是他一样。

秦院正还要回宫复命，无法久留，交代了几句后，便写了药方交给曹管家，让曹管家去抓药。曹管家立刻让人去抓药，只是这药萧天耀会不会喝，那就不是太医能左右的了。

秦院正立即回宫，面对皇上的询问，没有隐瞒也没有夸大病情，将自己诊断的结果如实禀报：“皇上，萧王爷虽然没有受伤，可他昨晚强行运功，内伤加重，下身伤势强化，双腿筋脉有萎缩的趋势。萧王妃则受了极大的惊吓，左肩受了伤，不过并无大碍。”

和林初九相比，皇上更“关心”萧天耀：“这么说，他的双腿岂不是再无恢复的可能？”

“回皇上的话，依下官的诊断，萧王爷此生没有站起来的可能，东文国内无人能医好萧王爷。但下官不敢保证这世间有没有医术高超的世外高人。”秦院正说话非常有分寸，给自己留了足够的余地，毕竟天下之大，无奇不有。

皇上闻言脸色微沉，思索片刻后道：“之前给他加的药，没有起作用？”皇上之所以不顾兄弟情分，非要赶尽杀绝，就是怕萧天耀遇到什么奇遇，他日又能再次站起身来。

“回皇上，萧王爷应该没有服用微臣所开之药。”秦院正低头，不敢直视皇上。

他是皇上派去的人，萧王爷会信他才有鬼。

“他还是那么谨慎。”皇上摇了摇头，倒也没有多生气，看到太医跪在案前，身子不停地发抖，皇上也无意为难人，示意太医退下。

好在，他还有另一步棋，萧天耀必须永远成为废人，不然他永无宁日！

第五章　你们果真是夫妻

萧王大婚当夜遇刺，这绝对是京城头件大事，但萧王把刺客送到大理寺、监察院和枢密院的举动，令得皇上颜面大失，皇上虽没有当众说什么，但权贵大臣们个个都是人精，因此给他们一百个胆子，也不敢私下议论此事。

众人一个个都揣着明白装糊涂，只字不提，就好像这件事没有发生过一样。反倒是曹管家把林家下人悉数送回的事，让林夫人私下听了不少闲话。

林夫人气得不行，正想着在回门那日当着萧王的面揭露林初九的真面目，可萧王和林初九连进宫谢恩都以有伤在身推后了，又怎么可能会回门？

林夫人收到消息，气得险些吐血。曹管家在林府看了一出好戏，正想回来说给林初九听，刚走进内院，萧王府的亲兵急急来报："曹管家，不好了，曹林他出事了……"

什么？

曹管家猛地跳起身来，手中刚刚端起的杯子"啪"的一声摔落在地。曹管家却无心去管，而是一脸焦急地问向来人："曹林他怎么了？"曹林是曹管家唯一的儿子。

来人看到曹管家惊慌无助的样子，虽有不忍，却也不敢隐瞒，一脸沉重地说道："曹管家，昨日曹林伤得最重，虽然及时包扎了，可他伤后一直高烧不退，大夫们想尽办法也束手无措。现在曹林的伤口又烂了，大夫说要请您准备后事。"

"准，准备后事？"曹管家踉跄后退数步，只感觉眼前一黑，"咚"的一声便栽倒在地，把亲卫吓得不行，又是泼冷水，又是掐人中，折腾了好半晌，这才把曹管家弄醒。

"曹管家，你现在可不能有事，曹林还等着见你最后一面……"

曹管家紧紧地拽着亲卫的胳膊，一字一字地道："带我去看曹林。"

曹管家醒来后，整个人像是老了数十岁，指甲嵌入护卫的手臂里都没有发现。那护卫和曹林是好哥们儿，把曹管家当成自家亲人一般，这个时候也不会计较这种小事，忙搀扶着曹管家去看曹林。

曹林和其他受伤的人，都被安排在西边的一个独立小院，守卫看到曹管家过来后立刻放行，并指了指曹林所在的房间。

曹林伤得最重，住的地方离门口最近，也是最大的一间。此时大夫正在他屋子里团团转，还有两个专门照顾曹林的小厮。

见到曹管家过来后，两个小厮红着眼睛，一脸不安地走上前来，可曹管家眼中只有躺在床上一动不动的曹林，根本看不到别人。

看着那躺在床上一动不动的独生爱子，曹管家的一双老眼中泪花滚滚，哽咽地问道：“吴大夫，我儿子，我儿子他怎么样了？真是没救了吗？”

“唉……曹林伤得实在太重，我实在无能为力。”吴大夫是王府的老人，说话也就不拐弯抹角了。

曹管家眼中的泪水再也控制不住，扑簌簌掉落，踉跄数步，直到撞到桌椅这才停下：“怎么会这样，不是说伤口缝起来就没事了吗？”

“原本是没事，可昨天晚上曹林突然发热，伤口红肿化脓，我想尽办法也无法让他退烧。”吴大夫将被子掀开，指着曹林的肚皮说道，“伤势恶化得太快，又高烧不止，我也无能为力。”

“吴大夫，求求你，我求求你救救我儿子。我就这么一个儿子呀！”

一向沉稳、讲究体面的曹管家，双腿一软就跪在吴大夫面前，着实把吴大夫吓了一跳，连忙把人搀扶起来：“曹管家你快起来，你这不是折煞我嘛，我要有办法肯定会救，哪里需要你求。”

“这么说，我就只能眼睁睁地看着我儿毙命？”曹管家傻傻愣愣的，半天眼珠子一动不动，整个人就好像失了魂一般，看得人心里酸酸的。

吴大夫心里很不好受，可他医术有限，实在无力救治曹林。眼瞧着曹管家失魂落魄的样子，吴大夫心中不忍，咬牙说道：“请秦院正出手，曹林也许还有得救。当时王爷伤得那么重，也是秦院正出手，这才保住了王爷的腿。”

“秦院正？”曹管家眼睛滴溜一转，很快便暗淡下去，仰天长叹道，“可是秦院正只给皇上看诊呀。”除非皇上开口，不然谁也请不动秦院正。

“唉……”吴大夫也是长叹口气，不再说话，曹管家失声痛哭，却不敢去求萧天耀，只求吴大夫想想办法，救救曹林……

吴大夫用尽办法，勉强保住了曹林的命，却依旧无法让曹林退烧。

“再烧下去，曹林就是好了，脑子也会烧坏。”吴大夫如实对曹管家说道。

曹管家这两天一直陪在曹林左右，看着自己的儿子越来越虚弱，曹管家心痛得如同刀割，在吴大夫说出这话后，曹管家无力地闭上双眼。

“我，我去求王爷！”明知道开口只会令王爷为难，曹管家却无法放弃唯一能救治曹林的机会，要不开口，他会后悔一辈子。

曹管家整了整衣衫，又用冷水洗了把脸，让自己看上去精神一些。

萧天耀听到曹管家有要事求见，眼眸微挑，斜眼看向苏茶，以眼神寻问发生了什么事?

这两天，不论是萧天耀还是苏茶，都很忙。皇上有心想要将暗杀事件遮掩下去，草草处理掉，可萧天耀却不肯同意。

幕后主使者到底是哪些人，一时半刻也没法全部查出来，但皇上的嫌疑跑不掉，即使没有确实的证据，萧天耀也要皇上付出足够的代价!

这几天，萧天耀一直都在和皇上博弈，目前看来效果很是不错，至少枢密院、大理寺、监察院乱作一团，禁卫军统领尽皆下狱。

当然，这只是开始而不是结束。萧天耀以前一直将心思放在战场上，极少关注朝廷政务，更不会拉拢朝廷官员，经此一事，萧天耀却准备在朝中安插自己的人手。

萧天耀最近忙得连合眼的时间都没有，苏茶比他还要惨。所有一切明里暗里的行动，萧天耀制定计划后，都是苏茶去执行，苏茶哪里还有精力去关注萧王府的琐事。

“也许和你的王妃有关。”苏茶大胆猜测道。却换来萧天耀一个白眼：“回去休息，脑子清醒了再来。”

“遵命！”苏茶脸色一喜，转身飞快地逃了出来，就怕萧天耀反悔，剥夺他休息的时间。

萧天耀揉了揉酸痛的眉心，靠在后椅上，等着曹管家进来。

曹管家虽然已经略作收拾，可仍旧难掩悲伤与老态，萧天耀俊眉微挑，隐约猜到了什么。

果然，曹管家一进来，就跪在萧天耀的面前，老泪纵横道：“王爷，奴才大胆，求您救救曹林。”

“曹林怎么了?”萧天耀没有应下，而是反问道。

曹管家便将吴大夫的话，挑重点复述了一遍，说到最后直接匍匐在地，不敢起来。

“王爷，吴大夫说能救曹林的就只有秦院正了，奴才，奴才实在是没有办法……”曹管家泣不成声，哭得上气不接下气，那样子着实可怜，只是……

萧天耀眉头微皱：“秦院正不好请。”

秦院正一向只给皇帝和皇室宗亲看病，从不给普通人看病，再加上这段时间，他和皇上对着干，皇上不一定会让秦院正给他的属下医治。

萧天耀话中未尽的意思曹管家明白，心里虽然难过自家儿子无救，可也明白这不是萧王冷血，而是秦院正真的不好请，尤其是现在萧王府和皇上的矛盾摆在了明面上，皇上又怎会允许他的专属太医来萧王府医治一个小小的护卫，这不是打皇上的脸吗?

不需要萧天耀言明，曹管家就主动说道：“是奴才糊涂了，还请王爷恕罪。”

萧天耀虽然杀人如麻，对身边亲近一向极好，曹管家这些年来兢兢业业，萧天耀也不想他老年丧子。想到新娘子林初九的表现，萧天耀思索片刻后，道：“去找林初九！”

“王？王妃？”曹管家诧异地抬头，王妃虽会医术，可她一个女子，能比吴大夫还厉害?

“告诉她，医不好就回林家！”萧天耀没有为曹管家解惑，而是冷冷地说道。

曹管家一震，刚想要说什么，对上萧天耀的那双清冷凌厉的眸子后，曹管家半张的嘴连忙合上，给萧天耀磕了个头后便退下了。

曹管家救子心切，不敢耽搁，当即去后院寻找林初九。

林初九之前了着凉，这几天一直在屋内养病，好不容易今天稍好了一些，就在外面的草地上散散步，还没走两圈就看到曹管家急匆匆地走了进来。

曹管家走得又快又急，根本没有看到不远处的林初九，还是林初九见状，打发身边的丫鬟去问了一句。

曹管家连忙转身，大步朝林初九这边走来，不等林初九开口，扑通跪在林初九面前：“王妃娘娘。”

“曹管家这是干什么？快起来。”林初九连忙搀扶了一把，可曹管家这是实打实地跪，林初九根本扶不起来。

“求王妃娘娘救命。”曹管家重重磕了一个响头，好在这是泥土草地，不然曹管家这一磕，十有八九得见血。

“救命？谁出事了？”林初九眉头微蹙，看向身旁的珍珠，珍珠连忙摇头，表示不知。

“是，是曹林，是我儿子。就是那天晚上肚子开了个口子，王妃娘娘缝好的那个侍卫。”

曹管家这么一说，林初九立刻有了印象，毕竟那天晚上就数曹林伤得最重：“他怎么样了？伤口发炎？高烧不止？”

“对对对。”曹管家如同小鸡啄米一般连连点头，“大夫说曹林再烧下去，就算人不死也要烧傻掉。”

“烧了几天了？”林初九一脸凝重，面露担忧。

距离曹林受伤已经五天了，曹林不会就烧了五天吧?

“四天，足足烧了四天，大夫实在没有办法。奴才也是迫不得已才来求王妃娘娘，还请王妃娘娘救救我儿。”曹管家说着说着，泪水就涌了下来。

林初九一听，顿时就怒了：“怎么烧了这么多天你才来找我？”高烧四天，可真会把人烧成傻子的。

“奴，奴才……”曹管家奴了半天也没有说出一个有用的字眼，他能说他是不相信林初九一个姑娘家，能有那么好的医术吗?

他能说，要不是萧王爷开口，他根本就没有想到林初九这个人吗？ 林初九在萧王府的存在感真的是太低了，低到出了这个院子，就没有人知道她的存在。

“算了，这事也不能怪你。”林初九心里很清楚，萧王府的人根本就不信任她，也不相信她的医术，哪怕那天她曾帮那么多的亲兵包扎过伤口。

无所谓生气与否，她当时会出手救人也是因为医圣之心的要求，医圣之心得到他们的感激就好，她不需要伤者感激。

“救人要紧，你在这里等我，我去拿药箱。”林初九不再和曹管家废话，提起裙摆就朝室内小跑而去。一进屋就把四个丫鬟支使出去，而后唤醒医圣之心，从虚拟空间拿出所需要的药物。

这是林初九主动救人，不是医圣之心强制命令，林初九只能拿到一些常用药物，不过这已经足够了。

将药丸和绷带装入事先准备好的药箱，林初九想了想，还是把她师父留给她的那套柳叶小刀带上。这套柳叶小刀也是师门传承之物，状如柳叶，薄似蝉翼，锋利无比，是医治外伤的利器。将所需要药物装好后，林初九又检查了一遍，确定没有遗漏什么后，换了一身干净的衣服，才提着药箱出来。

“奴才给您提药箱。”曹管家立刻上前，接过林初九手中的药箱。

药箱着实不轻，林初九身子还虚，提起来确实很吃力，便没有拒绝曹管家的好意，把珍珠、玛瑙留下来看家，林初九让珊瑚、翡翠跟她一起去。

在曹管家的带领下，林初九急匆匆赶到西院，一踏进曹林养病的屋子，吴大夫就皱眉了：“曹管家，你怎么找几个姑娘来了？不是去求王爷请秦院正的吗？”

“吴大夫，这位是……”曹管家刚要介绍林初九的身份，就被林初九打断了：“我是大夫，曹管家让我来看看曹林的伤势。”

“你是大夫？”吴大夫一脸怀疑，根本不相信林初九是大夫，挡在林初九面前，不让她上前。

“麻烦你让一让可以吗？”林初九客气地开口，可是吴大夫根本不理她，语气不悦地对曹管家说道：“曹林的伤势耽误不得，你怎么让个姑娘家过来，你这不是添乱吗？”

“不，不不不……”曹管家正要解释，林初九却突然转身，指着一旁的桌子道：“曹管家把药箱放到桌上。”

“是。是。”曹管家看到林初九临危不惧，心里隐隐觉得自家儿子有救了，不自觉地就按林初九的命令办事。

吴大夫一脸奇怪，稍稍移开了步子，不再像之前那么防备，而是以眼神寻问曹管家，这到底是什么人？

曹管家此刻一心关心自家儿子的情况，根本没有注意到吴大夫的眼神，吴大夫无奈，只得上前一步，当他看到林初九药箱里的东西时，忍不住皱眉问道：“这些是什么东西？治病还带这么多刀？你想干什么？”

“我师父留给我的，医治外伤的利器。”林初九简单地解释了一句。

“师父？”曹管家一脸诧异，吴大夫不知道林初九的身份，曹管家却是知道，他可没有听说过林家大小姐还有什么师父。

难不成，是在乡下的那三年拜的师？

可学医只用三年就够了吗？那些个大夫，哪个不是学了几十年才能出师的，王妃只学三年，就有这本事？

“曹管家不会以为，我天赋异禀，能无师自通吧？”林初九半是自嘲半是玩笑地道，倒让曹管家不敢多说，连连摇头。

解释完药箱的事，林初九也不再多说，将白色外袍穿在身上，又用大夫帽把头发包扎起来，手脚利落，一看就知道不是新手上阵了。

林初九在做这些的时候，不管是吴大夫还是珊瑚和翡翠这两个丫鬟，都睁大眼睛看着她，眼中满是疑惑，可是……

林初九完全没有解释的意思，拿出止血、消炎的药，想了想，又把那套柳叶刀拿了出来。转身的时候，遇到挡路的吴大夫，林初九好脾气地问道：“麻烦让让可以吗？”

这一次吴大夫没有再阻止，乖乖地让道。他倒要看看，这个年轻的姑娘能有多大的能耐。

曹林全身通红，烧得厉害，嘴唇干裂泛白，林初九不用医圣之心提醒也知道曹林严重缺水，有生命危险。

林初九捏开曹林的嘴，喂了一颗退烧的药丸，好让曹林能迅速退烧。

曹管家看到林初九没有说医不了的话，心下稍安，虽疑惑林初九的举动，可却没有开口询问，就怕打扰到王妃救人。

吴大夫不同，他是大夫，见林初九随便往曹林嘴里喂药，吴大夫皱头紧皱，开口问道：“姑娘，你给曹林喂的是什么？”

“退烧的药丸。”林初九头也不回地答道。

为了方便，大夫将药制成药丸很寻常，像退烧这种常用的药，药房都有卖，只是效果各有不同罢了。

曹林除了高烧不止外，还严重缺水，急需补水，林初九想到她师父的教导，张嘴就道：“去取精盐和凉开水来。”

“好，我这就去。”曹管家转身就往外奔，却被翡翠给拦住了：“曹管家我去就好，我走得快。”

林初九满意地点头，用银针扎穴暂时封住曹林的知觉，便将柳叶小刀一字排开，取出最短的一柄，在床边坐下，准备给曹林清理伤口。

“这是？”吴大夫再次开口寻问。

“封住他的知觉。”这一次林初九说完，不客气地补了一句，“劳驾往旁边走两步，你挡到光了。”

“呃……”吴大夫脸色一变，却是乖乖后退，曹管家和珊瑚不需要林初九再说，老老实实地退开。

不得不说夫唱妇随，林初九冷着脸的样子，还是很吓人的……

曹林的伤在肚子上，这几日天天要上药，吴大夫便让下人别给他穿外衣，倒是方便了林初九。

林初九直接用剪刀剪掉了泛黄发臭的绷带，将其放在角落。没有绷带遮掩，流脓通红的伤口就露在人前，翡翠脸色一变，差点吐了出来，林初九却没有任何表情，而是用烈酒将伤口清洗干净，露出泛白的死肉。

曹管家的嘴唇直哆嗦，眼泪在眼眶打转，却死死忍住不敢哭出声来。

林初九抬头看了一眼，并没有安慰曹管家，拿起细长的柳叶小刀，把坏死的肌肉切掉，同时将烂在肉里的断线切断挑出来。

吴大夫自是知道坏死的肉留在伤口上不好，可林初九此举却是将好不容易才长合的伤口再次挖开。吴大夫不得不出声阻止道："姑娘，你这么做……"

吴大夫的话还没有说完，就被林初九打断："曹林的伤口是我缝的，我比你更清楚。"伤口里面都烂了，不把腐肉挖干净，外面长得再好看也没用。

吴大夫脸色不悦，可病人家属都不吭声，他也不好再说什么，当下只拼命朝曹管家挤眼睛，让曹管家去说，可林初九是曹管家最后的希望，曹管家哪怕不能理解林初九的医治方法，也不敢出声打断，就怕把林初九惹恼了，林初九不肯医治那才最糟糕。

曹管家不管林初九的方法有多奇怪，他只求曹林没事。

没有人问，林初九自然不会多作解释，将伤口上的腐肉一一清理干净后，林初九小心翼翼地将伤口打开。伤口外翻，咧出一道口子，脓水和血水混在一起，看上去十分的狰狞可怕，翡翠已经不敢再看，曹管家与吴大夫也看得头皮直发麻，唯一不受影响的便只有林初九。

伤口打开后，林初九要把里面腐烂肉挑出来，就在此时，去拿精盐与冷开水的珊瑚回来了。珊瑚一进来，就看到曹林肚皮上的伤口外翻，吓得差点将手中的水盆给掉地上，幸亏翡翠反应快连忙接住了。

"奴婢该死。"珊瑚连忙请罪，林初九却没有空管她，示意翡翠将水放在桌上。

林初九暂停手上的工作，将手上的血水和脓水擦干净后，将盐和凉开水按比例混合，从医药箱里拿出一个类似漏斗的器具塞到曹林的嘴巴里，然后就开始给他灌盐水。

这样能灌进去？

吴大夫眼睛一眨不眨地盯着林初九，看着林初九手中的盐水顺着"漏斗"灌入曹林的嘴里，一滴也没有流出来，吴大夫的嘴巴随之张成O形，好半天都没有合拢。

他之前也用漏斗给曹林灌过水，曹林根本没有办法吞咽，水全部吐出来了。

这位姑娘也太厉害了，她是怎么做到的？

吴大夫双眼发光地看着林初九，要不是知道曹林现在还没有脱离危险，他肯定要上前询问一番。

事实上，不是林初九太厉害了，不过是她手上的东西好用，"漏斗"的另一端直接抵在喉咙处，林初九根本不担心曹林会把水吐出来。

即使这样也不能多灌，给曹林喂了两大杯水后，林初九就收手了。

喝了水后，曹林的唇色和脸色都好看了许多，林初九摸了摸他的额头，依旧很烫，退烧的药丸还没有起效。

不过这事急不得，在退烧药丸起效前，她可以先帮曹林把伤口清理干净。

林初九不知道大夫是怎么照顾的，曹林的伤口腐烂得非常严重，要不是她之前处理得好，曹林的肠子都会烂掉。

如果不是在萧王府，看到这样的伤口，林初九肯定会发飙骂人，指责大夫和家属照顾不当，可现在?

林初九什么都不能说，她只能默默地清理伤口，尽量挽救。林初九从头到尾都没有吭声，拿着一把干净的小刀，继续为曹林清理伤口上的腐肉。

林初九埋头工作，完全忽视了屋内的其他人，将伤口里外的腐肉一点一点挑出来后，放在事先准备好的盘子里。

红白黄交错的腐肉如同烂泥，一点点增加，恶臭扑鼻而来，刚开始曹管家等人还不觉得有什么，可等到那堆腐肉堆成一团时，众人就觉得分外恶心，头皮直发麻。

清理伤口里的腐肉，这是一个非常细致的过程，林初九根本不敢分心，一直埋头工作，左肩隐隐刺痛也没有停手，直到全部的腐肉都被清出，林初九这才长长地松了口气。

总算好了!

林初九起身，微微晃了晃自己酸痛的胳膊，略作休息便开始给曹林上药。

曹管家本想利用林初九休息的空当，上前询问情况，但看到林初九一脸严肃，硬是不敢开口，又乖乖地退了下来。

曹林原本就伤得极重，且伤口发炎感染，清理干净后也只能上药包扎，等伤口慢慢愈合，不能再缝合了。给曹林上了药后，林初九将绷带覆在伤口处，特意多缠了几圈，担心伤口再次裂开。

缠好绷带后，林初九稍微收拾了一下，正准备去看曹林有没有退烧，就听到吴大夫一脸惊喜地大喊道："退烧了，退烧了，曹管家，你儿子他不发烧了！"

吴大夫这几天绞尽脑汁也没法让曹林退烧，现在看林初九一出手，不到半个时辰曹林就退烧了，吴大夫高兴的同时又有几分失落。

他的医术，果然是不行呀。

"真的，真的退烧了？"曹管家愣在原地，不敢相信自己听到的，直到吴大夫再三肯定，曹管家才相信这是真的。

"我儿有救了，我儿有救了！"曹管家一脸泪水，转身就要去给林初九磕头，却被林初九一句话制止了。

林初九说道："别高兴得太早了，只是暂时退了烧，还要看今晚的情况，今晚是危险期，熬过今晚才是真正的没事。"

林初九这话就像一盆冰水，把曹管家淋得全身冰冷，刚刚燃起的希望瞬间破灭，曹管家嘴唇哆嗦地问道：“王，王妃，我儿他还会有事？”

“王妃？你，你是王妃？”吴大夫猛地提高音量，看看曹管家，又看看林初九。

曹管家根本没有心思理会吴大夫，林初九则是白了他一眼，然后对着曹管家说道：“伤势太严重，我也不敢保证他能不能熬过去，另外他烧得时间太久了，脑子有没有烧坏，得等他醒过来才知道。”

“那，那怎么办？”一连遭受打击，曹管家已是六神无主，完全不知道如何是好。

林初九很能理解曹管家的心情，看了曹林一眼，说道：“曹林的伤势暂时已经稳定了，你今天下午陪着他，每隔一个时辰给他喂一次水，如果再发热的话，就立刻去找我。晚上是危险期，我今天晚上会过来盯着，现在我要回去休息。”

“奴才知道了，奴才多谢王妃娘娘救命之恩。”曹管家回过神来，立刻跪在地上，给林初九磕了三个响头，林初九想要阻止都来不及……

把曹管家扶起来后，林初九把开给曹林的药交给曹管家，让曹管家下午喂给曹林吃。曹管家小心翼翼将药收了起来，吴大夫想看一眼都不行。

送走林初九，按照林初九的交代，把污血的绷带处理了，曹管家便去见萧天耀，把林初九给曹林医治的过程一一汇报，同时呈上林初九给曹林所配的药。

“王爷，这是王妃给曹林所配的药。”曹管家小心翼翼地将三颗药丸捧到萧天耀的面前，萧天耀拈起一丸，仔细看了半晌，又嗅了嗅味道，并没有发现不同之处。

将药丸递还给曹管家后，萧天耀开口道：“以后还有的话，留下一丸。”他要让人去查一查，林初九这些药丸到底是怎么配的，为什么从她手上出来的药丸，药效会那般好。

“奴才遵命。”曹管家连忙点头，同时将药丸小心谨慎地收了起来，生怕不小心掉地上。

这可是曹林救命的药呀！

曹管家走后，萧天耀并没有立刻办公，而是若有所思地看着远方，手指富有节奏地在扶手上轻敲着：林初九，你到底是个什么人？

林初九如果知道她都这么小心翼翼了，还被萧王给惦记上，她一定会哭的。

回到自己所住的院子后，林初九疲惫地瘫坐在椅子上，让侍女去给她打水，她要沐浴。

沐浴过后，林初九用了午膳，花了一炷香的时间消食，便准备睡觉，好养足精神应付今晚的工作，只是……

理想很美好，现实很骨感。林初九才睡了不到一个时辰，就被珍珠给叫醒了，原因是萧天耀要见她。

她现在借住在萧王府，萧天耀包吃包住，她不用交房租，现在房东召见，她当然得火速报到。

珍珠要给林初九盛装打扮，被林初九拒绝了：“平时是怎么样今天就怎么样。”

珍珠拗不过林初九，便只给林初九上一层薄薄的脂粉，让她看上去比平时精神一些，也精致一些。

林初九这次没有拒绝，身体受慢性毒药荼害，血色稍差，的确需要点润色。

带着珍珠、玛瑙，林初九低调地来到萧天耀的院落，等到通报过后，只有林初九一个人能进去。

屋内，低沉阴冷，暗色系，除了书桌椅的玄青颜色外，再也没有其他的色彩，那种沉闷的气息令人几乎喘不过气来。不过家具的摆设极为整齐有序，显然萧王爷非常讲究，生活一丝不苟。

一身黑衣的萧天耀端坐在书桌后面，一进来，林初九就觉得有一股强大的力量扑面而来，压得她有些头晕目眩，视野不禁轻度模糊。

林初九脚步一顿，脸色瞬间煞白，纵使上了脂粉也遮掩不住，额头沁汗，堪比七月的大热天跪在外面晒太阳。

“王，王爷。”林初九艰难地吐出两个字，暗含祈求之意，可是萧天耀这人从来不懂得怜香惜玉，不仅没有收回威压，反倒越来越强，林初九感觉自己五脏六腑都挤成一团，疼得厉害。

大侠，饶命呀！

壮士，求放过！

林初九在心里歇斯底里地呐喊，可她无声的呐喊根本传不到萧天耀的耳朵里，林初九只感觉五脏六腑好似都移了位，喉咙一阵腥甜，拼命想要强压却怎么也压不下去。

嘴唇微张，血溢出嘴角，啪嗒啪嗒落地，溅起一朵朵血红妖冶的涟漪来。

抬手若有千斤重，林初九吃力地将嘴角的血迹抹掉，怕自己撑不下去，林初九只得再次开口：“王爷，你找我……”每一个字，都像是用肺腑挤出来的，疼得林初九五官皱成一团。

好在，萧天耀没想过取林初九的命，见到林初九嘴角的血迹擦了又溢出来，萧天耀终于将威压收回。

“坐。”举重若轻的一个字，让人不敢拒绝。

林初九吐了口气，忙挑了个离萧天耀最远的位置坐下。

这男人简直是作死，自己有伤在身还刻意散发出威严压迫她，他这是多想死？可是这男人想死，她却一点儿也不想，所以珍爱生命，远离萧天耀。

屋内的气氛恢复正常，虽然依旧沉闷凝重，可比之前好了许多。林初九暗暗调整呼吸，好不容易才将气息平稳下来，正想再次寻问萧天耀找她有什么事，就听到萧天耀淡淡开口道：“你的师父是谁？”

“回王爷的话，我也不知道我师父叫什么名字，每次见他都是一副乞丐样，每次都是晚上来教我，然后丢一本书给我自己学习，十天半个月后就来考察我一次，等我背好了就把书收回去。”这是实话，林初九说得脸不红，气不喘。

“是吗？”尾音上扬，隐有一丝华丽质感，这也摆明了萧天耀压根不信。

林初九低头不语，萧天耀也没有再作逼问，手指轻敲轮椅的扶手，一下一下，如晨钟暮鼓，似乎是敲打在人的灵魂最深处，沉闷得让人不敢吭声。

林初九很想落荒而逃，可她不敢！

就在林初九以为萧天耀会一直这么敲下去，直到敲得她精神崩溃时，萧天耀终于放过了她，开口道："曹林的伤你有几分把握？"

"原本是有七分，现在只有五分。"林初九垂眸答道。

"嗯？"萧天耀不满扬眉，明明什么也没有说，可林初九知道他在问为什么，林初九"老老实实"地答道："回王爷，我受伤了。"

说话间，不忘轻咳一声，这一声正好咳出一口血！

"娇气。"萧天耀冷傲地评价，林初九差点再次吐血。

什么意思？难道她是皮糙肉厚、神经大条的老兵油子吗？

她本就是一个胆小娇气、身子骨还不好的姑娘家呀！

"本王命你，一定要医好曹林的伤，医不好的话……"萧天耀说到这里顿了一下，林初九忙抬头，一脸忐忑地看着萧天耀：不会要她的命吧？

没有让林初九失望，萧天耀不带丝毫感情地说道："若是医不好，你就不用活着了，萧王府不留无用之人，想要留下来，你首先得证明自己有用。"

林初九就知道这个男人无情，还无理取闹，无奈地起身道："我明白了。"她没有选择，谁让她没有娘家可以依靠，没有人为她出头，只能任由这个混蛋恣意欺负。

"很好，你可以滚了！"萧天耀很满意林初九的乖顺。

林初九一刻也不想多待，转向就走，可右脚刚迈出门槛，就被萧天耀叫住了："等一等。"

林初九身形一顿，扭头看向萧天耀，正想问有什么事，就听到萧天耀道："三天后，进宫谢恩。"

还以为是多大的事呢，原来是进宫谢恩。林初九暗松了口气，她相信萧天耀不会任宫里的人欺负她，毕竟欺负她就是打萧王的脸，可是……

林初九高兴得太早了，萧天耀下一句话是："你一个人去！"

"你一个人去！"就像按下循环键一样，萧天耀这句话在林初九的脑子里无限循环，林初九不知道自己是怎么回到院子的，也不知道珍珠、玛瑙在她耳边说了什么，她只知道……

她真想杀了萧天耀！

混蛋！得罪了皇上自己不进宫，让她一个弱女子独自去，这还是男人吗？

林初九真的好想骂人，可这里是萧王府，只要她前面说萧天耀一句不好，后面立刻就会传到萧天耀的耳朵里，到时候更不好的人就是她了，所以她只能抱着被子闷头睡大觉。

"天黑后叫我起来。"这是林初九丢给四个丫鬟的话。四个丫鬟面面相觑，完全不懂她们家王妃这是怎么了。

“外面的绣娘和首饰铺的工匠怎么办？”珍珠、玛瑙摊手，两人齐齐看向林初九，又果断地别开脸。

她们就没见过像她们王妃这样的女人，王爷让人给她裁衣服、打首饰，她不仅不高兴，反倒像是天塌下来一样，简直是一大奇葩。

翡翠想了想，开口道：“打发走吧，让他们明天再来。”

“你确定王妃明天不要睡觉？王妃可是说了，今晚要一整晚守着曹林。”珊瑚吐槽道，珍珠、玛瑙已经无能为力了。

“算了，我们去给王妃先挑好花色和样式，这么一来王妃只要从几款中挑选便可，可以省下不少的工夫。”珍珠是四个丫鬟之首，她对林初九的习性多少知道一些。

这个王妃挺懒的，而且怕麻烦。当然，珍珠之所以这么说，是因为林初九的眼光实在让人不敢苟同。

四个丫鬟各自行动，等到林初九起身时，四个丫鬟已经安排妥当，为了照顾林初九的喜好，也挑了几款艳色的料子。

林初九起来时，丫鬟见她恢复如初，不像之前那般迷糊与冷清，便果断地请她去挑选衣服和首饰。

“挑衣服和首饰做什么？”林初九不是迷糊也不是故意健忘，她是真不知道为什么。

“王妃，您要进宫谢恩，得有合适的衣服穿。”珍珠以为林初九还在装傻，有气无力地回道。

“我不是有衣服吗？林家抬了十几箱衣服来，没有一件能进宫的衣服？”林初九纯粹是普通人的想法，不想浪费。

“王妃，您的那些衣服好是好，可是和您的气质与身份不符。”林家陪嫁的衣服料子好是好，可款式与花色简直艳俗到不行，穿上后站在清贵冷峻的王爷身边，完全会被沦为风尘女子。

珍珠委婉地解释道，说话间还小心翼翼地看着林初九，就怕林初九生气，结果林初九根本不在意，反倒顺着吐槽道：“林夫人果然有本事，从小处着手。”

林初九无意为难一个小丫鬟，抬了抬手道：“衣服首饰什么的你看着办，挑合适的就成，只要不给萧王府丢脸就可以了。”

“是。”珍珠轻声应下。

此时，翡翠和珊瑚已经将饭菜准备好，林初九一个人坐在饭桌上，看着一桌八个菜，有点食不知味。

心里担忧曹林的伤势，勉强吃了半碗饭，林初九便放下了碗筷。四个丫鬟也没有说什么，待到林初九消了消食，珊瑚和翡翠便拎着林初九的药箱，陪着林初九去西院。

此刻，西院里，曹管家和吴大夫一直都在，两人守了曹林一整个下午，连饭都没顾得吃。见到林初九过来后，吴大夫和曹管家同时上前，恭恭敬敬道：“王妃。”

两人异常谦卑，吴大夫甚至隐约还有那么一点儿的崇拜意味，林初九诧异地看了他一眼，随后视线落到似乎退了烧的曹林身上，隐约明白了："曹林退烧了？"

吴大夫眼睛一亮，连连点头："曹林一个时辰前就退烧了，还能自己喝些水，王妃医术高明，老朽万分佩服，老朽心中有几个疑问，想请王妃您指教，不知可否？"

"好。"林初九爽快地应下，吴大夫正要发问，林初九却又快一步打断，"但不是现在，时辰不早了，吴大夫和曹管家先去吃饭吧，这里有我照看着便可。"

曹管家没有什么事，吴大夫就不舍得了："可，可是……"

"吴大夫吃完饭再来吧。"她还要给曹林扎针，没有时间陪吴大夫说话。

曹林的生死，攸关她的生死，她着实不敢大意。

吴大夫虽有不舍可却不敢多说什么，和曹管家一同出去了。随后，林初九命翡翠和珊瑚一个去打热水，一个去拿细盐，而她趁这段时间，用银针来激发曹林的生命力。

两个丫鬟进来时，就看到林初九依窗而坐，手上捧着一本书，看得很认真。

"王妃？"丫鬟试探地叫了一句。林初九装作现在才发现她们进来，淡淡道："回来了。"

林初九放下书后，起身走到桌子旁，拿出事先预备好的药丸，用细盐调了温热的水，端到曹林面前，捏开曹林的下巴，将药丸和水强行灌了进去，和白天相比又粗暴了几分，曹林的下巴明显出现一两个手印。

药刚灌下去，吴大夫和曹管家便同时回来了，随他们一同来的，还有隐藏在暗处的暗卫，他们奉命监视林初九。

萧天耀虽然知道林初九怕死，可他也不相信林初九。因为林初九太不寻常了，越接触越发觉她有秘密，而一个背负有太多秘密的人，绝对是危险的，比如他自己。

不弄清楚林初九身上的秘密，萧天耀就无法完全相信她！

曹管家担心曹林的安危，一进来就询问了曹林的情况，得知曹林一切稳定后，曹管家长长地舒了口气。他倒是想一直留下来陪曹林，可他是萧王府的管家，府上有太多的事情等着他安排，他没法继续留下来，只能不舍而去。

吴大夫虽然也有不少伤员要照看，但不急在这一时半刻，他搬了把椅子坐在林初九对面，大有和林初九秉烛夜谈的架势。

林初九在医学上极有天赋，即使学医时间不长，可理论知识极为扎实，和吴大夫就是说上三天三夜也不成问题。

吴大夫和林初九说得兴起，但苦了翡翠和珊瑚两个丫鬟，她们根本听不懂林初九和吴大夫在说些什么?

林初九正好抛出一个理论，吴大夫陷入沉思中，林初九借着这个机会，让翡翠和珊瑚两人轮流去休息，不然一晚上下来人都要熬坏了。

翡翠、珊瑚倒是想要坚持，可她们白天没有睡，这一晚上实在撑不住，只得告罪一声，轮流回去休息。

"你也别站着，坐着吧，一晚上下来能要人命的，有事我再叫你。"林初九指了指角落里的小椅子，示意留下来的珊瑚坐过去。

珊瑚谢了一声，便也不再强撑。

林初九上前为曹林检查，片刻后道："低烧，问题不大。"

"又烧了起来？"吴大夫听到林初九的话，猛地站了起来，一脸紧张地上前问道。

"正常现象。"林初九安抚了一声，吴大夫这才放下心来，两人复又坐了回去，继续未完成的谈话。

林初九睡了一个下午，虽然睡得不太安稳，可晚上倒也没有什么睡意。但吴大夫不同，他白天在这待了一天，且年事已高，不到半夜就撑不住了。

吴大夫还想要硬撑，却被林初九劝说道："做大夫的哪能没个好身体，我就在萧王府，以后有的是讨论的机会。"

吴大夫想想也是这么个事，王妃和气好说话，以后有的是请教的机会，当下便不再坚持，告辞离去。

吴大夫走了没多久，曹管家就来了。即使已经累到不行，曹管家仍旧舍不得去休息，林初九自知劝说无用，索性一句话都没说。

曹林的病情已趋于好转，不需要大夫一直盯着，林初九让曹管家两个时辰后叫醒她，便带着珊瑚在旁边的房间休息。

林初九刚去休息，暗卫便回去复命，只是林初九一晚上也没做什么出格的事情，暗卫根本没有东西可以汇报，只能干巴巴地把晚上发生的事从头到尾和盘托出，至于林初九和吴大夫的谈话内容？

对不起，暗卫实在记不住。

萧天耀听罢，手指在扶手上轻敲两下，随即问道："苏茶，这事你怎么看？"

坐在一旁极没有存在感的苏茶轻声开口道："林初九是真的会医术，也许她没有骗我们。"

"三年前，她一直待在京城。只有三年，她怎么可能出师？还是，她一直在装？"打小就开始装出愚笨、不学无术的骄纵样？

"林初九的亲娘死因可疑，林家后院并不像外界看到的那般太平，也许林初九有不得已的苦衷。"苏茶现在对林初九颇有几分好感。

新婚夜那天发生的事，苏茶知道得一清二楚。对于关键时刻能够出手救治萧天耀的人，苏茶都有好感。

苏茶小心翼翼地打量着萧天耀的神色，见得萧天耀没有生气，便试探性地说道："天耀，看在她救过你一次的分上，能不能给她一次机会？"

"本王说过，只要她不背叛，本王便不会杀她。"萧天耀自认自己虽不是君子，可也是言而有信之人。

"那进宫一事？"苏茶眼睛一亮，满怀希望地问道。

萧天耀剑眉冷扬："苏茶，你得寸进尺了。"

“咳咳，你当我什么都没有说。”苏茶立刻闭嘴，再不敢多言。

流白和苏茶合作多年，两人早有默契，旁边的流白立刻开口转移话题道：“天耀，墨神医已经准备好了，他说随时可以为你医治，只是不知你要选择在哪里医治？”

“就在萧王府。”墨神医是萧天耀花了大心血寻来的人，如果墨神医没有办法医好他，他只能去其他三国，甚至去中央帝国求医了。

“墨神医说，要寻得安静的地方，便于养伤。”流白再次说道，显然是不太赞同在萧王府医治。

“萧王府最安全。”经过上一次的刺客事件后，萧王府的防卫加强了不止一倍，里里外外都清了一遍，虽不敢保证百分百干净，但萧天耀所住的院子，绝不可能会有奸细渗透进来。

流白想想也是，清静的地方若是不安全，那就不清静了：“好吧，我会安排好。”

“嗯。”萧天耀淡淡应了声，又说了几件事后，便让流白与苏茶退下。

流白身上有好几件事要办，匆忙回去了，苏茶却磨蹭了一下，萧天耀不悦皱眉：“有话快说，别像个女人。”

苏茶被狠噎了一下，可又不敢和萧天耀较真，只能独自生闷气：“墨神医真的能相信吗？我总觉得他答应得太容易了。”

苏茶常年与各式各样的人打交道，知道如墨神医这样的绝世高人有多难缠，可流白这次却轻易请动了墨神医，这令苏茶有那么一点点的不安。

“本王自有安排。”萧天耀没有说信，也没有说不信。苏茶知道萧天耀心中自有章法，便也不再多言，默默退下，走之前提醒萧天耀早点休息。

“嗯。”萧天耀轻轻应了声，却没有如苏茶所说的去休息，而是静静地坐在室内，右手撑着脑袋，也不知道在想些什么……

第六章　皇宫好危险我要回家

林初九熬了一整夜，每隔一个时辰就给曹林检查一番，曹林终于熬过了危险期，没有再发烧，只是人还没有清醒过来。

“人现在没事了，只要好好养着，这两天就能醒来。”林初九检查完后，给出肯定的答复。

曹管家脸颊凹陷，双眼布满血丝，整个人苍老又憔悴，可此时却是一脸欢喜，双手作揖，朝着林初九行了个大礼：“多谢王妃救命之恩，王妃的恩情奴才一辈子也不敢忘，日后王妃有任何差遣，奴才万死不辞。”

“曹管家别谢我，要谢就谢王爷，是王爷要我来医治曹林的，王爷还再三警告我，我若是医不好曹林就不用活了。”林初九毫不居功，把所有的功劳全部推给萧天耀，曹管家一听果然感动得老泪纵横，尤其是听到萧天耀拿林初九的性命威胁林初九，更是哭得不能自已。

“曹林何德何能，得王爷如此看重，曹林的命哪能和王妃相提并论？王妃娘娘您千万别放在心上，王爷他这两天心情不好。”曹管家又是欢喜又是担心。

欢喜王爷对他们父子的器重，担忧林初九会不高兴。

三十年河东，三十年河西。谁能保证林初九没有翻身的一天，别忘了林初九可是圣上亲赐的萧王妃，这座王府的女主人。

“王爷说当得起，曹林就得当起。”林初九并不生气，收拾好东西后，便道，“曹管家，我要回去休息了，下午再来看曹林。另外，曹林要是有什么症状，你派人来告诉我一声便可。”

“是，是，是。”曹管家忙不迭应道，亲自把林初九送了出去，到门口又忍不住问了一句，“王妃，曹林醒来后，是不是能和以前一样？”

“这个我不敢保证，曹林烧得太久了，一切要等他醒来后再说。”林初九有把握救曹林的命，但真的不敢保证曹林不会被烧傻。

曹管家的喜悦之情淡了一半，可仍旧感激林初九，只要人活着，比什么都好。

送走林初九后，曹管家转身就去见萧天耀，将林初九所说的话一五一十说给萧天耀，不敢有半句隐瞒。

“倒是个聪明的。”萧天耀听罢，难得地赞了一句，随即告诫曹管家，“这些话不能让旁人知晓。”旁人要是知道了，会看不起林初九。

他威胁林初九只是怕她不尽全力，并不是真的拿曹林的命和林初九比。

一个护卫，一个萧王妃。他们一出生，命就是不同的，曹管家心里清亮，自然不敢当真，连连称是。

林初九回到小院时，珍珠、玛瑙已经准备好热水与吃食，林初九泡了个热水澡，洗去了一身的疲惫，又美美地吃了顿早膳，一时间竟然没了半点儿睡意。

林初九放了珊瑚和翡翠一天假，让她们回去好好休息，然后召来珍珠、玛瑙，让她们帮忙翻一翻她陪嫁的那些东西。

她倒要看看，林夫人到底给了她些什么华而不实的东西，以至于这四个丫鬟都怀疑起她的品位来了。

翻了十几个箱子，林初九发现林夫人真的很会做人，衣服、首饰全是最好的，但要么花里胡哨，要么老气得很，而且衣服和首饰极难找到配套的，也真难为林夫人能凑齐这些奇葩的东西，想必比准备正常的嫁妆还要辛苦。

林初九越看越无力，珍珠、玛瑙则连吭都不敢吭一声，生怕林初九会不高兴。

“算了算了，不看了，再看下去也就这样。”林初九随手将木箱关上，对着珍珠、玛瑙说道，“这些首饰上镶嵌的都是上好的宝石与金子，只是样式太难看了，你们看看能不能送去熔了重打，至于衣服？衣服你们也看着办吧，要是能拆了绣东西，或者做点小东西都随你们，我不要了。”

“奴婢明白。”珍珠、玛瑙忙应下，这才知道原来她们误会了林初九，林初九不是没有眼光，而是林夫人准备的东西，让她有眼光也发挥不出来。

衣服首饰几乎全废了，古董字画倒还好，这些东西林夫人没得做手脚，但陪嫁的庄子和良田，林夫人再次狠坑了林初九一把。不过明面上却做得非常好看，因为林夫人给林初九准备的全是江南上好的田地。

京城有不少人家都在江南置办田地，没有哪家出嫁的姑娘，陪嫁的全是江南的田地和庄子，近郊的一个也没有。

千里之外的田地庄子也就算了，横竖找一个可靠的人驻守，还是能守得住，可林初九对着地图一看，发现林夫人给她准备的田产，全都是在河道最下游，一涨水就会被淹。

这种破田就是收成再好，一般人也不会轻易买的，毕竟谁也不敢保证什么时候发大水把田给淹了。

林初九无力吐槽，将手上的地契一甩：“找人帮我卖了，不管多少银子。”

一番盘点下来，林初九已不想多说，珍珠和玛瑙亦是一脸同情，同时在心里把林夫人给记恨上了。

林夫人真是好大的胆子，连她们王妃也敢算计，真当他们萧王府的人好欺负吗?

不行，这事一定得告诉王爷，让王爷给林家一点颜色看看，别以为王妃没有人撑腰!

两个丫鬟同时在心中暗自决定。不等她们行动，林家那边就已经有了动作。

林相把萧王府送回去的陪嫁下人全部卖掉后，所卖得的银子极其高调地送到萧王府，并说是他们不好，没有给萧王和林初九挑选合心的下人。萧王和林初九不满意林家陪嫁的下人，林家便把人全卖了，卖身所得的银子给林初九，让林初九拿着银子，去买萧王和她合心的下人。

林家把所有过错都揽到自己身上，可话里话外却暗示萧王张狂，目中无人，容不得林家下人，大婚第二天就把林家的下人全送走，完全没有把林家和林初九看在眼里。

至于卖身契一事，林家绝口不提。

消息传到林初九的耳朵里时，林初九瞬间就气炸了。林家自己作死得罪萧天耀她不管，可能不能别拉上她，她一点儿也不想得罪萧天耀。

萧王府高调地把林家陪嫁的下人送回去，林家就大张旗鼓地把卖下人的银子送回来，这摆明了是要和萧王府打擂台。

林相是保皇党，是太子党，和萧王虽是翁婿，可也是注定了的死对头。萧王府要是忍了这口气，在外人眼中就是萧王府孬了，连皇上手底下的一条狗都怕。

说什么也要反击回去，但萧天耀压根不把这种琐事放在眼里，转身就让曹管家丢给林初九，让林初九去处理。美其名曰林家的事本王不宜插手，王妃怎么做本王都赞同。

事情又推到林初九头上，林初九气得脱口就道：“萧天耀你混蛋，明明是故意刁难我，还说得这么冠冕堂皇。”

“咳咳……”曹管家轻咳一声，提醒林初九小声点儿，要是让王爷听到就不好了。

林初九自知失言，乖乖地闭嘴不再吭声，可她不说也不行，曹管家还在等着她拿主意呢。

“王妃，这事我们怎么办?林相的人就在外面，这银子我们收也不是，不收也不是。收了就是我们承认自己理亏，可要不收银子他们又不肯走。虽然没有人敢围在萧王府外面看热闹，可一直这么僵持下去也不是办法呀。”

“收，为什么不收，下人也是我陪嫁的一部分，卖掉他们的银子本来就是我的。”林初九脸色一凝，隐隐流露出一丝杀气，曹管家心下骇然，忙点头不敢再看。

他可以肯定，他们家王妃真的很不一般，他以后必须得谨慎行事，绝不能因为王爷不重视就怠慢了王妃。

“林家拿了多少银子来？”林初九嘴角轻扯，露出一抹冷笑。

曹管家不由自主地站直身子，恭恭敬敬道：“一千两。”

“哼，林家倒是大方，人是真卖了吗？”林初九就算再不了解行情，也知道那些下人卖不到一千两银子。

“是真卖了，已经在官府备了案，不过买主和林夫人相熟。”曹管家把话说到这里，已经点得极明白了。

林夫人这是左手卖给右手，人还是在她手上。

“林夫人果然善心，花一千两买一群萧王府不要的下人。”林初九一脸嘲讽，沉吟片刻后问道，“如果我要在张贴皇榜的地方，贴点东西行不行？”

“啊？”曹管家不明白林初九怎么突然把话题带到皇榜上，愣了一下后才道，“如果是重要的事，可以找官府特事处办，不能贴在贴皇榜的地方，贴在旁边还是可以的。”

“能贴就可以了，让府上的文吏写份告示，大致内容就是：林家下人娇贵，三房下人就能卖一千两，萧王府穷，养不起这么精贵的下人。林家卖的下人虽是我的陪嫁，卖身契并不在我手上，他们不属于萧王府的人，卖了他们的银子萧王府不能收。林家执意要送上门，我们不收就不肯走，那我们萧王府就勉为其难地收下，帮他们把这笔银子用到该用的地方。”

林初九手指轻敲桌面，见曹管家一脸震惊，笑了声后又道：“当然，写的时候不能这么直白，你让文吏润色一下，但也不要太难懂。不然普通百姓理解不了就没意思了，我们要写出普通百姓也能看得懂的文章。”

“奴才明白。”曹管家重重点头，低头不敢再看林初九。

他就没见过像林初九这么坑娘家的出嫁女，当然他也没见过像林相那样坑女儿的父亲。

“只是，用到该用的地方，是什么地方？”曹管家很想走，又不得不问上一句。

一千两说多不多，说少也不少，若是不能用到合适的地方，反倒会惹来一身腥。

“该用的地方不就是取之于民，用之于民吗？”林初九一说完，曹管家就傻眼了。取之于民，用之于民能这样用吗？这不是摆明说林相很贪钱吗？

林初九才不管，既然萧天耀把这事交给她办，那她想怎么办就怎么办：“京城虽然权贵辈出，高官林立，可穷苦人家也有不少，我们就代林家施一把善。你回头将林家送来的一千两银子全部换成铜钱，然后去京城出了名的穷街撒铜钱去，至于具体如何操作，就不用我再多说什么了吧？”

什么都要当主子的说完，那要手下的人干吗用？

曹管家很想让林初九再说详细一点儿，可他看到林初九明明在笑，眼中却没有一丝笑意的时候，就一句话也不敢再多说了。

对亲爹都能下狠手，他区区一个管家算什么？

曹管家忙拍胸脯保证，他一定会办好这件差事，一定会让京城大多数人都知道，林家的下人多值钱，林府多么有钱。

“曹管家前途无量啊。”林初九赞了一声。

曹管家忙道不敢，确定林初九没有其他的吩咐后，这才离去，可他并不敢立刻实施林初九的计划。林初九的做法实在太像小孩子闹脾气，曹管家不敢乱来，他必须得先征求王爷的同意。

曹管家本以为，依萧王的严谨会训斥王妃胡闹，不想他们家王爷居然笑了一声，还说，就这么办。

“王爷中邪了吗？怎么跟着王妃一起胡闹？”曹管家出了院子后，看着头顶的太阳发呆。好半天才摇了摇头，准备安排人手完成林初九交代的任务。

一千两银子的铜钱，那得多少筐呀？

曹管家叹了口气，加快了步子，刚走两步就听到身后有人喊他：“曹管家，曹管家您留步……”

曹管家回头，就看到一灰衣小仆小跑着过来，当下就不高兴了：这是萧王府，乱跑乱叫还有没有规矩！

曹管家正想开口训斥，那灰衣小仆已经跑到他的面前，一脸欢喜地说道：“曹管家，大喜啊。曹林大哥醒了，吴大夫说曹林大哥没事，脑子好使着呢，没有被烧糊涂！”

“什么？”这次换曹管家惊呼了，“你说曹林醒了？真醒了？没事儿？一点事儿也没有？”

“嗯嗯，吴大夫就是这么说的，曹林大哥好着呢，已经可以坐起身了。”灰衣小仆一脸雀跃，好像病好的是他亲大哥一样。

“好好好，这是好消息。”曹管家高兴得找不着北，随手丢了一块银子给那小仆：“这是谢你的。”

曹林醒了，人没有被烧傻，身上的伤只要好好调养，别再像之前那样溃烂、红肿，就不会再有任何问题。

曹林没事了，曹管家打心底感激林初九，对林初九交代的事情办得更是尽心尽力，力求完美，让林初九满意。

张榜贴告示，敲锣打鼓送铜钱，曹管家把这件事办得相当高调，不过一天的工夫，就传得人尽皆知，第二天早朝就有御史弹劾林相贪污，弹劾林相强买强卖。

几个下人卖一千两银子？

你当你家下人包了金还是镶了银？

林大人被御史骂得狗血淋头，极力解释下人没有卖这么多的银子，之所以给萧王府送上一千两银子，是怕银子少了萧王挑不到合意的下人，所以他自己私下贴补了一些。

林相惯会揣摩圣意，他知道皇帝不会把林初九一个女子当回事，皇帝在乎的是萧天耀。所以关于陪嫁下人送回又卖掉的事，林相在朝上绝口不提林初九，只提萧天耀。

御史骂林相，林相就哭诉他也没办法。女婿身份比他高，不管女婿说什么、做什么他都只能受着，他只想让萧王爷满意，根本不知道事情会变成现在这个样子。

至于贪污受贿，那更是冤枉。他为官二十几年，就算俸禄再低，一千两银子还是有的。

御史也说了，你和我们解释没有用，现在全京城的老百姓都知道林家下人金贵，一个下人值上百两银子，他们卖儿卖女才几两银子好不好？

林相听到这话险些吐出一口老血，不过他也不敢争辩，当场就跪下，砰砰砰地直磕头，直说全是他的错，他也没有想到萧王爷会这么做，早知如此他绝不把银子送到萧王府。

早知道萧王爷会直接和林府撕破脸，他宁可吃了那个闷亏，让人指着鼻子唾骂一通，也不会把银子送到萧王府，试图打萧王的脸好讨皇帝的欢心。

结果没打到萧王爷的脸，反倒自己惹来一身腥。

萧天耀虽常年带兵在外，可并不表示在朝廷上就没有为他说话的人，林相极尽无耻的话一出口，便有看他不顺眼的人上前，指着林相的鼻子破口大骂："给闺女带到萧王府的陪嫁下人，却把卖身契留在林府，你们林家还有理了？把陪嫁下人转身就卖掉，回头拿银子打女婿的脸，你们林家还有理了？你们林家无耻到这等地步，还说旁人做错了？老夫真怀疑，林相你到底是怎么当上宰相的。"

说话的白发老臣姓周名正，两朝元老，中正耿直出了名，就连皇上也要给他三分面子。

林相没有想到一向保持中立的周大人，竟然会出面替萧天耀说话，还把他说得如此不堪，当即脸色就不好了，忽青忽白，羞于见人。

林相一系的官员见状，当下就上前为林相解释起来，说什么一切都是误会云云，林夫人出自大家族，怎么可能会扣下女儿陪嫁下人的卖身契一类，这其中必有隐情，周大人不要被人蒙骗了。

周大人听罢只是冷哼，他说了那一番话就不再多言，老老实实地退回原位。

底下，一干官员吵吵闹闹，明明只是一件家务事，可这些人硬生生提到政治高度，皇上看着底下吵成一团的一众人等，眼中闪过一抹冷意。

他不怕朝臣吵，就担心这些人不吵，他倒要看看，有多少人站在萧天耀那一边。

好好的一个早朝，什么正事也没有谈成，就在吵林家和萧王府的这件破事，大有不厘清是非对错绝不罢休的架势。

清官难断家务事，这事各有各的理，哪是那么容易分辨的？

好在皇上也没有想过断清此事，待到双方吵得差不多后，皇上双方各打五十板子，罚林相闭门思过半个月，又罚萧天耀一个月的俸禄。

萧天耀收到这消息后，连眉都没有抬一下。亲王的俸禄不低，可他要是靠着俸禄过日子，根本就养不起王府的人。罚俸禄是小事，落他面子才是正理。

收到消息后，萧天耀又把林初九叫来，不过这一次萧天耀没有再用威压恐吓林初九，只是把皇上的处置结果告诉她。

说完后，萧天耀看着林初九，道："后悔了吗？"

明日就是林初九进宫谢恩的日子，林初九打了林府的脸面，太子为了讨美人欢喜，定会找林初九的麻烦。

“不后悔。”林初九毫不犹豫地答道。

她就是什么也不做，皇上、皇后也会刁难她，谁叫她是萧王妃，谁叫她嫁的男人是皇上心中的一根刺。

“不后悔就好，明日之事你自己好自为知，别让本王有理由扭断你的双手。”萧天耀这是告诫林初九，不管明天林初九在宫里出了什么事，他都不会帮林初九出面。可林初九要是丢了萧王府的脸，那他一定不会放过林初九。

林初九早就知道萧天耀不会帮他，并不失望，不过有一点要问清楚：“被人欺负了，我可不可以还手？”

“你进宫，代表的是本王的脸面。”换言之，林初九做任何事都不能丢了他的脸，至于林初九要如何做，那就是她自己的事了。

可是，这话听在林初九的耳朵里，当即了然于心，那就是谁欺负她，她就欺负回去，不能坠了萧王府的名声，后果萧天耀会承担。

林初九点头，表示自己明白了。

“出去吧。”萧天耀无意多想，他相信林初九是聪明的，也是惜命的。

林初九出去后，狠狠地吐了口浊气，要不是得在下人面前维持王妃的形象，林初九真想大叫两声，以发泄心中的不满。

萧天耀实在太让人讨厌了，要马儿跑又不给马儿吃草。不准她丢萧王府的脸，可又不肯给她帮助，真当她是神呀！

林初九一脸郁闷地回到自己的院子，她发现她每次去见萧天耀，回来后必然要生闷气，她和萧天耀绝对是八字相冲。

四个丫鬟见林初九面色不悦，一时间也不知道该如何安慰，只能拿衣服和首饰给林初九过目，希望林初九看到漂亮的衣服和首饰后能高兴一点儿。

没有女人不爱漂亮的衣服和首饰的，林初九也爱，但一想到明天进宫可能会遇到的问题，林初九就头痛，恨不得装病逃过。可惜装病这种事只能想想，不管她有多不乐意，都无法改变她要独自进宫谢恩的事实。

天还未亮，林初九就被拉起来梳妆打扮，林初九知道进宫不是小事，她的确不能在妆容上失礼，即使不耐烦也极力配合四个婢女，任由她们在自己的脸上涂涂画画，给她换上层层叠叠的宫装。

等到她在四个美婢巧手妆扮下，变成端庄大方、高贵优雅的美人时，饶是林初九也不得不赞一声：“美！”

她长得很好看，皮肤白皙，身线玲珑，凹凸有致，万千迷人，可脸蛋却不是艳丽而是大气、端正，没有一丝的媚俗之气，一看就是正宫娘娘的长相。

林初九一直都知道自己底子不错，只是她那好继母打小给她准备的衣服，不是色彩繁复、艳俗张扬的，就是和她那位娇弱的继妹一样，素得不能再素的白衣。

这两款衣服都不适合她，穿在身上会将她的优点全然掩盖，缺点无限放大，和打扮得宜的继妹站在一起，长相更出色的她反倒会沦为衬托品。

“王妃真漂亮。”珍珠、玛瑙都忍不住地赞美道。

平素里林初九虽说穿着得体，到底是随意了一些，虽然也好看，却没有盛装打扮的气势。现在的林初九，才真正有了萧王妃的气势。

“漂亮就好。”林初九对着铜镜仔细检查一番后，确定自己明艳动人，气色极佳，很满意地点了点头。

她今天进宫是去谢恩、秀幸福的。不管宫里的人怎么想，她今天都要让宫里的人知道，她林初九嫁到萧王府很幸福，过得很好。

为了全方位打击对手，林初九不仅打扮得漂亮，出手还非常大方，随手就给了翡翠一盒东珠，让她进宫时打赏下人。

林初九手上的东珠一颗颗硕大圆润，色泽莹亮，这是她的好继母费心买来的，不过却镶嵌在不合宜的首饰上，林初九让人拆了，今天带进宫去打赏宫女、太监，倒是废物利用。

林初九就是这么一个死要面子的人，不管她在萧王府过得有多差，不管萧天耀对她有多不好，她都不会告诉外人，向外人诉苦。

在外面，尤其是在宫里，她会竭力表现最好的那一面，让所有人都知道她过得很好、很幸福，萧王很宠爱她。

她是没有娘家支持的人，她在京城唯一的依靠就是萧天耀，只有让京城那群人知道萧王很重视她，她在外面才不会被人轻视，在皇城才能端出萧王妃的架子，让人不敢小视。

哭诉流泪虽然能博得同情，可是同情值几个铜板？而且同情过后还能有什么？

忽听下人来报，马车已经备好，林初九的眼神瞬间变得凌厉起来，右手轻抬，扶着玛瑙的胳膊，清冷而骄傲地说：“我们走。”

她礼仪很好，虽不至于仪态万千但却也能优雅得体，让人挑不出错来，唯一不对的就是气场太强！

“我怎么感觉王妃像是去上战场，好悲壮呀。”

“王妃好吓人，我都不敢抬头看了。”

翡翠和珊瑚拍拍心口，忙跟了上去……

曹管家站在门口，看着渐行渐远的马车，心有余悸。和王妃对视时，他居然有一种见到王爷的感觉，这也太可怕了！

曹管家缓了老半天才平静下来，匆匆赶到萧天耀的院子，将林初九的一言一行如实相告，萧天耀很难得地露出一抹笑意，赞了一句：“倒是个聪明的。还知道狐假虎威了。”

曹管家见萧天耀心情颇好，大胆说了一句：“王爷放心，王妃不是好欺负的，在宫里定然不会吃亏。”

萧天耀脸上的笑容当即阴冷下来："本王什么时候担心过她，多事！"

"是，是，是，小的多嘴。"多事的曹管家立刻噤声，忙退了出去，出了萧天耀的院子后，这才敢小声地在心里抱怨：还说不担心，真要不担心怎么会特意吩咐下人，给王妃准备衣服、首饰？

明明心里就担心，还嘴硬，王爷真是太不可爱了。

抱怨完了，曹管家心里舒坦多了，晃晃悠悠地去看望曹林。

还是王妃好，人美又好说话，平时随和得很，出门应酬也不丢人，皇上这次赐婚可真是赐对了。

曹管家口中的好人林初九，此时正站在宫门外，冷着一张脸，教训拦路的侍卫："好大的胆子，本王妃的车驾你也敢拦？"

"萧王妃恕罪，卑职只是按规矩办事。"守宫门的八个侍卫齐齐跪在林初九的马车旁，虽然人跪了下来，可气势十足，丝毫不将林初九放在眼里。

"规矩？让本王妃在宫门外下车就是规矩？这是哪门子规矩？你们跟哪位将军学的规矩？"林初九真心觉得厌烦，还没有进宫门就给她下马威，真当她是软包子，想怎么捏就怎么捏？

"王妃息怒，奴婢这就代您教训这些不知事的小兵。"玛瑙轻声劝说着。

做主子的看哪个不高兴了，根本就不需要亲自出手，自有她们做下人的出手。

林初九侧头看了玛瑙一眼，笑而不语。

皇宫侍卫身上都是有品级的，连她这个王妃都不看在眼里，又怎么会将萧王府的一个丫鬟看在眼里？

果然，侍卫没有给玛瑙面子，执意要林初九在宫门下车徒步走进去。

宫门前下车没有错，可堂堂萧王妃需要走进宫？简直是笑话。

事情没有办成，玛瑙一脸羞愧地请罪，林初九摆了摆手，并没有放在心上，就在众人以为林初九会妥协时，林初九突然拎起裙子，抬脚踢向面前的侍卫："一条看门的狗，也敢为难本王妃，真当自己是个东西！"

那侍卫一时不察，直接被林初九踢得摔了出来，又惊又怒，捂着胸口愤愤不平地说道："萧王妃，即使您贵为王妃也不能胡乱打人，今日之事卑职定要讨个公道。"

"公道？好，本王妃今天就给你们个公道。"林初九脸色一沉，"来人。"

"王妃。"萧王府的侍卫上前，恭敬地行礼。

林初九完全无视，指着跪在地上愤愤不平的侍卫道："他们八人意图行刺本王妃，将人捆了送到大理寺去。大理寺不收就去监察院，监察院不收就送去枢密院，给本王妃大张旗鼓地送，一路送一路说皇宫侍卫要杀本王妃。"

"萧王妃，你不能，不能诬蔑我们。"八个侍卫脸色大变，完全想不到林初九会这么无耻。

"不能？你们是什么东西？胆敢和本王妃说不能？本王妃需要污蔑你们什么？本王妃

说你们刺杀我，你们就刺杀我了。”萧王府有萧天耀那个混蛋在，她摆不出王妃的架子，在外面她还怕谁？

“动手！”林初九后退一步，萧王府的侍卫上前准备将人拿下，可就在此时，太子带着一群人走了过来……

“动作快一点。”林初九远远看到太子走来，恐怕事情有变，忙催促王府侍卫动作快一点，速速把人拿下。

萧王府的侍卫也知道厉害轻重，当即手脚麻利地上前拿了那八名侍卫，可这八名侍卫见到太子带人过来，便知道自己有救，哪肯乖乖就范，一个个拼命反抗。

萧王府的侍卫是从战场上退下来的好手，可这里是皇宫前，他们捉拿“刺杀”王妃的刺客可以，要是在皇宫门口杀人，皇上就可以反治他们一个叛乱之罪了。萧王府的侍卫有所顾忌，下手就没有那么快狠准了，双方厮打在一起，很快就引起了太子的注意，离宫门口还有百米远，太子便高声大喊道：“住手，住手。”

说话间，太子让随身的宦官先一步跑了过来。宦官上前也不给林初九行礼，而是尖声叫着住手，萧王府的侍卫悄悄看向林初九，见林初九轻轻颔首这才退下。

宦官见事情平定下来，忙询问守门侍卫发生了什么事。听到守门侍卫添油加醋的回答后，宦官冷着一张脸，朝林初九厉声喝道：“好大的胆子，宫门前也敢闹事，一个个不想活了是吗？”

气焰之嚣张，态度之张狂，就是林初九不想打都不成：“给我掌嘴！”

萧王府的侍卫一听就知道要打谁，上前就将宦官押住。宦官气得脸色发白：“你，你敢打我？你是个什么东西，居然敢打我，你知不知道我是谁，我是……”

“本王妃不想听，给我打。”林初九连个眼神也不给他，侍卫见自家王妃底气十足，临出门前又经得王爷吩咐，一切听从王妃的，侍卫还有什么好犹豫的？

啪啪啪！侍卫左右开工，一连甩了宦官四五个巴掌，直把对方打得眼泪鼻涕齐流。

“住手，住手……林初九你好大的胆子，连孤的人也敢打，你眼里还有没有王法？”太子上前，怒气冲冲道。

林初九冷冷看了太子一眼，命令道：“继续打！”

“是。”侍卫手打疼了，于是又换了一个人。

啪啪啪的巴掌声脆耳响亮，宦官连连求饶，太子的脸色亦是一阵青一阵白，伸手指向林初九道：“林初九，你好，你很好。在宫门口闹事，当众打孤的人，孤今天要是不教训你，你就不会明白孤的厉害。”

啪。林初九抬手拍掉太子的手，无视太子暴怒的神色，极尽讥讽道：“果然是有什么样的主子，就能教出什么样的奴才。太子手下的狗对着本王妃乱吠，太子也一样。”

“你，你骂孤是狗？”太子眼睛瞬间充血，正想喊侍卫前来，却被林初九打断了。

“太子你耳朵是不是有问题，本王妃什么时候说太子和狗有关系了？太子殿下你可别胡乱对号入座，皇上是龙，太子你是龙子。”反正一样都不是人。

“林初九，你胆敢骂孤，你可知辱骂皇族是何罪？”太子衣袖一甩，刚被林初九打过的手背在身后，气势有几分骇人。

林初九依旧是笑：“太子你是不是烧糊涂了，我自己就是皇族的一员，我犯什么傻要骂自己？”

不等太子说话，林初九又道：“太子，本朝以孝立国，皇上就是天下第一大孝子。太子见到本王妃不仅不行礼问安，反倒开口一个林初九闭口一个林初九，我这个由圣上亲自下旨指婚的萧王妃，是不是不被太子认可？”

太子似乎不太明白，林初九怎么突然转移了话题，呆滞片刻后这才道：“林……”

刚开口又被林初九打断了，林初九以长辈教训晚辈的口吻道：“太子，你应该叫我皇婶，别忘了我可是你的长辈。”

“长辈？”太子忍不住皱眉，“凭你也配？”

“这不是配不配的问题，这是规矩。”林初九轻掸衣袖，似笑非笑地看着太子，“太子，你和你身边的人，是不是要给本王妃请安？”

侧头，视线落在被打的宦官身上，林初九没有叫停，那侍卫就一直在打，宦官被打得一脸是血，眼神涣散，整个人浑浑噩噩，好像已经神志不清。

林初九大度地叫停：“好了，毕竟是东宫的人，给太子三分……薄面。”

萧王府的侍卫收到命令后立刻退下，宦官彻底被打怕了，即使脸上痛得不行，侍卫一松手，他还是跪了下来，含含糊糊地说着：“给萧王妃请安。”

“太子的人果然有礼，起来吧。”林初九这话是跟宦官说，眼神却落在太子身上，个中意思非常明显。

太子一张俊脸憋得通红，双手紧握成拳缩在衣袖里，脊梁挺得笔直，就是不肯给林初九行礼。

一向都是林初九给他行礼，跪在他面前，要他给林初九弯腰问好，对不起，做不到。

林初九也不吭声，就这么静静地站在那里，大有和太子死磕到底的架势。

此时，守门的侍卫似乎这才想到，林初九已经不是林相的女儿，她现在是萧王妃，不管萧王看不看重她，她的身份都摆在那里，打林初九的脸就是打萧王爷的脸。

“卑职参见王妃，王妃千岁千岁千千岁，方才卑职冒犯了王妃，还请王妃恕罪。”侍卫不是太子，要真出事了，他们背后的主子不会管他们的死活。

“起来吧。”林初九见好就收，能在皇宫守城门的，背后多少有点关系，如果一开始以“刺客”身份就把人带走也就算了，可现在太子过来了，明显带不走，那她就没有必要再较真。

“谢王妃不罪之恩。”侍卫忙站起身，恭恭敬敬退到两边。林初九不理会太子，笑问：“本王妃现在可以进宫了吗？”

“这……”侍卫看向太子。太子一脸不悦，可好歹也知道轻重，强忍着怒气道：“林……皇婶要进宫，自然没有人敢阻拦。”

“太子这话错了，不是本王妃要进宫，而是皇后娘娘召本王妃进宫。”林初九得了便宜还要卖乖。太子还想说什么，林初九完全不给他机会，转身上了马车，扬长而去。

太子气得直咬牙，可眼看着渐行渐远的马车，也只能忍下，谁让林初九现在是萧王妃，而不是以前那个无权无势任他如何呵斥都不会反抗的林初九。

林初九在宫门口发威的事情，很快就在侍卫、太监中流传开来，宫里的人见状不敢再为难林初九，下了马车后立刻给林初九抬来轿子，免得林初九累着。

按理说，今天应该是萧王爷陪同林初九进宫谢恩，可萧王爷因为身体不适没有来，但是该走的程序却不能少。

林初九先被宫人带着去见皇上，皇上倒是没有为难林初九，刚跪下就叫平身了，只是随口问起了宫门口发生的事。

皇上话里话外都透着亲切，和林初九说话的口气就像是在哄傻子，话里话外都引着林初九说宫外发生的事情是萧天耀指使她的。

林初九在宫里所做的一切，都代表了萧王府，代表了萧王府的脸面，林初九要是做了不该做的事，说了不该说的话，最后收拾烂摊子的一定是萧天耀。

林初九不会傻得如皇上的意，更不想让皇上知道她精明的一面，索性装疯卖傻地告起状来。只说是宫里的侍卫为难她，不许她进宫，还说太子无礼，见到她都不行礼，还连名带姓地叫她，害得她被萧王府的下人看不起。

林初九说了一大堆，全是宫里的人如何如何不好，关于萧王府的事只字不提，皇上眉头紧皱，一时间也分不清林初九是真笨还是假笨。

要是真笨，怎么就不顺着他的暗示说下去呢?

要是假笨，怎么会笨得在他面前告御状，不知道他很讨厌任何和萧王府有关的人和事吗？指望着他给林初九出头，简直是笑话。

林初九像是看不到皇上的不满与不耐烦一般，嘴里一直诉说着宫里的种种不好，完全没有停下来的意思。

“皇上，我记得我小时候进宫都不会这么麻烦，怎么现在进宫就这么多事？莫非宫里的规矩变了？可为什么我不知道呢？”

“不是规矩变了，那就是我的身份不高吗？可萧王妃明明是一品亲王妃，为什么我身份更高了，侍卫反倒越管越多？皇上，太子出宫也是这样的吗？我看太子好像随时都能出宫，我之前还在林家看到太子和我妹妹抱在一起，皇上……”

林初九的嘴巴一直没有停，抱怨完宫里就抱怨太子，皇上一脸不耐烦道：“好了好了，朕已经见过了，你们带萧王妃去见皇后。”

皇上实在受不了林初九，更不愿意把时间浪费在一个傻子身上。不过，一想到这个很傻很天真的林初九是萧王妃，皇上的心情就好了很多。

短短数天，就把自己娘家得罪了，现在又和太子闹翻，有这么一个蠢傻又会得罪人的妻子，他的好皇弟定会过得很“幸福”，一定会感激他这个好皇兄。

皇上有一半猜对了，当萧天耀从探子口中得知林初九是怎么回答皇上的，萧天耀确实很感激皇上给他选了这么一个有脑子的好妻子。

“被个女人耍了都不知道，本王真不明白，他这皇帝是怎么当的。”萧天耀一脸讥讽，随即又露出一抹极轻浅的笑容。

林初九，确实是个既聪明又知进退的女人，可惜是皇上赐给他的王妃，要是别的身份，他肯定愿意重用。

装疯卖傻骗过皇上后，林初九被带到皇后的鸾凤殿，这一次皇后没有为难林初九，在殿门外等了片刻后，皇后身边的大宫女云竹便亲自前来迎接。

“云竹姑姑。”林初九三年前经常进宫，自然认识皇后身边的大宫女。时隔三年不见，林初九还是和以前一样，和和气气地打招呼。云竹也和以前一样，恭敬却疏离地行礼：“奴婢给萧王妃请安，皇后娘娘等候王妃多时，王妃请……”

云竹欠了欠身，引着林初九往殿内走去，在进门时主动为林初九掀开帘子，这都是以前没有的待遇。

林初九无声一笑，只当没有看到，带着珍珠四人，大大方方地走进殿内。

鸾凤殿内，只有皇后和太子在。皇后一身正装，头上插着九尾凤钗，面带浅笑端坐在首位，即使隔着数十米的距离，林初九依旧能感觉到皇后带来的威压。

太子站在皇后身侧，虽然身板挺得笔直，可是在皇后的衬托下，却显得很像服侍皇后的下人，这让林初九一度怀疑，太子真是皇后亲生的吗？怎么相差这么大？

不过，这不是她现在要考虑的问题。林初九垂眉敛目，缓步上前，空气中若有似无的香味提醒着她，前不久这里应该有不少的女子在。

想来那些前来请安、顺便看笑话的嫔妃已经被皇后打发了，毕竟准婆媳变妯娌并不是什么值得炫耀的事情。

在殿中站定，面对表面一派温柔和气的皇后，林初九脸上的笑容也“真诚”了几分，俏生生地给皇后行了个礼，又代没来的萧王爷告了一声罪。和刚刚给皇上行礼时说的话一模一样，就像是事先被人交代过，现在一板一眼背出来的一样。

萧天耀在不在场的情况下，又替林初九背了一回黑锅。

“初九快起来，本宫一大早就等着你呢，可把你盼来了。”皇后的段数比太子高出不止一星半点，暗地里用气势威压林初九，明面上却是一团和气，不知情的人还以为皇后待林初九有多好。

林初九微笑地在下首坐下，并不接话。

一坐下，宫女便奉上茶水，皇后一脸欢喜地说道：“初九快尝尝，这是你最爱喝的云雾。本宫一大早便让人准备好了，就等着你来。”

“多谢娘娘。”林初九捧起茶杯，正想装模作样地喝上一口，医圣之心却突然向她发出警告声：水中含不明毒素！

林初九端茶的手一抖，险些将茶水洒了出来，她抬头看了皇后一眼，不见皇后有任何变化，为了掩饰自己的失神，林初九忙闭上眼眸，装作嗅闻茶香。

“好茶。”林初九嘴上赞道，心里却是如沸水一般不断地翻滚，微微抬头看向高高在上的皇后与太子，发现两人面上没有一丝异常，一时间也不能肯定，下毒的是不是他们二人。

明知有毒还喝那不叫英雄，那叫傻瓜。林初九左手一扬，用宽大的衣袖遮住脸，旁人看来是饮茶，可只有她知道，她是把茶水往袖子里倒。

热烫的茶水浸透了衣服，有点灼人，林初九浅笑盈盈，随手将杯子放在一旁。

见血封喉的剧毒断然不可能，她要是死在宫里，萧天耀绝对会闹翻天，不是为了给她报仇，而是借机夺权。

茶杯放下，云竹又走上前来给林初九加了半杯水，只是这一次林初九却没有喝，而是静静地坐在那里等皇后开口。

没有让林初九等太久，皇后放下杯子就道：“初九，宫门外是怎么回事？刚听太子说，你和侍卫发生了争执？”

面上是关心，实际上则是在说林初九不老实，仗着身份惹麻烦。不知是习惯还是刻意，皇后对林初九的态度，仍旧是长辈对晚辈的那种，开口就带着教训的意味。

林初九也不是一个吃素的，笑着看向皇后，唤了一声：“皇嫂。”

“皇嫂”二字一出，不仅仅是太子就是皇后也是一愣，理智告诉她林初九是她弟妹，可这么多年下来，她都把林初九当晚辈对待，一时间还真的没有办法接受林初九突然变成她的平辈。只是皇后不像太子那般感情外露，皇后怔忡刹那后便回过神了。

“听到初九叫本宫一句皇嫂，本宫甚是欣慰，这些年天耀一直是一个人，身边也没个贴心人照顾，有你在天耀身边，本宫就放心了。”皇后语气陡然一变，成了关心小叔子的长嫂。

“多谢皇嫂关心，我回去后定会转告王爷，王爷要知道皇嫂一直惦记着，心里肯定会欢喜的。”林初九站了起来，走到殿中央给皇后行了个礼。

“皇嫂，关于城门外的事情我本不想多说，毕竟是一家人，哪能没点磕绊，只是皇嫂问起，我便不好不说了。”林初九一脸委屈地道，“皇嫂，出嫁从夫，我现在已经不是林家大小姐，我是皇上亲自指婚的萧王妃，我的一言一行都代表着天家的颜面。如果放在以前，宫里的侍卫不让我进来甚至还要殴打我的随从，我肯定不会也不敢多说半个字。可现在不同，我是萧王妃，是皇后的妯娌，我被侍卫阻拦不算什么，可要因此而丢了天家颜面那就罪大恶极了。”

林初九不仅将一切过错都推到侍卫头上，还道：“皇嫂是知道的，我和王爷大婚那天就遇到了刺客，府里死伤无数，王爷至今还躺在床上下不得榻。要不是有王爷护着我，我今儿个也没法进宫给皇嫂请安。我这段时间可真是怕了，侍卫一拥而上，我真以为是刺客又来刺杀我了。”

林初九说到这里，不忘拿帕子按了按红通通的眼眶，一副强忍着不哭的样子。

“初九……”皇后忙开口，不想让林初九继续说下去。林初九却像是没有听到一般，抽泣一声，又继续哭诉：“皇嫂，侍卫刁难我也就不说什么了，谁叫我家王爷赋闲在家没兵没权，侍卫狗眼看人低呢，不将我放在眼里是我自己没用，可千不该万不该，太子也欺到我头上。”

皇后眼皮一跳，硬着头皮问了一句：“太子怎么了？”

“母后，您别听林初九胡说，我不过是出去接她，还能怎么样？”太子忙辩解，林初九也不着急，待到太子说完，这才道：“皇嫂，你也听到了？太子对我没有一丝尊敬，开口林初九闭口林初九。要是以前我肯定不会多说什么，太子身份尊贵，想怎么称我都行。可现在不一样，我已经出嫁了，是萧王妃，是太子的皇婶，太子却在宫门口连名带姓地使唤我。”

太子本以为林初九只是告他不敬，不想林初九话锋一转：“皇嫂，你也知道我之前不懂事，天天围着太子转，嚷嚷着要嫁给太子。知道的人明白我是小孩子不懂事，不知道的还以为我和太子真有什么，本来我就想着日后少与太子接触，尽量避嫌，可太子却在宫门口直呼我的名字，这要是传到王爷的耳朵里，我就是有一千张嘴也说不清楚呀。”

皇后还没有说什么，太子就急急地道：“你胡说什么，你也不看看你什么德行，我怎么可能和你有关系？”

“太子，我是你的皇婶，这就是你和长辈说话的态度吗？”林初九站在殿中，一脸不满，一副不肯轻易罢休的架势。

皇后很头痛地按了按太阳穴，若有所思地看了林初九一眼，转头对太子说道：“太子，给你皇婶道歉，日后再不可如此。”

“母后……”太子不解地望向皇后，完全不能接受给林初九道歉的事实。

皇后一个冷眼扫过，声音染上几分严厉：“太子，母后的话你也不听了吗？”

这语气，别说是太子就是林初九也吓了一跳，林初九忍不住想，不是说皇后很看重太子的吗？怎么看这母子二人的相处，非但没有一丝温情，反倒像是上司待下属？而这么精明的皇后，怎么会教出这么一个大蠢货，太子他真是皇后亲生的吗？

她三年前进宫看皇后时，皇后与太子之间的关系好像没有这么差，莫不是太子做了什么事，惹得皇后不满了？

林初九垂眉敛目，掩去眼中的深思。

皇后强势，太子在皇后面前根本摆不出储君的架子，皇后一沉下脸，太子便不敢再多言，乖乖走到林初九面前，双手作揖，恭恭敬敬道：“皇婶，孤一时失言，请皇婶原谅。”

言毕，一揖到底，虽没有九十度鞠躬，可也差不了多少。

无论是动作还是言语皆呆板得可以，明眼人都知道太子不是真心的。

林初九并不在意太子真心与否，她不过是做个试探，同时亦让太子明白，她林初九不是当日那个任太子欺辱的林初九了。

“太子快快请起，太子乃一国储君，我怎么当得起太子的大礼。”林初九嘴上说当不起，人却仍旧站在原地，大大咧咧地受了太子一礼。

太子气得脸通红，可偏偏奈何不了林初九。一礼毕，太子强压下心头的怒火，说道："林……皇婶，你身上的伤已经好转，不知何时会回门？婉婷这几天一直担心着你，可碍于萧皇叔在，婉婷也不敢上门探望。"

林初九轻叹了口气，故作为难地说道："太子，王爷的伤你是知情的，王爷现在根本没法出门，要不然我也不会独自进宫谢恩。王爷那样的情况，我怎么忍心让他陪我回门？我想父亲和母亲定能明白。"

"皇婶能独自进宫谢恩，为什么不能独自回门？莫不是皇婶不想回门？"太子气势一变，咄咄逼人，皇后却像是没有听见一般，如同雕像似的稳稳地坐在那里，一脸含笑地看着太子与林初九。

皇后不管，林初九也就不用再顾忌皇后的面子，极尽嘲讽地道："太子莫不是以为，林家能与皇家相比？"

"皇婶，你可别顾左右而言他。"太子皱眉，根本不敢正面回答。林初九却不放过他："太子，你不懂没有关系，去问问你的太傅，本王妃是不是该拖着病体独自去林家回门？"

林初九这话就是一点也不客气，直指太子蠢笨，太子脸色大变，张嘴就道："来人！"

林初九似笑非笑，就在她等着看太子该如何收场时，皇后突然轻咳一声："咳咳……"

"好了，初九，太子也是担心你，别和他一个孩子计较。"皇后笑容温婉，不容林初九和太子说不，又道，"初九，皇上赐了膳，等会儿留下来陪本宫用膳，现在就让太子将功赎罪，陪你去御花园走走。"

皇后说完，便起身离去，留下太子与林初九站在殿内。

皇后把话说到这个份上，林初九不去御花园也不行，不留下来吃饭也不行。

"皇婶，请……"太子怒气冲冲，却不敢违了皇后的意思。

林初九无所谓，她身边还带着萧王府的丫鬟呢，一点儿也不担心太子使坏，两人一前一后朝御花园走去。没想到太子竟是个尽职的人，沿途给林初九介绍了不少的花卉与景观。

林初九有一搭没一搭地应着，脑子里却在想皇后与太子相处时的情形。早些年她进宫，虽不见皇后对太子有多亲热，可也不会厌恶，皇后事事也会为太子打算。

这一次，她居然发现皇后半点儿不掩饰对太子的厌恶，皇后这是什么意思？

林初九完全沉浸在自己的世界里，太子的话她一个字都没有听进去，太子说了半天却得不到只字回应，当下心生怒火，可偏偏现在的林初九是他的长辈，他就是再恼怒也不能对她口出恶言。

太子从来没有被人如此轻视过——不能发脾气他走还不行吗？

太子正要告辞，可就在此时一个七八岁的锦衣小男孩，带着两个差不多大小的小太监走了过来，一脸欢喜地打招呼道："太子哥哥，初九姐姐。"

"子墨，你怎么过来了？没去上书房？"太子当即笑容满面，忘了要离开的事。

"太子哥哥，我今天来母后这里用午膳，所以提前下学了。"小男孩一脸乖巧，明亮的大眼睛灵动可人。

林初九怔了一下，这才记起面前这粉雕玉琢的小男孩是七皇子，三年不见，林初九一时竟是没有认出来。

“七殿下。”林初九唤了一声。七皇子立刻将注意力落到林初九身上：“初九姐姐……不对，现在要叫你皇婶了。皇婶，你都好长时间没有进宫来看我了，我还以为你忘了我呢。”

七殿下自来熟地拉着林初九的胳膊，腻在林初九身边撒娇，样子格外天真可爱，黑亮亮的眸子清亮透彻，不管是真是假，都叫人没法狠下心将人推开。

“七殿下这么可爱，我怎么会忘了你？不过，七殿下真是长大了。”在林初九的记忆里，七皇子还是那个缠着要她抱的三尺小豆丁，没想到一眨眼就长这么大了。

看着七皇子粉嫩可爱的样子，林初九没有忍住，伸手揉了揉他的头，七皇子一僵，委屈地控诉：“皇婶，我已经不是三四岁小孩子了，你不能再揉我的头了。”

话是这么说，七皇子却没有跑开，而是继续腻在林初九身边，拉着林初九就往前面走：“皇婶，我前两天得了一只会说话的鸟，我带你去看。”

三年没有见，七皇子对林初九一点儿也不生疏，还是和三年前一样，十分爱缠在林初九身边。

七皇子不管不顾地拉着林初九，就朝自己住的宫殿跑，至于身后的太子？两人都只当没有看见。

七皇子就像一个调皮的孩子，除了会说话的鸟外，还拿出弹弓一类的玩具，缠着林初九陪他玩。

天真、直率、自然……七皇子身上，有着所有小孩都拥有的特质，就是这样林初九才觉得奇怪。

皇宫，有正常的小孩子吗？

当然，不管心里怎么想，林初九都不会表露出来，七皇子要玩要疯她陪着，横竖她今天进宫和上战场没什么两样。和皇后玩心计，与跟七皇子玩心计没有任何差别。

林初九和七皇子两个疯子嬉闹半天，直到宫人来报午膳的时间到了，皇上会来鸾凤殿一起用膳，两人这才停了下来。

“皇婶，我衣服脏了，我要换一套衣服再去，不能让父皇看到我脏兮兮的样子。”七皇子一脸嫌弃地扯了扯自己的衣服。

“去吧，我也要去收拾一下。”林初九拂了拂衣服上的褶子，笑得自然。

两人转身，带着随身的下人各自离去，然而转身后，两个人脸上的表情就变了。

“回头告诉王爷一声，让他查查七皇子。”林初九面色凝重，眼露深思。

“告诉母后，林初九比以前更难缠了，她也许真知道那个秘密，把她嫁给萧王叔实在太失策了。”七皇子小脸阴沉，再不复之前的灿烂与纯真。

皇宫里的人，每一个都藏着大秘密……

第七章　和你在一起准没好事

皇上赐膳是荣耀，象征意义远大于吃饭本身，想要在饭桌上享受美食几乎不可能。

这并不是说御厨的手艺不好，相反御厨的手艺非常好，只是在沉闷的饭桌上，再好吃的饭菜也会变味。

林初九除了最先行礼外，在饭桌上就没有发出一点儿声音，将餐桌礼仪发挥到极致，让人挑不出一点儿的错来，待到皇上放下碗筷，林初九也不管自己有没有吃饱，跟着放下碗筷，拿起宫女端来的水漱了漱口。

皇上也知道自己不受欢迎，用完膳后并没有久留，说了几句话便离开了，林初九本想跟着告退，无奈七皇子却无一步不拉着她，要林初九陪他玩。

林初九皱眉，七皇子完全不给她说话的机会，直接缠着皇后，要皇后同意。

皇后无奈地摇了摇头，很客气地说道："初九，小七在宫里，身边不是太监就是宫女，也没个人能陪他玩，难得你进宫，就陪他玩会儿。这孩子一向和你亲，也只有你在，他才能放开来玩。"

皇后一脸慈爱地拉着七皇子，气质依旧高贵端庄，眉眼间的慈爱与宠溺却骗不了人。这才是母亲对孩子的态度，而皇后与太子之间则更像是上下级。

皇后都把话说到这个份上，林初九根本没有办法说不，只能笑着说好。

林初九一点头，七皇子就欢快地跳了起来："皇婶最好了，我最喜欢皇婶了。"

"怎么？你皇婶来了就忘了母后？难道母后就对你不好？"皇后故作吃醋，七皇子又忙去哄皇后，七岁的小孩嘴巴像是抹了蜜一样甜，让人没法不喜欢。

林初九一脸笑容地站在原地，待到七皇子哄好皇后，这才与七皇子一道往外走。不过并不是之前走过的路，而是在七皇子的提议下，在宫里绕了几个圈子。

"皇婶，我们刚刚吃饱，多走走好消食。"这是七皇子的原话，林初九不知道七皇子要做什么，当下便点头应允了。

兵来将挡，水来土掩。她搞不定萧天耀，还能怕七皇子一个小毛孩子不成？

林初九带着四个侍女，七皇子带着两个太监，一群人浩浩荡荡地走在宫里，七皇子一路蹦蹦跳跳，也不需要宫人引路，拉着林初九东看看西瞅瞅，很是欢快。偶尔遇到几个后宫的妃子，不过品级都不高，没有资格受林初九的礼，反倒要给林初九行礼。

走了大半天也没有遇到什么奇怪的人和事，林初九一度怀疑自己想太多了，七皇子一个小孩子哪有这么重的心机，可就在此时，他们遇到由太监推着出来的三皇子。

“三哥。”七皇子一脸惊讶，松开林初九的手，小跑到三皇子身边。

三皇子萧子安，周贵妃的儿子，先天残疾，双腿不良于行，靠太医精湛的医术和皇家的各种秘药，这才保住双手不萎缩，能够正常成长。

三皇子因为腿疾长年住在宫里，林初九之前从来没有见过他，这是第一次。而林初九之所以一眼就认出三皇子，除了他坐在轮椅上外，还有三皇子让人过目难忘的外表。

传闻，三皇子长相俊美无双，气质温润如玉，似天宫谪仙，让人一眼便忘不了。

有见过三皇子的人说，你不认识三皇子不要紧，你只要看到他，就会知道那就是他。因为整个东文再也找不出第二个如三皇子那般隽逸风流的绝代公子。

只一眼，林初九就知道这个评价半点儿也没有夸大。面前的男子眉目如画，宁和美好，他只是静静地坐在那里，便让人明白什么叫谦谦君子，什么叫温文尔雅。

饶是见惯各式美男的林初九，在见到三皇子的刹那也有瞬间的恍惚。

“皇婶。”萧子安主动上前问好，目若朗星，眼神清澈，干净得不染丝毫杂质，似乎能看透皇宫里所有的阴谋和算计，那好看到完美的唇线微微上扬，即使是坐在轮椅上，也无法掩饰他周身的绝代风采。

这男人，简直是天下男人的公敌，他的一举一动都自然得体，完全没有招惹旁人的意思，那份与生俱来的善意，令人不由自主地便对他心生好感。

林初九暗赞了一声，收回打量的眼神，回以一个温和真诚的笑颜：“三殿下。”对上三皇子的视线，根本没法带上恶意，他周身的气息让人不由自主地便平静祥和下来。

七皇子在三皇子面前顿时没了小孩的跳脱，稳重得像个小大人，一言一行皆是规矩有礼。

三皇子也没有把七皇子当小孩敷衍，很认真地与七皇子说着话，同时不忘林初九的存在。

只不过，他们此时正在路上，实在不宜久聊，说了两句后，萧子安便道：“皇婶和七弟要去哪里？需要我命人带路吗？再往前就是清和殿，是皇宫西北角，没有路可以走了。”

“三哥，我和皇婶就在宫里转转，一不小心走到这里来了，正准备回去就遇上了你。”七皇子笑着解释了一句，眉眼间尽是天真与纯粹，让人没法心生怀疑。可林初九却不由多想了一些，她可以肯定七皇子带她来这里并不是意外，只是七皇子到底是出自何意呢？

“我正好要去给母妃请安，我送你们。”萧子安说话时，眼神落在林初九的身上，欲征求林初九的意见。林初九还未表态，七皇子就拍手叫好：“好啊，好啊，三哥，你就应该多出来走走，你看耀皇叔双腿也不能行走，可耀皇叔就不会和三哥你一样，天天待在清和殿不出门。而且耀皇叔也不会像你一样认命，我听太子哥哥说，耀皇叔正遍请天下名医给他医治，到时候名医要是治好了耀皇叔的腿伤，我一定会去求耀皇叔，让皇叔派名医给三哥治腿，到时候三哥就再也不用坐轮椅，可以走遍天下了。”

七皇子话中处处都透露着为萧子安着想的意思，至于他心里是不是这样想的，那旁人就不得而知了，不过……

林初九却是知道，萧子安并不像七皇子所说的一样认命，因为医圣之心正拼命地提醒她，有病人渴望她救治，而这个病人没有意外就是萧子安，只是在宫里，她要怎么出手？

医圣之心才不管林初九的为难，不断地发出提醒，提醒林初九有病人需要救治，在林初九迟迟没有行动之后，医圣之心毫无人性地直接告诉她，她只有一炷香的时间，不然就等着惩罚吧。

林初九脸都变了，这简直是要她命的节奏！

“皇婶，你怎么了？”萧子安虽然一直在和七皇子说话，可也没有冷落林初九，林初九脸色一变他就发现了。

真诚的眸子，真诚的关心，真的让人没有办法不心生好感。

这么一个人，怎么就出生在皇家？

林初九暗自觉得可惜，面上却是装作一副不舒服的样子，轻按着腹部，皱眉道：“许是走急了，腹部有些不适。”

“皇婶肚子疼？”七皇子紧张地问了一句，见林初九点头，小脸一白，“一定是我刚刚拉着皇婶走得太急了。皇婶，对不起，都是我不好，害你不舒服。”

七皇子把所有的过错都揽在自己身上，急得团团转，可怜兮兮地看着萧子安，似乎不知道要怎么办才好。

萧子安眉头微蹙，似不想惹麻烦，可面对一脸苍白的林初九和焦急不安的七皇子，萧子安还是开口道：“皇婶刚刚走急了，现在最好休息一下，不如先去清和殿休息片刻？”

萧子安生怕林初九误会，又补充了一句：“这里比较偏，我的清和殿离这里最近。”

“对对对，皇婶你不能再走了，你听三哥的先去清和殿休息，我去给你找太医。”七皇子急急忙忙往外跑，也不顾身后小太监的叫嚷。

“呵……”林初九垂眸沉思，掩去眼中的那抹寒意。

七皇子做得很自然，可就是太自然了，让人无法不多想。不过，七皇子突然跑去找太医的举动，倒是方便了林初九，林初九也不客气，顺势就接受萧子安的好意，去他的清和殿休息。

林初九这个客人要去清和殿休息，萧子安这个主人当然要陪着，便侧身对身旁的太监道：“去给母妃说一声，就说我要晚点到。”

“给殿下添麻烦了。”林初九故作虚弱地坐下，捧着宫女奉上的温水，小口小口地喝着。

“皇婶太见外了，要让萧皇叔知道你不舒服，人就在清和殿附近，而我还不请你进来休息，萧皇叔知道后必然要揍我一顿。”萧子安确实是一个温柔的人，一开口便缓解了两人的尴尬，话里话外都透着对林初九的恭敬和对萧天耀的亲近。

林初九笑了一声，随手将茶杯放下，正想找个话题问起萧子安的腿疾时，医圣之心却不断地提醒林初九，她没有时间了！

本想慢慢来，先寒暄两句再循序渐进地提起腿伤的事，现在看来是不行了。

林初九秀眉微蹙，正想着要如何开口时，萧子安却主动问道：“皇婶，你还好吗？我这里有点偏，太医可能没有这么快过来，我让下人给你揉揉？”

“不用了，我已经没事了，只是……”林初九的眼神落在萧子安的双腿上，略带伤感道，“看到殿下便想到王爷。”

“皇婶和皇叔鹣鲽情深，子安甚是羡慕。”萧子安没有一丝不适，更没有因为林初九盯着他的伤腿看就懊恼。

他并不因为自己的残疾而自卑，在他看来双腿不能行走的他，和旁人没有什么两样。

鹣鲽情深？林初九很想笑，可现在她不仅不能笑，还必须装出很受萧天耀看重的样子，不仅要在萧子安面前装，她还要在全天下人面前装，不然没有娘家支持，又不得丈夫看重，她在京城的日子不会太好过。

林初九俏脸微红，低垂着头，似乎是不好意思了，萧子安这才察觉到自己这话太失礼了，一时也不敢再开口。

下人垂首站在一旁，更是不敢吱声，一时间殿内静寂无声。

如果可以，林初九就希望一直保持安静，直到七皇子带着太医过来，可是不行，她没有时间了。

林初九咬了咬唇，只能拼了。

“三殿下。”林初九抬头，一脸忐忑地望向萧子安，说道，“我略懂一些医术，你能让我看看你的腿疾吗？那个……我没有别的意思，王爷他平时不让人碰，我也不知道王爷伤得怎么样，所以我就是想要看看，然后……要是能帮上忙就最好了。”

好烂的理由！林初九都快哭了，可这么短的时间内，她真的想不出更好的说辞。

本以为会被拒绝，不想萧子安只是一怔便点头：“可以的。”

老天爷，她得救了，萧子安是好人。

萧子安含笑点头：“只要皇婶不介意，我就没有关系。”

不愧被人称为最温柔体贴的三皇子，果然好说话。林初九当下再也顾不得矜持，她急忙上前，蹲在萧子安的面前，在他的小腿处轻按。

小腿肌肉松弛，筋骨却没有萎缩，保养得极好，除了无法用力外，和正常人的小腿没有什么区别，这就说明萧子安的小腿没有问题。

继续往上，林初九摸到萧子安的膝盖……

萧子安的双腿没有知觉，也就不存在尴尬，再说了林初九没有一丝亵渎之意，萧子安实在无法心生反感。

林初九不知道，她一为人诊治，脸上的表情就会不自觉地绷紧，严肃得就像是面部神经失调，和萧天耀的脸有一比。

珍珠、玛瑙等四人原先还觉得林初九唐突，可一想到林初九所做的一切，都是为了王爷，四个婢女顿时感动得不行：王妃肯定很爱王爷！

萧子安的双腿没有萎缩，筋骨也没有任何问题，除了使不上力无法行走外，他的腿和正常人没什么区别，林初九完全诊断不出是什么原因致使他无法行走。

“皇婶，怎么了？”萧子安看到林初九皱眉，忍不住问了一句。

“没怎么，只是三殿下的腿让我觉得很奇怪。”医圣之心提醒诊断完毕，林初九也就收回了手。

“是不是没有病因，就是不能行走？”萧子安将林初九的疑惑说了出来。

这并不是什么秘密，周贵妃是皇上的宠妃，萧子安因为双腿不良于行与皇位无缘，可却深得皇上喜爱。

皇上为了医好他的双腿，不知道请了多少的名医神医。只可惜不管多有名望的大夫，甚至是中央帝国的大神医，也都无法诊治出他的腿到底有什么问题。

他的腿没有问题，可就是不能走。

林初九见萧子安知道，也就没有隐瞒，直言道：“我从来没有见过这样的病症，你的腿没有受伤。”

萧子安垂眸敛目，掩去眼中的失望，不无遗憾道：“我和萧皇叔的病症不一样，恐怕不能给皇婶提供帮助了。”

“啊？”林初九愣了一下，这才记起自己刚才那个奇葩的理由，连忙挥手道，“没事，没事。是我唐突了，我略懂一些医术，三殿下的病症我虽然没有办法医治，不过我倒是知道如何保护，我回头让人给殿下送点药来，三殿下可以让太医看看用不用得上。”

医圣之心给萧子安配了一套按摩用的药油，林初九乐得借花献佛，只是不知道萧子安敢不敢用。

“多谢皇婶。”萧子安没有拒绝，只是会不会用那就不好说了。

两人说话间，七皇子已经带着太医赶了过来，七皇子来时眼眶还是红的，脸上犹有泪痕，看上去可怜兮兮的。

萧子安是那种心底极软的人，即便知道七皇子不单纯，也不忍看他一个小孩可怜兮兮地站在那里。

在太医给林初九诊治时，萧子安将七皇子招到身边，掏出干净的帕子给他擦了擦脸：“子墨别担心，皇婶不会有事的。”

七皇子轻轻应了一声，像是做错事的小孩，不敢再大声说话。

林初九本就没有什么事，太医诊不出什么来，只说是林初九吃饱后，走得太急引起腹部绞痛，拿了一颗消食的药丸让林初九和水吞服，休息一炷香再走。

医圣之心检测过，药丸没有任何问题，为了不让人起疑，林初九爽快地吞服下去，不到一炷香便说自己没事了，只是萧子安和七皇子执意要林初九按太医说的办，非得要林初九休息一炷香才肯让她走。

一炷香后，萧子安亲自送林初九和七皇子走出清和殿。七皇子不敢再拉着林初九乱逛，更不敢要林初九陪她玩，便将林初九安置在侧殿午休。半个时辰后去给皇后请安，七皇子亲自送林初九出宫，并连连赔礼，表面功夫做得十足，让人挑不出半点儿的过错。

出去时一路平顺，没有遇到任何的刁难，林初九高悬的心总算放了下来："今天这关暂时是过了，宫里的人都要脸，就算为难也不会太直接。"

林初九坐在马车里，想要好好休息一下，却怎么也静不下心来。脑子里不断地想起萧子安的病，还有那杯下了药的茶。

医圣之心没有强制林初九立刻医治萧子安，林初九却不敢就此丢下，万一哪天医圣之心要她医治呢？

"腿没有问题，可就是没有办法行走，这究竟是什么原因呢？"林初九想了许久也没有想出相似的病例，最后只能推断萧子安无法行走是心理原因。

"什么人能在皇宫里下手呢？"林初九越想越觉得这事很复杂，最后竟阴谋论起来，吓得她赶紧收回思绪，再不敢往深处想。

在林初九想着萧子安的病情时，萧子安也和周贵妃说起林初九，其中最让萧子安不解的就是："母妃，你听说过四皇婶会医术的事吗？"

"林初九她会医术？你听谁说的？"周贵妃凤眼一挑，如秋水般秀美的眸子溢满惊诧。

周贵妃是当朝帝师之女，与皇上是青梅竹马从小一起，感情深厚，要不是当初皇后娘家底气太足，说不定东文的皇后便是她。

能生出谪仙一般的萧子安，周贵妃的长相自然是不差的。周贵妃五官精致，眼眸清亮，气质高洁，一举一动优雅清丽，皇上不止一次赞美周贵妃腹有诗书气自华。

"母妃也不知道这事吗？"萧子安这下更加地疑惑了，"如果她不会医术，她怎么能诊出我的腿伤很奇怪？虽说这件事不是什么秘密，可也不是她该知道的事情。"

"她看过你的腿？"周贵妃莫名其妙，林初九是想做什么？

林初九不是喜欢太子吗？什么时候对她儿子也感兴趣了？而且依林初九现在的身份，就算喜欢她儿子也不能表现出来才是呀。

"嗯，之前她和七弟走到清和殿附近，有些不舒服，我遇上便请她在清和殿休息片刻。"萧子安将之前的事情言简意赅地说了一遍。

周贵妃听罢，轻叹了口气，无奈地道："子安，你明明知道你七弟那人不简单，怎么就不知道躲着点？你就不怕他算计你？"

"母妃，哪有那么严重，我双腿不良于行，这辈子无缘皇位，而且我也没有想过要争那个位置，我不妨着七弟什么，他就算要算计也算计不到我头上。”萧子安柔声劝说，不希望自己的母妃因为这种小事而不高兴。

“谁说他算计不到你头上，他之前就是想要设计你娶林初九，要不是母妃提前知晓，你现在就娶了她了。”周贵妃恨铁不成钢地看着萧子安。

生在吃人不眨眼的皇宫，竟然还这么单纯，真是让人担心。

“母妃，你说什么？我娶林……不是，是皇婶？”萧子安明眸一愣，耳根微红，脑子里不由自主地浮现出林初九蹲在他身旁，按着他双腿的画面来……

一脸严肃认真的林初九，似乎并不像传言中的那么令人生厌！

……

林初九回到萧王府并没有急着去沐浴更衣，而是让珍珠找来吴大夫。

“不知王妃召见，有何要事？”吴大夫一路小跑赶来，气还没喘过来，就急急忙忙给林初九见礼。

吴大夫尊重林初九，并不是因为林初九萧王妃的身份，而是她的专业知识，还有她毫不藏私的磊落态度。

林初九也不客气，将脱下来的衣服递给吴大夫，问道：“吴大夫，帮我看看袖子上沾的那块水迹里到底有什么东西？”

“啊？”吴大夫一脸不解，林初九耐心地解释了一句：“这是我在宫里，下人给我奉上的茶水，我察觉色泽不对便没有喝，倒在了袖子上，你看看这茶水里含了什么东西？”

“这，这……”吴大夫一听，眼睛都睁大了，皇宫里的事，他真的能知道吗？

“吴大夫，别的不用你管，从这个门出去后，我什么也不会说。”纯粹是帮她私人的忙，要不是医圣之心检查不出来，她也不会麻烦别人。

吴大夫很想拒绝，但想到林初九深厚的医理知识，只能咬牙点头：“我这就查。”舍不得孩子套不着狼，不为王妃做点事，王妃怎么会把他当成心腹，教给他更多的医理呢？

吴大夫先用银针检查一遍，银针没有黑，便大胆地沾了一点儿尝了尝，这一尝吴大夫的眉头便皱了起来：“王妃，这是无子药，你可曾碰过？”而且是药效最猛的那种，林初九只要沾上一点儿，这辈子就不可能有孩子。

“无子药？”林初九闻言皱眉，宫里谁会给她下无子药？

不对，宫里很多人都会给她下无子药，因为有太多人不想萧天耀有孩子。

“我可以肯定这是无子药，青楼那等地方很常用，药性极其霸道，而且很伤身。”吴大夫说到这话时，额头上不禁沁出一层薄汗。

“我知道了，多谢吴大夫。”林初九暗自庆幸她有医圣之心的提醒，不然她今天肯定要遭黑手了。

吴大夫忙道不敢，见林初九没有别的事，吴大夫忙不迭地告退，就怕待久了又听到不该听的事。

“去，派人给王爷说一声。”林初九很头痛地揉了揉太阳穴，她可以肯定宫里的人不是针对她，而是针对萧天耀，只是因为没法对萧天耀下手，所以才会从她这里入手。

柿子专挑软的捏嘛。

“是。”翡翠、珍珠等四人很清楚，林初九知道她们的来历依旧敢用她们，就不怕她们和王爷说些什么。

“准备热水，我要沐浴。”在宫里折腾了大半天，林初九身累心更累，现在迫切地想要泡个热水澡，好缓解一下疲劳。

珊瑚和玛瑙俏生生地应了一句，便立刻下去安排，不多时热水和舒适的居家服就准备好了，林初九也收起了那些烦心事，美美地泡了一个热水澡。

泡完澡，不论是精神还是心情都好了许多，林初九正想让下人送点小吃来，翡翠就小心翼翼地禀告道：“王妃，王爷有请。”

林初九叹了口气，好心情顿时消失得无影无踪，她一点儿也不想见萧天耀，可她没得选择。

依旧是在书房，林初九进去时已经做好被萧天耀威逼的准备，不想萧天耀却什么也没有做，反倒让她在一旁坐下。

咦？萧天耀中邪了？

林初九诧异地抬头，正好撞上萧天耀那双深不可测的黑眸，惊得林初九忙收回眼神，一句话也不敢说，老老实实地在左下首坐好，姿势完美，堪比受过训练的专业人士。

萧天耀似笑非笑地勾起红唇，他可不认为敢打皇宫侍卫的林初九，胆子小到不敢与他直视，这女人要不是装的，那就是她心里有鬼。

“在皇宫还好吗？”萧天耀淡淡开口，像是随意问一句，可打死林初九也不相信，萧王爷会问没有意义的话。林初九不敢乱说，嘟囔了一句：“你不是都知道吗？”

“本王要听你说。”萧天耀双手放在轮椅的扶手上，背往后靠，端的是大气随性，林初九却不敢放下戒备。

许是洞房夜萧天耀非要杀死她的印象太过深刻，林初九每每看到萧天耀，就很担心他突然想不开，想要弄死她。

即便万分不乐意，林初九还是乖乖地重复了一遍，甚至连给三皇子看腿的事也说了。而这就是萧天耀想要知道的重点，不等林初九说完，萧天耀就问道：“为什么要看三皇子的腿？”他可不会相信林初九的说辞。

谎话被拆穿了，林初九却没有一丝尴尬，反倒坐得更直，格外坦然地望向萧天耀，理直气壮道：“我不是说为了王爷吗？王爷也知道我懂一点儿医理，我就想看看三殿下的腿疾是怎么回事，如果我能医好三殿下，说不定也能医好王爷，到时候王爷能正常行走，我可就有福了。”

撒谎的最高境界，就是把假的变成真的，从现在开始她就是为了萧天耀的腿才看萧子安的腿伤。

“是吗？你有什么福？本王就是坐在轮椅上，想要做什么都可以，你不是试过了吗？”

萧天耀唇角上扬，露出一抹嘲讽的笑意。

“我知道王爷可以走，可王爷的腿确实是受了伤，并不能长时间……”林初九开始没有听明白萧天耀话中的深意，反射性地说道，待到话说到一半，这才理解了萧天耀的意思，脸“轰”的一下就红了……

她，她被调戏了？

她被萧天耀调戏了？

林初九可以肯定萧天耀那话绝对有深意，可对上萧天耀冰冷的没有一丝温度的眸子时，又觉得自己想太多了。

面前这男人是谁？是那个把她压在床上却只想要她命的萧天耀，怎么可能调戏她？

偷偷地瞄了一眼，确定萧天耀依旧冷冷的没有任何表情，林初九更加可以肯定，是她自己不纯洁想歪了，而不是萧天耀别有深意。

自做多情，真丢人！

“咳咳……”林初九轻咳一声，掩饰自己的尴尬，“王爷，要是没别的事，我可不可以先回去？”放她走吧，她没脸待下去了。

“过来。”萧天耀完全无视林初九的尴尬，薄唇轻启，不容拒绝地道。

“啊？”林初九再次懵了，这男人要干吗？

“别让本王说第二遍。”萧天耀根本不容林初九装傻，他很清楚面前的这个女人一点儿也不迷糊。

生死关头，还敢跟他讨价还价的人，林初九是第一个，这样的人怎么可能愚蠢无知？

你有说第二遍吗？林初九心中腹诽，面上却不敢表露出来，像个小媳妇一般乖乖上前，距离萧天耀三步远时停下：“王爷，你叫我有事？”

“不是想要知道本王的腿伤吗？以后别去找老三，想看直接告诉本王。”萧天耀垂眸，眼神落在自己的双腿上，意思也非常明显。

林初九惊呆了，完全不敢相信自己听到的：“王，王爷，你让我碰你的腿？”可她一点儿也不想碰呀，医圣之心又没有要求她治，她不想自己找死。

“嗯，以后……不许再碰不相干的男人，任何理由也不行。”萧天耀不是征求林初九的意见，而是告知她。

林初九都还没有回过神，完全没有听到萧天耀说什么，只是傻傻地点头：“好。”

之前几次相处的经验告诉林初九，萧天耀是个独裁的“暴君”，他的话只能听令而不能反驳，否则吃苦的一准是自己。

“很好，”萧天耀满意地点点头，心中那点小郁闷则因为林初九的听话而消失得无影无踪，略带笑意道，“动手吧。”

“什，什么？”林初九还处在浑浑噩噩的状态中，她还没有清醒过来。

“检查本王的腿到底是怎么伤的。”萧天耀难得好脾气地解释道。

“哦，哦哦哦。”林初九终于回神，忙上前一步，蹲在萧天耀的面前，双手按住萧天耀双腿的那一刻，林初九就彻底地冷静下来。

俏脸一绷，眼眸一冷，没有一丝敷衍，就好像她的世界只有他萧天耀一个人。

神色严肃得吓人，可又那么吸引人，萧天耀眼神变得柔和，不由自主地盯着林初九的侧脸细细看来。

其实，林初九长得很好看，而且这个女人不怕他，身上也没有他讨厌的脂粉味，他也不讨厌这个女人的亲近。

萧天耀合上眼皮，掩去眼中复杂难辨的情绪。

虽然不是医圣之心要求医治的病人，但真正要给萧天耀做检查，林初九还是很认真的，甚至还提醒医圣之心帮萧天耀诊断。

萧天耀中了毒，毒素集在双腿处，筋骨受损很严重，血管被堵，双腿近乎废了，却能活下来，这简直是个奇迹。

医圣之心给出的医治方案，是先用银针慢慢排出萧天耀体内的毒素，再给双腿做治疗，待到受损的筋骨修复，淤血清除后，再做复健。

保守估计需要两年及以上的时间才能让萧天耀双腿落地，至于能不能和正常人一样行走，还要看医治的过程以及病人复健的程度。

换言之，萧天耀的腿伤可以治，但医治后萧天耀不可能和没有受伤一样，或多或少都会受影响。

林初九检查的结果没有医圣之心那么详细，可也相差不了多少，简单地了解了病因后，林初九老老实实地说道："王爷的腿伤得很重，至少需要两年以上才能行走。"

这话就是说，林初九能治了。

萧天耀扬了扬眉，眼中带着探究："你的医术这么好？"

他的腿伤有不少名医看过，没人敢说能医治，甚至那些人都建议他把双腿截了。就连名满天下的墨神医，也只能说试一试，效果如何不敢保证。

"也不算好啦，只是比较擅长这一类。"林初九不好意思地挠了挠头，要不是有医圣之心在，她也只是空有医理没有实践的人，现在最多只能给人包扎包扎刀伤，至于医萧天耀的双腿，那简直是做梦。

"是吗？"萧天耀眼神微冷，他知道林初九没有说实话。

不过，他相信早晚有一天，林初九定会如实告诉他，他萧天耀想要知道的事，林初九能瞒一时却不能瞒一辈子。

"老三的腿是怎么回事？"能看出他的病因，肯定也能查出萧子安的病因。

"三殿下？"说起正事，林初九忘了尴尬，也忘了起身。半蹲在萧天耀身边，就像赖在主人身边撒娇的小狗狗。

这个认知态度，让萧天耀的心情无端端好了几分。

"三殿下的腿很奇怪，我检查过也敢肯定他的腿没有问题，可双腿就是没有力道，不能行走。"林初九完全不知道此时的她在萧天耀眼中变成了宠物狗，她正想着要不要和萧子安说说心理暗示的事，可是……

作为已经成亲的女人，没事对另外一个男人那么殷勤，会不会不太好？

林初九想了想，果断不再说萧子安的事，给萧天耀检查完双腿后，没有得到萧天耀给的回复，林初九就知道萧天耀不相信她，不会让她医治。

意料之中的事情，林初九一点儿也不难过，起身道："王爷，我先……"

话还没有说完，就听见萧天耀大喊："小心！"随即一把扯住的她的衣领，害她踉跄一步摔在萧天耀的双腿上，然后……

轮椅来了一个华丽的旋转，林初九也跟着转了一圈，晕头转向间，隐约听到利箭穿过虚空，朝他们射来的声音，而她与萧天耀则在利箭中穿梭。

"咄咄咄"的声音响起，林初九知道自己没有听错，刚刚，就在她起身的那一瞬间，有数支利箭朝她身后射来，要不是萧天耀拉了她一把，那些箭就全射在她身上了。

太可怕了！

为什么每次和萧天耀在一起，就没有好事？

林初九小脸惨白，双腿发软，趴在萧天耀的腿上一动也不敢动。

此时，侍卫们听到动静，当即动作迅速地将书房围了起来。随即，林初九便听到了侍卫的惨叫声，想来是被箭射中了。

林初九身子颤了一下，就她这个小身板，要是被箭射中估计就别想活了。

"别动。"萧天耀以为林初九想要起身，横在她背后的手稍稍用力，"危险还没有解除。"

像是为了证明萧天耀有多么的英明神武、料事如神一样，这话刚落下，便有一支箭避开了侍卫的层层拦截，朝着萧天耀飞射而来。

啪！萧天耀重拍轮椅扶手，林初九只感觉自己双脚离地，在半空中一个旋转，长箭擦着她的脸颊射了过去，隐约还有几缕发丝被射断了。

这生活，真的不是一般的惊心动魄！

林初九虽不至于吓尿，可着实是被吓着了，为免自己被误伤，轮椅落地后，林初九依旧紧抱萧天耀的大腿，趴在他身上不肯挪动。

她只是一个普通人，实在无法享受惊惧的生活！

外面的动静越来越大，侍卫越来越多，再没有流箭飞进来，林初九暗暗松了口气，应该没事了吧？

林初九正想着是不是可以起来了，就听到萧天耀不耐烦的声音响起："还不起来？"

"我这就起来。"再不敢多赖，林初九果断起身，可是……

她胆子虽大却无法控制身体本能的反应，起身的刹那双腿一软，又再次趴了下去。而且这一次好巧不巧，脸直接摔在萧天耀裤裆处。

"啊……"林初九尖叫一声，猛地站起身来，踉跄两步摔坐在地，双手举起，一脸无辜地道，"我，我不是故意的。"

林初九飞快地低头，根本不敢看萧天耀，就怕萧天耀误会她在勾引他。

萧天耀此时正忙着平息因为林初九的意外之举而挑起的欲火，听到林初九可怜兮兮的讨饶声，萧天耀连个眼神也没有施舍给她。

他平时虽称不上清心寡欲，却极少有太大的情绪波动，至今还没有哪个女人能挑起他的欲火。林初九是第一个人，也是目前为止唯一一个能挑起他欲火的女人，而且林初九还没有做什么，只是趴在他身上，他就控制不住地产生需求。

这个认知令得萧天耀的心情非常不好，他讨厌自己的情绪受一个女人影响，所以当侍卫进来汇报情况时，他黑着脸怒吼道："滚出去！"

"啊……好，我这就出去。"林初九手脚并用地爬了起来，完全不在乎毁掉萧王妃优雅高贵的形象。

刚走两步，又听到萧大"暴君"的冷喝声："本王有让你出去吗？"

"啊？不是叫我滚？"林初九脚步一顿，转身问道。

萧天耀没有开口，冰冷的眼神落在进来的侍卫身上。侍卫脸色一变："属下这就出去。"

说完转身就往外面跑，走之前还不忘把门关上。

"过来。"萧天耀双手按在扶手上，身子挺得笔直，就像一只蓄势待发的猛虎，随时准备进攻。

"王爷。"林初九不情不愿地上前，见得萧天耀脸黑得吓人，只看着她不说话，心底不安，便着急地解释了一句，"刚刚的刺杀我也不知是怎么一回事，跟我没有关系。"

"嗯。"萧天耀淡淡应了一下，不说相信也没有说不信林初九，指着没入墙里的冷箭道，"取过来。"

"哦。"林初九搞不懂萧天耀是什么意思，本着多说多错少说少错的原则，林初九不再开口，萧天耀让她做什么她就做什么，可是……

射箭的人力道惊人，箭镞整个没入墙里，任凭她再用力也取不出来，试了几次后双手都磨红了，可那箭依旧稳稳地嵌在墙里，纹丝不动。

"王爷，我力气不够，要不要让侍卫进来？"林初九苦着脸建议道。

"没用。"萧天耀不屑地哼了一声，推动轮椅上前，离林初九三步远停下，在扶手上轻轻一按，自然地站起来，就好像双腿不曾受伤一样。

林初九眼睛睁得大大的，就好像中了邪一样，完全傻掉了。

站起身的萧天耀很高，林初九目测萧天耀至少要比她高出一个头还多，而且站起身来萧天耀气场非常强大，什么也不用做，林初九就感觉自己无法呼吸。

萧天耀勾唇冷笑，无视林初九惊讶的眼神，缓步走到林初九面前，抬手就将墙里的箭拔了出来，动作之轻巧，就好像这箭只是悬挂在那里。

"没用。"转身之际，萧天耀在林初九的耳边轻轻吐出两个字。林初九全身一震，随即咬牙切齿，恨不得在萧天耀身上狠咬一口。可对上萧天耀的那双冰冷幽深的眸子，林初九刚刚燃起的小怒火又熄灭了，耷拉着脑袋道："没用就没用吧。"总比没命的强，她忍还不行嘛。

“真没用！”萧天耀走了两步，又转头说了句，嫌恶的语气，轻蔑的态度，真的让人想不生气都不行。

林初九咬牙切齿：“你……不要太过分了！”真当她是软柿子，想怎么捏就怎么捏吗？

“过分？本王就是过分，你又能如何？”萧天耀眼眸上挑，一脸轻蔑，径直在轮椅上坐下。

没有萧天耀高大的身躯挡光，林初九面前瞬间亮堂起来，也清楚地看到萧天耀眼中的鄙夷与轻视。

那一眼，深深刺伤了林初九，她真心觉得萧天耀够欠揍，她又没有欠他萧天耀什么，更没有求他萧天耀什么，萧天耀凭什么用看垃圾的眼神看她？

不知道独自奋斗在异乡的可怜人，都是极度自傲的自卑者吗？

林初九眼中蓄满耻辱的泪水，一时没有控制住自己的脾气，狠狠地顶了一句。有权有势了不起呀，舍得一身剐，敢把皇帝拉下马。惹急了她，她拼着命不要，也要拿萧天耀同归于尽。

“怎么？胆子肥了？”萧天耀比画着手中的冷箭，威胁意味十足。

如果是平时，林初九必然会忍下去，可她今天真的是受够了。她做错什么了，这些人一个两个地轮番威胁恐吓她？

皇上，皇后……太子，回到家还有一个萧天耀，她就那么好欺负吗？

“王爷，你别忘了，我是圣上亲指的萧王妃。”林初九冷着一张脸，一个字一个字地说道。

“怎么？拿圣上来压我？”萧天耀的那双黑眸中，微不可察地闪过一抹失望。

终于，要暴露出来了吗？

他就知道，圣上指这么一个女人来他府上，怎么可能单纯？

“不，我没那个能耐拿圣上来压王爷，我只是想告诉王爷，除非我跟人通奸、犯下不可饶恕的过错，不然就算是死我也是萧王妃。同样，王爷你要死了，我也一样能继续做我的萧王妃。”最后三个字，林初九咬得特别重，威胁意味十足。

“你敢威胁本王？”萧天耀冷着一张棺材脸，却是没有生气的迹象。

林初九摇了摇头：“不，我不敢威胁王爷，我只是陈述这个事实。”想要萧天耀死的人从来都不是她，她就不明白萧天耀为何偏偏喜欢针对她？

“想要本王的命，凭你还没那个能耐。”萧天耀一脸嘲讽，却没有之前的鄙夷与轻蔑。

他发现林初九骄傲且敏感，似乎很反感旁人用鄙夷的眼神看她，真不知道林家骄纵得不可一世的大小姐，怎么会有这么敏感的性子？

本以为林初九不会再说什么，没想到林初九却是冷笑一声，一脸高傲地道：“大夫要杀人，你防不胜防，除非你这辈子不生病，不看大夫。”

说完，冷冷撂下萧天耀就往外面走，丝毫不在乎萧天耀会不会发火。

“大夫杀人，防不胜防？”萧天耀若有所思地目送着林初九离去的身影，直到侍卫再次小心翼翼地进来向萧天耀汇报外面的情况，这才收回视线。

不出所料，刺客跑了，侍卫连影子也没有看到。萧天耀没有为难侍卫，而是将手中的箭丢到侍卫面前：“去查一查，这些箭是哪来的。”

新铸的箭镞，又是军方用的精铁，一般的作坊可做不出来。

“是。”侍卫退下，走到门口又听到萧天耀道：“去把流白找来。”

流白听到萧天耀又遇刺后，不需要萧天耀找便主动赶了过来，确定萧天耀没有受伤后，流白便去查看墙面的伤痕。

“箭虽然重新改装过，但看箭射来的轨道和力道绝对是周肆。周肆这个人口碑很好，他不接则已，一旦接下某个任务就不会中途放弃，哪怕雇主收手他也不会放弃。”流白颇为担心地看向萧天耀。

“周肆？”萧天耀轻敲桌面，一脸嘲讽，“不过是个刺客，本王还没有放在眼里。周肆虽然厉害却不是杀手界的第一人，凭他还没有资格在本王面前张狂。”

“你想怎么做？”流白眼前一亮，他知道萧天耀这是要反击了，周肆肯定要倒大霉。

“只有千日做贼，没有千日防贼的道理。本王没有闲情雅致陪他玩，杀手收钱买命，本王就花钱买他的命。”萧天耀往椅背上一靠，慢条斯理地道，“悬赏十万两，本王要周肆的命。”

“我知道该怎么做了。”流白忙点头，迫不及待地就想去做这件事，可刚转身便被萧天耀叫住了：“等一等。”

“还有事？”流白忙顿住脚步，转身问道。

“墨神医那里，让他们再等十天，十天后再来给本王医治。”林初九提醒了他，他不得不谨慎，“另外，让墨神医将所用的药材，列一张清单给本王过目。”

“啊？是出了什么事吗？”流白隐约察觉到哪里不对，可又想不出哪有问题。

“没有，你按本王的意思办便可。”萧天耀没有和流白多说，和苏茶相比，流白单纯多了。

“我明白了，只是……”流白摸了摸脑袋，有些为难地说道，“这么做会不会让墨神医不高兴？他要是不尽心医治你怎么办？”

“告诉墨神医，本王的王妃爱好医理，想要知道用什么药可以医好本王的伤，而本王想要讨她欢心。”萧天耀毫不客气地拿林初九当挡箭牌。

“这个理由也行？”流白愣了一下，随即又觉得挺对的，有个理由总比什么都不说，令墨神医以为他们不信他要强。

“为什么不行？本王喜欢王妃，想讨王妃欢心再正常不过。”萧天耀说得理所当然，前提是忽略他眼中的寒意和没有一丝起伏的语调。

可怜的女人，被天耀拿出来当挡箭牌，接下来的日子一定会过得很精彩。

流白默默在心里为林初九摆上一排白蜡烛……

第八章　认真的女人最美

林初九回到院子没多久，就收到萧天耀的命令。有几个士兵伤得颇重，吴大夫没有办法，需要她去救治。

林初九自认是个有职业素养的大夫，虽然生萧天耀的气，却不会把气撒在受伤的侍卫身上，简单地收拾了一下，憋屈地提着药箱过去了。

一路上，不少侍卫看到了她，但没有一个人对她行礼，也没有人跟她招呼，林初九早就习惯了，淡漠地往前走。

吴大夫大老远就看到林初九过来，忙起身行礼道："王妃，你可来了，成虎胸口中了一箭，离心脏只有一个指甲片的距离，我实在不敢贸然动手。"

"我看看。"林初九大步上前，远远就看到简陋的担架上，躺了个身着侍卫服却被鲜血染红的少年。

"王妃，你快看看，成虎这孩子快要不行了，一直在流血，我止不住血也不敢拔箭。"吴大夫双手按住成虎的伤口，尽量减缓血流的速度。

"我来。"林初九没有推诿，将药箱放在一旁的矮桌上，打开，取出常用的银针，走到吴大夫旁边，淡淡道，"让开。"

"好好好，王妃你请。"吴大夫忙侧开身子，本想留在原地给林初九打下手，顺便偷学一二，可不等他开口就听林初九说道："你去处理别的伤员，这里交给我。"致命处受伤的有三人，容不得浪费人力资源。

"好，"吴大夫万般不愿，可看到其他人的伤口还在滴血，当下也只能忍痛转身，"我这就去。"以后还会有机会的，他坚信！

吴大夫一走，他的位置就被曹管家取代了："王妃，有什么事尽管吩咐，奴才任王妃差遣。"

曹管家言语卑微，许是故意在众侍卫面前抬举林初九，免得侍卫们轻视她。林初九感激曹管家的好心，朝他点了点头，放缓语气道："按住他，别让他乱动。"

"是。"曹管家上前，按住成虎的上半身，正想找个人帮他按住成虎的下半身时，结果还没有开口就有眼力好的人主动上前帮忙。

他们发现王妃好像挺好讲话的……

余下人见状，也悄悄地凑上前。他们听说王妃的医术很好，不知今天能不能见识到。

"挡光了。"林初九抬头说了一声，正前方的人立刻散开。林初九点了点头，拿出柳叶刀，将伤口打开，露出里面的箭头，箭头止在肉里，万幸没有伤到心脏。

林初九检查了一下成虎的情况，确定成虎的生命体征很强，有极强的求生欲，只要她操作不失误，成虎就不会有性命危险。

林初九面上没有一丝情绪流露，可心底却是松了口气。她用生命保证，在手术中她不会出现任何失误，她一定可以救活面前的少年。

检查完，林初九将沾了血的刀子放在一旁，曹管家看到林初九一脸严肃，面上没有一丝表情，让人猜不出成虎有没有救，便壮着胆子问了一句："王妃，成虎还有救吗？"

"有，死不了。"林初九取出银针，扎入成虎的穴道，封住他的知觉。

曹管家和侍卫们看了一眼却没有看清楚，见林初九冷着一张脸也没有人敢多问，反倒是远处的苏茶，忍不住问了一句："咦，林初九刚刚做什么了？"

只可惜他离得太远，就算问了林初九也不会给他解答。

苏茶一脸郁闷，对着坐在轮椅上的萧天耀抱怨道："萧王府的侍卫们越来越没有纪律了，这个时候居然全部凑在一起看热闹。"

萧天耀斜睨苏茶一眼，什么也没有说……

这个时候，他怀念流白的粗线条，苏茶有时候真的太啰嗦了，他都不明白自己怎么就和苏茶结交了。

封住了成虎的知觉，林初九用烈酒将成虎伤口外围清洗一遍，随后撒上药粉止血。林初九是个认真负责的人，一旦投入到工作中，她便没有心思注意外在环境，更不存在藏私。

成虎失血过多，林初九必须争分夺秒，在最快的时间内将成虎的血止住，拔出卡在他体内的断箭，这么一来林初九手上的速度不免又加快几分。

林初九手上的动作虽然单调，却有一种致命的诱惑力，让他们不由自主地随着林初九的手左右移动，然后去期待林初九用她的双手，救活成虎。

苏茶与萧天耀距离林初九很远，萧天耀还好，即使隔了四五十米的距离，他依旧能看清楚林初九的动作，甚至能看到林初九额头上细细麻麻的汗珠。

有那么一刹那，萧天耀有一种上前替林初九擦拭的冲动。好在，他自制力惊人，他绝不会允许自己做出这么奇怪的举动。

苏茶就苦了，他一个手无缚鸡之力的大少爷，即使站得再高，也看不清林初九在做什么，就只看到一道道残影从眼前掠过。

苏茶眼睛都花了，忍不住抱怨了一句：“你的王妃是妙手神偷门下的吗？”手速这么快，偷东西一绝呀！

萧天耀眼眸一闪，随即又恢复平静。他也很想知道，他的王妃到底拜在哪位仙人门下，才有这等本事！

有医圣之心的帮助，拔断箭对于林初九来说不难，可她一个人也做不到，她张嘴就道：“师父，帮……”话说到一半，林初九才记起她师父早走了，不会再帮她了。

林初九眼神一暗，手上的动作却没有停，她将成虎的伤口撑开，以方便她取箭头。

林初九做这一步时特别细致，因为光线不是特别好，她必须弯腰才能看清楚。低头的瞬间，耳后的碎发随之散乱，粘在汗湿的脖子和脸颊上，林初九不舒服地动了动脖子，看她几次想要伸手却又最终忍住的样子，让旁人恨不得上前替她将碎发拢好。

“去，找个侍女来。”要不是碍于男女之防，曹管家真想上前替林初九将碎发理好，那几缕碎发实在太破坏美感了，看的人心里直烦躁。

同一时刻，远处的萧天耀也淡淡开口道：“去，把王妃的侍女找来。”

“啊？你在跟我说话？”苏茶愣了一下，左右看看，发现萧天耀身边除了他之外，就再也没有旁人了。

“除了你还有别人吗？”萧天耀冷冷抬头，冰冷的视线对上苏茶，把苏茶惊了一跳，忙道：“我去，我这就去。”

一步三回头，苏茶用实际行动表现出自己有多不舍，萧天耀无视之，静静地看着林初九，他想要知道林初九接下来会怎么做。

苏茶绝对是史上最倒霉的孩子，他走后没有多久，林初九便开始给成虎拔箭，当断箭被拔出，成虎的伤口往外飙血的那一刹那，不仅仅是曹管家等人，便是萧天耀也惊了一跳，生怕林初九处理不好。

在场的人皆看着林初九，默默为她担心，林初九却半点儿也不紧张，在血飙射而出的瞬间，从容地捂住成虎的伤口。等到侍卫反应过来时，就看到林初九已经在给成虎止血，一块块染血的棉花被林初九丢弃在一旁，而伤口流出来的血则越来越少。

然而这并不是结束，林初九并没有像吴大夫那样，往伤口处洒上止血的药就包扎起来。

林初九走针很快，他们不过是愣了一下神，就看到林初九已经在收针了，然后发现成虎的伤口渗出来的血越来越少了。

只听说肚皮破了能缝，血管也能缝？

众侍卫嘴巴张成O字形，一个个傻眼了。但和前面的想法一样，他们不敢问出来，就怕一问出口显得自己土包子没见识，忒丢人了点儿。

当然，也有人不怕丢人，悄声问身边的人：“你以前见过吗？这血管还能缝起来？”

“没见识的土包子，肚皮能缝，血管怎么不能缝？还不一样都是开了道口子？和你衣服破了用针线缝起来是一个道理，你懂不懂？”不是打肿脸充胖子，只是想要显摆一下自己的见识。

“你没见过的事多了去了，小子，以后还有的学。”那人拍拍对方的肩膀，下颌微扬，享受身边人绝对崇拜的眼神。

他的话一出，立刻引得周围几个侍卫讨论：“中央帝国的大夫肯定就是这么给人医治的，难怪人人都说中央帝国好，连大夫也和别的地方不一样呢。”

“可惜了，中央帝国不允许四国的任何人随意进出，不然我还真想去见识见识。”

……

林初九将成虎的伤口清理干净后，正准备给成虎缝合，针线才刚拿起来，就听到众侍卫们交头接耳的声音，忍不住笑了出来。

这群人真可爱，居然帮她将理由都想好了，她连解释也不用。

王妃笑了！

众侍卫瞪大眼睛，几乎不敢相信自己看到的……

要知道，林初九从进来到现在，一直板着一张脸，别说笑了，连软化一下也没有，现在林初九突然一笑，怎能不叫人惊喜？

“王妃笑起来真好看。”有个呆傻的小兵，不小心说出了心里话，旁人忙点头附和，把曹管家气得不轻，沉着脸呵斥道：“兔崽子们胡说什么？还不快坐回去，王妃也是你们所能议论的？”

要不是王爷命王妃过来，这群人这辈子也不见得有机会亲眼看见王妃一面。

众侍卫这才记起，面前这个双手沾血忙个不停的女人并不是普通的医女，而是他们的女主子。

众侍卫吓得不轻，再不敢围上前去，一个个慌忙退开，也不敢光明正大地打量林初九，只能用眼角的余光偷偷地瞄。

“这是怎么了？”苏茶带着玛瑙刚过来，就看到这一幕，忍不住问了一句，可萧天耀会回答他的问题吗？

“过去。”萧天耀头也不回，直接下令。玛瑙低垂着头，听到萧天耀的话后忙加快步子朝林初九走去。留下苏茶一个人在原地懊恼不已：“怎么我才走一小会儿，你那王妃就把成虎的伤口缝起来了，我还什么都没有看到呢！”

伤口缝合好后，林初九给成虎上药，并将伤处包扎起来。为了方便换药，林初九没有给成虎缠绷带，只用医用胶粘了起来。

“吴大夫，给他开点消炎、补血的药，退烧药也准备好，我怕他半夜会发热。”林初九将桌面收拾干净，用过的工具与没有用过的分开排列，可以再次使用的也放在一旁，井然有序。

东西收拾好后，林初九抬起胳膊用衣袖擦了把汗，转身时看到一片彩色的衣摆从眼角滑过，抬头看去，皱眉道：“你怎么来了？”她没有让丫鬟跟过来呀？

"回王妃的话，王爷让奴婢过来帮忙。"玛瑙上前，行了个礼。

"王爷？"林初九身形一顿，"他在这里？在哪？"不然怎么知道，她需要一个姑娘帮忙擦汗？

"王爷在那儿。"玛瑙转身，指向前方一个不算明显的位置。林初九顺着玛瑙所指看过去，果然看到了坐在轮椅里的萧天耀，还有他身后的陌生男人。

隔得太远，林初九看不清萧天耀的表情，甚至连细微的动作也看不真切，至于大动作？

你能奢望萧王殿下会有大动作？别做梦了！

林初九懒得去想萧天耀怎么会在这里出现，又看到了多少自己的动作，当下敷衍性地朝他福了福身，至于萧天耀能不能看到，那与她何干？她做了自己该做的就好。

侍卫们隔得有些远，没有听到林初九和玛瑙的对话，只见得林初九突然朝前方行礼，忙回头望去，这一看差点儿没把众侍卫给吓死。

"王爷来了？！"众侍卫脸色大变，唰的一声站好，和刚刚的散乱无纪相比，简直是一个天一个地。

"你家王妃不会就是远远地行个礼，不过来吧？"苏茶一脸呆滞地看着转身不理他们的林初九，眼中闪过一丝惊奇：新任萧王妃好像很狂的样子。

"她会。"萧天耀想也不想说道。

林初九行完礼后，便当他不存在，转身对着吴大夫道："还有两个病人在哪儿？"

林初九说话时，扫了一眼伤兵营，忍不住皱眉。明明受伤的人这么多，医圣之心居然没有提醒她有病人要医治，简直奇怪了。

难道是因为，侍卫看到有大夫在，便一个个安心等待救治，而不是慌乱无助？

要真是这样，那萧王府的侍卫还真是不错，纪律严谨。

"王妃，你要不要先去给王爷见个礼？"吴大夫好心建议道。林初九连想都没有想就拒绝了："没有必要，带我去看病人。"忙完早点休息，她今天累极了。

"是，是。"吴大夫没有再劝，只是偷偷瞄了一眼，便把林初九带到内间。

另外两个送来得早，吴大夫简单地处理过，把人安顿在内室，比成虎这个可怜的孩子强太多了。

内室空间有限，别说萧天耀在外面，就是萧天耀不在，众侍卫也不可能进去，只有曹管家和玛瑙跟了进去。

萧天耀和苏茶就更不用说了，两人原本就隔得远，现在更是隔了一扇门，除非两人过去，不然什么也别想看。

苏茶知道萧天耀的性子，忙道："我刚刚什么也没有看到，我们进去看看吧？"

"本王已经看过了。"也就是说，他不想进去。

"可我没有看到呀！"而且还是被你害的。

"与本王何干？"萧天耀冷冷地说道，双手按在扶手上，轮椅在原地打了一个转，

“推本王回去。”该看的已经看了，再留下来也没有意思。

“我叫你的侍卫来。”苏茶转身就要走，却听到萧天耀不满地“嗯”了一句，只得生生止住步子，乖乖转身。

“我推，我推你回去还不行嘛。”他上辈子一定烧错了香，这辈子才认识了萧天耀，好好的富家公子不做，整天陪着这家伙冒险、玩命，还要被欺负。

苏茶依依不舍地回头看了一眼，认命地将萧天耀推走……

萧天耀和苏茶走后，众侍卫这才敢放松下来，受伤的几个忙歪到一旁，有些不敢相信地说道：“王爷这是来看望我们？是不是表示，王爷不会计较我们没有抓到刺客的事。”

“呜呜呜……太感动了，王爷居然亲自来看我们了，虽然只是远远的一眼，可也足够了。”有感性的人感动得落泪，还有几个虽然没有这么夸张，可也是眼眶泛红。

有感性的人当然也有理性的人，之前那个显摆“见识”的侍卫，狠狠享受了一把被众人崇拜的感觉后，现在又忍不住再次卖弄起来。

“我说你们一个个可以了，真当王爷是来看你们的？少做白日梦了，王爷明明是来看王妃的。”

“看王妃？怎么可能，王爷又不是和王妃一起过来的。”某呆兵就是不信，王爷明明是来看望他们的呀，王爷肯定是知道他们辛苦了，呜呜呜……好感动，王爷虽然面冷，可真心是大好人呀。

卖弄见识的侍卫忍不住翻了个白眼：“你少天真了，你想想我们以前没受过伤吗？你看到王爷什么时候来看望过你，王爷这次就是冲着王妃来的，不然王爷怎么会过来？”

“有道理，上次我们受伤的人更多，曹林都差点儿死掉了，也没见王爷过来。”有人反对，自然也就有人附和。

“王爷虽然待我们好，可他绝不会做出来看望我们的事，顶多是让流白大人给我们加餐。”他们家王爷一向是用物质奖励，从来不走感情路线。

这些侍卫根本无法想象，他们的冰山王爷，某天突然一脸笑容地握着他们的手，关切地问他们好不好的画面。

“王妃，王爷肯定是来看你的。”屋内，曹管家抽了空小声地在林初九身旁说道，同时又颇为懊恼，“唉，王妃刚刚应该去给王爷见礼的，说不定王爷今晚就会去王妃的院子了。”

林初九全身一寒，手上的银针差点扎错了位置：“曹管家，我做事的时候，求你别生出这么恐怖的故事，会吓死人的。”

让萧天耀去她院子？

这世间再也没有比这个更可怕的事了，她宁可加一晚的夜班，也不要和萧天耀同床共枕。

林初九这边忙得不停，推萧天耀回去的苏茶也是脚下生风，想着快点把萧天耀送回去，回头说不定还能看清楚林初九到底是怎么缝合伤口的。

苏茶还是挺好奇的，吴大夫和曹管家把林初九说得比神医还神，他真心想要见识一下，现在好不容易有了机会，他哪里舍得错过？

将萧天耀送到院子里后，苏茶松开轮椅就想走掉，可还没来得及转身，就听到萧天耀道："不是这里。"

"啊？"苏茶自认脑子不错，可萧天耀这话他真的没有听明白。

"不回书房。"一路沉思，萧天耀根本不知道苏茶把他送回了书房。

"那你要去哪？"苏茶磨牙。

"嗯……"萧天耀思索片刻后，"去林初九的院子。"

"什么？"苏茶掏了掏耳朵，"我没有听错吧？"天耀居然会主动去见林初九，天上没有下红雨吧？

这么没有水平的问题，萧天耀谢绝回答："快点儿。"

"好。"在萧天耀的淫威下，苏茶压下满腹的委屈，将萧天耀推到林初九的院子，路上还忍不住抱怨了两句，"为什么就不能让下人推你过去……为什么非要我来……下人可比我手稳呀？"

可惜，不管苏茶声音有多大，萧天耀一律无视，权当没有听到，苏茶气得险些吐血。

林初九住的院子很偏，萧王府又很大，是以从萧天耀的书房到林初九处，足足要走两炷香的时间，一来一回苏茶肯定赶不过去了。

苏茶本想着等林初九回来，直接问她本人这人体缝合到底是怎么一回事，可是……

"你可以走了。"萧天耀一到林初九的院子，就开始赶人。

苏茶快哭了，一脸委屈地说道："我走了，谁推你回去？"看在兄弟我推了大半天轮椅的分上，也该让我留下来呀，天耀太狠心了。

"萧王府会缺下人？"萧天耀懒懒瞥了苏茶一眼，就差没说苏茶傻了。

"萧王府不缺下人，那你刚刚为什么不让下人推？"做人不能这么坏呀，一过河就拆桥会不会太无耻了？

"你当萧王府的下人都和你一样闲得慌？"萧天耀语气平淡地说着刻薄的话。

苏茶差点吐血："我哪里闲了，我可是一天几十万两银子进出的苏大少，件件桩桩的生意都要我过目，我闲什么闲呀。"

"没有你，苏家的生意一样能做得好好的。"萧天耀不客气地再砍一刀，苏茶终于明白流白被萧天耀骂时的心情了。

和萧天耀这人根本没有办法好好说话。

"我这就走，不妨碍你们夫妻独处。"苏茶提步往外走，心里着实郁闷，走到门槛处，身形一顿，转身说了一句，"对了，王爷，你这么刻薄，不怕你家王妃嫌弃你吗？"

说完，根本不敢看萧天耀的表情，加速往前跑，那样子就好像身后有恶狗在追一样。

苏茶生怕萧天耀找他麻烦，也不敢去找林初九，匆匆离开了萧王府，并暗下决定，短时间内绝不来萧王府，免得被萧天耀报复。

林初九还不知，她视为噩梦般存在的萧天耀，此时正在她的院子里等她。她此刻正帮着吴大夫，把其他伤员安排好，一直到所有的伤者都处理完，这才收拾东西准备离去。

直了直酸痛到不行的腰，林初九轻轻揉了两下才觉得舒服一些。将染了血的绷带收拢，让吴大夫烧了，然后将药箱递给玛瑙，让玛瑙给拎着。

她太累了，实在拎不动。

此时天色已黑，根本看不清路，林初九正想着找吴大夫借个灯笼，曹管家就拎了个小灯笼上前，殷勤地道："王妃，奴才送你回去。"

"不用了。"林初九知道曹管家很忙，这些伤员还需要他来安置，便谢绝了他的好意，让曹管家安排两个侍卫护送她就行了。

一路慢腾腾地走着，倒不是林初九故意拿腔拿调，而是她真的很累，腰和脖子都酸痛得不行，双手也因为长时间握柳叶刀而泛酸，更不用提那空空如也的肠胃早已承受不住，不断地在发出抗议声。

林初九艰难地迈着步子，恨不得下一秒就能回到自己住的小院，玛瑙刚开始还没有注意到林初九走路姿势不对，待到她发现并问林初九要不要让人抬软轿来时，她们已经快到了。

"有软轿这种东西，你为什么不早说？"林初九有气无力地问着玛瑙。

玛瑙一慌，小心翼翼地解释道："奴婢以为王妃知道。"

"下次，碰到类似的事情你可以提醒我。"林初九觉得自己更累了，要不是看到小院里昏暗的烛光，她真的很想哭给玛瑙看，这丫头坑主人的本事和医圣之心有一拼。

她今天都救了三个人，造了好几个七级浮屠，还给那么多的伤员包扎伤口，医圣之心居然一点儿感激值也不给她，简直没人性。

林初九又累又饿，好不容易走到院子，还来不及感谢侍卫的护送，就见到珍珠和翡翠两人提着一盏宫灯，脚步匆忙地走了过来："王妃你总算回来了，王爷在花厅等你许久了，要您一回来就去见他。"

"你说什么？"林初九朝后踉跄一步，险些摔倒，"王爷来了？"

在萧王府，萧天耀就是绝对的王，他要见林初九，林初九就是再不情愿也不能拒绝，现在萧天耀亲自来找林初九，林初九就更不可能说不了。

强行压下心中的不满，林初九揉了揉眉心，让玛瑙将她的药箱送回去，她和翡翠去见萧天耀，可玛瑙还未走，翡翠又道："王爷说，让王妃提着药箱过去。"

林初九的心"咯噔"一停，隐约猜到了萧天耀所为何事，垂眸掩去眼中的不安，打起精神道："那就走吧。"

在三个丫鬟两个侍卫的护送下，林初九步履轻松，丝毫不见担忧，也没有之前的疲倦，玛瑙的眼中闪过一小抹疑惑却不敢多言。

侍卫守在门外，翡翠先一步进去通报，得到萧天耀的同意后，林初九和玛瑙这才得以进来。

林初九朝萧天耀福了福身，算是见了礼，玛瑙将药箱放下，却是扎扎实实行了个跪礼："见过王爷。"

"出去。"萧天耀没有抬头，可谁都知道他这话是说给谁的，玛瑙忙不迭退下，根本不敢多留。

花厅里只留下萧天耀和林初九两人，萧天耀坐在轮椅上，林初九则静静地站在花厅正中央，无喜无悲，丝毫不受萧天耀的影响。

萧天耀那双冷冽的黑眸中闪过一抹赞赏，但很快就消失了，扬眉看了林初九一眼，萧天耀终于开口了："打开你的药箱。"

林初九早就料到有此一举，当下并没有慌张，默默地将药箱打开，为了方便萧天耀查看，还特意移了一下方向，好让萧天耀看个明白。

萧天耀淡淡颔首，又道："取出来。"

没有说取什么东西出来，可林初九就是知道，很乖顺地将她师父留给她的柳叶小刀捧到萧天耀面前："王爷请过目。"

她这套小刀只是材质特别，要找到合适的材质，要打出千百套并不难。

萧天耀取了一把小刀在手上把玩，指腹在刀刃上轻轻一滑，便划破一道口子，血珠沁了出来。

萧天耀的眼中闪过一抹精光，问道："哪里来的？"不等林初九回答，萧天耀又补了一句，"别拿师父那套糊弄本王，也别和本王提什么中央帝国，本王知道的远比你想象中的要多。"

林初九也不惊慌，老实又无辜地回道："可是，这些东西本就是我师父留给我的，至于中央帝国我只听说过，却不知晓到底是怎么回事。"

"本王很好骗吗？"萧天耀不悦挑眉，凌厉的锋芒朝林初九割去。

要是以往，这样的威压林初九是承受不住的，今天她却硬生生地撑住了，只见她那秀美的五官一片平静，嘴角隐隐噙着一丝嘲讽："王爷是想屈打成招吗？其实王爷大可不必如此，我这人最怕疼，也最怕死，王爷想听什么理由尽管告诉我，我定会一字不错地复述。"

"和本王玩——心——机？"最后三个字说得很慢，又咬得特别重，林初九似感觉到一股无形的压力朝着自己席卷而来，就在她努力想要抵抗时，"当"的一声，手中的小刀掉了下去，刀尖落在林初九的脚背上。

"嘶……"林初九吃痛，低头，看到绣花鞋面被划破一个口子，有血迹渗出。林初九吸了口气，之后便像是什么事也没有发生一样，后退一步拉开自己与萧天耀之间的距离。

"连躲也不会，蠢货。"隔得这么近，萧天耀的眼神又好，怎么可能看不到？

林初九真没有力气也没有精神和萧天耀较真，强压下心里的不耐："王爷还有其他的事吗？如果只是问我手上器具来自哪里，我已经说了，没有别的事我先走了。"她又累又饿，能不能放了她？

“走？在萧王府你能走到哪里去？”话中嘲讽的意味鲜明。

林初九走到哪儿都在他的地盘，敢在他的地盘撒野，林初九胆子很肥。

“王爷还想问什么，赶紧问吧，我知道的一定会说。”林初九不再掩饰自己的不耐烦，萧天耀剑眉微蹙，面上没有任何表情，但放在扶椅上的双手却是紧了紧，只可惜林初九一直低着头，没有看到。

“怎么，不耐烦了？”手指在扶手上轻敲，动作很轻，几乎没有声响，林初九却是听到了。

那一下一下富有节奏的敲动，就像是敲在人的心尖上，令人不由自主地便将注意力放在萧天耀的双手上，林初九眼中闪过一抹戒备，强迫自己转移视线，不耐烦地说了一句：“不敢。”

“是不敢，还是不耐？”萧天耀反问，却不等林初九回答，又道，“罢了，口是心非的女人，问了也不会说，不过是浪费本王的时间。”

这是要走了？

林初九神色不变心中却是窃喜，正待萧天耀自动滚蛋，却听萧天耀略一停顿，又道：“传膳。”

这话是对屋外的下人说的，下人没有表情，林初九却是吓得不轻，萧天耀什么意思？

在她这里吃饭？他不怕吃不下吗？

林初九猛地抬头，对上萧天耀高深莫测似能洞悉一切的眸子，吓得连忙别开脸去，不敢再看，更不敢把萧天耀赶走。

萧天耀微不可闻地冷哼一声，无视地上的狼藉之状，推动轮奇上前一步，停在林初九的身边：“怎么？还要本王等你？”

“不……”林初九一怔，发现两人只余半步的距离，忙退了开去，“我忙了一天，身上的衣服早脏了，还请王爷准我先去换身衣裳。”重点，她想洗个澡。

萧天耀不无嫌弃地扫了林初九一眼，皱眉道：“去吧。”这么脏，他确实吃不下饭，让林初九去换衣服，只是为了自己吃得顺心，他绝不是为了林初九。

林初九不知道萧天耀是什么意思，道了声谢，将地上的柳叶小刀一一拾起来后，这才叫玛瑙进来把药箱拎走，并与玛瑙一同回房，而萧天耀则去了膳厅。

林初九不敢确定萧天耀会不会等她一起吃饭，但保险起见，林初九还是火速换了衣服，草草梳妆了一下，便去了膳厅。

宁可自己自做多情，也不能让“萧老王爷”久等，不然倒霉的还是自己。

匆匆赶到膳厅，待看到萧天耀静静地坐在那里，对着满桌的佳肴却没有下手，林初九就知道自己做对了。

快到门口时，林初九特意放缓脚步，调整呼吸，整了整衣衫，然后优雅从容地迈步进来，就好像刚刚火急火撩的人不是她一般。

王妃真以为她表里不一的样子，王爷不知道吗？

跟在身后的珍珠、珊瑚默默抬眼望天……

“王爷。”林初九安分守礼，进来便朝萧天耀福身行礼，姿势之标准，语气之温和，堪称贵妇典范。

萧天耀的嘴角微微一抽：“坐吧。”这么假，真的都不像林初九了。

“谢王爷。”又是一个福身，林初九在萧天耀下首坐下，双手垂在两侧，目不斜视，萧天耀不动她也不动，待到萧天耀举起筷子，夹了一筷子的菜后，林初九这才动手。

饭桌上静寂无声，甚至连筷子和碗盘相碰的声音都没有，两人的用餐礼仪标准得不能再标准，连咀嚼饭菜的声音都微不可闻。

萧天耀吃饭一向如此，倒也不觉得有什么不对，林初九用餐礼仪不错，但她平时并不会苛求自己，现在和萧天耀同桌用膳，她只能拿出最优雅的用餐方式，一口饭咀嚼数十下才吞下，慢吞吞的像是在吃毒药。

好在不是天天如此，不然她一定会疯掉。

林初九数着饭粒吃得异常认真，就好像眼中只有饭菜一般，实情只有她自己知道，她根本没有心思吃饭，她一直在等萧天耀放下碗筷好结束这场酷刑。

她宁可回头吃那冷掉的点心，也不愿意和萧天耀一起吃饭，一顿饭吃下来，她胃都疼了！

很快，萧天耀就发现了林初九的不对劲，只是萧天耀不能理解林初九这是怎么了？

他已经刻意将气势收敛，应该不会令林初九感到害怕才是。莫不是林初九做了什么坏事，心虚，不敢和他一起用膳？

想到这个潜在的可能性，萧天耀眉头一皱，放下碗筷，正欲打量林初九，却见林初九忙咽下口中的饭菜也跟着放下筷子，挺直脊梁端坐在那里，姿态堪比参加宫宴的贵妇。

这下萧天耀还有什么不明白的，轻咳一声道：“在家里不必如此拘束。”他之前也没见林初九这么拘束，这女人不是胆大包天的吗？

林初九莞尔一笑，没有说话。她倒是想要放肆，但萧天耀指不定会杀了她。

林初九明显不把他的话当回事，这让萧天耀很不满：“本王有那么可怕吗？”可怕到让你费尽心思地在本王面前装模作样？

敢威胁他，林初九真以为他不知道她的本性有多强悍吗？

“王爷怎么会可怕？”林初九笑语盈盈，标准的笑不露齿，心里却在骂娘：萧天耀你也好意思说自己不可怕？

每次看到萧天耀，她都有一种生命被威胁的感觉，生怕萧天耀一个不高兴就会杀了她。

“真不怕？”萧天耀身子前倾，隐约压迫。林初九微微后仰，再次拉开两人的距离，低头道：“王爷威严甚重，妾身虽不怕但却是敬的。”

“妾身”二字一出，林初九忍不住恶寒。

不仅仅是林初九恶寒，便是萧天耀也无法接受，抬头望向林初九，就好像在看怪物一样，这女人是不是装过了？

是他今天太好说话，以至于林初九以为他好糊弄吗？

果然，女人是不能宠的！

“林初九……”萧天耀突然压低声音，冰寒的语气没有一丝温度，连带着周遭的空气似乎都被冻结起来。林初九身子一寒，忙仰头道：“王爷，妾身在。”

她就知道事情会这样，萧天耀怎么可能对她和颜悦色，这下装不下去了吧。

“以后，别在本王面前说‘妾身’二字。”听着真恶心。

“知道了。”真当她喜欢呢，妾身什么的简直不能再卑微了好不好，她一点儿也不想承认她是萧天耀的妻子。

不管林初九是不是嘴上应付，萧天耀达到目的便满意了：“推本王回去。”

“我？”林初九很不想上前，便故意装傻地问了一句。

“屋里还有别人？”萧天耀不答反问。林初九只得苦着一张脸摇头：“我这就送王爷回去。”

强压下心中的不满，林初九走到萧天耀身后，推着轮椅往前走，俏脸虽然紧张却没有丝毫的情绪流露，心里则不断地唾骂萧天耀真没人性。萧王府一大堆的下人他不用，偏偏要折腾累得不成样的她，简直是过分！

哪天找她麻烦不好，偏偏今天一而再，再而三地找她麻烦，难道萧天耀非要折腾死她才满意吗？

越想心里越闷，负面情绪爆表，一不小心就外露了，萧天耀就是想要装作不知道也不行，眉头紧皱，最终却是什么也没有说。

这女人，不把她逼狠了，她就不会暴露出真性情，成天装模作样着实让人看得不顺眼。

两人一路无话，气氛说不出来的诡异沉闷，侍卫和丫鬟不远不近地跟着，没有一个敢往前凑，就怕林初九和萧天耀两人突然爆发，殃及池鱼。

林初九比萧天耀想象中还要能忍，耐着性子将萧天耀推到他所住的院子，等到萧天耀同意放行，林初九这才离开。

屋外，珊瑚和翡翠提着灯笼在等她，待见到林初九走出来后，两人忙迎了上去，正想行礼问好，却发现林初九脸色惨白，脚步虚浮无力，两女脸色大变，失声惊呼道：“王妃，你没事吧？”

“我没……”林初九扶着脑袋，正想迈步往前走，却不想眼前一黑，一脚踏下去，就好像踩空一般，身子一软就往前栽……

第九章　说好的不近女色呢

林初九晕倒了！

突然倒下，事先没有丝毫的预兆。不仅仅是珊瑚和翡翠，就连屋内的萧天耀也是惊了一跳：好好的，林初九怎么会晕倒？莫不是在宫里中了招？

“王妃，王妃？”珊瑚手忙脚乱地扶起林初九，却见林初九摔倒时磕到了头，头破了一个口子，鲜红的血液汩汩而流，糊了一脸……

“快，来人呀，来人呀，王妃晕倒了。”珊瑚抱着林初九几次想要起来，却怎么也站不起来，只能哭着大喊，“翡翠，快，快去找大夫，快去叫人，王妃晕倒了。”

“我，我这就去。”翡翠本想上前将林初九搀扶起来，见此情况只得扭头往外跑，给林初九找大夫。

侍卫拥上前来却不敢抱林初九，只能在一旁干着急：“姑娘，用帕子按住伤口，不能让王妃再流血。”

“对，对，王妃说了血流多了会死的，要止住血。”珊瑚渐渐找到了主心骨，双手颤抖着探了探林初九的鼻息，确定人还活着这才松了口气。

侍卫知道林初九没有生命之忧后，也跟着放下心来，正准备进去报告给萧天耀知晓，可不想一回头就看到推着轮椅出来的萧天耀。

“王爷？”侍卫反射性地站好。

“怎么回事？”萧天耀推着轮椅上前，侍卫们纷纷让开，站在两侧。

“回王爷的话，王妃娘娘突然晕倒了，磕破了头，流了不少血，不过没有生命之忧。”侍卫上前，言简意赅地说道。

“嗯。”萧天耀应了一声，众侍卫本以为他会离去，却不想萧天耀驱动轮椅上前。

王爷这是怎么了？

侍卫们嘴巴微张，一脸惊诧，然而令他们更惊诧的是，萧天耀不仅一路走到林初九面前，还弯下腰从珊瑚手里将林初九抱了起来。

啊！说好的不近女色呢？看到萧天耀抱着林初九坐在轮椅上，侍卫们怎么瞧怎么别扭。眼前这一幕实在是太惊悚了，他们完全不敢相信这是他们的王爷。

而让他们更更更惊讶的还在后面，萧天耀冷声下令："去，把厢房收拾好。"

这是要将林初九安置在院子里？

珊瑚好半天都回不了神，直到萧天耀抱着林初九，示意侍卫推他去厢房，珊瑚这才反应过来，忙爬起来先一步去收拾厢房。

不管王爷怎么想，王妃能在王爷的院子里休养都是好事。

珊瑚许是受了刺激，动作非常快，萧天耀与林初九进来时，珊瑚已经将床铺好，上前想要将林初九抱上床，却被萧天耀一个冷眼吓退。

侍卫不得不硬着头皮，将萧天耀推到床边，萧天耀亲自抱着林初九将她放在床上，侍卫隐隐看到萧天耀双腿落地，只是太快来不及看清，萧天耀便坐了回去。

珊瑚已经被刺激得不知道怎么办才好，当下只呆呆在站在屋内，还是侍卫拉了她一下，她这才反应过来，忙端起铜盆出去打水。

吴大夫给侍卫们包扎完就回了西院，西院距离萧天耀住的主院有些距离，林初九伤口处的血止住后吴大夫还是没有赶来，而萧天耀一直在房内等着，虽然没有说话可却吓得翡翠不敢乱动。

她真不明白王爷这到底是什么意思？要说王爷关心王妃，可王爷进来后就一直背对着王妃，宁可对着窗子发呆，也没有看王妃一眼。要说王爷不关心王妃，可王爷又不顾腿伤，亲自将王妃抱进来，不借他人之手。唉……主子们的事，真的很难懂!

就在翡翠胡思乱想间，吴大夫终于来了，还来不及喘气就被萧天耀周身散发出的寒气吓了一跳："王，王爷。"

吴大夫结结巴巴地叫了一声，显然是没想到萧天耀会在屋内。

"嗯。"萧天耀没有回头，依旧坐在靠窗的位置，没有人知道他这是何意。

吴大夫呆在原地，珊瑚看不过去，忙上前提醒了一句，吴大夫这才反应过来，上前为林初九诊脉。

吴大夫的医术是可以的，一把脉就知道林初九是身子虚弱、精神紧绷、疲劳所致，不过，吴大夫却扣着林初九的脉搏久久没有松手，眉头也是越皱越紧，脸色也越发难看。

"吴大夫，王妃怎么了？"翡翠和珊瑚一脸不安，忙问道。

"王妃她……"吴大夫欲言又止，似有什么为难，翡翠和珊瑚一见就知道有些事情不是她们能听的，忙以给林初九拿换洗的衣服为由，退了出去。

两个丫鬟很是贴心，出去时还不忘将门带上。

吴大夫再不敢迟疑，忙起身站到萧天耀身后，行礼道："王爷，王妃中了慢性毒药。"吴大夫也不敢肯定林初九是什么时候才中毒的，总之林初九的身子很不好。

“嗯。”萧天耀一点儿也不意外，显然是早就知晓此事，吴大夫心下大骇，暗自猜测林初九身上的毒可能是王爷下的。

只是，凭着林初九的医术，没有道理不知道，也没道理会中招才是。

不想，萧天耀沉默片刻又说了一句：“可否能解？”

“解？”吴大夫傻眼了，王爷给王妃下了药，怎么现在又要解掉？

“不能？”萧天耀调转轮椅，眼神扫向吴大夫。吴大夫一慌，忙后退两步，说不上是心虚还是害怕，总之没啥底气地答道：“回王爷的话，小人也不敢肯定王妃中的是什么毒，还请王爷容小人再次诊断。”

“嗯。”萧天耀点头应允，吴大夫更加糊涂了，难不成王妃身上的毒，不是王爷下的？

要不是王爷下的，凭王妃的医术又有谁能给她下毒？

吴大夫一头雾水，当下只能将满腹的疑问埋藏心底，老老实实给林初九诊断，如果能解了林初九的毒也算是结了一场善缘。

吴大夫再次给林初九诊脉，这一次花费的时间比上次还要多，眉头也皱得更紧。

好半天后，吴大夫这才松开林初九的手，却没有将诊断结果说出来，而是起身打开自己的药箱，从里面取出一个白玉小碗和一把锋利的小刀。

吴大夫取了林初九手指上的血，滴入白玉小碗中。

啪嗒一声，鲜红的血液落在白玉小碗里，却没有散开，而是像荷叶上的露珠一样，在玉碗里来回滚动。

吴大夫轻轻一晃，血珠在小碗里滚来滚去，却没有弄脏小碗半分。

片刻后，吴大夫取了一小撮白色药粉洒在血珠上，又轻轻摇晃小碗，只见玉碗中的血珠渐渐变得暗淡无光。

“这……”吴大夫看着玉碗里的血珠，半天不知道该如何反应。

吴大夫手中的白玉小碗，乃是他家祖上世代传下来的药碗。制作药碗的白玉，用秘药浸泡了百年，可辨别百毒，可现在药碗却无法辨认出林初九到底中了什么毒。

“如何？”久久等不到答案，萧天耀不得不开口寻问。

“王爷……”吴大夫现在明白了，王爷只是知道王妃中了毒，但这毒并不是王爷下的。

吴大夫苦着一张脸，将药碗捧到萧天耀面前，小心翼翼道：“王妃中的毒甚是奇怪，短时间内不会致命，只会让王妃慢慢耗尽精气而死。”

林初九身体内的慢性毒药，与其说是毒药不如说是一剂特殊的药，不瞬间致命而只会让人的身体越来越虚弱。累积到一定的时间，五脏六腑就会衰竭，看起来就像是正常死亡，哪怕是仵作也检查不出来。

一般人很难看出来，要不是林初九最近在用药调养，将毒性激发了，吴大夫也不可能这么轻易就查出来。

“可有解药？”萧天耀一向只关心重点。

“没有。”吴大夫硬着头皮说道，生怕萧天耀发怒，随后补充一句，“小人猜测王妃中的慢性毒药，并不是什么毒物，而是由数十种乃至上百种药材混合制成的药剂。”

“这么说，此药无解？”萧天耀冷声问道，听不出喜怒。吴大夫不敢直说，只道：“许多药草的药性相生相克，按一定的比例搭配在一起，效果堪比毒药，除非能找到给王妃下药之人，将药方取出来，再一一破解。”

“她还能活多久？”萧天耀冷情地问道，没有一丝不舍。

吴大夫倒是不意外，在王爷手底下这么多年，他深知王爷的脾性，只是心里为林初九可惜罢了。

不过，王妃身上的毒又不是王爷下的，就算要怪也怪不到王爷头上。

吴大夫略微斟酌，道：“如果好好调养的话，或者下对了药，应该能活十来年，要是不调养，或者用错了药，也就是这几年的寿命了。”

“嗯，好生调养。”萧天耀点了点头，知晓是怎么一回事后便不再久留，推着轮椅走了出去，将林初九交给了吴大夫和下人。

翡翠和珊瑚等到萧天耀走了才敢进来，一进来就问道：“吴大夫，王妃怎么样了？”

“王妃身子有些虚弱，我开两服药，让王妃好好休息两天就好了。”萧天耀虽然没有警告吴大夫不可将林初九中毒的事外传，可在萧王府多年，吴大夫很清楚什么能说，什么不能说。

翡翠和珊瑚长长松了口气：“王妃没事就好了，说来王妃今天也确实是累了。一大早就起来准备进宫一事，在宫里连口热茶都没有喝，出了宫也是一刻都没有停歇。”

两个丫鬟越说越心疼，吴大夫唏嘘不已：“你们好生照顾王妃，平日的饮食以清淡为主。王妃身子虚需要好好补补，回头我给王妃开个食疗的方子，你们派个人去取。至于药材和食材，我刚刚已经给王爷禀报了，缺什么找曹管家要就行。”

吴大夫想到林初九毫不藏私在给他讲医理知识，心里有些不忍，在力所能及的范围内，便想多帮林初九一把。

翡翠和珊瑚忙点头道谢，不禁好心情地打趣了一句：“王爷对王妃真好。”

吴大夫干笑一声，想到王爷听到王妃命不久矣时的淡漠，只觉得这两个丫鬟想太多了。

留下方子和药，吴大夫也不久留，背着药箱就走了。

第二天早上林初九就醒了，只是人却很虚弱，在吴大夫的强制要求下，林初九只得卧床养病。

林初九知晓自己的情况后，没有和吴大夫争辩，老老实实地养病，却不肯留在萧天耀的主院，说是不方便。

翡翠和珊瑚一再劝说，说林初九身子虚弱不宜动弹，就连吴大夫也说他从西院来主院比去林初九那个偏僻小院近，可林初九却说什么也不同意，执意要回去。

她作死才会留在萧天耀身边养病，萧天耀就住在她隔壁，这里有一点儿动静，萧天耀都能听到，她连翻身都不敢有大动作，就怕萧天耀嫌她太吵。

当然，这不是主要原因，主要原因是她住在萧天耀隔壁，就没法用医圣之心。她中的毒需要长时间调养，这段时间她一直在吃配制的药，在萧天耀的院子，她可不敢从医圣之心里拿药，要被萧天耀发现那她就惨了。

她那破院子纵然有千般不好、万般不好，可有一个好处，那就是她的小破院没有萧天耀，还有她那庞大的嫁妆。她随便扯个理由，也能将医圣之心的小药丸瞒过去。

林初九执意要回去，萧天耀也没有挽留的意思，哪怕翡翠和珊瑚觉得可惜，认为林初九错过了和萧天耀培养感情的好机会，可在林初九的强势要求下，也不得不搬回去。

林初九只在萧天耀的院子住了一晚，什么东西都没来得及搬过来，坐着软轿就回去了。而她不知道，萧天耀一直坐在窗前目送着她离去，直到她的身影消失不见很久后，这才收回眼神。

一回到自己的院子、自己的房间，林初九整个人都精神了，就连呼吸也变得欢快起来，完全没有在主院时的消沉。

翡翠和珊瑚见到林初九这副模样，也忍不住笑了出来。虽然她们仍旧觉得王妃错过了与王爷培养感情的好机会，可王妃能安心养病那才是最好的，身子养好了才有机会早日诞下小世子不是吗？

身体虽然很虚弱，可林初九仍旧无法忍受自己身上带着浓郁的药味，执意要沐浴。

翡翠和珊瑚已经见识到了林初九的强势与固执，知道她们怎么劝说也无用，便乖乖给林初九准备热水和干净的衣服。

沐浴过后一身清爽，就连额头上的伤也不痛了，坐在梳妆台前，让珍珠替她将长发擦干。

待到长发半干，林初九以自己要午睡为由，将丫鬟打发了出去。

躺在床上，放下床幔，遮挡住外界的窥探，林初九唤醒医圣之心给自己检查，确定自己只是疲劳过度后，这才完全放下心来。

林初九吞服药后觉得有些累，索性合眼睡一觉。而她不知道的是，在她睡着后，一个黑衣人从她的院子离开，悄悄去了主院。

“王爷。”黑衣人单膝跪在萧天耀面前，不等萧天耀寻问，黑衣人便将林初九回去后的举动，一一禀报给萧天耀听。

“没有一丝异常？”萧天耀轻敲桌面，冷声道，“继续盯着。”

没有一丝异常急着回去做什么？真当他是傻的？

“是。”黑衣人心里叫苦，面上却不敢表露半分，老老实实地退下。

黑衣人走后没有多久，流白便来找萧天耀，他带来了墨神医的意见，墨神医不同意在萧王府为萧天耀医治，理由是他不想卷入东文国的皇权之争中去。

“不同意？真不同意还是假不同意，有什么条件，开！”萧天耀一连串的话砸下来。也亏得流白习惯了，这才没有被萧天耀问慌，一件一件地回道：“墨神医态度强硬，执意不肯在萧王府为你医治。不过，后来墨神医又改了口，说是要你答应他一个条件。”

“什么条件？”萧天耀丝毫不意外。

世外高人又如何？世外高人也要吃饭、睡觉、用银子。没有强势的靠山和大量的金银支持，有几个世外高人能维持高人的体面与清高？

“娶墨姑娘为妃。”流白强压下心中的酸涩，一字一字道。他对墨姑娘虽有几分情意，原是有几分想法，可现在……落花有意，流水无情。墨姑娘喜欢的是天耀，他该断了那个念想。

“娶？正妻？”萧天耀轻哼一声，毫不掩饰自己的嘲讽，“墨神医难道不知道本王已经娶妻了吗？”

“墨神医说，只要你愿意，半年后再迎娶墨姑娘过门即可。”这话中的深意就是，萧天耀答应后，墨神医会在半年内，让林初九悄无声息地死去，当然绝不会让人查出来。

墨神医这番暗示，正合了林初九之前的那句大夫杀人于无形。

“威胁本王？”萧天耀怒极反笑。流白轻声解释了一句：“墨神医说你不愿意也没有关系，反正之前的约定照旧，他会如实履约，不会做反复小人。”

“怎么？暗指本王是反复无常的小人？”萧天耀承认，墨神医是个聪明人，即使是威胁也做得异常漂亮，不至于让人太反感，但是……

对于萧天耀来说，墨神医做得再漂亮也没用，他一向不喜欢受制于人的感觉。

“天耀，你这是鸡蛋里面挑骨头。”流白抬头，无奈地看着萧天耀。

他和萧天耀原是不打不相识的朋友，虽然平日里王爷、王爷地叫着，可私下交情确实不错，叫萧天耀的名字也没有什么。

“本王讨厌被人威胁。”而最近，他一连被三个人威胁。

皇上，林初九，现在又是墨神医。前两个都没有从他手上讨到好，墨神医莫不是以为凭他所谓的四国第一神医的名号，就能威胁到他萧天耀？

简直是可笑！

流白深知萧天耀的性子，很清楚他有多厌恶被人威胁，可现在确实是他们求着墨神医，墨神医要是不肯出手，那萧天耀的腿就没救了。

“天耀，现在不是意气用事的时候。”流白出声劝说，“男子汉大丈夫能屈能伸，你曾告诉我要能忍常人不能忍之事，方能凌驾于众人之上，怎么现在反倒是你自己做不到了？”

“流白你错了，本王固然能忍常人所不能忍之事，但绝不会为此而违背自己的本心。”萧天耀双手按住扶手，微微往后仰着，“林初九是皇上御赐的萧王妃，本王娶了她，她便是本王的妻子。本王的妻子本王可以杀，但别人不可以动。”

“你不想娶墨姑娘？”流白明白了，萧天耀说这么多其实就是这么一个意思。

“不想，也不会娶。”萧天耀说得肯定，娶林初九是不得已，他之前无法拒绝。在他能拒绝时，他绝不会再娶另一个自己看不上眼的女人。

“墨姑娘有什么不好？她虽然不能在朝政上帮你，可凭着墨神医的名声，你得到的助力只会多不会少。”流白也不知道自己这是怎么了，天耀不娶墨姑娘他高兴，可想到天耀看不上墨姑娘，他心里又不舒服。

墨姑娘再不好，也比林初九要好。

“她再好又如何，本王瞧不上自己送上门的女人。”萧天耀无比轻蔑道，见流白眼露不满，便提醒了一句。“流白，作为兄弟我告诫你一句，墨玉儿那样的女人配不上你。”别为了一个女人，而伤了他们之间的兄弟情谊。

“天耀……”流白一怔，他以为自己掩饰得很好，却不想萧天耀看得清清楚楚。

“你表现得太明显，本王相信不仅本王看出来了，墨玉儿也看出来了。”萧天耀又补充了一句，流白脸色一白，踉跄后退：“真的这么明显？”

“嗯。”萧天耀应了一声，“所以，本王更不可能娶墨玉儿。”

“因为我吗？”流白换了口气，气息平稳了许多。

“不，本王讨厌心机深沉的女人，尤其是把这份心机用在本王身上。”他的女人可以聪明，但不能在他面前耍小聪明。

流白张嘴就道：“墨姑娘不是那样的人，林初九才是心机深沉的女人。”要不是心机深沉，又怎会表里不一？

“墨玉儿怎样与本王无关，至于林初九？本王不喜欢她。”萧天耀想也不想就说道。却换来流白不相信的反应：“真的吗？”

“当然。”握着扶手的手指微微用力，萧天耀明显不想继续这个话题，转而说起周肆的事，“悬赏追杀周肆的事情可办好了？”

流白不会惹人厌地缠着不放，萧天耀不说他便不问，轻轻点头，说道：“办好了，苏茶开出十万两的赏金，有不少杀手心动。”

“很好。”萧天耀满意点头，“去找荆池，告诉他，杀了周肆本王给他二十万两。”

“荆池？”影月楼的头号杀手，杀手界排名第一人，出道以来只要是他接下来的任务，从无失手，一手飞刀，例无虚发。

萧天耀这是要逼死周肆。

“不怕他狗急跳墙吗？”流白最担心这一点。

“本王何惧！敢要本王命的人，不会有好下场。”萧天耀平静地叙述，没有一丝情绪，却是平白得让人心惊。

流白突然想到清高冷傲的墨玉儿，心里顿时明白了萧天耀为何看不上她。如果墨玉儿真是清高冷傲的女子，又怎么会处心积虑，甚至弄死林初九也要嫁给天耀？

心里，有什么东西碎了，一抽一抽地痛，流白却甘之如饴，长痛不如短痛。

将自己调查到的情况一一报给萧天耀知晓后，流白不顾心口的钝痛，出了萧王府就去找墨神医和墨玉儿，将萧天耀的决定告诉他们。

墨神医满头银发，白须有半尺长，不过他气色极好，眉眼矍铄，目光清明，精神抖擞，不显老态，一眼看去就像隐世而居的老神仙。

听完流白的话，墨神医也没有生气，只是手捋银须道：“萧王爷重情重义，老夫佩服。”

“王爷对敌冷酷无情，可对自己人却是极好的。”流白不明白墨神医到底什么意思，只能顺着他的话说，尽量给萧天耀说好话，毕竟他们现在还求着墨神医医治萧天耀的腿呢。

“老夫就是看重萧王爷这点。”墨神医赞了一句，对站在身后的女子道，“玉儿，我床头有一个白玉药瓶，你将其取来。”

正是其女墨玉儿。

墨玉儿一袭白衣，纤尘不染，长相极漂亮。只见她眉眼如画，五官精致，吹弹得破的肌肤晶莹如雪、细腻若美瓷。此时听到萧天耀拒绝她的消息也没有表露出一丝情绪，优雅从容，淡漠如冰山之巅的冷清女神，不把任何人任何事放在心上。

“是。”淡淡应答。

流白心里明白，他和墨玉儿是不可能的，可他却控制不住自己的心，双眼不由自主地追逐墨玉儿的曼妙倩影，心里隐隐有些动摇。

墨姑娘真的会为嫁给天耀而不择手段吗？她这么想嫁给天耀，真的是因为喜欢天耀吗？

很快，墨神医就给了流白答案。

“实不相瞒，老夫元寿将至，只有女儿放心不下，这才想托付给萧王爷。”墨神医看着墨玉儿离去的方向，长叹了口气，说道，“早年我行事张狂，得罪了不少人。我有一个孽徒，当初已将其逐出师门，奈何那孽障怀恨在心，一心想要报复。我若在世并不怕他，可我若死了，我怕那孽障会报复玉儿，这才想为玉儿寻个安身之处。”

“原来如此！”流白一脸震惊，心中的钝痛瞬间消失，取而代之的是心疼。

墨神医淡淡颔首，面露老态：“我这女儿天生冷清，不懂世俗之事，我最放心不下的就是她，这才想要找个可靠之人托付。萧王爷重情重义，老夫甚是佩服，还请流白少侠转告萧王爷，之前所提之事不过是老夫的试探罢了，老夫绝无暗杀王妃之意，老夫只怕他日有人以利诱之，萧王会将玉儿推出去，现在老夫明白萧王不是那等小人，心下大安。玉儿天生冷清，不懂与人交际，出身江湖也难当王妃之职。今日老夫厚颜求之，还请萧王纳玉儿为侧妃，老夫别无所图，只求萧王爷能护玉儿一生安康。”

墨神医语气沉重，眼含泪光，似极不愿意说出这样的话来。流白听罢，只感觉更加心疼，想也不想就点头道：“请墨神医放心，我必会竭力促成此事。”

没有阴谋算计，这下天耀应该不会生气了吧？

林初九一点儿也不知道，在她眼中全是缺点的萧天耀，暗中已被别人惦记上了，她这会儿正在和吴大人给她开的药斗争！

吴大夫肯定跟她有仇，开给她的药像是放了一斤黄连，快把她苦死了。

“王妃，你小口小口地喝只会更苦，一口气灌下去，只苦一下。”珍珠好心好意地建议道。林初九自己也明白，她也想一口灌下去，可偏偏这个身体不争气，她多喝一口都会反胃地吐出来，更别提一口灌下去了。

“好苦。”她真的喝不下去，只喝一小口，胃里就不断翻滚，随时都可能吐出来。

“王妃，药要趁热喝。”还有小半碗，珍珠尽职尽责地递到林初九面前，“吴大夫说这些药王妃娘娘要喝足十天，每天三次。”

这才第一天，珍珠已经可以预料到，未来的十天她会有多么痛苦。

“告诉吴大夫，我没事，我只喝一天。”胃里翻滚着难受，林初九不停地灌水才压了下去，嘴里的味道淡了不少。可珍珠又将药碗递到面前：“王妃，吴大夫说你的身体你自己应该很清楚，他开的这些药都是为你好。”也就是说，不能不喝。

“我知道。”要不是知道吴大夫开的药对自己的身体有益，她才不会喝。

深吸了口气后，林初九接过珍珠手上的药，闭上眼睛，以视死如归的姿态张嘴，猛地灌下。

“咕噜……”一口喝下，嘴里充满了苦涩的味道，林初九略等一会儿，又继续喝，而喝到后面药都凉了，那味道也越发地怪了。

简直不能忍受!

一天喝三次，要喝十天，她要忍受三十次这样的酷刑!

林初九不知道的是，她除了喝药的“酷刑”外，萧天耀又给她加了一个“酷刑”。

流白得知墨神医执意将女儿嫁给萧天耀的原因后，第二天便将此事报给萧天耀知晓，并道：“王爷，墨神医也是别无选择，墨姑娘不是你口中所说的心机深沉的女人，她冰清玉洁，纯真无瑕。”

流白主动为墨玉儿说好话，虽然想到墨玉儿会嫁给萧天耀，他心痛，可更多的却是满足。

墨姑娘嫁给天耀，才是最好的归宿。

“是吗？”萧天耀嗤笑一声，明显不信，却也没有多说什么。

流白不确定地抬头，问道：“王爷，你这是同意还是不同意？”墨神医已经做了极大的让步，要是天耀再不同意，那就有些不识好歹了。

“墨神医都将话说到这个分上，本王能说不吗？”他的腿，还需要墨神医救治。

流白双眼一亮：“你这是同意了？”

“不，本王什么也没有说。”萧天耀矢口否认。流白不解皱眉：“王爷，墨神医开出来的条件，对你没有一丝不利，你还有什么好犹豫的？”

这也就是流白，要换作旁人，绝不敢这么和萧天耀说话。

“他开出来的条件，对本王也没有任何利处，本王为什么要答应？”萧天耀不答反问。流白哑口无言，最后只能闷闷道：“我这就去转告墨神医，说你不同意。”心里有一丝窃喜，更多的却是心疼。

他不明白，墨姑娘那么美、那么好的姑娘，宁可委身为妾，天耀为什么不要?

天耀连林初九那么糟糕无能的女人都能容忍，为何就偏偏不能容忍墨姑娘呢?

流白满肚子的疑问问不出口，只得闷泱泱离去，可就在准备打开门时，身后响起萧天耀的声音："慢着。"

"王爷，你改变主意了？"流白心中一悸，转身问道。

"不。"萧天耀唇角上扬，眼神看向远方，高深莫测，冷冷地道，"这件事由王妃决定，你去请示她。"

"请示"二字，明明白白地告诉流白，他不希望流白威胁林初九，或者误导林初九。

"由那个女人来决定？"流白一瞬间怒火中烧，那么愚蠢无知的一个女人，凭什么决定墨姑娘的未来？

萧天耀不悦扬眉，语气冰冷刻骨："流白，你口中的那个女人，是本王的王妃。"看来他说过的话流白根本没有放在心上，到现在仍旧认为林初九和传言中的一样。

"你承认她了？"流白一脸震惊，似乎不敢相信自己所听到的。

"不管本王承不承认，她都是本王的王妃，侧妃能不能进门，需得正妃首肯。"当然，这更多的是形式问题，就算林初九不同意，萧天耀要娶还不是照样娶。

流白不无自嘲道："天耀，你在耍我吗？"直呼名字，表示出流白的不满。

"流白，你不是第一天认识本王。"

"你是认真的？"流白侧目，沉下心来，认真地问道，"她值得吗？"

"别听信外面的传闻，耳听为虚，眼前为实，甚至有时候，你亲眼看到的也未必可靠。"萧天耀语含机锋道。

"我明白了，我不会带着成见去。"流白若有所悟，当下深吸一口气，将刚刚滋生的怒火压下。

"嗯，去吧。"萧天耀没有再多说，该说的都说了，有些事得流白自己去感受，至于墨神医与墨玉儿？不管他们有什么打算，尽管放马过来，他萧天耀长这么大还没有惧过谁。小小一个神医，就算声名斐然又如何，在绝对的权势面前，也只有低头的分。

只是喝了一碗药汁，林初九却像是做了一场大手术一样，虚弱地躺在床上，连动个手指都懒得。珍珠几人既好笑又心疼，替林初九掖好被角，刚放下床幔想让林初九好好休息，小丫鬟却进来通报，王爷身边的流白公子有要事求见王妃!

林初九嫁进萧王府快一个月了，她为了避嫌，从来没有过问萧王府的人和事，听到流白公子时，林初九着实愣了一把："流白公子是什么人？"

珍珠恨铁不成钢地看了林初九一眼，解释道："王妃，王爷身边有一文一武两位公子，文为苏茶，武为流白。流白公子是王爷的好友，也是王爷最信任的护卫，府上的侍卫大多是流白公子调教的。"

"这么说，我不能不见了？"林初九只关心这个。

"流白公子过来找王妃，必然是有要事商量。"苏茶和流白在王府地位超然，除了王爷外就数他们最大，没有人能命令他们。

流白来找林初九，很大程度上，就代表王爷来找林初九。

“请流白公子在偏厅等候，给我梳妆。”林初九神情淡然，丝毫不因为流白的到来而忐忑。

珍珠暗自佩服，心里越发肯定，跟在林初九身边不会吃亏。

为了不让流白久等，林初九只着常服，挽单髻，可就是这样，等林初九见到流白时，也是一炷香后。

林初九出来时，流白明显地有些不耐烦，虽然一再告诫自己，不要带着偏见来见林初九，可先入为主地讨厌林初九，现在看到林初九病恹恹精神萎靡的样子，流白心里更是不满。

这个女人一点儿精气神都没有，也不知道天耀看上她什么了。

暗自腹诽一句后，流白起身，双手抱拳道：“流白见过王妃。”

只是客套，并无一丝恭敬，流白并不是萧王府的下人，在萧王府他的身份算是客卿一类，林初九还不够格让他行礼。

“流白公子客气了。”林初九和气地点头，她不是倨傲的人，再说流白面子上也过得去，这就可以了。

二人分主次落座，丫鬟奉上茶水便悄悄退下，从头到尾没有发出一点儿声音。流白端起茶杯轻啜一口，随手搁下便道：“王妃，我不善言词也不懂绕弯子，有什么便说什么，如果有什么得罪的地方，还请王妃不要见怪。”

话都说到这份上了，还叫不善言词？

林初九笑了笑，摆出洗耳恭听的架势：“流白公子但说无妨。”

流白确实不绕弯子，将萧天耀的腿伤还有墨神医的要求全说了，当然不该让林初九知晓的，流白一句也没有说。

林初九边听边点头，待到最后，林初九终于明白流白的来意了。

萧天耀要纳妾，问她的意见，而她自然是……

“我没有任何意见，墨姑娘进门后我定会好好照顾她。”虽然，林初九觉得她自己才是需要被照顾的那个。

“你同意？”流白不无诧异地望着林初九，这才新婚，林初九就同意天耀纳妾，这个女人是真的大度贤良，还是在装模作样？

林初九端起杯子，轻啜一口，掩饰嘴角的嘲讽：“不过是多个姐妹，府中热闹一些，我也高兴。”她有什么不同意的，她巴不得萧天耀妻妾成群，这样就不会成天盯着她了。

别以为她不知道，她身边有高手监视她，作为大夫，在屋子里下点儿带味道的药再容易不过了。

“你是认真的？”流白发现他看不懂林初九，这个女人也许真的不像他想象的那般简单。

“这种事，我自不会开玩笑，流白公子可以去给王爷复命了。”林初九端茶送客，不愿与流白多谈。

她不讨厌流白，但也说不上喜欢，只是本能地防备。

“我知道了。”流白也不想留下来惹人嫌，只是离去前深深地看了林初九一眼，好似要将林初九完全看穿。林初九也不惧，浅笑回视，端庄雍容，气度不凡，只是……

流白一走，林初九就立刻松懈了，好似刚刚那个仪态不凡的贵妇不是她一般。

珍珠和翡翠已经习惯了林初九两面人的样子，两女只当没有看见，只是和林初九相处这么久，她们也确实是为林初九着想，想了想还是上前劝说道：“王妃，你要不要拖一拖，王爷刚刚新婚就纳妾，传出去会让人以为王妃你不得王爷的欢心。”

这是为她着想?

林初九望向珍珠，见对方耳根微红，一副尴尬的样子，林初九温和一笑：“你是个好心的人。”

说完，便站了起来：“扶我回去，我累了。”虽然流白只坐了两炷香的时间，可流白从进来就拿气势压她，害她不得不强提精神应对。

“王妃……”珍珠隐隐有几分委屈，她这话真是为林初九好，可对方似乎不领情。

林初九脚步一顿，拍了拍她的手：“你放心，王爷做事有分寸，就算纳妾想必也不是现在。更何况，为了王爷的腿，别说纳个侧妃，就算是要我把正妃之位让出来，我也是愿意的。”

林初九说完，自己先恶寒了自己一把，真的太虚伪了。

“王妃，王爷一定会知道你的好的。”珍珠面色稍霁，一脸感动地道。

林初九轻扯嘴皮，扯出一抹僵硬的笑……

流白得到了林初九的准信儿，立刻去找萧天耀：“天耀，王妃同意了，你应该没有意见了吧？”

流白眼巴巴地看着萧天耀，生怕萧天耀又出什么幺蛾子，毕竟萧天耀也不是没有反复无常的时候。

“本王还能有什么意见？”手指轻敲着扶手，萧天耀一点儿也不意外林初九会答应，微微上扬的唇角，证明他此时的心情很不错。

流白松了口气，忽视心中的那一抹不舍，正欲告辞，就听到萧天耀话锋一转：“不过……”

只是两个字，流白便感觉自己的心跳漏跳了一拍，忙问：“不过什么？”

“不过，不是三天后，而是十天后，让墨神医十天后入府为本王医治。”萧天耀不容拒绝地说道，流白不解：“为什么要多等七天？”

“因为……”这十天林初九要喝药，他不放心一个用药无痕的神医在府上。

只是，这个理由萧天耀不会告诉任何人!

“本王这几天有要事，没空。”能给流白一个理由，已是很不容易了。流白也没有多想，点头表示知道了……

第十章　王爷好男人不解释

林初九认识萧天耀的时间虽然不算长，可也知道萧天耀并不是好女色的人，对萧天耀纳妾一事，林初九一点儿也没有放在心上，更别提萧天耀是为了腿伤才不得不纳妾。

再说了，萧天耀真要遇到什么清冷高贵的“真爱”，也不是她上心就可以解决的，与其瞎操那份闲心，她宁可想想办法如何让中药更好喝些。

别人第一次喝中药也许会不习惯，喝多了慢慢适应药味也就没有什么了，但林初九却不是这样，她不管喝多少次，每次喝都和第一次一样难受。

林初九自认不是娇气的人，她一直以来都是一个人，没人疼的她要娇气给谁看?

可惜偏偏在喝药这事上她就娇气得不行，每次喝药都闹得全府皆知，甚至此事还惊动了萧天耀。萧天耀为此还特意寻了一个老嬷嬷，让那老嬷嬷为她制了一坛酸梅，说是能压药味。

还别说，萧天耀找来的酸梅效果确实不错，林初九吃了酸梅后再喝药就顺利多了，再也不会反胃作呕，让人难受了。

珍珠、翡翠等人见萧天耀因为林初九而大费周章，一个个高兴得没法形容，总要大着胆子打趣两句，说王爷有多看重她，有多心疼她……

林初九面上带笑，偶尔也装出娇羞的样子，却从不往心里去。

林初九很有自知之明，她没有倾城之貌也没有绝世才华，前一秒恨不得要她死的男人，怎么可能一转身就爱上她?

中邪也没有这么快。

萧天耀满京城为林初九找酸梅的事并没有瞒着旁人，京城里消息灵通的人家都知道了。不管萧天耀葫芦里卖的是什么，听到萧王妃不舒服，少不得要备上厚礼送到萧王府，稍微亲近一些的人家，甚至还要上门探望。

林初九身份高贵，除非是各家老人或者宫里的娘娘亲临，不然，还没有几个人能劳动病中的她亲自相见，可是……

曹管家却不怎么拦人，三品以上的官员夫人、侯府夫人、国公夫人、出嫁的郡主、公主，凡是上门探病的，不管抱着什么目的，曹管家都会引来相见，使得林初九不得不见。

说是养病，可除了头三天躺在床上外，后面几天林初九都坐在前院“接客”，一拨拨的夫人来了，又走了……不过，林府和她外祖家却没有人上门，就好像她这个女儿、外孙女不存在一样。

一连数天，每天都有数位夫人来访，哪怕一个人只说一炷香的话，林初九也累得不行，直到此刻林初九才知道，原来京城有这么多的贵族，要做一个合格的萧王妃还真的不容易。

来探病的人，免不了要问林初九是怎么病的，林初九以前给人的印象可不是什么身娇体弱的小女子。

虽然不知道萧天耀有什么目的，可林初九始终记得自己的立场，她是萧王妃。萧王爷虽然没有与皇上彻底撕破脸，可也绝不是什么兄友弟恭的好兄弟，这个时候林初九自然不会放过抹黑皇上的机会。

林初九是从宫里谢恩回来才病倒的，所以每每人问起病因的时候，林初九就含糊地说几句，虽然没有直白说自己在宫里受了委屈，可也点明她是因为进宫，回来才会病倒。

“是呀，从宫里回来就病了。”

“皇后娘娘人很好，没有什么事呢。”

“大夫说，不是什么大病，养几天就好了。”

“只是耗了些心神，并不是什么病。”

“虽然不严重，可到底伤了身子。”

……

人的想象力是无限的，林初九含糊的几句话，足以让她们生出许多想法，没过几天京城就传出林初九在宫里被人下毒的流言。

流言在有心人的推动下，越演越烈，甚至还有人说太子不甘被抢了妻子，这才暗中下手毒害林初九，还有人言下毒的人其实是林家二小姐此类云云。

也不知道萧天耀出于何意，他并没有把林初九当成养在深闺中的女子，这些消息都没有瞒着林初九，这让林初九嗅到了一丝怪异的味道。

“总感觉像是有什么阴谋在针对我。”林初九泡在木桶里，享受着玛瑙和翡翠的服侍，一不小心就将心里话给说了出来。

“王妃您想太多了，王爷这是看重你呢。”翡翠笑着打趣道，因为林初九得到萧天耀的看重，她们几个丫鬟也面上有光，这段时间心情很不错。

“希望吧。”察觉到自己失言，林初九不再多说，闭眼靠在浴桶上，任玛瑙给她按捏。

御书房里，和林初九有着相同想法的皇上怒拍桌子："萧天耀，他到底想要干什么？该不会天真地认为区区一个流言就能诋毁朕的名声？"

"皇上息怒。"皇上的心腹大太监立刻跪下，匍匐在地的身子止不住地颤抖。

凡是和萧王爷有关的事，总是能引得皇上的雷霆怒火。

"息怒？他一再挑衅朕的权威，朕要如何息怒？"皇上面无表情，每一个字都咬得特别重，御书房内瞬间被帝王气势笼罩，跪在殿中的太监背后一片汗湿，却不敢劝说半句。

"来人。"皇上强压下怒气，"传朕旨意，命秦院正即刻去萧王府，为萧王妃诊治。"

"奴才遵旨。"心腹太监见皇上冷静下来，忙不迭地爬了起来，双手作揖，一脸谄媚地道，"皇上英明，秦院正医术不凡，不管萧王妃有什么病，秦院正必能检查出来。"

"哼。"皇上冷哼一声，"他最好是真给他那王妃下了毒，不然……朕绝不会放过他！"

心腹太监赔着笑脸，却不敢多说半个字。

皇上太低估萧王爷了，萧王那人对自己都狠得下手，又怎么可能怜惜那萧王妃，皇上这一次怕是占不到便宜，还要惹一身腥了。

走出御书房后，在无人处那太监轻叹一声，随即又无事人一般，去宣读皇上的旨意，命秦院正立刻前往萧王府。至于大半夜的，萧王府有没有准备，那就不是他需要考虑的事了。

午夜时分，秦院正与皇上的圣旨同时抵达萧王府。萧王府的人事先毫不知情，不免有些慌乱。

好在，萧王府的人最近接旨已成习惯，案台、香烛一一摆好，下人跪了一地，萧天耀坐在轮椅上。

萧天耀有特旨，除了圣上谁也不跪，包括圣旨。这一荣耀是他用累累战功换来的，不是没有人嫉妒，可他们看到萧天耀大大小小的战绩，也就不敢多言了。

至于萧王妃林初九？

病重的人实在不宜半夜起来迎接圣旨，萧天耀不发话，大家也只当不知情，包括宣旨的太监。

圣旨的内容很简单，先是安慰了萧天耀和林初九，保证会尽快抓到刺客，接着又赐了许多名贵的药材，好让萧天耀和林初九好好养病，尤其是萧天耀，最好能趁机完全养好病，不用急着上朝。

皇上一番明里安抚暗中打压萧天耀后，又表明皇上对萧天耀的恩宠，特派皇上御用的秦院正为林初九诊治。

圣旨念完，宣旨的公公恭恭敬敬地将圣旨交到萧天耀手里，并指了指站在角落的秦院正："王爷，救人如救火，秦院正已经来了，是否请秦院正现在去给王妃诊治？"

"去，看看王妃醒了没有？"萧天耀连个正眼也没有给太监，对着身后的曹管家道。

"奴才遵命。"曹管家招来一个小厮，让对方去林初九的院子看看，至于宣旨的太监和秦院正？

萧天耀坐在原地一动不动，完全没有招呼他们进去的意思，萧王府的下人自然也不会管，他们只能站在外面吹寒风。好在此时已是初夏，外面寒气并不重，不然半夜三更站在外面，秦院正怕是也要病上一场。

萧王府很大，是皇城第二大建筑，仅比皇宫小些，林初九住的地方极偏，小厮就是一路狂奔，来回也要一炷香的时间。

在这期间内，萧王府的下人，除了曹管家留下来陪着萧天耀等着外，其他人该干吗干吗去，任由秦院正和宣旨公公两人在那里大眼瞪小眼。

秦院正从来没有一刻像现在这般觉得时间过得太慢，明明只是短短的一炷香时间，秦院正在萧天耀若有似无的威压下，只觉得比两年还要漫长。

气息渐快，呼吸的频率也极不稳，秦院正身为太医，知道自己这样是不对的，可他无力改变。就在秦院正以为自己快要撑不住时，去林初九院子的小厮回来了："王爷，王妃娘娘醒了。"

"走吧。"萧天耀并没有为难，秦院正和宣旨公公如蒙大赦，狠狠松了口气，抬步就要往前走，萧天耀却先一步走在前面。

当然，是曹管家推着轮椅往前走，萧天耀只是坐在轮椅上，可就是这样也改变不了萧天耀要和他们一起去林初九院子的事实。

"不是说，萧王爷不喜欢萧王妃吗？"秦院正暗中以眼神询问宣旨太监，他们都是帝王心腹，有些消息彼此之间会共享。

宣旨太监双手一摊，一脸无辜：他哪里知道这是怎么回事？

萧天耀坐在轮椅上，曹管家不可能推得太快，秦院正等一行人自然也不能超过萧天耀，于是……

一群人，就只能在萧王府里慢慢地走啊走，这要是白天还好，白天至少还能欣赏萧王府的大好景观，借此打发无聊的路程，可晚上他们能看什么呢？

秦院正已经说不出话了。

和萧王爷打过几次交道，萧王总是这么不按常理出牌，不过他相信自己很快就会习惯的，到时候无论萧王做出什么惊世骇俗的举动，他都可以面不改色心不跳。

在萧天耀的带路下，秦院正等人硬是花了比平常多一倍的时间，这才抵达林初九的院子。而林初九这个时候差点儿就要睡着了，困倦地打了个哈欠，一双美眸泛着水光，在烛光的映照下显得柔弱而美好！

萧天耀一怔，握扶手的手一紧，忍不住自问一句：他怎么会想到美好这个词？

不等萧天耀多想，就听到林初九带着一丝倦意的请安声："给王爷请安，王爷千岁。"声音软糯，就像是在撒娇一般。

抬头便看到林初九强忍哈欠的动作，而因着这个动作，眼角有一滴清泪潺潺流出，萧天耀不自觉地勾唇："免礼！"声音平和，少了平日里的冷淡，可惜林初九困得要死，根本没有注意到。

林初九起身坐了回去，曹管家、秦院正和宣旨公公则上前给林初九行礼："参见王妃娘娘，娘娘千千岁。"

"免礼。"林初九咬着唇，又压下一个哈欠。

任谁半夜三更，睡得正香时被人叫起来，都不可能立刻清醒。

"谢王妃娘娘。"三人起身，秦院正上前一步道："下官秦正，奉皇上的命令，前来为王妃娘娘医治。"

"你就是秦院正？"林初九打量秦院正一眼，又看向萧天耀，见萧天耀面无表情，知道这个男人什么也不会说，便乖乖地把手伸出来，"秦院正，请……"

左右她确实有病，吴大夫都能诊断出来，秦院正没道理诊不出来。

秦院正弯着身子上前，小心翼翼地探着林初九的脉博，一炷香……两炷香……

时间悄然流逝，秦院正扣在林初九脉搏上的手却没有收回，而且眉头越皱越紧，脸色也越来越凝重，那样子就好像林初九得了不治之症，眨眼就要死掉一样。

萧天耀和林初九早就知道，两人半点儿不紧张，反倒是曹管家和宣旨太监忐忑不安地看着秦院正，生怕从秦院正嘴里说出什么让他们无法接受的话。

秦院正诊完左手脉搏后，又让林初九伸出右手，林初九非常配合，秦院正又费了一番工夫，脸色也渐渐恢复如常，只不过比刚进来时多了几分凝重。

"王爷，王妃……"秦院正收回手后，朝萧天耀和林初九作了个揖，这才道，"王妃的身体很虚弱，需要好生休养，下官这就给王妃开药。"

诊了半天，秦院正却不敢将自己的诊断结果说出来，而萧天耀和林初九似有默契，两人也不开口询问，把曹管家和宣旨太监急得不行。

秦院正的脸色那么难看，难道是林初九病入膏肓？又或者她在装病？

秦院正不说，萧天耀和林初九也不问，曹管家与宣旨的太监就是再想知道，也没有胆子开口询问，只能眼睁睁地看着秦院正写了药方，不痛不痒地交代两句后走人。

"送秦院正。"萧天耀开口，曹管家忙不迭地上前，殷勤地将秦院正送走。虽然心里像被猫抓一样好奇，但面上也不敢表现出来，只老老实实将秦院正送了出去。

屋内，萧天耀看着一脸倦容，透着几分苍白的林初九，开口道："你做得很好。"比他预想中的还要好，让他都舍不得换个人来做萧王妃了。

换了旁人，怕是没有这么贴心了。

"多谢……"林初九实在忍不住，再次打了个哈欠，忙用手挡住。

眼睛微眯，嘴唇半张，比平时少了三分倔强、三分精明，看上去就像一只撒娇的小猫咪，让人很想拉进怀里揉一揉。

萧天耀不喜欢带毛的动物，但看到林初九这般娇气的俏模样，着实有些……心动！

许是之前压抑得太狠了，林初九这个哈欠打了半晌才回过神来，眼中蓄满泪水，似要溢出来一般，衬得一双眸子如旖旎秋水般湿气氤氲，煞是好看，可她自己却不知道，淡然地将未说完的话说完：“多谢王爷夸奖。”

许是看到不一样的林初九，许是让皇上吃了一个大闷亏，萧天耀心情颇好：“回头，让曹管家打开库房，去挑几件你想要的东西。”终归是嫁入他府上的女人，不能全部都用林家的东西，叫人知道后还当他小气。

“这是奖励？”林初九美眸轻眨，一滴泪珠顺着眼角滑落，在脸颊上留下一道水痕，让人很想上前替她擦拭一番。

“嗯。”萧天耀看着那道水痕，根本不知道自己说了什么。

“多谢王爷。”林初九抬手擦了把脸，将脸上那道水痕擦没了。萧天耀颇为遗憾地收回眼神，虽然……他也不知道，他在遗憾什么。

“咳咳……”轻咳一声，萧天耀收回那自己都不知道发散到哪里去的思绪，严肃地道，“好好养身体，这几天不必见客。”目的达成，林初九也就不必再辛苦了，真要累死了林初九，他怕是再也找不到一个比她更合心的萧王妃了。

“哦……”林初九暗自松了口气。

总算不用再“接客”了，她这段日子笑得脸都僵了，而且白天打起精神应付那些女人，到了晚上就累了，比如此刻，她就昏昏沉沉的，根本没有精力来应付萧天耀。

林初九眼眶的黑青非常明显，一瞧就知道没有休息好，萧天耀便也没有再作停留，丢下一句“好好休息”就走人了，留下林初九呆呆傻傻地坐在椅子上，好半天都没有回过神来。

萧王爷刚刚是在关心我？太阳打西边出来了？不对，应该是月亮大白天出来了？

“王妃，王爷一直都很关心你。”珍珠见林初九一脸迷糊，想笑又不敢笑，“王爷还让你去库房挑东西呢。王爷这些年来南征北战，库府里可有不少的好东西，有些宝贝皇上还没有呢，王妃你可得好好挑一挑。”

珍珠是打从心底为林初九高兴，她看得出来，王爷是越来越重视林初九了，也许是有补偿的因素在，可到底是将林初九放在心上了。

“是吗？”林初九听到珍珠的话，猛然惊醒，昏沉的大脑也恢复了正常运转，结合前段时间的流言，还有今儿晚上皇上杀他们一个措手不及的事，让林初九明白……

萧王爷肯定在下一盘很大的棋，而倒霉的是，她就是那颗冲在最前头的棋子。

不过，好在没有被炮灰掉，有奖励也算可以了。

倦意来袭，林初九又打了哈欠，懒得再多想，左右已经被萧天耀利用了，她呼天喊地的撒泼也没用，不如养足精神，改天好好地打劫一下萧天耀的库房，用物质好好补偿一下自己那饱受摧残的小心灵。

秦院正从萧王府出去后，立刻进宫复命。

“皇上，萧王妃并非生病而是中毒。”秦院正惴惴不安，将头几乎埋到了胸前。

他真的是太倒霉了，一不小心居然知晓了一件皇家恩怨，也不知道会不会被灭口。

太医真是高危工作，不知道他可不可以提前告老还乡。

“中毒？萧王给她下毒？”皇上挑眉，摇头道，“不对，依天耀的骄傲和性子，真要林初九的命，他会一剑劈了林初九，绝不会用下毒这么下三烂的法子。”

“应该不是萧王爷下的毒，萧王妃体内的毒素乃是日积月累而成，至少要十余年的时间，才会造成今天的结果。”秦院正虽然不想说，可此时却容不得他隐瞒。

“十年？在林府中的毒？林家那个妇人好本事。”皇上立刻就明白了，冷哼了一声。

秦院正大气也不敢喘一下，无论是林家还是林夫人娘家，他都得罪不起。

“依你的意思，天耀已经知情了？林初九可否知情？”皇上并没有继续追问，林初九的生死他并不放在心上。

“萧王爷从头到尾都没有问一句，应是知情。至于萧王妃？”秦院正皱眉，回想了一下林初九的态度，说道，“萧王妃应该不知情，下官见萧王妃没有一丝忧色，绝不像已知晓自己命不久矣的样子。”

“天耀倒是狠心。”皇上冷笑，眼睛微眯，不知在想些什么。

秦院正没有圣上的命令，也不敢妄动，哪怕他站得双腿发麻，也得笔直地杵在那里，静等皇上的命令……

片刻后，皇上像是想到什么一般，猛地睁开眼来。

“林初九的毒，你可能解？”皇上急切地开口，眼中闪过一抹冷意，秦院正吓了一跳，后退一步，稳定心神道：“下官无能，萧王妃中的是慢性毒药，身体已被毒物侵害，好好调养的话，可活十年左右。”

秦院正光凭脉象，就能诊出林初九身中慢性毒药十余年，明显比吴大夫医术要高，可就是他也只能让林初九活十来年，可见林初九的病有多棘手。

“果然……”皇上恍然大悟，“他给自己寻到了一个完美的理由。萧王府，还真是……不好下手。”

话中意思未尽，秦院正也不敢多想，甚至不敢多听，恨不得缩成一团，不让皇上发现他的存在。

他虽是帝王心腹，却一点儿也不想知道皇家的隐私，有时候知道得太多，就是死的罪名，而他不想死。

好在，皇上现在没有要秦院正命的意思，察觉到秦院正的异常后，皇上挥了挥手，示意秦院正退下。

“臣告退。”秦院正一口气说完，不待皇上开口就忙退了出去，因为走得太快，差点儿撞翻了小太监手上的宵夜。

秦院正连夜到萧王府给林初九诊断的消息，第二天一大早就传了出去，同时传出来的还有秦院正没有诊断出林初九的病症，也医不好林初九的病的消息。

为什么这么说呢?

因为秦院正为林初九诊断后，萧王府的人就满京城地给林初九请大夫，凡是有点名望的大夫，都会被萧王府半强迫地“请”进萧王府给林初九医治，而每一个给林初九医治的大夫，都只会说一句：“在下才疏学浅！”

真的是大夫才疏学浅?

不……也许有些人是滥竽充数没有诊出来，可有点本事的大夫都能诊出林初九的身体是怎么一回事，只不过他们和秦院正一样，不敢掺和进皇家争斗中去而已。

试想，连秦院正都不敢得罪的人，不敢说出来的病症，他们这些普通大夫敢说吗?

简直是不想活了!

秦院正的医术在东文第一，连东文第一名医都诊断不出来的病症，他们这些人诊不出来也不丢脸，所以不管萧王府请来多少大夫，最终结果都是一样的。

刚开始，听到林初九病重，林夫人还吓了一跳，就怕萧王府的人知晓林初九中毒的事，躲在府上根本不敢出去。

知晓秦院正去给林初九诊治，又听到萧王爷为林初九到处请名医医治后，林夫人吓得病倒在床。

直到一连数十个大夫被请进萧王府，却说没有诊断出结果来，林夫人这才松了口气：看样子，那个小贱人还是蛮有诚信的，拿了银子果然没有说出来。只可惜那小贱人有命拿银子，却没有命花。

这天，林夫人躺在病床上，气色渐好，林婉婷进来后见母亲已经可以坐起身来，一脸欢喜，同时亦劝说道：“娘，初九生病的事情人尽皆知，不管如何娘也是她名义上的母亲，你病好了，我们是不是要去看看她？”

“你舅母她们都没有去，我们也不着急。让萧王府知道林初九没有娘家可以依靠也好。”林夫人的声音还有几分虚弱，却不影响什么。

“话是这么说没有错，可等外祖母知晓后，定要训斥娘和舅母，与其等外祖母亲自去，不如我们先去，也堵了外祖母上门给她撑腰的可能。”林婉婷柔柔弱弱地开口说道，无论是神情还是语气，她都比林夫人更像一个病人。

“你外祖母什么时候回来？”林夫人这段时间生病，不可能什么事都盯上。

“五天，舅母说外祖母已派人递了消息，五天后就回京。要是让外祖母知晓，林初九病得快要死了，娘和舅娘们却不去看她，定要生气。”林婉婷当然不愿意去见林初九，现在的林初九是萧王妃，她见了林初九还要给她行礼，一想到那画面她就恨不得撕了林初九。

可是外祖母，也是她不敢得罪的，在外祖母面前，她就是装也要装出姐妹情深来。

林婉婷愤愤不平地拧着帕子：“娘，到时候我们定要想个法子，让林初九在萧王府出丑，最好让萧王爷和萧王府的下人都看清林初九的真面目，让萧王爷别再为她寻什么名医，让她自生自灭才最好。”

文弱娇柔的声音吐着恶毒阴毒的话，对此林夫人没有什么意外，轻轻点头，眼露赞许。

此时，在萧王府的林初九，好不容易才逃脱京城贵妇们的茶毒，又陷入了京城名医们的“围观”中，每天都有大夫排着队，等着给她诊治。

林初九不清楚有几个大夫看出她中了慢性毒药，反正每一个大夫诊了半天后，最后必是摇头叹息，说一句：“在下才疏学浅，实在诊不出王妃娘娘得了什么病。”还有就是：“王妃娘娘病重，请准备后事吧！”

前者，曹管家依旧给一两银子当出诊费，后者，直接被打出去。侍卫还要在门口红着脖子大喊一句：“庸医，我家王妃好着呢，你回家准备后事吧！”

被骂作庸医的人，必然要叫上两句：“老夫诊断绝无差错，萧王妃病体沉疴，命不久矣。”

“萧王妃看着没事，实则身子早已败坏，哪怕贵府精心养着，萧王妃最多也只有三五年的寿命，你们大可看着……”

总有那么几个愣头青，医术不错，又不懂豪门里的弯弯绕绕，虽没有说出林初九中了毒，可也将实情说了出来，虽然，林初九很怀疑那些在萧王府门口大放厥词说她命不久矣的大夫，是萧天耀准备的托，因为……

事情太巧了，在满京城的人谈论萧王妃什么时候死时，萧天耀正好收到墨神医在东文京城的消息，而为了医治她的病，萧天耀萧王爷不顾自己双腿残疾亲自上门为她求医。

“好虚伪。”作为事件主角之一，林初九已经没有力气再吐槽。

萧天耀为了让墨神医合情合理进入萧王府，为了掩人耳目，不让人知道墨神医是为他医治双腿，居然把她给推了出去。

不仅借她黑了皇上，踩了林家，现在又塑造自己为十佳好男人、好丈夫的形象，萧王爷简直不能再牛了。

虽然，萧天耀没有说谎，她确实是中了毒，更是无药可解只能活十来年的慢性毒药，可是能将此事利用得如此彻底，萧天耀简直不能更无耻了。

遇到这样的男人，林初九觉得自己这辈子都别想翻身了，她现在只能祈祷萧大王爷什么时候能站起来，然后看在她贤良淑德的分上放了她，让她去寻找属于自己的幸福。

林初九一边躺在病床上吃苹果，一边听珍珠八卦，见珍珠时不时就一副感动得快要死掉的样了，林初九差点儿没被苹果给噎死。

萧天耀做得这么假，到底会有多少人上当？

反正她是不会上当的，她相信皇上也不会上当，明眼人都看得出来，萧天耀请墨神医绝对是为了给他自己医治双腿。不过，这不妨碍不知情的人，还有围观群众普遍认为萧天耀是好男人的事。

墨神医为人孤傲，富贵不能淫，威武不能屈。即使是萧天耀亲自上门，墨神医也不肯为林初九医治，可萧王爷却绝不放弃，既然墨神医不同意，那他就天天上门……

“铁汉柔情，萧王爷真是好男人。”京中贵妇、未出阁的小姐们，已经拜倒在萧天耀脚下，当然她们也不会忘记踩一下林初九，“林家大小姐真是好福分，居然遇到这么好的男人。”

“可惜命不久矣，萧王爷的好她无福消受。”口中含酸的已嫁妇人道。

“不知道萧王府什么时候娶继妃，真是的……”这位是娇娇羞羞的待嫁小姑娘。

“谁说萧王爷冷血无情的？真要冷血无情，萧王爷会为了一个女人，一连数次吃闭门羹吗？”这是萧天耀的脑残粉，死忠党。

“谁知道萧王爷上门求墨神医给谁医治呢，萧王爷自己就是个残疾，说不定他是上门为自己求医，萧王妃只是一个幌子，你们都别被那个虚伪的男人骗了。当年他眼也不眨地坑杀十万战俘，这样的男人，能有心吗？”愤青书生虽然是随便一吐，可也猜得八九不离十。真相，就是这么让人难以接受。

不管外界如何谣传，萧王爷在双腿残疾后，第一次在公众面前亮相，就是为了给林初九求医的消息还是不胫而走。

而此时，关于萧王的双腿，墨神医也放出话来了，萧王爷的双腿他早就看过，他医不好，萧王爷上门确实不是为了他自己的双腿，而是为了他的王妃而来。

墨神医在东文、西武等国近乎是传奇神话般的存在，他的话没有任何人怀疑，当他说出萧天耀的双腿无可救药时，九成以上的人都相信萧天耀这辈子只能与轮椅为伍。

当他说出萧天耀是为萧王妃而来时，所有人都不再怀疑。

“为了林初九？真当朕是傻瓜什么也不知道吗？”皇上收到外面的消息，忍不住皱眉冷哼道。

利用林初九中毒一事，萧天耀在京中掀起巨大的波浪，而之前败坏的名声现在似乎也朝着好的一面发展，这让皇上十分愤怒。

为了塑造萧天耀杀人如麻、冷血无情、自私自利的形象，皇上可没少费心，现在不过是一个林初九就让萧天耀将败坏的名声挽回来了。

“据埋伏在萧王爷身边的人回报，萧王爷最近很看重萧王妃，而且萧王妃做得也颇有章法，深得萧王爷欢心。”一黑衣男子跪在殿中，要不是他开口，根本没有人发现他的存在。

“嗯。”皇上应了一声，却是没有将黑衣人的话放在心上，同为萧家的男人，他很清楚萧家的男人有多么冷酷无情。

别说是为了一个女人，就是为了自己的亲爹，萧天耀也不会这般牺牲，萧天耀求墨神医必然与自己的双腿有关。

“下去。”皇上挥手，黑衣人应了一声，飞快地消失在殿内，皇上高喝一声，“来人。”

殿外候命的太监小跑进来，皇上不等他行礼，便道："宣秦院正。"

一炷香后，秦院正匆匆赶来："参见皇上，吾皇万岁万岁万万岁。"

"免礼。"不等秦院正开口，皇上便问道，"秦正，去联系你埋的那颗棋子，朕要知道墨神医会用些什么药材。"

"下官领命。"秦院正一听是这事，反倒松了口气，墨神医身边的那颗棋子埋了许多年，随时都可以派上用场。

秦院正匆匆下去安排，而到了约定的那一天，世外高人墨神医终于被萧王爷感动，答应上门为林初九诊治，但不敢保证自己一定能医好她。

萧天耀说了什么外人并不知晓，但并不表示旁人不会脑补。

外界，关于萧天耀如何以诚心打动墨神医的事迹，早已被编成各种版本的段子，甚至有不少的茶馆酒楼等拿此事做话题吸引客人。而林初九也在两个月不到的时间，从京城最倒霉的女人，变成京城最幸福的女人。

当初，京城那群看热闹的女人，有多幸灾乐祸林初九嫁了个被皇帝厌弃又没了兵权的残疾王爷，现在那群女人，就有多羡慕林初九嫁了一个好丈夫，其中又以林婉婷为最。

"娘，林初九那个小贱人实在太走运了，明明嫁了个没有前途的废王爷，不想她居然还能翻身。早知道萧王爷这般深情，当初我就应该嫁给萧王爷，让林初九那个小贱人嫁给太子，被太子和皇后厌恶到死最好。"虽说是气话，可却有几分真心，毕竟林婉婷也没有多爱太子，她看上的是太子的身份。

林夫人摇了摇头："傻丫头，林初九她那算什么翻身，萧王再看重她又如何，萧天耀算什么？他再怎么深情也是一个没权没势的残疾，到时候太子继位，要杀要剐还不是一句话。"

"娘，你说萧王爷是真的失了势吗？可我看他似乎一点儿也不将皇上看在眼里。"林婉婷眼露迷茫，似有不解，"娘，我偷听到爹和幕僚说话，爹说虽然萧王爷手上的兵权给了皇上，可皇上却调动不了萧王爷手下的兵，萧王爷手下的兵只认萧王这个人，根本不认兵符。"

"你爹说得没有错，萧王爷手底下的兵都是陪着萧王爷南征北战多年的亲信，最是佩服萧王爷。可人往高处走，水才会往低处流，那些个兵将这两年也许还惦记着萧王爷，可过两年呢？萧王爷活着，他们也许会将萧王爷当主子，可若是萧王爷死了呢？"林夫人不认为，皇上会放任萧王爷一直活下去。

斩草不除根，春风吹又生。这个道理她这个妇人都懂，皇上又怎会不懂？

"萧王爷会死？"林婉婷的心脏"扑通扑通"地直跳腾，小脸亦是惨白若纸，像是被吓到一般。

林夫人摸了摸林婉婷的头，一脸温柔地说道："婉婷，你要相信娘，娘不会害你。萧王爷再位高权重也重不过太子，太子是未来的皇帝，到时候你就是母仪天下的皇后，别说林初九，就是萧王爷也要跪在你的脚边。”

“娘说得对，我未来一定会比林初九尊贵，谁也比不过我。”林婉婷胡乱地点了点头，心底的不甘与嫉妒慢慢淡去。双眼恢复原来的灵动，小脸一扬道，“不过，现在也不能让林初九那个小贱人好过，墨神医不是要上门给林初九诊治吗？娘，咱们找上舅娘们一起去萧王府探病。”

“好，都依你。”林夫人淡淡一笑，“叫你父亲也一道去，天可怜见的，初九那孩子病得那般重，怕是正想着见父亲。”

她不痛快，林初九那个小贱人也别想痛快……

第十一章　一见萧王误终生

萧王府内，被萧王爷“诚心”感动的墨神医带着女儿墨玉儿登门，萧王爷亲自出来迎接。

仙风道骨的墨神医，冷若冰霜的墨玉儿，两人一出现便引来众多的目光，纵是曹管家见多识广，也要叹一句墨神医和墨姑娘实非凡人也。

只是不知道，墨姑娘这样的女子进门，对王妃来说是福是祸?

曹管家暗暗叹了口气，墨神医和墨姑娘医术高超不假，可林初九是救了他儿子的大恩人，他心底还是要偏向林初九的，只是萧王府的事他一个下人又如何做得了主?

“墨神医，墨姑娘。”萧天耀冷淡如常，只是打了一个招呼，并无寒暄之意，转身便将墨神医引到林初九的院子。

见到此景，曹管家暗松了口气：王爷对墨姑娘并无特别，至于墨姑娘?

完全看不懂她有什么想法，墨姑娘太冷也太傲，露面至今一直寒着一张脸，活像别人欠了她钱似的，没有一丝人情味，虽让人无法忽视，可也让人喜欢不起来。

虽说他们家王爷也是冷面的人，可他们家王爷身上还有人气，不像这姑娘完全是不食人间烟火，看人的眼神也像是天宫仙子在看又脏又蠢的凡人!

林初九一大早便起来准备，明知道萧天耀请来的神医只是走一个过场，根本不是为了给她医治，可她也要装作什么都不知情地配合一番。

萧天耀到了花厅后，着人去请林初九出来。

“王妃，王爷带着墨神医来了。”还有那个五官精致的冰美人墨姑娘。

后面那话珍珠没有说，也不敢说。那位墨姑娘，论长相论气质都好的没得说，虽说王妃也不差，可光论外表王妃还真比不上人墨姑娘，至于气质?

王妃磊落大方，一举一动皆不落俗套，墨姑娘也不差，冷傲高洁，优雅天成。

“扶我出去。”林初九确实虚弱，可还没到要人扶的地步，不过是为做出病美人的姿态。

珍珠和翡翠忙上前来，一左一右欲搀扶起林初九，却被林初九拒绝了：“还没有病到这个地步。”不过是装个气势，何至于真病到走不了呢。

林初九抬手，轻轻搭在珍珠胳膊上，脸上带着恬淡的笑容，缓缓往前，每一步都走得优雅从容，却又不会让人觉得刻意，就好像她本该如此。

要知道，今儿个前来的人当中，有一个女人正觊觎她的丈夫，不管她对萧天耀是什么感情，也不管萧天耀对她是什么感情，面对这种上赶子给人当小妾的，林初九都没有好感，哪怕那什么墨姑娘有再多的苦衷也一样。

有苦衷就可以理直气壮地插足别人的婚姻？有苦衷就能光明正大地登堂入室？有苦衷就要她退让接纳？

开什么玩笑，她杀人后说一句有苦衷能不能免刑？

不管流白当日说了多少好话美化墨玉儿，林初九对墨玉儿都没有好感。

什么叫墨姑娘也不愿意，是墨神医的意思？

真当她傻呢，这事要不是墨玉儿同意，墨神医会开口？

一个个都把她当傻子，那她就傻给所有人看。

深吸了口气，林初九抬步走进花厅……

花厅内，主位左侧的位置被撤，萧天耀的轮椅就停在那，墨神医坐在左下首，身后站着一个清丽脱俗的女子，芊芊玉人，美貌如花，让人不禁望而生叹：好一个绝色佳人。

只见她肤若凝脂，白净粉嫩，秀眉弯弯，琼鼻秀挺，朱唇不点自红，那双盈盈秋水般的眸子，没有耀眼的光泽却是黑得纯粹，似能洗涤一切的人间阴暗，令人无端沦陷其中，迷恋忘返。

梳着未出嫁的女儿髻，秀发如瀑柔顺垂于身后，人不动，发便不动。

是一个稳得住的女子，也是一个难缠的女子。

林初九走进来后，眼神在墨玉儿的身上一滑即过，很快便落到墨神医身上。只见老者须发皆白，眉眼矍铄，不怒自威，凛冽逼人。不愧为父女，两人皆是神情冷傲，不近烟火，一个是冰雪仙子，一个仙风道骨，站在一起极为匹配契合。

“妾身见过王爷。”林初九走上前来，朝着萧天耀淡淡颔首，“让王爷久等了。”

“坐。”萧天耀并不多话，甚至连正眼也没给林初九一个。

林初九并不在意，脸上的笑容不减半分，在萧天耀身侧坐下，视线再次落到墨神医身上，这一次却是实打实地打量，浅笑道：“想必这位就是墨神医了？妾身这厢有礼了。”

轻轻点头，只是礼貌，可不想那位墨玉儿姑娘却露出一丝不屑，极快，极淡，要不是林初九正好抬眸，绝不会看到。

林初九垂眸轻笑，掩去眼中的嘲讽：看不起她这个凡夫俗女？自以为自己很高尚？

简直天真得可以，有倾世容貌、招人垂涎的墨姑娘，若是没有父亲庇护，真以为自己能够一辈子清高冷傲、高高在上，将所有人都踩在脚底下？

墨姑娘似乎不知道，美丽是女人最大的本钱，也是女人最大的悲哀。没有与美貌相匹配的实力，只会沦为男人的玩物。

好在墨神医不是墨姑娘的那种性子，虽然看着仙风道骨，谈吐却很是得体，并没有自恃医术不凡便不将别人放在眼里。

寒暄过后，墨神医主动提出为林初九诊病。

不管暗地里是怎么一回事，明面上墨神医都是为林初九的病而来的。

“有劳墨神医了。”林初九也不矫情，手腕轻抬，露出半截如玉皓腕，方便墨神医诊脉。

墨神医还未起身，在屋外候命的弟子便提着药箱上前，在林初九手腕下放了一块软枕，又将一块薄纱覆在林初九的手腕上，极尽讲究。

墨神医在诊脉前，还要先用浸了药的帕子擦手，神情肃穆，就好像在做一件多么了不得的大事。

林初九并不知道墨神医是无心的，还是故意的，足足花了一炷香的时间，墨神医这才坐在林初九对面，为她诊脉。

这也就是林初九，要换作任何一个人就算不会心生不满，怕也是要心浮气躁，以至脉息不稳，可林初九却像是什么事也没有发生一般，唇角的笑意没有减淡半分，放在桌上的手腕也没有移动的意思。

“劳王妃久等了。”墨神医伸出手来，扣住林初九的脉搏，不似诊脉而是微微用力。

手腕吃痛，林初九眉头一皱，可墨神医却极有分寸，在林初九发作前便松了手，让人有气没有地方撒。

这是要给他女儿立威？

一个将死的老头子，也不怕得罪的人多了回头害苦自己的女儿。

林初九默不作声，暗自调整呼吸，气呼渐渐减弱……

墨神医刚开始的时候神情坦然，并没有将林初九的病当一回事，可渐渐就觉得不对了，林初九的脉搏渐弱，甚至没有？

墨神医抬头看向林初九，却见林初九如无事人一般，正含笑看着他。

难道是我诊错了？

墨神医忙屏息凝神，不敢小瞧林初九，而是静下心来专心为林初九切脉，可是……

一炷香过去了，两炷香过去了，算算时间第三炷香也该燃到一半了，可墨神医仍旧没有收回手，一直扣住林初九的脉搏不放，时间久到就连萧天耀都无法忽视的地步。

“墨神医，王妃的情况如何？”萧天耀开口说道，凛冽的目光如有实质，刀锋般锐利，落在墨神医诊脉的手指上。

他怕墨神医一个想不开，给林初九下黑手。

“王妃她……”墨神医收回手来，一时间不知道该如何回答。

他能说，林初九没有脉搏，是死人吗？

明显不能！

“王妃如何？”萧天耀好似没有看到墨神医的尴尬，再次追问道。林初九也凑了把热闹，一脸忧心地问道：“神医直说无妨，有王爷为我亲自求来神医，就是明天死去，我也满足了。”

说完，不忘“深情”绵绵地凝望萧天耀，双眼含水，情意无限，萧天耀却只觉得心头一寒，一旁像是局外人一般的墨玉儿，则不置可否地露出一抹嘲讽的笑。

墨神医不可能砸自己的招牌，说林初九没有脉搏，是个死人，他只能含糊地道：“王妃幼时吃过亏，根子坏了，如不能好好调养，怕是命不久矣。”

虽没有将病情说清楚，可也说对了七八分，看来这墨神医并不仅仅只会探脉看病，还是有点水平的。

萧天耀和林初九同时点头，林初九不吭声，深情脉脉地望向萧天耀，那眼神目光灼灼，似能将人融化，即便是萧天耀也有些吃不消。

萧天耀佯装不知地别开脸去，问道：“不知墨神医可有医治之法？”

“有，但需要长时间的调理，多则上年，少则三个月。”墨神医想也不想便道，他是来给萧天耀医双腿的，至于林初九的病？

他是不会医的！

萧天耀即刻说道：“还请墨神医留在府上，为王妃医治。”

“这……”墨神医面露为难之色，正等萧天耀再求他一二，可不想萧天耀却不再开口了，而是坐在那里等墨神医主动应下，林初九也像没事人一般，似笑非笑地看着墨神医，不知是太有把握，还是不把自己的命当回事。

一瞬间，花厅静了下来，落针可闻，林初九和萧天耀一个病人，一个病人家属面对能救他们命的神医，完全不像普通病人那般激动、哭求。

墨神医行医多年，早已习惯病人家属动不动就哀求的模样，此刻见到萧天耀和林初九二人冷静至此，一时间不知该如何下台，但也不肯示弱。

就在双方僵持不下时，一灰衣小厮进来通报，林初九娘家和外祖家的人，上门前来探望“重病”的林初九，而且林相还亲自来了。

小厮通报完后，萧天耀还未开口，林初九就先叹了口气：“只是小病，哪劳得父亲大驾，真正是我的不是了。”

林府和镇国公府的人早不来晚不来，偏等墨神医上门之日来，明显是挑事，林初九想想就头痛。

别人生病是卧床静养，她倒好，生病就是生事，不仅不能静养还要应付一堆牛鬼蛇神。

林初九揉了揉太阳穴，一脸可怜地望向萧天耀，希望萧天耀能帮她挡住林家和镇国公府的人，她实在不愿意应付那些所谓的亲人。

可惜萧天耀看到了也没有理会她，而是让人请林相去书房，至于林夫人和林初九的舅母们，则请到花厅来由林初九接待。

“墨神医，家有访客，还请墨神医先行休息，王妃的病我们改日再谈。”萧天耀客气地开口，墨神医本就不想给林初九医治，当然不会多说什么。

墨玉儿跟在墨神医身后，离去前不知为何，特意回头看了林初九一眼，林初九一抬眸就对上她的目光，只是视线一相交墨玉儿就别开了眼，没事人一般离去。

“有趣的姑娘。”林初九可以肯定，她刚从墨玉儿的眼中看到了厌恶与鄙夷，还有高高在上的优越感。

优越感？

她真的不明白，墨玉儿在她面前有什么可骄傲的？

比身份？她是东文林相嫡长女，怎么也比一个江湖医女要高贵。

比背景？她是皇上亲赐的萧王妃，就是死了依旧占着萧王妃的名号，后面嫁进来的只能是继室，在她面前得执妾礼。

而墨玉儿呢？是她父亲强逼着萧天耀纳的侧妃，墨玉儿该不会以为，凭借她的美貌就可以让萧天耀对她一往情深吧？

如果墨姑娘真这么想，那她只能说，墨姑娘真的不值得她花心思。

萧天耀见到林初九坐在那里，时而摇头，时而傻笑，完全不明白这女人是怎么了。

被林家和镇国公府的人吓傻了？

不至于胆子这么小吧？

摇了摇头，萧天耀不再理会林初九，左右她自己娘家的事情自己来解决，他没兴趣掺和林家和镇国公府的事。

娶个妻子，不仅没有添一股助力，还多了一个拉后腿的，这也就是萧天耀，换作任何一个男人，都会直接将林初九关在后院，就当没有娶这么一个惹事的主儿。

萧天耀离开后没过多久，林夫人、林婉婷和镇国公府的大夫人、二夫人、三夫人在下人的引领下渐次进入花厅。

不管林初九心里有多么不高兴，这个时候也得起身相迎：“姨娘、婉婷，三位舅娘你们来了，快……快请坐。”

“姨娘？”林夫人一怔，镇国公府的三位夫人也是诧异万分地看着林初九，“你叫谁姨娘？”她们这里可全是正室夫人，可没有什么姨娘房。

“当然是叫林夫人姨娘了。”林初九说得理所当然，镇国公府三位夫人则是皱了皱眉，到底是林家的事她们也不好插手，但林婉婷却是忍不住了，一脸受伤而失望地看着林初九：“姐姐你这是怎么了，这才几天你就忘了母亲，连母亲也不叫了吗？”

林婉婷捂着心口，泫然欲泣，一副大受打击的模样。

林初九似笑非笑地道：“婉婷妹妹这话好生奇怪，本王妃怎么会忘了林夫人？林夫人是我娘的妹妹，为了照顾我才嫁进林府，我叫姨娘不是更亲近吗？”

林初九一脸笑容，眼眸真诚，让人挑不出一丝的过错，只是“姨娘”二字听得人真心很不爽，尤其是填房的身份本就在正室夫人面前抬不起头来，林夫人最恨别人说她是继室夫人。

只是，林夫人在外一贯是温柔贤良的典范，她自然不能指责林初九的不对，只能打落牙齿和血吞，拍了拍林婉婷的手背，故作大方地道：“初九想怎么称呼便怎么称呼好了，叫姨娘更亲近一些。”

“还是姨娘明白事理。”林初九笑靥如花，看上去越发地明艳动人，一扫之前病态，“姨娘，三位舅娘你们快坐，看到你们来看我，我心里真高兴，这段时间我可是一直盼着你们来呢。”

话是这么说，可在场的哪个不是人精，谁不知道林初九这是在说她们来晚了。

女儿、外甥女病了大半个月，外人都上门拜访，可至亲却一个也没看到，现在大夫找上门了，这才上门拜访，真是好笑到家了。

镇国公府的三位夫人虽然不喜欢林初九，可与林初九也没有仇，听到林初九的话后面上略有几分不好看，僵笑道：“舅娘们早就想来了，只是前段时间刚收到消息，说是老夫人要回来，这几天一直在收拾宅子，忙得分不开身呢。” “外祖母要回来了？哪天到？”林初九一脸惊喜地道。

她的外祖母，镇国公府的老夫人怕是唯一一个真心对她好的人，要不是有老夫人护着，林初九连礼仪也不懂，出门也就是个丢人货。

看在老夫人尽心教导，让她免于丢脸的分上，林初九说什么也要上门请安。

“这月十六回来。”大夫人说道，时不时打量林初九两眼，这林家大小姐嫁人后似乎懂事了，不像以前那样咋咋呼呼，只会告状。

“就这两天了，稍后我和王爷说一声，到时候让王爷与我同去给外祖母请安，外祖母还没有见过王爷呢。”至于萧天耀会不会去？

她帮了萧天耀这么多的忙，萧天耀怎么也要回报一二吧？大不了她不要萧天耀私库里的东西就是了。

“好，好好好。老夫人要是看到你和萧王爷一起去，定然欢喜。”大夫人一脸欢喜，脸上的笑容比之前真了好几分，二夫人和三夫人也忙跟着附和。

她们突然给林初九好脸色看，不是因为林初九懂事了，而是因为林初九萧王妃的身份在，还有话里话外都透着得萧王爷看重的意思。

不管萧王现在有没有实权，未来又如何，萧王爷只要不谋逆，就仍是一品亲王，是能在京城横着走的顶尖皇族，是她们不能得罪的人。

若是一旦得罪，萧王固然不能拿皇上怎样，但还不能拿她们怎样吗？

镇国公府的三位夫人，不喜欢的是粗鄙不懂事的外甥女林初九，而现在见到林初九谈吐不俗，进退有宜，再加上她萧王妃的身份，即使心里仍有几分不喜，也不会表现出来。

双方默契地不提过往的不快，一番寒暄后三位夫人奉上厚礼：“你三位舅舅知晓你病了，可担心得不行，在库房里翻出好些东西来，巴巴叫人送了过来。”

“三位舅舅有心了。”林初九抬了抬手，示意珍珠上前接过礼单。

对于礼单上的东西，林初九并不在意，她对那三个舅舅没啥印象，连样貌都不太清晰，怕是没怎么见过。

镇国公府的三位夫人，看到萧王府的丫鬟收了礼单后并未露出震惊之色，便知她们准备的礼物在萧王府的人眼中并不算厚重。心底暗暗后悔，早知林初九在萧王府地位这么高，她们就该加重礼单，不……应该是早点登门探望。

不着痕迹地瞪了林夫人一眼，林夫人一怔，便是知晓这三位嫂嫂对她有意见了，转头暗暗露出一抹嘲讽的笑。

这些年来，这三个人没少得她的好处，更没少利用林相的地位为她们办事，现在居然怪她，真是和林初九一样，养不熟的白眼狼。

林夫人不再寄希望于这三位嫂子，主动开口询问道：“初九，我听闻萧王给你请来了墨神医，墨神医为你诊过后，怎么说？”

林夫人心里慌得不行，她心里很明白萧王爷怕是知晓林初九中毒一事，只是不知出于什么原因没有说出来。

难不成，真是那二十五万两黄金的原因？

要真是这样，这笔钱花得倒也不亏。

“姨娘来时，墨神医刚诊完脉，还没来得及说。”林初九故意吊着林夫人，就是想让她心里不安。

下毒的事还捏在自己手上呢，她倒要看林夫人会怎么蹦跶。

小贱人，居然敢威胁她？林夫人脸色不变，可交握在身前的手却不由自主地握紧：“那其他的大夫怎么说呢？”连林初九都能发现，京中那些大夫不可能什么也发现不了。

“其他大夫只说是我身子弱，要好好调养，至于具体的病情是跟王爷谈的，我也不知。姨娘要是想知道，就去问王爷好了。王爷不让我操心这些事，说是要我安心养身子，好为王府开枝散叶。”说到最后，林初九非常配合地低头作害羞状。

她身侧的四个丫鬟听罢，脸部都是控制不住地抽搐：王妃，这样睁眼说瞎话，真的很好吗？

这话，她们能转述给王爷吗？

“有王爷这话，我就放心了。”林夫人脸上的笑容越发不淡定了，她不是一个沉不住气的人，实在是林初九左一句姨娘，右一句姨娘，真是刺耳，让她有一种自己是通房丫头的错觉。再加上林初九话里话外的那种若有若无的威胁感，更是令得林夫人心神大乱。

“王爷待我很好，大半个月过去了，我这身子也好了许多，姨娘不必挂心我。”林初九端起茶杯，一脸寡淡。

她真心不耐烦这样的应酬，明明恨不得一刀捅死对方，却要在这里耗费心机地虚与委蛇，不仅浪费时间还浪费精力。

“姐姐，娘怎么可能不关心你，前段时间听闻你生病，娘都急得卧病在床。这不，身上还没好利索就来看你了。”有些话林夫人不好说，但林婉婷可以说。

“姨娘不舒服？怎么没派人来支应一声，来人呀……”林初九脸上尽是夸张地紧张，“快，去取我嫁妆里的那只千年人参。姨娘说那是好东西，快，拿来给姨娘。”

千年人参什么的林初九没有看到，她只看到用药泡过的毒参，左右一支毒参，她一点也不肉痛。

“不必了，人参那等大补的东西，还是初九你自己留下的好。”林夫人忙拒绝道，她很清楚她给林初九陪嫁的人参什么货色，那可不是好东西，甚至吃都吃不得。

“姨娘说笑了，王爷是一品亲王，再怎么也不会缺一支人参。再说了，这支人参还是姨娘特意寻来的，现在给姨娘用也是应该的。”林初九完全不给林夫人说不的机会，不仅如此，她还道，“婉婷妹妹说姨娘身子不好呢，不如让吴大夫来给姨娘看看，吴大夫是王府供奉的神医，医术不凡，正好也让吴大夫看看那支人参要怎么入药才好。”

“不，不用了。王妃的好意我心领了，一点儿小病实在用不上吴大夫。”林夫人打落牙齿和血吞。

事实上，她们今天本计划逼林初九叫墨神医给她看病，让林初九难堪。

墨神医什么人？那是闻名四国的大神医，就是中央帝国的人见到他，也要客客气气的。

墨神医会给萧天耀面子，可不会给林初九面子，林初九叫不动墨神医必然会颜面尽失。

反之，林初九要是不肯，那就是不孝。可不想她们什么都还没有说，就被林初九全给堵住了，完全无法掌握主动权。

镇国公府三位夫人，多少知晓林夫人的打算，见林夫人处处吃瘪，不由得掩嘴窃笑，心中暗道：她们这个大外甥女似乎不像她们想的那样蠢。

林婉婷站在林夫人身后，见到自己的亲生母亲吃暗亏，一张俏脸忽青忽白，可偏偏她又不能和以前一样，在林初九面前使性子。

以前，她和林初九一样都是林家小姐，是晚辈。现在，她仍是晚辈而林初九却是萧王府的女主人，有资格与林夫人、镇国公府的三位夫人平等对话。

这就是嫁人的好处吗？

林婉婷脸颊绯红，眼中春情荡漾，不知在想什么……

书房里，正在招待林相的萧天耀听到林相的话，冷笑一声：“林相要接本王的王妃回府养病？”

林家老匹夫这是想打他萧天耀的脸？也不看看自己有没有那个本事。

“没错，初九是我捧在手上，如珠如宝宠了十八年的女儿，一成婚便病重，连宫里的秦院正也没有法子，我实在不放心她在萧王府养病，还请王爷准我接她回去休养。”林相一脸正义，看不出一丝私情，完全是疼爱女儿的好父亲，可是……

别说萧天耀不相信林相是个疼爱女儿的好父亲，就是相信也不会任由林相将林初九接走。林相还真当自己是个东西，竟敢在他面前摆岳父的谱，也不想想自己有没有那个资格。

萧天耀连个眼神也懒得给，只淡淡道："相爷要接初九回去，还得问问初九的意思。"连岳父也不肯叫，可见萧天耀从来没有把林相当成岳父。

林相虽有不满却也不敢表露出来，还是那句话，不管萧天耀手上有没有兵权，他是东文的萧王爷，除了皇上再没有人敢给他脸色看。

林相还不够了解林初九，所以他满口应下，自信满满地让萧天耀请林初九过来，他要亲自、当面问林初九。

林相特意咬重"当面"二字，就怕萧天耀使手段。

萧天耀听罢，不由得嘲讽一笑：林相还真以为萧王府打林府脸的事是他这个男主人做的，殊不知这一切都是林初九自己做的，林初九才是真正厌恶林府的人，可惜林相貌似不知道。

下人去请林初九，林夫人和林婉婷听罢嚷着要跟过来，镇国公府上的三位夫人怕闹出什么事来，她们现在正想努力修补与林初九之间的关系，见状也跟了过来。

左右一头牛也是赶，一群牛也是赶，林初九不在意人多人少，反正不高兴的又不是她。

下人在书房外通报，萧天耀听到林初九带着一群人过来，当即脸色就不好看了，萧王爷讨厌女人这是众所周知的。

林相却唇角轻扬很是得意，好像他女儿做了惹丈夫不高兴的事多么值得炫耀一般，这样的父亲还真当得起"慈父"之名。

萧王府的下人也是机灵的，见状忙补了一句："林家的继夫人与二小姐嚷着要跟王妃一道过来，说是还未见过王爷，要来拜见王爷。来者是客，王妃不好驳了，这才一道过来。"

"林相好家教。"萧天耀很给面子地点评道，一句话便让林相面红耳热，一脸羞愧，可萧天耀却不给他面子，径直道，"既然林夫人急急带着亲生女儿来见本王，那便让她们进来吧。"

本来只是一次寻常的见面，可在萧天耀的耳朵里却是变了味，因为当初林夫人也曾急急地带着林婉婷去见太子，顺带抢走了本该属于林初九的姻缘。

萧天耀没有点破，但足够林相难堪，好在林相久经官场，早就混得脸厚心黑，即使再难堪表面功夫也能维持正常。

"王爷，妾身打扰了。"林初九进来后，柔柔地给萧天耀行了个礼，配上那句"妾身"说不出来的楚楚动人，可这却是萧天耀最讨厌的。

萧天耀还来不及发作，就见林婉婷不等林初九介绍，也不等林夫人开口，跟在林初九后面福了福身，格外娇媚地说道：“姐夫，婉婷见过姐夫。”

见到萧天耀的那一瞬间，林婉婷眼中便再也没了别的人，甚至她都忘了萧天耀的双腿残疾，她只看到萧天耀俊美的外表和高贵不可侵犯却又让人着迷的清华气质。

萧王长得真好看，比太子要好看千百倍，比安王还要好看，林婉婷只觉得自己的心跳变得飞快，就好像要从胸口飞出来一般，一双眼睛黏在萧天耀身上，怎么也移不开了。

林婉婷知道自己这样做是不对的，可她真的控制不住自己，她想要亲近萧王，想要萧王和她说话，想要萧王看她。她不知道自己这是怎么了，她只知道若是被萧王看一眼，她整个身子都会止不住颤抖，不是害怕而是激动。

一见萧王误终生，说的就是林婉婷了，此刻林婉婷眼里只有萧天耀，她多希望自己能成为林初九，嫁给萧天耀，哪怕只能活短短几年也是好的。

可惜，萧天耀只看了她一眼，就无比嫌恶地别开了脸。

其他人并没有注意到林婉婷的失常，只当她是小孩子心性。林初九不着痕迹地将林夫人与林婉婷隔开，然后为萧天耀介绍众人。

萧天耀很给面子，一一应了一声，就连林初九再次介绍林婉婷时，他也很给面子地看了一眼。虽然这一眼很是不屑，可偏偏林婉婷却像是着了魔怔，萧天耀一眼扫过来，她居然上前一步，不顾萧天耀的冷淡，再次攀起交情来：“姐夫，婉婷还是第一次见你呢，都怪姐姐不带你回门，害我到今天才见到姐夫。”

说完，还不忘瞪上林初九一眼，林初九哭笑不得看了一眼林婉婷，又看了一眼萧天耀，忍不住就笑了：“这是小姨子看上大姐夫了？”

再看那姐夫，脸黑得可以，不知怎么的，林初九就乐了：好吧，萧天耀不高兴，她就高兴了。

可她高兴得太早了，一时不察被萧天耀捉了个正着，一个冷眼扫过来，吓得林初九脸色一僵，忙点头，再不敢幸灾乐祸。

萧天耀原本不想搭理林婉婷，她要是懂点眼色，这个时候便会不再纠缠，萧天耀左右也不会在人前给一个没什么干系的女人难堪，可偏偏林婉婷不依不饶，似哀怨似控诉地道：“姐……夫，你怎么不理人家？”

一句话，说得婉转缠绵，欲语还休，屋内的五个女人，除了林夫人都是打了个寒战，镇国公府的三位夫人则不约而同地在心中道：怎么和家里的那些狐媚子一样，这真是正儿八经的相府嫡女吗？

“滚！”萧天耀脸黑得彻底，刚被林初九笑话，现在又听到这么句恶心人的话，萧天耀整个人都要爆炸了。

“姐，姐夫……”林婉婷的脸唰的一下就白了，当即怔在当场，不敢相信她会被人呵斥，她从小就人见人爱，就连太子也对她宠爱有加，怎么可能，怎么可能会有男人不喜欢她，还当面呵斥她？

“萧王别生气，这孩子都被我们宠坏了，她并无恶意，只是崇拜王爷。”林夫人忙上前拉着林婉婷，她到现在还没有发现林初九的异常。

林婉婷却不领情，甩开林夫人的手道："姐夫，你这是怎么了？你不喜欢婉婷吗？是不是姐姐说了我坏话？所以姐夫不喜欢我了？"

林婉婷嘴巴一嘟，眼眶一红就要哭出来，好像受了天大的欺负一般。

林夫人暗自觉得不对，可一想到林婉婷在别人面前也这般抹黑林初九就也没有太上心，只当林婉婷是在按她们之前商定好的计划，借机抹黑林初九。

林初九乐得看戏，萧天耀见林初九看得高兴，不知怎么的，话到舌尖却硬生生噎了回来，冷着一张脸坐在轮椅上，也不知在想些什么。

无人阻止，林婉婷更加有恃无恐，指着林初九的鼻子凄婉哭诉道："姐姐，是不是你，是不是你在姐夫面前说我的坏话了？所以姐夫才不喜欢我？姐姐，你怎么总是这样，以前在爹和娘面前说我坏话，在外祖母面前说我坏话，我都不和你计较，可你怎么能在姐夫面前也说我坏话呢？你就不怕姐夫知道你的为人后，反过来讨厌你吗？"

"婉婷，别胡说，你姐姐不是这样的人。"林夫人到现在也没有想到，林婉婷竟然是一眼就看上了萧天耀，装模作样地拉了拉林婉婷，目光略带不安地望向林初九，就好像林初九有多可怕一样。

林婉婷则顺势扑倒在林夫人怀里，眼泪一颗一颗地往下垂落，像珍珠似的，边哭边说道："娘，你总是这样，不管姐姐做错什么，你都说姐姐是好的，明明姐姐一直在欺负我，可你还要我让着姐姐。娘，为什么这样？别人家不都是姐姐让妹妹的吗？为什么到我们家却要反过来呢？"

林婉婷小小年纪，深谙告状之道，几句话点明了自己小可怜的处境。

通常情况下，只要林婉婷这么一说，所有人都会一面倒地转向她，纷纷指责林初九的不是，可这一次，众人的反应却是大大地出乎了林婉婷的意料，因为……

除了她娘外，其他人都是一副什么都没有听到的样子。她的父亲更是一脸尴尬，不断地朝她使眼色，示意她赶紧出去。

这是怎么了？

"爹，娘，你们不相信我吗？"林婉婷一脸不解，眨巴着那双粉泪潺潺的眸子望向萧天耀，"还有姐夫，姐夫你要相信我，姐姐说的都不是真的。"

林婉婷年纪虽小，却初见风情，媚眼抛得有模有样，好似秋水泛起涟漪。可惜却是抛给瞎子看，萧天耀连理都没有理她，只对着林相淡淡道："林相，本王从不懂得怜香惜玉，要是伤了令千金，莫怪。"

"还不快带婉婷下去。"林相忙对林夫人呵斥道。

"是，老爷。"林夫人温顺地应道，心里却是翻江倒海一般。

这一次，她将林婉婷的表现尽收眼底，她已明白婉婷为何如此失常。不着痕迹地在萧天耀和林婉婷身边看了一眼，暗道不好，忙拖着林婉婷往外走："婉婷，跟娘下去。"

"娘……"林婉婷整个人都呆了，不能理解事情怎么会变成这样，可她不甘心就这么离开，冲着萧天耀柔柔地唤了一句，“姐夫，你，你……”

可惜，话都还没有说完，便被萧天耀打断了：“你，恶心！”

直接、犀利、毫不留情面，林相面露不悦，林夫人吓得手指一颤，林婉婷的脸则唰的一下就白了，僵在原地，任由林夫人拖着出门。

镇国公府的三位夫人暗觉丢人，在林相和林夫人眼中，林婉婷这是给“长辈”撒娇，可她们三人却是明白，林婉婷这哪里是撒娇，这是在卖媚。

当着亲姐姐的面，勾引自己的姐夫，也亏得林婉婷做得出来，而更让她们惊奇的是，林相夫妇居然坐视不理，这是多么恶心的一家人！

“既然王爷和相爷在谈正事，那我们就不打扰了。”镇国公府的三位夫人，还算有点见识，忙跟着告退，离去前不忘对林初九道，“初九，有时间就去府上坐坐，你舅舅们都很惦记你。”

“我会去的，谢谢三位舅母。”难得见到三个正常人，林初九暗自松了口气。

虽说林婉婷在萧天耀面前丢脸她很高兴，可怎么说也是娘家人，这也算是把她的脸丢尽了，林家人拍拍屁股走了完事，留下她又该怎么面对萧天耀？

林初九苦笑一声，随即又心中释然，好在她和萧天耀不是什么正常夫妻，不然就凭今天这事，她这辈子都别想在萧天耀面前抬得起头。

镇国公府的三位夫人出去后，正好碰到尚在外面调整情绪的林夫人和林婉婷，林婉婷已回过神来，见到三位夫人上前，忙抹了抹眼泪：“舅母你们也被赶出来了吗？舅母你们别生气，姐姐只是生病了心情不好，我代姐姐给你们道歉，改天我和惠儿姐姐来王府劝劝姐姐，让她亲自上门给舅母们道歉。”

林婉婷为自己找到的再次来萧王府的理由而高兴，镇国公府的三位夫人却一点儿面子也不给她。

二夫人、三夫人只笑不说话，大夫人则直接道：“你想太多了，初九那孩子懂礼得很，怎么可能会做出赶长辈出门的事。至于来萧王府？还是别了，惠儿她忙，没时间来萧王府，你没事也别去国公府，这段时间我们都很忙的。”

呸……她才不要让自己的女儿陪着这么一个不要脸的东西来萧王府勾引姐夫。

“大嫂，你这是什么意思？”林夫人脸色一沉，心里不高兴了。

大夫人连林夫人的面子也不给，一脸嫌恶地说道：“小姑，我的话婉婷不明白你还听不明白吗？当然，不管你有没有听明白，总之你们母女俩以后少来镇国公府，左右老夫人也不喜欢你们上门。”

大夫人眼中毫不掩饰的嫌弃之情打击到了林婉婷，林婉婷摇摇欲坠，一副快要晕倒的娇弱模样：“舅娘……你们怎么可以向着林初九那个贱人，她是萧王妃，我还是未来的太子妃呢。哦不，我不要做太子妃，我要做萧王妃，只有萧王那样的男人，才能配得上我。”

林婉婷一个激动，把埋在心里的话全吐了出来。

“婉婷……”林夫人失声尖叫，镇国公府的三位夫人，则像是看怪兽一样的看着她，就好像自己不认识她这个人一样。

“不，不是，这不是我说的，真的不是我说的。”林婉婷想要解释，可有谁还会去听?

有些事，可以做但不能说。

书房内，林相说了老半天，诸如自己如何关心林初九如何担心林初九，听到林初九病了他这个做父亲的有多着急。

林初九强忍恶心边听边点头，表示自己真的有在听，就等着林相赶紧地说到重点，好不容易林相终于说道：“初九，你身子弱，家里的大夫经常给你看病，对你的病情比外人了解，我今天来……”

可惜，林相的话还没有说完，门外就传来林夫人的尖叫声：“婉婷，我可怜的婉婷，婉婷你怎么了……来人呀，来人呀，快，快叫大夫，我女儿晕倒了，血，好多的血呀！”

“婉婷出事了？”林相脸色一变，朝萧天耀作揖，“王爷，下官告罪了。”

说完，大步就往外走，因为门开得太急太快，一时间连林相的影子都看不到了，那两扇门还在“吱呀吱呀”地来回晃动。

这样的父亲，这样的亲人，简直就是灾难，幸亏她之前没有抱任何希望。

林初九无语望天：“王爷，他是怎么做到一朝宰相的?”

这么不靠谱，皇上能放心用吗?

林初九不过是随口一问，根本没有奢望得到萧天耀的回答，不想萧天耀这次不仅答了，而且还非常认真：“林相当年一举夺魁，才识自是不凡，而且他步入官场时正值皇上提携寒门打压世家的节骨眼。林相出身寒门，只有一门镇国公府的亲事，在官场上也没有族兄可以倚靠，只能靠皇帝的赏识才能坐稳官位，往上爬。而林相本身也极为擅长审时度势，惯会揣摩帝意，行事皆按皇帝的心思办，皇上用起来当然既顺手又放心。”

萧天耀难得在林初九面前说这么多的话，可是林初九却一个字都没有听进去，她的嘴巴震惊得张成O字形，半天都合拢不上。

萧天耀什么时候这么好说话了？他是被鬼神附身了，还是和林婉婷一样中邪了？总不至于和林婉婷一样，对她一见钟情吧？这钟情也太晚了一点儿。

不知萧天耀是没有注意到林初九的表情还是什么，他自顾自道：“林相当年以状元出仕，才识自是不用怀疑，虽然这些年来他一直心甘情愿沦为皇帝的爪牙走狗，但能力还是有目共睹的，不然也做不到相爷一职。林相吃亏就吃亏在出身寒门，后宅也没有几个女人，不懂得女人争宠的伎俩与本事，才会被几个女人骗得团团转。”

前面的话林初九没有听清，可后面的话林初九却是认真听了，萧天耀一说完她便乖乖道谢：“多谢王爷解惑。”

“不必，小事。”他不过是看在林初九听话的分上，不想林初九因此事而伤心，毕竟林相的行为确实很伤人。

林初九一本正经地道："对王爷来说是小事，可对我来说却是大事，要不是王爷为我答疑解惑，我甚至都要怀疑我是不是林相的亲女儿了。"

林初九只是玩笑，可偏偏萧天耀却认真点头："也许，你真不是林相的亲女儿。"叫自己的父亲为林相，这真是亲生女儿吗？

"王爷，我开玩笑的。"林初九一脸哀怨，说她不是林相的女儿，不是说她娘偷人吗？虽然她对她的娘没啥感情，可她娘名声不好，她能好得了吗？

"本王也是开玩笑的。"萧天耀很正经，很严肃，可眼中却沁着丝丝笑意。

同样是"哀怨"，林婉婷做出来他只觉得恶心，可林初九做出来他却觉得很可爱，让他看着很……顺眼。

林相接林初九的计划，因为林婉婷的晕倒而终止，好在林相不傻，在林夫人提出让林初九去请墨神医给婉婷医治时，林相想也不想就呵斥了。

开什么玩笑，他又不是傻子，要因为这么一点儿小伤而逼初九去请墨神医，他不得被人给骂死。

林相请吴大夫给林婉婷包扎过后，便带着林婉婷回去了，这一点林夫人也没有反对。她其实也怕林婉婷留在萧王府会做出什么失礼的事情。她做梦也没有想到，她的女儿会和她一样，喜欢上"姐夫"，这真的太可怕了。

林相一来，便打断了墨神医给林初九的医治，可这并不影响萧天耀的安排，林相走后没过多久，萧天耀便找来墨神医，询问林初九的病情。

墨神医不答反问道："王爷，王妃是不是会医术？"他当时太震惊了，以至于被吓了一大跳，回去后墨神医便想到了可能的原因。

"是，这与墨神医有关？"萧天耀不喜欢旁人打听他的人，林初九是他的王妃，即使他对那女人没有兴趣，可也容不得旁人打听。

"不，没关系。只是今天为王妃诊脉时，发现王妃脉象异常，还以为王妃得了什么怪病，现在看来应该是王妃改变了自己的脉象。"墨神医不着痕迹地告状，让萧天耀明白他的王妃并不领情，对萧天耀请来的人多有防备。

"是吗？"萧天耀眼眸微挑，长长的睫毛掩去眼中的笑意。

能让墨神医吃瘪，他那王妃的医术似乎比他想象中的还要棒。

"王妃擅自改动自己的脉象，这对诊治极为不利，普通大夫根本查看不出她的病情。"墨神医完全是站在一个大夫的立场，处处都是为病人好，至于有没有私心？

这就仁者见仁，智者见智了。

"她孩子气太重，墨神医可别放在心上。"萧天耀淡淡地解释了一句，端的是高贵清冷，卓尔不凡，却让墨神医不自觉地皱了皱眉：十八岁的女人还孩子气？放一般人家，都是孩子娘了，要生得快的话，两个都有了。

只是，既然萧天耀都把话说到这个分上，墨神医要是再咬着不放那就过了，墨神医将话题移开，说道：“王爷，你的腿……”

刚开口，就被不懂礼貌的萧天耀打断了：“墨神医，王妃擅自改变脉象，普通大夫诊断不出来，你可诊出病况？”

“那是自然。”除此之外，墨神医还能有第二个选择吗？

“是否可医？”萧天耀问道，这一次墨神医没有回答，而是抚着胡须看着萧天耀，无声地拒绝。

“墨神医需要什么药材，让人列一张单子。另外，院子里缺什么，直接找曹管家。”萧天耀不再纠结于此事，他能为林初九开口已是不错，想要他为林初九求人？

做梦比较靠谱！

“药材老夫已经准备好，院子里什么也不缺，老夫不会和王爷客气。”墨神医明显比刚刚高兴了一些。

不管怎么说，自家女儿都是要嫁给萧天耀的，要是萧天耀太过在乎林初九，那墨神医肯定要为女儿担心。

“如此便好，本王会让流白经常过去。”萧天耀不着痕迹地给流白制造机会，要是这样还不行，那他也没有办法了，他只能帮流白到这一步了。

“多谢王爷关心。”墨神医人老成精，就算看不透萧天耀的算计，也知道流白对自家女儿的心思，为免婚前出什么乱子，墨神医适时说了一句，“王妃身子不适，玉儿那丫头虽不敢说尽得老夫真传，却也学了七八成，明日起，老夫便让玉儿那丫头去陪王妃可好？”

墨神医想尽一切办法，不让流白和墨玉儿见面。萧天耀知晓墨神医的心思，可墨神医的理由合情合理，他也不好做得太过明显，只得暂时应下：“待本王问过王妃再定。”

林初九刚觉得萧天耀这人还不错，但刚转身就被萧天耀狠坑一把，听到曹管家的话后，林初九气得直接从椅子上跳了起来。

“王爷这是什么意思？让墨玉儿来照顾我？”还没有进门就要把名分坐实吗？

这群人是有多不把她这个正牌王妃看在眼里呀，她给足了萧天耀的面子、里子，萧天耀就不能给她点儿面子吗？

曹管家不想林初九的反应这么大，忙解释道：“王妃娘娘您身体不适，王爷听说墨姑娘尽得墨神医真传，便让墨姑娘前来帮您调理身子。”

“你确定，这是萧……王爷说的？”林初九气得差点直呼其名，幸亏反应快及时打住，要不然传到萧天耀的耳朵里，又是一场注定会吃亏的官司。

“这……”曹管家真心好为难呀，他就是点头说是，也没有人会相信，他们家王爷怎么可能那么贴心。

好在，林初九并没有继续让曹管家为难，气过后便坐下来道：“曹管家，请你转告王爷，他的好意我心领了，生死有命，富贵在天，我林初九固然惜命但也不是那么怕死的。”

最后一句话很矛盾，可曹管家却听懂了。

王妃的意思是，她惜命但不是贪生怕死之辈。

要换作旁人曹管家不想多管，可对方是林初九，曹管家还是忍不住提点一句：“王妃，要不你再想想，王爷真是一片好心。”

“曹管家，这件事我不能答应。王爷要是不纳墨姑娘为侧室，我还能让墨姑娘照顾我，可明显墨姑娘日后是要入府为侧室的，侧室还未进门，我就带在身边立规矩，传出去别人怎么看我？”重点是，让那么一个孤傲冰洁的冷美人在她身边，真的是墨玉儿照顾她而不是她照顾墨玉儿吗？

“可是，王妃您的身体？”曹管家是真的很担心这个。

虽然王妃出身林府有那么点让人讨厌，可王妃本人好就成了，他不想再换一个主子。

“我自己的身体我自己很清楚，墨姑娘医不好的。”就算医得好，她也不放心。墨神医诊脉就给她下马威，她要相信墨家父女那就是傻子了。

好吧，林初九承认，以上种种都不是理由，最大的理由就是她不相信墨玉儿，不想把这么一个极度危险的人物放在自己身边。

曹管家劝说无效，只得回去复命，而萧天耀知道后，非常邪魅狂狷地道：“让她立刻来见本王！”

光听声音，就知道生气了，曹管家认命地迈着老腿，又跑到林初九的院子。

男主人和女主人的院子隔这么远，真的很累人。

曹管家捶了捶腿，这才乖乖进去，请林初九立刻去见萧天耀。

“我换件衣裳。”林初九虽然没有预料到，可也不紧张，左右现在萧王爷名声在外，是出了名的十佳模范好丈夫，根本不会弄死她。

只要萧天耀不一把掐死她，那林初九就觉得他没有什么好怕的，高贵冷艳什么的，她完全不放在眼里，左右她不是林婉婷，没想到要让萧天耀对她另眼看待。

说到林婉婷，那姑娘也是个可怜娃，在萧王府倒霉得磕到头不说，还害了相思病，烧得迷迷糊糊嘴里却喊着萧天耀的名字，吓得林夫人都不敢让人近身侍候，只得自己照顾。

儿女都是债呀，林夫人看到林婉婷就想到当年的自己，越想越悲伤，眼泪忍不住就落了下来。

她一定要帮女儿打消这样的念头，嫁谁也不能嫁给萧王，萧王是残疾，给不了她想要的幸福。

她可是看得明明白白，林初九到现在还是黄花大闺女呢，萧王他伤到根本，根本就不行！

萧王爷要是知道林夫人这么想的，估计会合了林初九的意，一把掐死林夫人，可惜萧天耀不知道，而萧天耀现在想要掐死的人是林初九。

“墨姑娘照顾你哪里不好？别给本王说什么规矩和名声。”萧天耀不是曹管家，他一点儿也不相信林初九的说辞。

林初九要是在乎规矩，新婚夜就不会威胁他。林初九要是在乎名声，隔日就不会大张旗鼓地打林家的脸。

“王爷，你要是逼妾身说出真话的话，大家都不高兴，何必呢。”林初九叹了口气，她就不相信萧天耀不知道她在顾忌什么。

“别再让本王听到妾身两个字。”听着就恶心。

“是，我错了。”林初九很乖地起身告罪，不等萧天耀说话又坐了回去，态度之敷衍让萧天耀不知道该说什么好。

这里又没有外人，林初九装给谁看？

“说。”萧天耀冷剜林初九一眼，他长这么大还没有为哪个女人费过心，林初九竟敢不领情，活腻了？

“我不相信墨姑娘。”事实上，她也不需要墨玉儿，有医圣之心在，她再吃个大半年的药，余毒就排得差不多了，到时候再调养一段时间，她的身体不会比旁人差。

“她是大夫，不会砸墨神医的招牌。”萧天耀看在这一点的分上，才会想让墨玉儿为林初九调理身子。

既然请进府了，不用白不用，至于纳为侧室这个问题？

哼……他从头到尾，都没有答应过什么。

“王爷，墨神医虽然叫神医，可他也是人，大夫只能治病却无法断人生死，真要死的人就是神医出手也是会死的。一个两个的病人死了，自然不会有人把错算在墨神医头上，只会认为是那病人命中该绝。”她真要死了，凭着墨神医的名声，她必然是命中该绝之人。

“你不是不怕死吗？”胆敢用生命威胁他，不就是知道现在他不会要她的命嘛。

不得不说，林初九这女人真是桀骜难驯，一见自己没有生命危险就开始拿骄，一点儿也没有之前那么可爱了。

“王爷，我不怕死但惜命，王爷的好意我心领了，但我真的不需要墨姑娘照顾，如果王爷怕外面人发现什么，不如在墨神医为王爷医治时，请王爷准我在一旁陪伴。”林初九眨巴着眼睛，一脸期待地望着萧天耀。

和自己的病相比，她更想看到墨神医是怎么医治萧天耀的双腿的，说不定她还能偷学两招，顺手完成任务，医好萧子安的双腿……

第十二章　王爷你又调皮了

林初九的眼睛亮得迷人，那双似水澄澈的眸子里全是他的影子，摇摇晃晃，依稀婆娑，被她那般专注地看着，萧天耀的心脏有那么一刹那不受控制地狂跳，等到他发现时，心中的那份悸动已经平息了。

林初九的提议并不算过分，不管知情人知道多少，对外墨神医都是萧天耀请来为林初九医病的，墨神医给萧天耀医治时，林初九要是不在反倒会惹人怀疑。

萧天耀给自己找了一大堆的理由来说服自己，让自己相信他让林初九参与进来完全是公事公办，没有一丝的私人感情在里面。

而这个时候，萧天耀自动忽略了，他的萧王府早就被他经营得如同铁桶，外人进不来，里面的人没有萧天耀的命令，也不可能将消息传递出去，他只要把林初九往后院一关，就不会有人知道墨神医到底是在给谁医治。

“本王会告诉墨神医的。”萧天耀开口应下，换来林初九一句：“王爷你真是太好了。”

就冲着这句话，还有林初九那双亮晶晶的眸子，萧天耀就觉得应得很值。

当然，他是不会自己去找墨神医说这件事的，萧天耀找来流白，让流白去找墨神医。

“天耀，这个要求会不会过了？”流白用怀疑的眼神看向萧天耀，他一度怀疑萧天耀被人附身了。

“怎么过了？”萧天耀没有回答，苏茶抢先道。

“哪里不过了？”流白狠瞪苏茶一眼。

苏茶才不将这点小威胁放在眼里呢，他在外面躲了这么多天才敢进萧王府，虽然萧天耀没有找他算账，可苏茶还是胆战心惊，现在有机会刷萧天耀的好感，苏茶绝不会放过这个大好的机会。

“流白，墨神医给王爷医治时，墨姑娘肯定要守在一旁的对不对？”苏茶开始发挥他的三寸不烂之舌，决定先将流白说服。

“当然。”墨姑娘可是墨神医的亲传弟子，也是天耀未来的侧妃，在一旁帮忙再正常不过。

“墨神医说过，要让墨姑娘照顾王妃的对不对？”苏茶一步步引流白步入陷阱。

流白继续点头……

“世人皆知，墨神医是王爷请来给王妃治病的对不对？”苏茶问到这里已经笑了出来。

流白此时才察觉到不对，忙解释道：“可这也不需要王妃在一旁呀？”

“不需要并不表示不能。王妃是王爷明媒正娶的妻子，墨姑娘这个什么都不是的外人都能在，王妃为什么不能在？而且王爷伤的是双腿，到时候肯定会有上药和换衣服一类的近身活，墨神医不许下人接近，那谁服侍王爷？墨姑娘来做吗？”

苏茶说得又快又急，流白好半天才反应过来，却只在乎那句“墨姑娘这个什么都不是的外人……”。

“苏茶，墨姑娘才不是外人，她很快就会是天耀的侧妃。”流白皱眉，他不喜欢苏茶排斥墨玉儿。

“你也说很快不是吗？再快也表示她现在还不是，那她就是外人。”苏茶没有见过墨玉儿，可这不妨碍他不喜欢墨玉儿。

“流白，别把女人想得那么简单，这天下比天耀有权有势的男人多得是，墨神医要找人保护他的女儿，并不是非天耀不可，墨姑娘执意要嫁入萧王府，没有你想的那么简单，别被她的外表给骗了。”

苏茶没有见过墨玉儿，也没有和她打过交道，可就凭着墨神医以恩情要挟萧天耀娶墨玉儿过门，又摆出一副别无所求，只求能让墨玉儿安度余生的清高样，就足以令苏茶讨厌，因为墨玉儿嫁入萧王府的方式，和他家那个姨娘的嫁入方式如出一辙。

携恩而入，逼得当家主母不得不厚待，还摆出一副我吃了亏、我受了委屈的模样，引得男人为她心疼，最终冷落嫡妻、嫡子。

想到自家那个偏心到天边，还有那个恶心又虚伪的二夫人，苏茶脸上的笑容就挂不住。即使那两人被他丢在庄子里自生自灭，可一想到这些年他和母亲吃的苦，他就没法不来气。

流白知道苏茶家的那档子事，事实上，当年要不是萧天耀和流白一起救了苏茶，苏茶和他母亲，早就被他爹和苏家那位“高贵美好”的二房打死了。

但是，流白坚信：“墨姑娘是不一样的！”

“她们都一样，你别把她想得太美好。”苏茶一脸刻薄，令得流白很想揍苏茶一顿。可想到苏茶家的情况，流白实在下不了手：“算了，和你说也说不清楚。”

“我还懒得和你说呢。”苏茶没好气地白他一眼，说道，“好了，你去和墨神医说，我们家王妃娘娘就算再不济也是当朝相爷的亲女儿、镇国公府的外孙女，嫁妆多到可以买下一座城，王妃娘娘缺什么也不缺银子，不会偷师学艺和墨神医抢饭碗，王妃只是关心王爷罢了。”

“你就不能好好说话吗？”流白气得直咬牙，苏茶并没有点墨玉儿的名，可这话却是将墨玉儿踩到脚底下。

“我怎么没好好说话了？难道要我和你一样把墨姑娘捧上天，那才叫好好说话？”苏茶毒舌起来能把人气死，流白此时就气得不轻，偏偏在口舌上，他从来都不是苏茶的对手。

萧天耀见状，只得出面阻止：“好了，都别说了。流白，你去告诉墨神医，就说本王同意了。”

“好吧。”流白不再反抗，他根本争不过苏茶。

“早应下不就什么事都没有了？”苏茶高傲地哼了一声，流白懒得和他解释，他就是解释也解释不清。

流白跑去找墨神医，本以为墨神医会不高兴，没想到墨神医满口应下，流白不解这一个两个的都是怎么了，反正任务完成他回去复命就是。

“爹，为什么要答应他？”流白一走，墨玉儿就出来了。

“玉儿，为父知道你的好，可是萧王爷不知道，而一个人的好不是睁大眼睛就能看到的，好与不好是需要对比的，有王妃在，能够对照，你的好才会被人看到。”墨神医神色柔和，一脸慈爱。

墨玉儿耳根微红，僵着脸点了点头：“谢谢爹，我会做好的。”至少，会让那个男人正眼看她。

“你只管做你自己想做的事，其他的父亲自会为你办好。”墨神医拍了拍墨玉儿的肩膀，“你想要的，为父都会帮你争取到，你不需要自降身份与跳梁小丑去争。”

“嗯。”墨玉儿乖巧点头，黑神医一脸笑意，眼中却飞快地闪过一抹杀意。

没错，墨神医对林初九起了杀心，他之前说要解决林初九也并非说说而已，而是真的不打算留下林初九这颗挡路石。

诚如苏茶所说，凭着墨神医的身份地位，他要找一个有权有势的男人迎娶墨玉儿为妻，照顾她一辈子并不是难事。

墨神医之所以会选中萧天耀，是因为墨玉儿喜欢萧天耀，而为人父亲，自然要满足女儿的愿望，只是这些墨神医不会告诉任何人，而旁人也不会想到这一点，毕竟墨玉儿在人前，从来没有表现出喜欢萧天耀的样子。

这一日，萧王府。墨神医已被请进府来，外面的事情萧天耀也压了下来，虽然还没有见到杀手周肆的尸骨，可有数十万的悬赏在，周肆现在就是过街的老鼠，他根本不敢现身。更不用提天下第一杀手荆池接下了暗杀周肆的委托，周肆现在自身难保，别说暗杀萧天耀，他只要一现身就会丢命。

至于官方的人马？

皇上前几次损失惨重，而且萧天耀又有了防备，皇上想要悄无声息地调出大队人马围杀萧天耀，那几乎不可能。

至于光明正大地围杀？

萧天耀没有犯罪，皇上除非想要背负杀害功臣与亲兄弟的恶名，不然皇上绝不会轻易出手，更别说皇上根本不敢保证，他光明正大地出手就能杀死萧天耀，到时候如果萧天耀不死，那他就得死了。

皇上投鼠忌器不敢妄动，萧王府固若金汤不用担心刺客暗杀，一切准备就绪，就等墨神医动手即可。

墨神医虽在架子上摆得十足，可一旦应下医治萧天耀的事，就相当随和，入府的第三天便带着女儿入住锦天院，开始为萧天耀医治双腿，而林初九也跟了进来。

锦天院外，侍卫里三层外三层地把守，没有一处漏洞。每个侍卫交接时间不定，确保无人能趁换岗的空当潜入；侍卫之间的无缝连接，让潜入者没有任何的可乘之机。

院中服侍的下人皆是萧王府的老人，由曹管家亲自坐镇，以保证锦天院在完全不与外界接触的情况下，顺利运转，自给自足。

没错，在医治期间，锦天院任何人不得进出，吃喝拉撒全部在锦天院解决，包括萧天耀。

萧王府主子和忠心仆人全部集中在锦天院，是为了避免皇上不长眼地给萧王府下圣旨，或者传召萧王府的人进宫，对此，萧王府的人不得不对外公布，说是墨神医在给王妃医病，王爷全程陪同，无心处理公务，萧王府所有的对外事务全部搁下，直到萧王妃病好为止。

这么一来，便避免了有人上门拜访，或者宫里突然传萧天耀进宫的可能性。让皇上没有理由和借口中断医治，可也给萧王府或者说给萧天耀带来了巨大的麻烦。

此言一出，刚刚淡下去的流言再次风靡，这一次比之前更甚，因为萧王爷已经到了为美人不理政事的地步。

虽然有许多闺阁妇人羡慕林初九好运，就连病刚有起色的林婉婷，在听到萧王对林初九的“用情至深”后，也不免黯然伤神，心中又再次萌发当初为什么不是她嫁入萧王府的念头。

如果是她嫁入萧王府，那么被萧王捧在手心宠爱的女人就是她了。什么太子妃和皇后，此刻在林婉婷的眼中，都没有用情至深的萧王来得重要。

越是得不到的就越是想要，别说林婉婷本身就对萧天耀一见钟情，就按林婉婷喜欢抢林初九东西的性格，她对萧天耀就有一种近乎魔障的感情，每天都念叨着萧天耀的名字，对太子的探望视而不见，这可把林夫人给急坏了，可林婉婷根本不听劝，林夫人拿林婉婷一点儿办法也没有，只能干着急。

闺阁妇人们皆是赞美萧王府有情有义，男人们却不这么想，在那些个男人们看来，男人可以爱好美色，但不能沉迷于儿女私情。

有些性格偏激的狂生甚至出言道："幸亏先皇没有立萧王为储君，萧王要是当了皇帝，必然是一个为了美人不要江山的昏君，到时候他和美人是幸福了，我们这群老百姓却是苦了。"

东文的书生有议论朝政的权利，书生抨击官员、时政并不违法，但狂生这话直指帝王之位，便超了他的本分。他的话说出来后没有多久，就被官府的人请去"喝茶"了，然后就再也没有出现过。

这一下，可真正是炸了锅，书生、学子们对萧天耀的抨击越演越烈，虽不敢像狂生那般直白，可委婉的骂法也足够戳人心窝，一篇篇明嘲暗讽的文章出来，很快就在京城流传开来。

"一定是有人故意的，一定是。"苏茶看到属下递来的一篇篇抨击萧天耀的文章，气得直捶桌子，可偏偏他一个文弱书生，一拳头捶下去桌子纹丝不动，而自己的手却是痛得红肿，连笔都握不住。

"公子，药膏。"机灵的属下适时送来药膏。苏茶边抹药边嘀咕："为了天耀把手伤着真是不值，天耀都不担心，我在这里瞎担心什么？"他就是愁死，也改变不了外面的事。

"王爷还不知道这些。"属下客观地为萧天耀解释。

锦天院完全封闭，消息传不出来也传不进去，当然就算是能传进去，苏茶也不会把这个消息传进去，以免萧天耀徒增烦恼。

"公子，外面的流言该怎么办？"属下接过苏茶用过的药膏，问道。

"让他们尽管闹，只要不闹到萧王府去就没事。"当务之急就是萧天耀的双腿，旁的事苏茶现在没精力去管。

"就怕事情越闹越大，那些个偏激的学子会在有心人的煽动下，围攻萧王府。"到时候他们拦也不是，不拦也不是。

"你的担心不无道理，只是这件事我们根本无法插手，在背后推动这一切的是那个人。"苏茶指了指天。

在京城，胆敢针对萧王府，又能在短时间内掀起轩然大波的，除了当今圣上没别人，而苏茶也自认他还没有那个本事敢和当朝天子叫板。

他现在只能寄希望于墨神医，希望他能早日医好萧天耀，让萧天耀出来解决这些事情，只是……

病来如山倒，病去如抽丝。别说萧天耀的双腿拖了许久，就是受伤之后当即医治，一时半刻也好不起来的。

而那位趁萧天耀重病，想要萧天耀性命的皇帝，又怎么可能只有这一手？

那些两耳不闻窗外事一心只读圣贤书的学子，和那些久经官场的老油条官员相比，既单纯又热血，而这样的一群年轻人最容易煽动，头脑一热就会做出常人不敢想象的事情。

“派几个学子继续传，朕要听到不一样的声音。”萧天耀用舆论洗白自己的名声，皇上现在就用同样的方法，将萧天耀狠狠地踩下去。

“记住，朕不需要一味地说他不好。”皇上派人引导流言的走向，却不想做得太过，毕竟聪明人都有眼睛，要让臣子看出他迫不及待、不择手段地对付残疾的萧天耀，难免会让人心寒，骂他残暴。

“属下明白。”来人匐跪在地一动不动，直到皇上交代完毕后，这才起身告退。

“来人，宣林相觐见。”皇上一刻也不停，命令一个接着一个地下发。

“参见圣上。”林相进来时，精气神有些差。

他的宝贝女儿在萧王府磕破了头，大夫都说额头上的伤会留疤，就凭那道疤，林婉婷太子妃的位置就悬了。

没法和皇上结亲，还将大女儿嫁给了皇上最讨厌的弟弟，这简直是要命。

林相这几天愁得饭都吃不下了。

“爱卿免礼。”皇上眉头微皱，声音不自觉地冷了几分，林相一个机灵忙打起精神，皇上这才满意地点了点头，“林爱卿，朕听闻前段日子，有御史弹劾宁远将军冒领军饷，贪污死伤将士抚恤银两，此事可当真？”

虽是问句却是肯定的意思，宁远将军是萧天耀的心腹，手下统辖的三万大军正是萧天耀前不久交上来的一部分，皇上这个时候说起此事，用意不言而喻。

闻弦歌而知雅意，林相一向擅长揣摩帝心，皇上此刻将话说得如此浅白，林相还有什么不明白的?

什么冒领军饷、贪污银子，宁远将军做没有做不要紧，有没有证据也不要紧，左右他们只想借这件事，让那些激进的学子们看看，为了美人不要江山的萧王手底下都是一群什么货色。

至于萧王派系的反击？萧王无法出府，没有人会冒着惹怒皇帝的风险，去保一个小卒子。

君臣二人虽然没有明说，可两人心里都明白接下来要怎么落子，林相退下后，皇上揉了揉眉心，正想闭目休养片刻，就见心腹太监上前禀告道：“圣上，贵妃宫里的人说，安王的腿疾又发作了，太医也压不住，安王疼得面无血色，手指都抠烂了。”

“子安……”皇上脸色一变，猛地起身，“摆驾清和殿！”

清和殿内，安王萧子安面无血色地躺在床上，全身痛到痉挛，嘴唇直哆嗦，额头上的汗珠密密麻麻，此时正十指带血地紧拽着被单。

可就是这样，他也是一声不吭，不知情的人还以为他不痛。

“子安，你还好吗？”皇上大步走到床边，根本没有心思去管跪在地上的宫人。

萧子安艰难地摇了摇头，没有说话，他怕自己一开口就痛得大叫出来。周贵妃忙上前解释：“圣上，子安他太痛了，没办法说话。”

“朕知道，朕都知道。”皇上坐在床边，很想安慰萧子安几句，可却无从下手，看着萧子安压抑痛楚的样子，皇上将满腔的怒火全宣泄在了太医身上，“太医，太医人在哪里？快传！”

清和殿鸡飞狗跳，萧王府的锦天院却是一片祥和，至少表面上是这样的。

墨神医先是给萧天耀行针，刺激他双腿的筋脉，接着又命墨玉儿为萧天耀按揉穴位，不过却被萧天耀拒绝了，理由是：这种粗活不好劳烦墨姑娘。

粗活不能让墨姑娘做，那谁做？

墨神医本想叫自己的徒弟来，可萧天耀却先一步道：“王妃，劳烦了。”

什么意思？

林初九站在原地，眨巴着眼睛，她发誓她不是给萧天耀抛媚眼，她只是生气，很生气！

墨玉儿不能做的粗活，她就能做吗？

她哪里比墨玉儿差了？

简直太过分了！

“我……”不干两个字还没有说出来，萧天耀就朝林初九招了招手：“过来，仔细听墨神医的话，出了差错，本王可不饶你。”

夫妻间说什么“饶”“不饶”的话，应该是情人间的呢喃，透着一丝丝动人暧昧，可萧天耀说出来却是硬邦邦的，就像主人对待奴仆，没有一点儿客气的味道。

要是没有外人在，林初九绝不会放在心上，只当萧天耀没有说过，可现在不行，她无法也不能和以前一样当作什么都没有发生。

萧天耀在墨神医和墨玉儿面前拿她当下人，这两人以后还会把她当回事吗？待到墨玉儿进门后，这王府还有她的位置吗？

林初九是怨的，她自认自己对萧天耀也算有情有义，可萧天耀回报她的是什么？

永远是血淋淋的刀子！

她不在乎萧天耀纳侧妃，也不在乎萧天耀有别的女人，可前提是萧天耀不能在另一个女人面前打她的脸，践踏她的尊严，拿她林初九当下人，哪怕不是故意的也不行。

她不争萧天耀的宠爱，但属于自己的尊荣她半步不让，她可不想日后除了要看萧天耀的脸色，还要看墨玉儿的脸色过日子。

林初九心里难受，可憋屈的是她再难受此刻也不能表露出来，她要和萧天耀硬杠上，最后吃亏的只能是她自己。

她要面子，萧天耀也要，她不能当众打萧天耀的脸。

暗暗捏了一把汗，将眼中的酸涩咽了回去，林初九笑得灿烂，像是不知萧天耀话中的冷意一般，笑盈盈走到萧天耀身边，优雅地提起裙子，也不管有外人在，直接在萧天耀身侧坐下，半是娇嗔半是不满地打趣道：“王爷，在外人面前别这么凶，我们夫妻之间没什么，我知道你的为人所以不会怕，可旁人会怕的，你说是吧？玉儿妹妹。”

旁人指谁，不言而喻。

只可惜，旁人墨玉儿不给面子，根本不理会林初九。好在林初九也没有想过墨玉儿会配合自己，在萧天耀腿上轻轻捶了一下：“你看你，吓坏玉儿妹妹了吧？”

语带埋怨，可举止间却透着亲密，那种亲密是第三人无法插足的，墨神医和墨玉儿看得极刺眼，可转念一想又觉得这是林初九一厢情愿，萧天耀从头到尾都没有配合，顶多是放任罢了，可是……

就在他们这么安慰自己时，林初九又有动作了。

萧天耀的不配合对林初九根本造不成任何影响，无视萧天耀的黑脸，林初九撒娇地扯了扯萧天耀的衣袖，厚着脸皮道：“王爷，笑一个嘛，你看看大家都被你吓到了。”

被林初九代表的“大家”无辜躺枪，墨神医和墨玉儿若有所思，门外的侍卫和即将踏进来的曹管家却是全身一怔：王妃，你这样代表我们真的好吗？

还有，你让王爷笑一个，你真的不是在找死吗？

真的不忍看！

侍卫低头，曹管家默默后退一步，假装自己从来就没有进来过。墨神医和墨玉儿则颇有期待，想看看萧天耀如何给林初九黑脸，可让他们意外的是萧天耀根本没有生气。

萧天耀虽然没有笑，可脸上的神情却是柔和几许，抓住林初九捣乱的手，低声道：“不许调皮。”

语气一如既往地冷硬，可话中的意思却透着亲昵，在场的人包括林初九都愣了一愣。

林初九在说出那些话时，就做好了被萧天耀驳回的准备，然后她再反击，横竖萧天耀也不会在人前打她不是，可不想事情完全是神转折。

萧天耀被鬼神附身了？

林初九睁大眼睛看着他，却见萧天耀勾唇一笑，仪态万千，然后对着墨神医说道：“墨神医别见怪，王妃她年纪小，孩子心性重。”

“不，不见怪。”墨神医嘴角微抽，萧天耀真的不是故意的？这对夫妻真让人讨厌。

“坐好。”萧天耀低喝林初九一句。

“是，王爷。”萧天耀刚给了她面子，林初九此时也不会驳萧天耀的面子。

她虽然不是最聪明的女人，可也知道在人前，为了维护自己的尊严而将男子面子踩在脚底是最蠢的行为，萧天耀退了一步，她自不能再得寸进尺。

事情就此揭过，林初九诚如萧天耀所说的那般，孩子气十足地蹲在萧天耀面前，听墨神医报出来一连串的穴位，然后准确无误地找到，纤细的手指落在穴位上，力道恰到好处。

萧天耀早就知道林初九医术不错，认得准穴位没什么奇怪的，可墨神医却不知道。

墨神医只知道林初九学过医，只当她是闺中跟着别人学了些皮毛，所以萧天耀说让林初九代替墨玉儿给他按穴位时，墨神医并未阻止，他原想借机让林初九出糗，没想到……

却让林初九挣了一回脸。

墨神医若有所思地看了一眼林初九，最终什么话也没有说，只是不断地报出腿上的穴位名，还有力道。

林初九多少知道墨神医是在刻意刁难她，可她并没有放在心上，她来锦天院就是为了偷师的，墨神医刁难她一二再正常不过，只要萧天耀不出手压她，她根本不把墨神医和墨玉儿放在眼中。

“刚刚那些穴位，穴位顺序和力道都不能错，每天按三次，每次半个时辰。”墨神医的刁难有理有据。

他一边说林初九一边照做，只要熟悉穴位就不会出错，可墨神医说了一遍，却让林初九以后照着做，一般人根本做不到，林初九也做不到，可她有医圣之心，医圣之心会帮她记录。

林初九自信地道：“墨神医放心，我记着了，王爷的事我都会牢牢记在心上，定然不会出差错。”

林初九嘴上说着话，手上的动作却没有停，重来一遍，墨神医看了半晌，发现根本挑不出错来，不知是该高兴还是该懊恼。

林初九要不是萧天耀的王妃，墨神医怕是会马上拍手叫好，要问林初九愿不愿意拜他为师了。

如此有天赋的弟子，实属难得，可偏偏林初九是萧王妃，她就是天赋再好，墨神医也不可能看重她，夸一句“不错”已是难得。

“王妃真是聪慧，老夫去备药浴，半个时辰后再来。”墨神医轻叹了口气，离去前还不忘再看林初九一眼。

多好的苗子，怎么偏偏就是他女儿的情敌。

墨玉儿紧随着墨神医而去，这位冰清玉洁的大美人儿，此时终于正眼看待林初九，只是那眼神非常晦涩，很难读懂。

也是，她花了一个时辰才记住的穴位、顺序，林初九只听一遍就记住，换作任何一个人都笑不出来。

曹管家却是满意极了，墨玉儿从他身边走过时，他很难得地笑呵呵说了一句：“墨姑娘慢走。”

他们家王妃就是厉害，看墨姑娘那难堪的表情……真以为绷着一张脸，旁人就看不出来吗？也不看看他们府上的主子是个什么情况。

曹管家原本是进来说事的，看到林初九蹲在地上给萧天耀按摩，生怕林初九累着，忙亲自搬了个矮凳过来：“王妃，你坐着。”要蹲半个时辰，腿该蹲麻了。

“谢谢曹管家。”林初九回头一笑，起身坐下，手上的动作却是没有停下，而后也一直垂眸，没有再去看萧天耀，只盯着自己的手指。

不知情的人还以为，林初九这是在集中注意力以免出错呢，可萧天耀却知道林初九这是不高兴了。

林初九不高兴的时候，便喜欢保持沉默，不说话也不散发负面情绪，很容易让人忽视她的存在，可偏偏萧天耀每一次都能准确地捕捉到。

打发了老调重弹的曹管家，萧天耀看着落在自己腿上的那双玉手，剑眉紧锁。

他不明白林初九为什么不高兴？

是因为墨神医的刁难吗？没道理呀，墨神医根本没有刁难到她，没有看到墨神医和墨玉儿情绪低落地离开了吗？那是因为什么？因为墨神医刁难她时，他没有出面帮她？

如果是这样的话，那他就该和她好好地说道说道了，有些事他不好出面，更不能明目张胆地站在林初九这边。

他要旗帜鲜明地为林初九说话，就只会给林初九带来麻烦。像现在这般装作什么都不知，墨神医和墨玉儿不想撕破脸，暗中下绊子。到时候，他不着痕迹地帮林初九一把，这才是对林初九最为有利的。要不要跟她说一声？

萧天耀看着林初九那黑漆漆的头顶，一时间拿不定主意……

是问还是不问？理智告诉他，不能问。

他是什么人，林初九是什么人，他有必要在乎林初九是不是高兴吗？可是感情上却控制不住，他想弄清楚林初九到底是因为什么而不高兴，下次也可以避免。

“咳咳……”萧天耀告诉自己，他只是想要收集不同的意见，同一件事不同的人能看出不一样的问题。

“王爷嗓子不舒服？要不要喝水？”林初九抬头，明亮的眼眸平静无波，可微微泛红的眼眶却泄露了她的真实情绪。

“你不高兴？”萧天耀不再犹豫，直接问道。

“啊？”林初九被萧天耀的神来之笔弄蒙了。

“为什么？”萧天耀只当林初九是在逃避。

“什么为什么？”林初九脑子完全跟不上他的节奏。

“为什么不高兴？”既然开口问了，萧天耀就不觉得有什么不好意思的。

林初九这才听明白了，手上的动作一顿，随即又恢复如常，低下头来继续盯着萧天耀的双腿，说道：“我没有不高兴。”

“口是心非。”萧天耀淡淡道，那么明显的不满，真当他是瞎子吗？

“没有骗王爷，我真的没有不高兴。”依旧不看萧天耀，林初九自顾自地道，“我只是被你驳了面子，心里不舒服罢了。”

“有区别吗？”不舒服与不高兴的区别在哪里？作为情绪极少的人，萧天耀不太明白。

“有，不高兴是因为某些事没有达到自己的预期目标而使小性子，而我没有使小性子的权利，所以没有不高兴。至于不舒服，那是因为我觉得自己受到了伤害。”

想到接下来很长一段时间，都要和萧天耀在一起，林初九觉得有些话的确需要说清楚。

“王爷，咱们来开诚布公地谈一次。我这个人既骄傲又自卑，好面子，爱慕虚名，宁可躲在被子里哭，也不会跪地求人讨怜惜。哪怕日子过得再难，我也要光鲜亮丽地出现在人前。为了活下去我可以牺牲一切，但不包括尊严，践踏我的尊严和要我的命一样严重。”

林初九语气平缓，手上的力道不变，她并不偏激只是陈述事实。

“王爷，我就是这么一个人，我知道你不喜欢我，甚至厌恶我。如果可以我希望我们能好聚好散，在此之前请你给我最基本的尊重，而我也会尽量远离你，不给你带来麻烦。”依她现在的身份，要一份应有的尊重并不过分。

“你想走？”林初九的语气，让萧天耀很不满。

“不是想走，而是王爷容不下我。”初次见面就要她的命，萧王府真能让她留一辈子吗？

“本王什么时候容不下你？王府有人对你不敬？”萧天耀眉毛一挑，脑子飞速地过滤林初九这段时间接触过的人物，最后把目光落在流白身上。

流白为了一个女人，真是越来越不像话了。

“王爷说的是真的？”林初九眼前一亮，她才不管萧天耀在想什么，她现在只想要萧天耀一个承诺。

“什么真的？”思绪被打断，萧天耀打算稍后让苏茶好好地和流白沟通一下，流白要是还不清醒，他不介意用拳头帮帮流白。

“萧王府能容下我？你不会再要我的命？”林初九问得小心翼翼，生怕萧天耀又反悔。

“本王什么时候要你的命了？”这次轮到萧天耀不解了。

他想要林初九的命，林初九还能活到现在？

他要一个人死，任他有三寸不烂之舌，也没有用武之地。

“你……你之前威胁我，都是骗我的？”林初九嘴巴张大，满脸的不可思议，可就是这个时候，她手上的动作依旧没有停。

一心二用！

“不是。”就是骗现在也不能说，不然以后他在林初九面前还有什么威信可言？

可这依旧打消不了林初九的热情，林初九笑得眉眼弯弯：“你现在不会杀我，这总是真的吧？”

“嗯。”很早就不想要林初九的命了，可这话没有必要告诉林初九。

“王爷，你真是太伟大了。”林初九一扫之前的阴郁，并且很大度地不计较先前萧天耀不给她面子的事。

可是，她不计较并不表示萧天耀不管，哪怕话题扯得再远，萧天耀也不会忘记自己的初衷。

“你之前，为什么不高兴？”

“之前？”林初九愣了一下，这才明白萧天耀指的是什么，脸上的笑容染上几丝苦涩，轻声道，“一点儿小事罢了。”是她太过敏感，才会这般重视。

“说。”萧天耀不容林初九逃避。

林初九抬头仰望了萧天耀一眼，发现他并没有动容的迹象，这才道：“王爷，我之前不高兴是因为王爷你的态度。”

本王的态度？

萧天耀剑眉微扬，他不觉得自己有什么不对，他一直如此的，不是吗？

林初九也没指望萧天耀这种以自我为中心的天之骄子，会明白一个娘早逝爹不疼、打小要看人眼色的孤女的心情。

“王爷，我知道你很看重墨神医和墨姑娘，你尊重他们是应该，可也请王爷记得我名义上是你的王妃，请你多少尊重我一二，至少不要在外人面前拿我当下人用。”

林初九说完，眼神再次垂落在萧天耀的双腿上。

萧天耀不是笨蛋，之前想不明白是不懂女人，且本就是明里暗里都喜欢一较高下的性格，可林初九都说得这么明白了，他还有什么不懂，只是……

“你认为本王是拿你当下人用？”萧天耀咬牙切齿，恨不得……恨不得一巴掌拍死林初九。

蠢女人，简直是笨得不可救药！

他什么时候用过侍女？

能近身服侍他的，只有小厮，林初九是第一个近他身的女人！

林初九一脸疑惑地望向萧天耀，完全不知道自己哪里做错了，居然又惹怒了这尊大神。

萧王爷很不高兴，可是……

看着林初九一副全然不明白的样子，想到林初九刚刚说过的话，想到她自觉受了委屈的事，萧天耀又觉得没有生气的必要。

他就是活生生气死，林初九也不会明白的，权当他旧疾复发了。这女人该聪明的时候不聪明，可不该精明的时候又精明得吓人。

“罢了，下去吧。”他萧天耀不会缺个下人。

“墨神医说要按半个时辰，现在时间还没到。”在这一点上，林初九很坚持，她自己也是大夫，知道有些事情不能偷懒。

“回头教会曹管家。”林初九不愿意，他也不想强求。

本以为林初九会很高兴地同意，可林初九又拒绝了：“曹管家学不会，墨神医说的穴位太复杂了。”

话都说到这分上，萧天耀还能如何？

左右自己日后注意些，多给林初九一些脸面，免得墨家父女在王府的这段日子仗着自己有功便轻视她。

半个时辰说快不快，说慢也不慢，对萧天耀这个享受者来说，半个时辰不过是眯一小会儿的工夫，可对于林初九这个劳动者来说，半个时辰真心很长很长，她的手都要废掉了。

早知道，就该让墨玉儿动手。

林初九一边揉手腕，一边腹诽。手指真的很酸。

好在萧天耀难得有人性一回，说了一句："辛苦了。"

听到这三个字，林初九感慨万千。洞房那夜，她救了萧天耀都没有讨到一个好，今天不过是动动手，就让萧天耀记她的好了，这人还真是善变！

墨神医和墨玉儿掐着点过来，墨神医上前检查了萧天耀的双腿后，满意点头："王妃娘娘费心了。"说半个时辰就是半个时辰，时间是分毫不差。

"我和王爷是一家人，哪有什么辛苦不辛苦的，墨神医才是真的辛苦了。"林初九对墨神医动不动就拿话排挤她的行为，表示深恶痛绝。

这人真的是太坏了，哪怕是为了他女儿，她也不能接受。

想想墨玉儿的爹，再对比一下自己的家人，林初九都觉得萧天耀娶到自己真是亏了，有那样糟心的娘家人，真是倒了八辈子的霉。

药浴安排在隔壁房间里，墨神医的徒弟已经准备好，只待萧天耀过去。

按理说，萧天耀的双腿此时不宜用力，可依萧天耀的个性，他会让下人抱他过去？或者抱他坐到轮椅上？

不会！

他的骄傲不允许。

诚如林初九所说的那样，践踏尊严和要他的命一样严重。

不过，萧天耀不肯让下人抱来抱去，但他可以接受林初九的帮助，林初九是他的妻子，她和下人是不一样的。

"过来，扶本王。"萧天耀也不管林初九有没有那个力气，直接点名。

话说出来，这才记起林初九之前的话，不能拿她当下人，于是坏脾气的萧王殿下，又补了一句："本王不喜欢用下人。"

这是解释？

天要下红雨了。

林初九默默地抬头，看了一眼屋外，发现屋外晴空万里，只得收回眼神，在墨神医若有所思和墨玉儿冷淡的眼神下，上前搀扶萧天耀。

真的重得不能再重了！

林初九紧咬牙关，哪怕萧天耀自己承担了大部分的重量，林初九依旧吃力得紧。

为什么不能让下人帮忙？这样死要面子真的好吗？而她？明明已经没力气了，不仅要硬撑，还要笑出来，不想让人看出她的狼狈。

这夫妻俩还真是绝配。

林初九铆足了吃奶的劲，这才将萧天耀扶到轮椅上，暗暗调息片刻，不需萧天耀开口，林初九就已自觉地推着萧天耀过去。

无论什么感情都需要经营，需要相互付出，她要萧天耀在人前给她面子，同样在人前她也要给萧天耀面子。

为了方便萧天耀的轮椅通行，锦天院没有门槛，非常方便，林初九默默地为曹管家的给力点赞。

因为药浴的关系，隔壁房间一片水雾蒸腾，林初九一进去就闻到一股浓郁的药味，夹杂着热气扑面而来。

她对人体穴位很熟悉，也认识一些中药，但要让她通过药香辨别出什么药材和分量，那是绝对做不到的。

偷师之路很漫长。

“墨神医，接下来要怎么做？”林初九推着萧天耀走到浴桶旁边，曹管家亦在一旁候着。

“脱衣服，泡药浴。”墨神医虽然不喜欢林初九，可当着萧天耀的面，他也不敢做得太过分。

林初九不是什么下人，她是皇上亲赐的萧王妃，身后不仅有林府还有镇国公府做靠山。

“要脱光吗？”说这话时，林初九特意看了一眼墨玉儿，视线相交，冰美人墨姑娘完全无视林初九的存在。

“当然，皮肤直接与药浴接触效果最佳。”墨神医淡淡地道。

林初九点头表示明白：“王爷不喜欢下人服侍，我这就给王爷宽衣。”

“出去。”萧天耀突然开口道，带着一丝怒气。林初九并没有放在眼里，她知道萧天耀这话不是对她说的，可是墨玉儿似乎也不认为这话是对她说的，她仍旧站在屋内一动不动。

曹管家皱眉，小眼神瞥向墨玉儿：这姑娘忒没有眼力见儿了，没看到他家王爷不高兴吗？

屋内的气氛顿时僵住，林初九没有说话也没话说，她蹲在萧天耀身旁，脑袋微侧，看上去就像枕在他的腿上一样，说不出来的亲昵，墨玉儿距离萧天耀三步远，冰冷孤傲的表情终于出了一丝裂缝。

她知道，萧天耀这话是对她说的。她不甘心！她长这么大，还从来没有被人赶出去过。墨玉儿握紧拳头，无视墨神医给她使的眼神，上前一步：“王爷，大夫眼中没有男女。”声音和人一样冰冷，态度倨傲得让人真的没有办法喜欢。

也许，有些男人喜欢征服这样的冰美人，可这样的男人绝对不包括萧天耀。

萧天耀没有理会墨玉儿，林初九抬头看了一眼，莞尔一笑：虽说大夫眼中没有性别之分，可萧天耀的主治大夫是墨神医，墨玉儿完全没有存在的必要，墨玉儿太把自己当回事了。

只是，眼下还不能得罪墨神医，林初九看了一眼萧天耀，美眸轻眨，无声地询问：这要怎么处理？

墨玉儿完全不懂眼色，像木桩子似的杵在那里一动不动，根本没有主动出去的打算。

林初九眼带祈求地望向萧天耀，希望萧天耀能够出言摆平墨玉儿，可萧王爷压根就不想和墨玉儿说话，别过脸去，完全不配合。

墨玉儿亦是坚定地站在萧天耀面前，萧天耀不开口她就不动，大有和萧天耀耗到死的架势。

局面一僵再僵，萧天耀周身的气压越来越低，林初九觉得自己的腿都僵了，想要站起来可是因着萧天耀的气势她怎么也不敢起身。

这个时候墨神医也不好开口，他开口劝谁都是错。

林初九无奈摇头，给曹管家使了个眼色，曹管家只能硬着头皮上前问道：“王爷，小的给您更衣？”

“王妃在。”萧王爷开口了，却极为吝啬地只说了三个字。

既然被点名，林初九便顺着台阶站了起来：“我就在这里，还能让王爷受委屈吗？”

曹管家忙不迭点头：“小人不敢，小人不敢。”

林初九淡淡颔首，转头看向墨玉儿，螓首微蹙。

林初九知道，赶墨玉儿出去的话只能由她说出口，不然墨神医的面子就没地方摆，可是她一点儿也不想做恶人呀！

林初九心中腹诽，面上却带着恰到好处的笑容：“墨姑娘，我知道你是大夫，在你的眼中只有病人没有男女之分。再加上江湖儿女不拘小节，行事不拘泥于繁文缛节，可王爷毕竟乃皇室中人，一直生活在京城，一向重视礼教，更尊重女子，还请墨姑娘行个方便。”

林初九这话说得极漂亮，两个人的面子都全了，墨玉儿要是再不领情，那就不能怪她了。

好在墨玉儿人美的同时，脑子也没抽，只是她并不感激林初九给她台阶下，而是朝萧天耀盈盈一拜：“玉儿以为萧王爷是大英雄，定然不会在意这些小节，原来是我高估了王爷，玉儿告退。”说完转身离去，留给众人一个华丽丽的倩影。

林初九愣了一下，才回过神来，随即忍不住轻声而笑，墨玉儿这一招以退为进用得还真是美，萧天耀又不是没头没脑的热血男儿，岂会因为她区区两句话就头脑发热地要做她口中的大英雄？

简直是玩笑！

林初九不是落井下石的人，萧天耀也不是斤斤计较的人，墨玉儿出去后，两人就当之前的事没有发生，给足了墨神医面子。

林初九在曹管家的帮助下，略有些生疏地给萧天耀宽衣。外衣、中衣、里衣一件件地脱了下来，露出他那线条无比完美的身躯。

宽肩、细腰，没有一丝赘肉，健美而阳刚，很是诱人！

说萧天耀腰细并非夸大，而是他腰真的不粗，小腹平坦得没有一丝赘肉，不是盈盈一握的柔软，而是瘦劲有力的结实。

萧天耀身上有肌肉，却又不是腹肌凸起的肌肉男，身上每一处都结实有力，肤色不是黝黑，可也没有书生的苍白，只比正常人稍深一些，让人很有一种伸手在他身上戳两下的冲动。

那手感，一定很好。

穿衣显瘦，脱衣有料，如此极品的男人真是少见，林初九感觉自己的口水都要流出来了。

继续往下脱，褪掉长裤只留下一件贴身的亵裤。亵裤宽松肥大，将臀部和重要部位全部包住，林初九颇为遗憾地扫了一眼，她还想知道萧天耀是不是细腰窄臀呢，结果这么一条破亵裤挡着，什么也看不到。

林初九暗自摇头，与曹管家一起搀扶着萧天耀迈入浴桶，她自以为掩饰得很好，却不知她异常的目光早就引起了萧天耀的注意。

萧天耀就没见过，哪家姑娘见到一个赤身裸体的大男人，不仅能面不改色，还能用欣赏的眼神去打量！

萧天耀很头痛，尤其是发现林初九时不时就扫向他的亵裤，更是让人不知道该说她什么好。

他的王妃，到底是什么人养出来的，性子怎么这么诡异？

萧天耀绝不承认，他起反应是因为林初九盯着他猛看，又时不时在他身上摸来摸去，他只是……

本能！！

萧天耀黑着一张脸坐进浴桶里，可温热的水只能掩盖他的尴尬，却无法让他冷静下来。

“该死！”萧天耀低咒一声，他讨厌这种失控的感觉。

“王爷，初泡药浴会有些疼，还请王爷忍耐一二。”墨神医以为萧天耀是疼痛难忍，上前解释一句。

可不想，萧天耀的脸更黑了，天知道他之前根本就没有注意到疼不疼的问题，现在墨神医这么一说，他才觉得自己又疼又热。

这是有多痛，才会让萧王爷全身绷紧，面色潮红？

林初九眼带不解地望向墨神医，可惜墨神医根本不会为她解答，直接忽视掉她疑惑的眼神。

“王爷，静心，尽量放松身体，这样才能让药渗入体内。”墨神医耐心地安抚萧天耀的情绪。

萧天耀僵硬地点了点头，吐了口气，闭上双眼，将心中的杂念排除。

林初九与曹管家见萧天耀渐渐平静下来，皆暗松了口长气，两人站在一旁静等墨神医给萧天耀施针。

萧天耀身体放松后，墨神医便取出银针为萧天耀施针："王爷，你需要在药浴中浸泡一个时辰。老夫会在外面候着，如果不适的话请王爷唤老夫一声。"

屋内又热又闷，实在不宜久待，墨神医给萧天耀施完针后便准备出去，曹管家与林初九自然也不会久待，两人打算出去，可林初九刚转身就听到萧天耀说道："王妃留下。"撩拨了他就想走，哪有那么便宜的事。

"我留下？"林初九脚步一顿，暗叫倒霉。

屋内就像蒸桑拿似的，又闷又热，她衣服都汗湿了，十分难受，她一点儿也不想待在这里与萧天耀独处。

萧天耀无视林初九的不满，对着曹管家道："去取《楚辞》，本王要听。"

听，就表明要林初九留在这里，给他念书。

曹管家连忙应下，飞快地跑了出去。墨神医笑看了林初九一眼，权当没有听到，继续往外走。

而留下来的林初九站在屋内，她特别想哭……

屋内水汽弥漫，在这里看书很伤眼的，念书也伤嗓子，她还是病人呢，萧王爷您能别这么任性吗？

第十三章　不要那么任性

萧天耀本质上是一个绝对霸道且以自我为中心的男人，他是在学着尊重林初九没错，可并不表示他要把林初九捧在手心当宝贝疙瘩一样地宠着腻着。

当萧王爷不高兴时，林初九的意愿就显得不那么重要了。不管林初九有多不满，当曹管家拿着《楚辞》过来时，她也只有接下的份儿。

高兴也要做，不高兴也要做，林初九很懂得调节自己的情绪，在确定无法拒绝后，林初九接过书，搬了一把小凳子坐在萧天耀身旁，准备为萧天耀颂读《楚辞》。

林初九的声音算不得清灵动人，也没有深情投入，可她念书时咬字清晰，断句合理，萧天耀也没啥好挑剔的，听着听着还觉得颇有意思，连带着身上那股燥热感也渐渐淡了下去。

本着夫妻一体，有难同当的原则，林初九在锦天院的生活步调与萧天耀完全保持一致。

于是，林初九的工作又多了一件，不仅每天要给萧天耀按摩半个时辰，还要在萧天耀泡药浴时为他读书。

每天读一个时辰，刚开始还好，可一连四五天下来，林初九的嗓子就吃不消了，林初九哑着嗓子给萧天耀读了一天，正准备揪个机会给萧天耀说说，能不能换个人过来，比如墨玉儿。

这几天，墨玉儿看她的眼神充满怨恨与不满，就好像她抢了墨玉儿什么东西一般。

说实话，林初九这两天也有点后悔了，她主动提出来进锦天院，可不是为了给萧天耀当下人，她是来偷师的。四五天过去了，一点有用的东西都没有学到，反倒把《楚辞》《诗经》等重温了一遍，简直虐死她了。

早知道在墨神医这里偷不到师，她就不来锦天院了，免得打扰墨玉儿与萧天耀培养感情。千金难买早知道，林初九进了锦天院就别想出去，每天为萧天耀读一个时辰书的伟大使命，也别想推给别人。

林初九这才刚起了一个头，就被萧天耀打断了："让墨神医给你熬一剂药，本王相信你的嗓子明天就可以恢复如初。"

真当他蠢吗？每天念一个时辰的书，就能伤得了嗓子？

萧天耀敢打赌，林初九私底下肯定做了什么，才会让她的嗓子变哑。

话都到这个分上，林初九就知道自己拒绝不了，只得好好保养嗓子，她还不想变成粗嗓子大妈。

七日眨眼即过，墨神医调整了医治的进程，这一次不仅双腿要按摩，就是上半身与胳膊也需要按摩，时间提至一个时辰。

这完全是要累死人，可墨神医说得义正词严，说他的安排是为了萧天耀好。

林初九自己就是学医的，墨神医是不是故意整她，她哪里会不知，只是不屑也没必要与墨神医计较罢了，毕竟要是萧天耀双腿能行走了，最受益的人是她。

只是，有仇不报那绝不是林初九的性格，这天萧天耀泡药浴的时候，墨玉儿进来给萧天耀加药材，林初九就故作闲聊地说了一句："墨姑娘看上去娇娇弱弱的，没想到这么能吃苦。我才照顾王爷七天就觉得累得不行了，墨姑娘跟在墨神医身后，时常要照顾受伤的病人，给受伤的病人按揉穴位，那该有多辛苦啊。"

"我没有。"墨玉儿不是笨蛋，林初九话中的意思她怎么会不懂。只是清高冷傲的她，没有必要，也不能多作解释。

"墨姑娘不必解释，我懂，我懂。江湖儿女不拘小节，墨姑娘你说过的我都记着呢。也就是我们家王爷小气，墨姑娘可别放在心上。"拿墨玉儿的话给墨玉儿添堵，这种感觉真爽，林初九一下子觉得墨神医最近对她的压迫，都不算什么了。

敢欺负我，那我就让你女儿在心上人面前丢脸。

"我没有。"依旧是这三个字，却重重地提高音量，似在强调什么。

林初九却装傻充愣："墨姑娘你小声一些，在京中，命妇和贵女们是不会这般大声说话的，你突然提高音量很容易吓着别人，在人前亦是很失礼的行为。"

轰……直接而犀利的嘲讽如晴天霹雳般当头直劈，墨玉儿顿时羞得脸颊通红，无比委屈地咬着嘴唇，双眼泪光闪闪，默默地看着萧天耀，期待萧天耀能为她说两句话。

可惜萧天耀黑眸微眯，正在抵抗药浴的疼痛，哪里有心思去管墨玉儿？

当然，萧天耀就是有这心思，也不会搭理墨玉儿。

林初九偷偷瞥了眼萧天耀，见他剑眉微皱，于是林初九见好就收："墨姑娘，药已经加进去了，你还有别的事吗？"没事可以滚了。

"我没有给别人按揉穴位，也没有见过别人的身子。"墨玉儿像是没有看到林初九一般，对着双眼紧闭的萧天耀说道。

说完，转身就往外面走，可她走得再快，也听到了林初九的那句："不是吧？认穴位不需要对着人体认吗？我师父当时教我的时候，可是让我对着他练习的，墨姑娘没给别人按揉过穴位，那要怎么确定穴位在哪里，又怎么拿捏力道呢？”

林初九状似自言自语，可不管是泡在浴桶里的萧天耀，还是急于出门的墨玉儿，都知道林初九这话是什么意思。

总之，墨玉儿被林初九当着萧天耀的面给黑了，而且黑得完全没有办法洗白。

小小地出了口气，林初九心情大好，随手翻开《诗经》继续念了起来，由于心情好，林初九的语气也轻快了不少，连听的人也觉得心情大好。

萧天耀的眉头渐渐舒展开来，待到适应了那针扎似的痛苦后，萧天耀开口道：“满意了吗？”

“还行。”林初九知道萧天耀问的是什么，一心二用地道，“王爷放心，我有分寸呢。”左右不会坏你大事，你就安心吧。

“嗯。”这一点萧天耀一点儿也不怀疑。

林初九是个有分寸的女人，也是一个能让他放心的女人，如果他要再上战场，把后方交给林初九他都很放心。

当然，前提是他不能战败，也不能战死。他要是战败或者战死，这女人肯定会另寻他路。因为，她一向都是那么聪明，懂进退，有分寸！

在墨神医的医治下，萧天耀的双腿已渐有起色，虽说现在还不能肯定萧天耀能不能恢复如初，但墨神医已经可以断言，萧天耀很快就可以和正常人一样，站起来行走。

听到这个消息本该高兴，可萧王府上下包括萧天耀自己都高兴不起来，因为……

外面出事了！

今日一大早，一群狂生聚集在萧王府外面，带头的学子不断嚷嚷，要萧天耀出来给死者家属一个交代，给全天下百姓一个交代。

早在几天前，萧天耀和林初九就知道，外面有人故意大放流言，说萧天耀沉迷美色，为了美人不顾江山社稷，不顾天下百姓死活。

流言愈演愈烈，很快就变成萧天耀虚伪、懦弱、昏庸好色，而他之前在边疆所建立的战功，则根本就不是凭他真本事取得，而是抢了属下的功劳。

那些流言说得有鼻子有眼，一些细节也描绘得非常到位，要不是林初九知道萧天耀是个什么样的男人，怕是也会认为这些流言是真实的。

就在流言越传越难收拾的时候，朝堂上有了动静，御史弹劾萧天耀派系的官员贪污伤残士兵的抚恤金，致使数万战死沙场的士兵亲属没有得到应得的银子，无数家庭卖儿卖女，下场凄惨无比。

这本是朝堂上的国事，可却是一天之间传遍了大街小巷。顿时萧天耀的名声跌入谷底，此时，在京中百姓眼中，萧天耀已不再是东文的战神，而是东文的旷世罪人。

而主导这一切的，恰好是林初九的父亲林相爷。

对此，萧天耀没有任何表示，林初九也没有说话，左右她的态度已经够明显了，萧天耀要是因为此事而给她脸色看，那她也只有认了，谁让她摊上这么道貌岸然坑女儿的好爹爹呢?

好在，萧天耀并没有迁怒于她，也没有因为林相一事而责怪林初九，待林初九的态度和之前一样，这让林初九稍稍安心。

有那么一个时刻不忘坑害女儿的好爹，林初九不得不小心行事。外面的风风雨雨林初九管不着，她只能尽力做好自己的事，哪怕萧天耀要求再多，她也尽力完成。本以为萧天耀知情后，会摆平这件事，没想到贪污抚恤金的案子还没有结果，那些热血的狂生就受人煽动直接找到萧王府闹事。

“王爷，外面聚集了许多狂生，他们不断地叫骂，还有一些据说是死伤士兵的家属，老的老，小的小，全部聚在府外，要王爷您给个说法。”曹管家不断地抹汗，“王府的侍卫已挡住门口，可那群人几次试图冲进来，怕是抵挡不了多久。”

他们根本没有想到，事情会演变到现在这个样子，真的很难收场。皇上为了逼他们家王爷出去，还真是无所不用其极。

“准备一下，本……”萧天耀话还没有说完，便被林初九打断：“王爷，我去，让我去处理。”

林初九毫不犹豫地站了出来，即使她自己也不敢肯定她能否摆平外面的事，可她必须得站出来，因为她没有选择。

从曹管家的话中可以听出来，外面一系列针对萧王府的事，有大半是她亲爹推动的，萧天耀要是因此而出事那她就是首要罪人，萧王府再不会有她的立足之地，而她那最亲爱的父亲，也绝不会保她这个萧王妃。

即使萧天耀平安渡过这一关，可她要是不表示一二，日后在萧王府也很难立足，谁让她有一个时刻准备坑害萧天耀的亲爹呢?

“王妃娘娘，外面是一群狂生，他们闹起来根本没有分寸，万一他们惊扰了王妃可就不好了。”曹管家忙上前劝说道。

他不是不相信林初九，实在是怕林初九出事。要是林初九当街出了糗，就是王爷能容她，皇家也不能容。

萧天耀没有开口，而是望向林初九，他知道林初九站出来的原因，也愿意成全她，可前提是她要证明自己有这个能耐。

林初九当然知道外面很危险，可她又能怎么办?

林初九苦笑一声：“我是萧王妃，是萧王府的女主人，除了我还有谁能处理这件事?王爷不可以出去，墨神医说王爷的医治已到关键时刻，容不得出半点儿差错。”

“可是，王妃你……”一个弱女子能有什么用?

曹管家苦着一张脸，看向萧天耀，希望他们家王爷能开口说点什么，不想萧天耀却只是道：“你能解决外面的事?”

“不能也要试一试，王爷现在不宜外出。除了我之外，府上谁出面都不好。”林初九已渐渐冷静下来，心里也有腹稿。

这个世界阶级差别非常明显，贵族与平民的待遇有着天壤之别，普通百姓聚众闹事，围攻萧王府这叫大逆不道，虽说法不责众，可把带头的几个抓起来，却也不是什么大事。

萧天耀深深地看了林初九一眼，点头道："好，你去。本王信你一回。"

明明是帮他解决危险，结果却像是自己强出头。不过，她也确实是需要这个机会，好让自己在萧王府立足。

林初九摇了摇头，不再多想，扭头让曹管家帮她准备王妃的正服。

上战场，铠甲不可少，诰命宫服就是女人最好的铠甲！

墨神医和墨玉儿不清楚外面的情况，见到林初九要出去，两人皆是不解，可他们不好直接询问，只道："王妃要出锦天院？王爷可知道？下午还要给王爷按揉穴位，王妃能赶回来吗？"

一连串的质问让林初九很是不满，心情不好的她很不客气地说道："墨神医，本王妃不是犯人，锦天院也不是牢笼，本王妃要不要出去也与你无关。至于王爷的事，墨神医敬请放心，天大的事也没有王爷身体重要，本王妃定会准时赶回来。"

说完，头也不回地往外走，气场之强大，让墨神医为之一怔：难道，他从来没有看清过这个女人？

墨玉儿亦是盯着林初九的背影直发呆，林初九身后跟了八个护卫，排场十足，虽不至于浩浩荡荡，可那气势却也远非普通人所能比拟的。

难道这就是京中贵女，一品亲王妃的派头？

墨玉儿神情恍惚……

锦天院外，苏茶与流白早已在等候，见到林初九带着护卫出来，流白皱眉道："怎么是你？你爹害王爷还不够，你也要出来害王爷？"

流白一张嘴就给林初九扣了一顶大帽子，林初九冷冷地剜了流白一眼。

本想看在萧天耀的面子上不与他计较，可想到流白对墨玉儿的感情，还有他在萧天耀纳墨玉儿为侧妃这件事上出的力，林初九便不认为自己需要对流白客气。

"不是我，难不成是墨姑娘？她能代表萧王府？"林初九淡淡道，就挑流白最在乎的人下手。

"你什么意思？你看不起墨姑娘？墨姑娘可比你这个害人不浅的女人好多了。"流白脸色一变，语气很凶狠地说道。

林初九冷哼一声，完全不受影响："流白大人你听不懂人话吗？我在告诉你，墨玉儿她什么都不是，她没有资格代表萧王府。"

"姓林的，别以为你是女人我就不敢打你。"流白举起拳头就要冲过去，好在苏茶反应快，连忙拦住："流白，别胡闹。"

"我哪有胡闹，我说的难道不是实情吗？要不是她爹，事情怎么变成这个样子？"流白把所有的过错都推到林初九头上，看林初九眼睛不是眼睛，鼻子不是鼻子。

林初九没有回话，也没有看流白，因为流白说的是事实，她根本无从辩驳。

“外面的情况怎么样了？”林初九看向苏茶，她相信苏茶是个聪明人，而现在的她需要一个聪明人帮忙，不然她逃不过这一劫，萧天耀也逃不过！

苏茶确实比流白想得通透，萧天耀这个时候肯让林初九出来处理此事，就表示萧天耀相信她，没有把林初九和林相混为一谈，愿意给林初九一个机会，让她能凭着自身的本事在萧王府立足。

苏茶将怒气冲冲的流白挡在身后，说道：“外面的情况不太好，他们不知道从哪里找来一群老弱妇孺冲在前面，王府的侍卫也不好对他们怎么样。之前稍微用力推开一个老汉，那老汉便倒地不起，将死不死的，那群狂生借此大骂我们仗势欺人，连老人都不放过。事情一发生我们便报官了，只是官府的人迟迟不到，看样子是不会来了。”

苏茶只说了两件事，可从这两件事就足够林初九了解到现在的状况。

官府靠不住，别奢望有人帮她。外面那群人打不得，骂……

有一群舌尖口利的狂生在，估计骂也是骂不赢的。

“我知道了。”林初九没有再问，大步往前走去。苏茶也不管流白，忙追了上去：“王妃，你要去哪里？”不会就这么出去吧？那简直是寻死。

“换衣服。”林初九头也不回地道，苏茶还要跟上去，却被身后的护卫拦住了：“苏公子，王爷有令，外面的一切由王妃娘娘做主。”

护卫这话是对苏茶说的，可看着的却是流白，话中的意思非常明显，流白脸色微变：“天耀怎么会如此相信她？这一切都是林相搞的鬼啊！”

“我们只听王爷的吩咐。”护卫语气冷漠地答道，不再与流白、苏茶多言，快步跟上林初九。

苏茶拍了拍流白的肩膀：“别傻了，林相算什么，一个没有任何根基的孤臣，凭他再厉害也不敢对王爷出手。”不过是一枚棋子罢了。

“你什么意思？”流白一时间没有想明白。苏茶也不打算为他解惑，只道：“想不明白就不要想，左右事情与你无关，你只需要按照王爷的命令办事便可。”

“王爷什么命令？”流白跟上苏茶问道。

兄弟一场，苏茶不想流白在犯错的道路上越走越远，好心好意地提醒道：“王爷的意思很明显，就是让我们听王妃的。”

“让我听一个女人的？”流白非常抵触。苏茶立刻冷下脸来：“流白，你必须搞清楚咱们的身份，王妃是天耀的妻子，你不能仗着我们与天耀的交情，就不把王妃放在眼里。”

“她哪里值得我……”

流白的话还没有说完，就被苏茶打断了：“流白，你公平一点，别因为墨姑娘就看王妃不顺眼，墨姑娘上赶着给人当妾，王妃随便怎么待她也都是她的命。”

“墨姑娘是没有选择。”流白说得义正词严。苏茶说了一句：“这话你自己都不信，你不会奢望我信吧？”

该提醒的都提醒了，苏茶也不想讨人嫌，拍了拍流白的肩膀便往前走去，准备等林初九出来。

林初九回到自己的院子后，珍珠和翡翠早已收到消息，也已经准备好一切：“王妃娘娘，奴婢服侍你更衣。”

四个丫鬟齐动手，一炷香不到便给林初九换上亲王妃的正服，描上大妆，佩戴全套的首饰。

林初九一直闭着眼睛任由四个丫鬟动手，待到珍珠说好了时才睁开眼来，看着铜镜里尊贵大气的自己，林初九唇角轻扬：“走。”

起身，身后跟着四个低眉顺眼的宫女，气势和排场瞬间就足了。

珍珠和翡翠四人在林初九进宫那天，就见识过林初九身上逼人的气势，虽然心惊却没有失态，而苏茶与流白却是第一次见，两人同时愣住，苏茶眼中飞快地闪过一抹惊艳！

林初九平时总是一身便装，脸上带着恬淡的笑容，看上去亲切可人，从不摆王妃的架子，让人误以为她是一个容易拿捏的软面人，可现在……

只是换了一身妆容，收起笑脸，就好像完全变了一个人一样，悠闲随性的步子变得优雅从容，端的是气势十足，高贵而又凛然。

“果然是镇国公老夫人一手调教出来的贵女，平时不显山不露水，到了关键时刻却能顶起一片天地。”苏茶回过神后，忍不住赞美道。

他现在终于明白，为何世家贵女会那么难求。世家贵女最值钱的不仅仅是她们的出身，还有她们的教养。丝毫不比男子差的教养与见识，足以让她们在男人不在时，撑起一片天地，而这样的才识与气度，只有富有底蕴的名门世家才能教导出来。

苏茶忍不住道：“太子亏了。”

捡了芝麻丢了西瓜，日后太子若是知晓自己错失了这般女子，不知道会不会悔得肠子青。

“走。”林初九不知道此刻的苏茶与流白在想些什么，从他们两人身边走过时，脚步不曾有丝毫的停留，甚至连个眼神也没有给他们，可偏偏流白与苏茶都觉得这是理所当然的，两人没有一丝的不满。

所谓气势逼人，说的就是这个。

刚刚那么一瞬间，二人都从林初九的身上，看到了只有萧天耀才会散发的气势，那是上位者的气势，是万事尽皆掌控在心的自信与从容。

“打开正门！”林初九停下脚步，看着萧王府两扇朱红色大门，面上平静没有丝毫波澜，眼中却是豁出去的疯狂。

如果萧天耀在，就一定会发现，林初九此时的神情，和新婚那夜威胁他时的神情一模一样，悲壮而决绝。

萧亲王府的大门与城门一个厚度，需要八个侍卫齐心协力才能打开，而这扇门除了大婚那天打开过，就只有迎接圣旨时才会打开。

林初九一声令下要开正门，侍卫们虽然愣了一下，可很快就反应过来，离正门最近的八人忙上前开门。

“吱啊……”大门发出悠长沉闷的声音，门轴有些颤抖，似乎不能承受这样的重量。

林初九抬步前行，身后的侍女、丫鬟亦快步跟上。当大门开出一条逢时，正围在萧王府外面的众人，就看到一个端庄华丽的女子，嘴角带着温柔的笑容，一步一步往外走来。

当大门完全打开后，林初九正好走到门口，脚步一顿，眼眸一扫，场面瞬时安静下来。

很好，这些人还知道怕。

林初九满意颔首，抬脚踏出门槛，站到大门口，居高临下俯瞰着台阶下的众人。

“就是你们，堵了我萧王府的大门？”林初九脸上的笑容依旧温柔优雅，可一开口却是责怪。

“你是何人？”有胆大的书生上前询问，眼睛极放肆地打量着林初九。林初九并不回答，珍珠上前呵斥道：“大胆，谁给你权利敢直视王妃娘娘，还不快跪下。”

“王妃？”那狂生一怔，随即说道，“王妃不是生病了吗？怎么还能出来？萧王爷为了王妃的病连朝政都不理，难道是假的？”

那狂生果然深谙煽动之道，一句话便引得众人附和，打破了林初九刻意制造出来的威压。

一群人闹哄哄的，人声鼎沸，你一言我一语，珍珠的话刚出口便被湮没了，眼见着局面就要失控，林初九轻咳一声，将众人的注意力引到她的身上。

“你好大的胆子，竟敢诬蔑本王妃欺君。本王妃的病，秦太医亲自诊断过，满京城甚至皇上也知道我身体不适。你是个什么东西，需要本王妃用生命去骗你？”

林初九一开口，便将自己的不满表达得明明白白，那狂生一愣，一时半刻竟不知该如何接话。

林初九极傲慢地扫了一眼，放柔语气道：“你们不惜以下犯上，挡住萧王府的大门，一时半刻怕是不会走了。来人，搬把椅子来，本王妃的病还没有全好呢。”

站着虽然有优势，可坐着气势更足，而且不累，林初九一向不会苛待自己。

大门口，台阶下的人，不知道是被林初九身后的侍卫吓到了，还是被林初九的话吓到，又一次安静下来。

萧王府的侍卫反应很迅速，眨眼的工夫便搬来一把椅子。林初九看也不看，在珍珠与翡翠的搀扶下坐了下来。

“现在说说，你们冒着杀头的危险，聚在萧王府门口闹事，到底为了什么事？”林初九一开口，就把这些人的罪给定了，一瞬间就有几个学子便心头不安起来。

之前头脑一热没有多想，现在他们冷静下来才发现，他们所做的事可是杀头的大罪。

刚开口的狂生，见有人动摇了，忙大声道：“王妃娘娘，你可别吓我们，我们此举并非冒犯王爷，我们是为全天下的老百姓请命。”

“为天下百姓请命？”银铃般的声音清亮悦耳，却带着一丝嘲讽，“这位大人或者公子？我要怎么称呼你？”

那狂生脸色微变，其他书生听得林初九言词轻蔑，毫不客气，一个个面露愤慨，可林初九丝毫不放在眼里。

她不是皇子，也不是萧天耀，她不需要礼贤下士。

狂生甚是满意，格外张扬地道：“学生泰阳刘永生，三年前考中了举人。”

“原来是刘举人，刘举人既然有功名在身，应该知道见到本王妃要行什么礼吧？冲撞了本王妃又是何罪？”林初九双手很随意地放在两侧的扶手上，语气轻松悠闲，可话中的意思却是一点儿也不客气。

擒贼先擒王，姓刘的狂生明显是带头闹事的，只要把这位叫作刘永生的举人拿下，后面的事情就好办了。

面对林初九的质问，姓刘的狂生着实愣住了，他万万没有想到，林初九还会计较他没有行礼一事。他知道自己此时应该跪下，可这一跪他就输了气势，他不能跪，尤其是在众目睽睽之下。

刘永生紧紧握住拳头，竭力压抑心中的惧意，挺直脊梁直视林初九。就算他冲撞林初九又如何，他身后有人，就算真出什么事，他也不会和那些普通书生一样倒霉，他身后的人一定会保他。

这么一想，刘永生就更加坚定无畏了，目光桀骜地看向林初九，摆明了宁死不屈，誓死也不跪下。

身后的学子受其影响，当即一个个僵硬地站着，用这种方式与林初九对抗。

林初九不怒反笑，也不继续去问跪与不跪的问题，而是说道：“刘举人是举人，本王妃再问你一个问题，你可知道能决定天下百姓命运的人是谁？”

林初九语气依旧温和，如同拉家常一般，可她话中的意思却比上一句更犀利，刘永生额头瞬时冒出一层细汗，脸色煞白，猛地后退一步。

不等刘永生回答，林初九又道：“刘举人，还有你们众位，本王妃今天好心好意教你们一件事，以后可别再走错地方。这天下能决定百姓生死的人就只有当今圣上，刘举人要为天下百姓请命，不是来萧王府闹事，而是该去皇宫外求见圣上，将你所要上表的事传达给圣上听，这样才能真正地为天下百姓请命，你带人围在萧王府不过是沽名钓誉。”

最后一句话，林初九说得又慢又重，每一个字眼都像是说在刘永生的心坎里，每一个字眼都像是敲在在场众人的心尖上。

“不，不是这样的。”刘永生慌了，急急道，“我们要求见王爷，王爷手下的人贪污战死将士家属的抚恤金，王爷难道不该出来给死者家属一个公道吗？王爷躲在家里，让王妃一个女人出来这是什么意思？莫不是他心虚怕了，只能躲在女人身后？”

刘永生最初的慌乱过后，很快就冷静下来，再次掌控主导权，不让林初九牵着鼻子走。

伴随着刘永生的这话出口，聚在门口闹事的人也都回过神来，一个个大声吵着嚷着要萧王出来给他们一个说法，说萧王爷净会躲在女人身后，是个天大的孬种。

这些人骂得不堪入耳，不过有一点值得庆幸，那就是他们还没有胆大包天到敢冲上前来冒犯林初九。

林初九的身份不是假的，她身上的正服也不是假的，这些人如果敢冲上前来，萧王府的侍卫就能以保护林初九为名，将这些人全部打死。

只是，光把这群人挡在外面并不能从根本上解决问题，如果只是这样的话，那就不需要林初九出面，苏茶与流白也可以办到。

林初九既然站了出来，就得一劳永逸地解决掉今天的事情，不能让人再聚集到萧王府的大门前闹事。一群平民，却能一而再再而三地欺压到萧王府头上，萧王府的面子往哪里摆？

林初九静静地端坐在那里，并不呵斥底下喧闹的众人，任由他们骂个不停，不发表任何意见，无比高深莫测。

刚开始，闹事的人还以为林初九怕了，可骂着骂着就觉得不对了，他们骂了半天对方却一点儿反应也没有，这种感觉就好像一拳打在棉花里，心里平白堵了一口气，怎么也发泄不出去。

如同约好的一般，闹事众人同时住嘴，齐刷刷望向林初九，正想开口就听到林初九问道：“怎么？都不说了？莫不是说太久口渴了？来人呀，送茶水上来。”

身后的下人一时间没有反应过来，还是苏茶重复了一遍，下人这才急匆匆下去准备。

“王妃娘娘，我们不是来喝茶的。”刘永生代众人说道。

“我知道，你们是来闹事的。”林初九接得自然，素手轻扬，指向跪坐在最前排的老人和小孩，“你们不用喝水，可他们需要。你们年轻力壮扛得住，但这些老人孩子却不行。”

扭头，又对珍珠和翡翠道：“去，让厨房蒸两大笼馒头来，听管家说他们在这里坐了一上午，想必也饿了。”

“是，王妃娘娘。”珍珠与翡翠屈膝应道，转身就去办林初九交代的事。

“王妃这是要做什么？”流白眼带不解地望向苏茶。

“不知道。”苏茶隐约猜到什么，可却不想对流白说。

“你肯定知道什么，说来听听。”流白用手肘撞向苏茶，可苏茶依旧不给面子，朝前两步拉开与流白的距离，轻声道：“不管王妃做什么，我们看着就是，实在不行还有王爷呢。”

以刘永生为代表的狂生们，更想知道林初九要做什么，而他们也直接问了出来：“王妃娘娘，你这是什么意思？”

想用吃的收买他们？做梦！

他们可不是一点儿吃食就能够收买的，没有高官厚禄，谁肯来做这等蠢事？

“本王妃能什么意思？收买你们？你们还不够格。不过是看着几位老人气色不佳，怕饿着他们罢了。”林初九云淡风轻，面上没有一丝的紧张与不安，“他们是来申冤的，不吃饱哪有力气说冤情。”

刘永生面色一白，故作强硬地道：“王妃，我们是要向王爷申冤，王爷不出来，打发你一介妇人出来是何用意？”

刘永生不依不饶，死咬着要萧天耀出来，他们的目的林初九就是用膝盖也想得明白。

眼含轻蔑地斜睨刘永生一眼，林初九淡淡道：“哦，我没有告诉你们吗？王爷旧疾复发，双腿无法用力，墨神医正在为他调理，此时实在不方便出来。”

“王爷旧疾复发？什么时候的事情？”刘永生眼神慌乱。林初九冷笑道：“王爷原本是要出来的，听到有人在门口闹事，一气之下猛地站了起来，便伤到了双腿。”

这话中的意思就是这些人害得萧天耀旧疾复发。

刘永生面色一白，忙道：“你可没有说，我们也不知道此事。”

“是吗？”林初九揉了揉太阳穴，“被你们吵得头疼，我居然把这么重要的事给忘了。”

合着还是他们的错？以刘永生为首的狂生傻眼了，萧王妃这是多能颠倒黑白混淆是非啊，明明他们什么也没做，可怎么到最后全成了他们的错？

这手段比他们还要强上三分，这让他们怎么回答？他们可不想背上害得萧王爷旧疾复发的罪名。

刘永生几人忙要解释，可林初九却不给他们机会，很不耐烦打断他们的话：“我身体不适，王爷旧疾复发，还请大家安静些，别再吵吵闹闹，有事赶紧说。”

林初九就差没有说，这群人欺负她和萧天耀一病一残了。

“王妃娘娘，事情……”刘永生感觉主动权又被林初九抢走了，忙开口。可林初九怎么会给他机会，完全无视他的存在，提高音量道：“来人，去取笔墨纸砚，将在场众位的冤情都写下来。”

“啊……”一众闹事者傻眼了。

一会儿送水，一会儿蒸馒头，现在又是写冤情，萧王妃这到底是要闹哪样？

“啊什么啊，王爷虽然奉旨在家休养，可你们要是有冤情，王爷也不会坐视不理的。你们且放宽心，大胆地将冤情写出来，王爷定会代你们上达天听。”林初九说得义正词严，言词中完全把萧天耀撇清，生怕这些人不明白，林初九又特意补了一句，“想必众位学子还不清楚朝廷的事。皇恩浩荡，皇上得知王爷双腿不良于行后，便命王爷在家休养，不必参与朝政。王爷已有许久不曾上早朝，不曾接触政事，对各位所说的事情还真不了解，到时候还请各位说清楚一些。”

林初九略一停顿，扫了一眼那些受人煽动、完全不知真相的学子们，见他们一个个傻了眼，林初九满意地勾唇一笑。

“不过，众位大可放心。王爷虽然奉旨在家休养，众位若有冤情，王爷必将代众位上表朝廷，好让朝廷尽快派人查明真相。”林初九一句接一句，即使刘永生中途出声，试图打断她的话，林初九也不介意，只将自己的话说完。

“王爷奉旨在家休养？”人群后，有一身着青衣的书生开口问道，而他说这话时，单薄的身子颤了颤，显然这是一个明白人。

“此事满朝文武众所周知，圣旨还在萧王府供着呢。来人，取圣旨！”林初九完全不按常理出牌，刘永生等人完全无从招架。

“不，不必了！”刘永生忙出言拒绝，可事有凑巧，他刚开口，萧王府的下人就搬来桌椅、端来茶水，得林初九的命令后，在台阶下摆了一排，正好挡住这群人冲上来的可能。

“各位说了半天想必渴了，先喝杯茶润润嗓子，待到先生来了后，请各位尽量说详细点，好方便先生写成状纸。”林初九命下人倒茶，一一送到前排那些老人和孩童手里。

这些人只是普通百姓，见识有限，比那些“饱读诗书”的学生们好对付多了。

待到王府下人分发茶水时，这些人接也不是，不接也不是。

接，没胆。可不接，萧王府的下人不肯走，一直递在你面前。

局面僵持不下，闹事的人你看看我，我看看他，最后齐刷刷地望向刘永生，让他拿主意，而刘永生？

他自己也不知道该怎么办才好，眼看着递到跟前的茶杯，刘永生心里比浓茶还苦。

萧王妃的态度这么好，他要是再闹下去就真是故意闹事，可要是就此息事宁人，他完不成背后之人所交代的事，又得罪了当朝亲王，他还有活路吗？

林初九也不开口，像是看闹剧一般地看着眼前众人，眸中有着淡淡的笑意流转。

身份是天然的优势，平民百姓面对贵族有着天然的恐惧。她越是客气，这群人越是不安。

林初九不开口，萧王府的下人就不敢后退半步，端茶水的手也不敢矮半分，哪怕他们此刻双手发酸，亦不敢让手中的杯子颤抖一下。

好在，林初九不是爱折磨人的人，尤其不会折磨自家人。

“众位不必客气，你们不是苦主就是为民请命的正义之士，区区一杯茶有什么不能喝的？”林初九再次开口，逼得众人不接也得接。

“谢过王妃娘娘。”刘永生嘴角微抽，不敢再拒，恭恭敬敬地接过茶水，眼中的狠厉之色一闪而过，可他还来不及做什么，就听到林初九又道：“众位喝的茶水，都是墨神医配的药茶，对身体极好。对了，有一点，那就是绝不会有毒。”

林初九不知道刘永生要做什么，她只是防患于未然罢了。

“来人，给我也端一杯来。”想想看，她堂堂王妃也喝了，她都没有被毒死，这些人总不至于会被毒死吧？

“王妃娘娘行事滴水不漏，这群人怕是讨不到好了。”苏茶暗暗决定，回头他就把林初九的表现一一说给天耀听，让天耀明白，他的妻子绝不如传言那般骄纵、愚蠢，可不能再像以前那样待王妃，不然让王妃冷了心，可就不好了。

当着所有人的面，林初九将杯中的水喝尽，然后似玩笑又似认真地说道：“害人之心不可有，防人之心不可无。其实我不渴，只是……我怕有人喝了我萧王府的茶水，回头说中毒了。为了避免这种事情发生，我喝给大家看，我一个病人喝了都没事，众位健康的人喝了应该也不会出事吧？”

身体不好，有时候也是一张很好的招牌，林初九再次拿出来用。

“王妃娘娘说笑了。”刘永生咬牙切齿地说道，愤愤地将杯中的茶水饮尽。

什么墨神医配的药茶，不过是金银花茶罢了，骗子！

“有防无患。”林初九将茶杯递给下人，“去催催，馒头蒸好了没？没蒸好就去外面买，可不能让众位苦主和正义之士受气又受饿。”

这才一炷香的时间，馒头肯定是没有蒸好的，林初九这么说，就是不打算让这些人吃萧王府的东西，吃食一类的最容易动手脚，她可不想在这种小事上给自己添麻烦。

“奴才这就命人去街上买。”萧王府的下人也极有眼色，立刻朝大街上走去，刘永生一行人想拦也拦不住，因为不知不觉中，刘永生这群闹事者，已经被萧王府的侍卫包围住，别说拦人了，就是自己也跑不掉。

事情一波接一波地过来，还没等他们想到对策，萧王府的下人又拿着笔墨纸砚而来。

“王妃娘娘，笔墨都准备好了。”下人将宣纸一一铺开，上前禀报。

“很好。”林初九赞了一句，玉手一挥，说道，“去，把府上会写字的全部叫上来，一一帮苦主和正义之士们写清楚他们的冤屈，绝不能放过任何一个。”

林初九一开口，便有一堆下人去办，完全不用她操心。

“不，不……用了。”刘永生想要拒绝，可他的话没人会听。

“王妃娘娘，我们也去帮忙。”苏茶见状，从林初九身后走了出来，却被林初九拦住：“不必了，苏公子看好戏就成。”

左右她还有不少的时间，不急在这一时半刻。

“王妃娘娘，我们，我们的冤情写不清，我们只想见王爷。”底下，稍微有一点脑子的人，顿时明白了林初九的用意，根本不肯配合。

聚众闹事的话那叫法不责众，可白纸黑字地写下来，情况就不一样了。

“王爷病了，现在无法见你们。你们尽管写下来，你们的冤枉我会呈给圣上看。”同一个理由，林初九不介意多说几遍，末了又补一句，“让他们把路引拿出来，将姓名和籍贯写清楚，免得日后王爷找不到人。”

这是威胁，这绝对是威胁，可是林初九什么也没说，众学子若是要叫嚣她威胁人，反倒是诬蔑皇室。

“不，我没有冤情可诉，王妃娘娘，我没有冤枉可诉，可否让我离开？”有学子知道情况不妙，立刻就想要溜，可来了，就别想轻易回去。

热血冲动没什么，但做了错事就要为此付出代价。

“不行哪，你们都是为民请命的正义之士，怎么可以轻易离开？”林初九招了招手，示意侍卫上前，“服侍这几位公子写明情况。”

“王妃娘娘，你这是仗势欺人，你这是逼迫百姓。”有人不肯，大声叫骂起来。

“我怎么就仗势欺人了？你们要为民请命，我给你们机会，我怎么就逼迫百姓了？”林初九此时站在道德的至高点，根本不怕这些人怎么说。

“你，你这是威胁我们，你在威胁我们！”几个学子不依不饶地大喊，刘永生亦掺和在其中，随后众人一起叫骂。

他们就是再傻也知道，这什么冤情一写出来，籍贯一留下，他们这辈子就毁了。

学子们仗着萧王府的侍卫不敢伤他们，一个个你推我搡，想要冲破众侍卫的防卫冲出去。

他们怕了还不行吗？他们不玩了还不行吗？

当然是不行的！

人，总是要为自己犯的错付出代价。若依萧天耀的性格，绝不可能会放过这群人，哪怕他们只是受人指使也是一样。

“既然各位正义之士不肯写下来，不肯留名，那我也不勉强。”林初九一开口，众人皆是松了口气，可紧接着，林初九话锋一转，“想必众位是想做好事不留名，既然众位有这样的心愿，我定当成全。”

“王妃……”刘永生觉得事情要不好了，忙开口打断，可林初九却只当没有听到，继续道：“王爷病重无法见各位，不过众位放心，我定不会让你们白辛苦一场。我的父亲是当朝左相，你们将冤情说给我父亲听也是一样的，他定会代众位上表天听，为天下百姓请命。”

“不用，不用，我们不去相府，一点儿小事怎敢劳烦相爷。”刘永生都快哭了。

萧王妃这可真是乱拳打死老师傅，哪有像她这样不按常理出牌的，简直让人不知如何是好。

“大胆！”林初九厉喝，刘永生愣住了，他还不知道自己错在哪里，就见林初九起身，居高临下地道，“王爷是什么身份，林相是什么身份。一点儿小事不敢劳烦相爷，你们就敢劳烦王爷？”她就不信，这顶帽子扣下去，这群人还敢闹。

“不，不是，不是，学生不是这个意思。”刘永生这才察觉到自己说错了话，可说出去的话泼出去的水，想要收回……

不可能！

林初九大手一挥：“来人呀，准备马车，将众位苦主与正义之士，送往林府。”

林初九并不是说说而已，她是真要将这群人送到林府交给林相处理。

做爹的能坑女儿，她这个做女儿的就不能坑一回老爹吗？

林相对萧王府出手时，都没有考虑过她这个女儿的处境，她为什么要替林相考虑？

儿女债，儿女都是债。林相不能光占便宜不出血。

林初九奉行棍棒加大枣的原则，威胁完刘永生后，又继续夸他们这群人热血仗义，勇于向恶势力抗争，此乃天下学子的榜样楷模。

一顶顶的高帽子戴上去，闹事的众学子知道今天怕是在劫难逃了，他们要是不去，那名声就臭了。

人活一张脸，树活一张皮，名声、脸面没了，他们日后还如何入朝为官？日后又如何与友人相处？

“去，我们这就去。”刘永生一行人，打落牙齿和血吞。

萧王府的马车不多，但是板车却不少，下人很快就推了过来，林初九让这些人一一坐上去。

“为了照顾老人和孩子，就让他们坐马车，众位学子便坐板车如何？”不等以刘永生为首的诸多学子开口，林初九又道，“众位学子既然愿意为他们请命，定然也会很乐意将马车让给他们吧？”

让他们一群读书人坐板车？这简直是有辱斯文，可是……

萧王妃又将一顶大帽子给他们戴上了，他们能说不吗？

众学子咬牙切齿，忍了。

一个挤一个，满满当当地坐了几十辆板车。凡是不乐意的，皆有萧王府的侍卫让他们乐意。

给闹事的人全部安排了马车和板车后，林初九不仅让王府的侍卫把闹事者带到林相府，自己也跟了过去。

林初九不放心她那无良老爹。

苏茶一脸担心地问道：“王妃娘娘，这样不太好吧？”林初九一旦上门，不就是和林相彻底撕破脸吗？

但凡消息灵通一点的都知道，这些狂生会堵在萧王府门口，幕后少不了林相的黑手。

“有什么不好的，我给我亲爹送政绩，这难道有错吗？”林初九杏眼一横，隐有几分杀气，苏茶一怔，后退两步。流白连忙上前扶住他，见苏茶还要上前，流白忙拉住他：“你不是说王妃娘娘自有分寸，我们只要听她的就行吗？”

“流白，别装傻，你明知王妃去了林府，就是与林相彻底对上了。”苏茶是站在林初九的立场上，为林初九考虑。

林初九能成为萧王妃，是因为她是林相的女儿，并不是因为她林初九这个人。

没有林相嫡女这个身份，林初九根本就配不上萧王。没有林相嫡女这个身份，林初九在萧王府会很辛苦。

“我们只需要听王妃的就好了，王妃比我们更清楚利弊，林相府与萧王府也永远不可能站在同一条阵线上，王妃早晚要做抉择。”流白虽然私心较重，可说的也是实话。

“流白公子说得对，我终归是要选择的。”林初九闭上眼皮，长叹了口气，眉眼间透着疲倦。

在萧天耀这样的人面前，左右摇摆是讨不到好的，而她也不擅长左右逢源。

苏茶看了一眼，默默地低下头去。

“王妃娘娘，都准备好了。”珍珠上前，提醒林初九出发。

双眼睁开，没有一丝柔弱，素手轻扬，随意地搭在珍珠的胳膊上，林初九毫不迟疑地道：“走。”

一步步踏下台阶，如同奔赴战场的勇士，决然而坚定……

第十四章　就是这么坑爹

林初九的人还未离开，在锦天院的萧天耀便得知了大门口发生的事，极少笑的他，露出一抹极清浅的笑颜，如雪莲绽放，似烟花飞扬，若星光月华，清冷而皎洁，可惜……

除了曹管家，再没第二个人看到。

“果然没有让本王失望。”这句话，足以表明萧天耀对林初九的满意。

曹管家也很高兴，他打心里认定林初九是萧王府的女主人，也是唯一的女主人。即便墨姑娘隔三岔五就给他送点人参，送点何首乌，那也动摇不了林初九在他心中女主人的地位。

有些人合了眼缘，哪怕她做什么，都觉得是对的。

“去，将王妃命人买的馒头，全部送到林相府去。”林初九虽然不按常理出牌，可萧天耀却很满意林初九的表现，这就是他对林初九的支持。

“让人将今天发生的事传出去。”他不能出去，并不表示他什么也做不了。皇上想要往他身上泼脏水也不是那么容易的。

“是。”曹管家一一领命，转身就去吩咐府上的下人。

林初九还未到达林府，她在萧王府门外所做的一切，就悉数传到了皇上的耳朵里，皇上听到后不仅没有生气，反倒笑了：“林相这个女儿有意思。”

“圣上，这步棋废了，我们后面该怎么办？”一黑衣人跪在大殿中央，不敢抬头，声音隐有几分惶恐。

“按计划办。”皇上就没有想过，凭着几个狂生便能将萧天耀逼出来。

这只是开始！

“那些狂生……”黑衣人试探性地问了一句。没有意外，皇帝的答复是：“处理干净。”

没用的棋子，没有存在的必要。

“属下明白。”黑衣人心里默默地为那群试图投机取巧的学子惋惜。他们若是肯静心读书，参加来年的考试，就算没有成就回去也能某一份好差事的。

“下去。”

黑衣人领命而退，他刚走不久，顺天府尹便在殿外求见。

“宣。”

顺天府尹急急赶来见皇帝，就是收到萧王府的消息，特来请示皇上要如何处理。

之前萧王府有狂生闹事，他顶住压力没有派遣官差前往，现在萧王妃祸水东引，反而把人送往林相府，他们要不要派兵去拿人？

这真是一个让人头痛的问题，顺天府尹不知如何是好，只能急急求见皇上，可是……

他不开口还好，一开口皇上的脸色立刻就阴沉了：“这种小事也需要朕来处理，朕要你们何用？”这个时候，为人臣子的不出来背黑锅，还指望他这个皇帝承认错误？简直是笑话。

“臣，臣惶恐，圣上息怒。”顺天府尹“扑通”一声跪下，显然是吓得不轻。

“滚下去。”皇上一脸怒容，顺天府尹再不敢吭声，跌跌撞撞地退了出去，直到出了宫殿这才感觉自己活了过来。

抹了一把冷汗，顺天府尹摇摇晃晃地站稳身形，看着巍峨耸立的宫殿，一脸愁容。

这事要怎么办才好？

他是往林相府上派官差，还是不派呢？

真是愁死个人。

顺天府尹进了一趟宫，不仅没有拿到处理难题的方案，反倒惹了皇帝不满，一路上忐忑不安，神情恍惚，以至于回到衙门时一步踏空台阶，整个人栽了下去，当场昏迷不醒。

这一下什么都不用想了！

皇上收到消息后，摇头冷笑一声：“倒是个精明的。”

“这一跤摔得真是时候。”萧天耀一脸嘲讽，却没有多做表示，左右现在要头痛的不是他，而是他的好岳父。

萧天耀说得一点儿也没错，林相现在确实很头痛，他今天休假在家，本想去看看宝贝女儿，抽检一下宝贝儿子的学业，顺便听听萧王府的八卦，幻想一下萧王此时得有多头痛，可不想……

林相还没来得及高兴，就听到门下来报：“老爷，萧王妃来了，带了一群学子、老人和孩童堵在门外，闹哄哄的，要我们林府给个说法。”

“你说什么？”林相忙站起身来，详细问道，“可有说为何事而来？”

“说是请老爷主持公道，为民请命。”仆人挑出重点禀报，对于林初九往林相身上加的高帽子，仆人便没有说出来。

“主持公道？”林相一听就知道是怎么一回事了。

萧王这是祸水东引，把闹事的人引到他府上，好让他来头痛。

好，好，好，好一个萧王！

转念间，林相就猜到了萧王府的用意。不过，他把所有的事都记在了萧天耀的头上，根本就没有想过这罪魁祸首会是自己的女儿林初九。

林相可不认为，他女儿那般蠢笨骄纵的性子能有这样的脑子。

仆人见林相怔在原地，不禁小声提醒一句："老爷，大小姐还在外头等着你呢，您看？"

"什么大小姐，叫王妃娘娘。"林相回过神来，脸色越发地阴沉难看。

没脑子的女儿，居然轻易就被萧王爷利用了，真是愚不可及，他都不想承认自己生了这么个东西。

"是，是，王妃娘娘还在外面呢，要请她进来吗？"仆人忙改口道，那头眼看就要埋到胸前。

"不必。"林相理了理衣袍，"本相这就去会会他们，你派人去顺天府尹，让府尹派官差来拿人。"虽然官差十有八九不会来，可他该做的都得做到。

林相抬步便往外走去，出门时正好遇到闻讯而来的林夫人："老爷，出什么事了？我听人说，初九带了一大堆人堵在咱家大门口，这到底是怎么了？"

林夫人一脸忧愁，美丽的眼眸中蓄满泪水。林相的怒气稍淡几分，安慰道："小事罢了，夫人不必担心。"林相非常大男人，主张男主外，女主内，外面的事并不和林夫人多说。

"没事就好。老爷，初九那孩子打小就没有心眼，她要是做了什么让你不高兴的，你可千万别与她计较，她是无心的。"林夫人这话看着是为林初九好，可实际上呢？

没心眼，所以林初九所作所为都是真实反应，包括帮萧天耀对付自己亲爹。

林相嘴角微抽，点了点头："夫人放心，我知道了。"

林夫人见好就收，忙退到一旁给林相让路。

林相可没有林初九那样的魄力打开大门，他只是让人开了侧门。

从侧门走出来，气势上顿时就弱了一大截，要没林初九对比，倒也没有什么，可偏偏有林初九雍容华贵地从正门出来在前，以刘永生为首的众学子们，看到林相平平淡淡地从侧门走出来，脸上的表情很是微妙。

一出门，就看到相府门前挤得满满当当的一众人等，林相瞬间就觉得头大。不待他开口，底下的人就闹腾起来："相爷出来了，相爷出来了。"

"相爷，相爷……是林相爷。"

喊闹者并不是聚众闹事的学子，也不是林初九口中的苦主，而是凑在外面看热闹的寻常百姓。

萧王府的宅子位处皇城根下，那一片都是皇亲贵族，平时极少有普通百姓往来，再加上萧王爷凶名在外，偶有那么几个看热闹的也不敢多瞧。

林府则不同，林府的宅子虽是圣上御赐，可远不及萧王府气派雄伟，虽然亦是皇城脚下，可却是处在热闹熙攘的大街上，和萧王府那片地段没得比。

林初九一路招摇过市，不知道引了多少人过来，再加上林相在外的形象素来是儒雅亲和，也不像萧王那般高不可攀，是以老百姓对他也就没有那么恐惧。

只是，这份亲和在平日里还好，这表明林相做人很成功，深得百姓爱戴，可此刻林相只恨不得没有这份“厚爱”。

“静一静，大家都安静下来。”林府的下人忙上前维护秩序，叫得嗓子都疼了，这才勉强令外面的人安静下来。

至于被林初九拖来的学子们?

此时正羞红着脸，站在林府前面一言不发，根本抬不起头来。

一路上被人当猴看，他们就是脸皮再厚也受不住，更不用提他们个个都是极爱面子的清高学子。

到了林府外，林初九就不再管他们，见到林相出来后，林初九莲步轻移走上前去，福了福身道：“女儿给父亲请安。”

“王妃娘娘多礼了，老臣惶恐。”林相忙侧开身子，不敢受林初九的礼，反过来给林初九作揖，“老臣见过王妃娘娘。”

林初九虚扶道：“父亲，万万不可。我是王妃，可也是你的女儿，怎么能受你的礼。”

不管内里如何，两人表面功夫都做得极好，你来我往间，俨然一副十足的父慈女孝。

“我怎么就觉得这么牙酸？”流白站在人群后面，很夸张地捂了捂脸。

他是为了保护林初九而来的，不管他喜不喜欢林初九，他都要尽到自己的责任，不能让林初九在外面出事。

苏茶但笑不语，悠悠然看着初九与林相周旋。他原本还担心林初九会吃亏，现在看来林相若是老狐狸，那他女儿林初九就是小狐狸，吃亏的指不定是谁呢。

父女二人寒暄半天，在外人看来是他们父女感情好，可当事人都明白，他们父女之间根本没有什么感情可言，只能同陌生人一般，虚伪地客套。

林父将林初九的身体和现状问了一番后，就再也找不到话说；同样，林初九将林府上下也问了一遍，然后也找不到合适的话题。

重点是，他们不能再这么寒暄下去，外面还有一群人正等着他们呢。

虽说谈判桌上有一个说法，叫谁先开口，露了急相，谁就输了，可别忘了还有另外一种说法，那就是先发制人。

既然林相不急着进入正题，林初九就毫不客气地先发制人了。

听到林相在说林婉婷从萧王府回来后，身子就一直不大好，林夫人这几天愁得不行后，林初九掏出手帕，擦了擦眼角不存在的泪，一脸担忧地问道：“妹妹怎么这么不小心，也不知额头会不会留下疤痕？这不是要担心死人吗？”

不等林相开口，林初九就道：“妹妹在我府上摔伤了，虽说是她自己走路不稳当，可我和王爷也断然不会袖手旁观，等到王爷腿疾稍好后，我就去求王爷，看看能不能请到墨神医为妹妹医治，再不济也请墨神医给妹妹配点药膏，妹妹可是要做贵人的，脸上可不能留疤。”

林相嘴角抽搐得厉害，他完全没有想到，当年他那口舌笨拙的大女儿，居然会有这般巧舌如簧的一天，不仅将林婉婷脸上可能会留疤的事暴露出来，同时还把责任推得一干二净，这简直，简直是让人不知道说什么才好。

林相在朝堂上能舌战群臣，圣贤之语信口拈来，说得满朝上下无人不服，可对女人间的话语交锋却不怎么擅长。

最主要的是他压根就没有想到，林初九会这么通透了，他事先一点准备也没有！

而等到林相好不容易反应过来，正准备用义正严词的口吻把林婉婷受伤的责任推到萧天耀和林初九身上时，林初九又擦了擦眼泪，一脸羞愧地说道：“父亲，女儿罔顾您的教导，私心太重，居然将正事丢在一旁，只顾得叙说家中小事。还请父亲看在我担心夫人和妹妹的分上，原谅女儿一次。”

说完，一揖到底，态度诚恳得不能再诚恳。

谈家事就是私心太重！

饶是林相气度再好，这个时候也忍不住微微变脸，因为林初九把他的路堵死了，他要再纠缠着林婉婷的事不放，那就是私心太重！

林初九虽然贵为王妃，可她毕竟只是个女子，她就是私心再重旁人也不会说她什么，这个世界固然对女子有着诸多极其苛刻的要求，可在某些方面还是很宽容的。

你怎么能要求一介女流去关心朝政?

林初九有私心那叫重感情，可林相不同，他是男子汉大丈夫，他是当朝宰相，他要有私心那就是为官操守有问题，他的政敌断然不会放过他。

这个闷亏，林相就是再不想吃也得吃。

吃了这么个大闷亏后，林相不敢再小觑林初九，神色间不免多了几丝凝重，忙搀扶起林初九：“王妃娘娘言重了，娘娘关心家人的心情，我想在场诸位都能理解的。”

不仅要吃闷亏，还得给林初九戴一顶大帽子，这种感觉就像吃了几百只苍蝇一样恶心。

“只要父亲能谅解，不责怪我私心重就好了。”林初九顺势起身，用手帕轻轻地按住眼角，眼眶瞬间就红了。

“真是好手段。”苏茶忍不住道好。

他之前还以为林初九是在假装擦眼给众人看，现在才发现，她是在借此弄红自己的双眼，好让自己看上去更“委屈”些。

女人的眼泪天生就是武器，可似哭又不哭的女人更加让人心疼。林初九虽没有用眼泪去换取同情，但没流一滴泪，却无端端地更令人揪心。

掌控了主动权的林初九见好就收，转身将“公事”一一说给林相听。

“父亲，这些学子聚在萧王府，说是要为民请命。我家王爷旧疾复发，实在没办法处理这些事务，我一个妇道人家也不懂这些，怕好心办了坏事，便将这些人带到相府，还请父亲定夺。”

林初九一边说一边注意着林相的脸色，末了又补充一句：“我知道这么做给父亲惹了麻烦，可我也实在没有别的办法。他们说朝廷中有官员贪污了死去将士的抚恤金，害得他们的家人孤苦无依，要靠卖儿卖女才能生活。我原本想着自己一个妇道人家，可不能插手国事，可父亲您忠君爱国，从小就教导我们姐妹为人要对得起天地良心，切不可骄纵妄为，欺压百姓，既然知道了百姓有冤屈，我若不管不顾您一定会生气，所以我这才大着胆子把人带来，恳请父亲能帮帮他们，他们的儿子、丈夫、兄弟都是为保护东文而死的大英雄。我们不能让英雄们心寒，让我们的英雄流血又流泪。”

林初九说得情真意切，高帽子像是不要钱一般，一顶接一顶地往林相头上扣，就差没把林相说成是大公无私、为天下苍生甘愿牺牲一切的大圣人。

林相听得脸皮直抽搐，脸上的笑容眼看就要维持不住。

他早已不是初入官场的毛头小子，根本不可能会因这几句不疼不痒的奉承话而动容，可偏偏他不动容，百姓与底下的学子们都动容了，一个个跪倒在地，异口同声地高喝道：“请林相主持公道！请林相主持公道！请林相主持公道！”

“王妃娘娘说得太好了，咱不能让将士们流血又流泪！”

围观的百姓们根本不知道怎么回事，只跟着叫嚷，其他学子们隐约明白了个中厉害，并不敢再嚷嚷，唯有刘永生……

他的目的便是为了诋毁萧天耀的名声，此时正是最好的机会。

刘永生“扑通”一声跪在地上，大喊道：“相爷，还请相爷为死去的将士们主持公道啊，贪污死去将士抚恤金者，正是我们东文战神萧王爷的手下，那些个官员畏惧萧王爷的权势，根本不敢审理此案，还请相爷亲审此案，将贪官污吏一网打尽。”

刘永生的目的是搞臭萧天耀，至于会不会给林相带来麻烦，这不是他需要担心的事。

有几个学子想跟着刘永生一条路走到黑，紧跟着也跪了下来，高喊着萧王爷权大势大，无人敢得罪，只有相爷才能做这清官。

突如其来的逆转，令得在场的看官傻眼了。

萧王妃不是为民请命嘛，怎么一眨眼就变成欺压百姓的恶人了？

不少人交头接耳，皆是不明所以，林相却是眼前一亮，似是找到了一条新法子，轻咳两下后，又抬了抬手，示意众人安静下来，而这一次在场的人不管是刘永生，还是看热闹的百姓都非常给面子。

“众位尽可放心，本相为官数十载，兢兢业业，鞠躬尽瘁，虽不敢说为百姓做了多少好事，但也绝不会坐视不理老百姓惨遭欺压。此案本相定会上报圣上，不管是谁在后面使坏，本相都不会畏惧，定然秉公办理。”

这话暗中所指，明眼人自然明白，林初九却像是没有听到似的，忙附和道：“王爷说父亲大公无私，乃后辈楷模，此言果然不假。王爷说有父亲出面办理此案，定会将国之蛀虫全部揪将出来，还天下一个河晏海清。”

噗……

林相又被噎了一句，面上闪过一丝尴尬，不过很快便恢复如初，拱手道：“王爷言重了，老臣食君之禄，定当忠君之事。”他总感觉被萧王夸不是什么好事情。

林相很是不安，可他和萧王爷明面上是翁婿，他要是当众和萧王爷撕破脸，指责萧王爷的不是，反倒会引人怀疑。

“父亲说得极是，食君之禄，当忠君之事。天下是皇上的天下，天下百姓皆为皇上的子民，不管是文官还是武将他们都只有一个君王，那就是当今圣上。圣上给了他们为民办事的权力，可有些人却拿着圣上给的权力，不思为圣上办差，一味谋权夺利满足自己的私欲，实在对不起圣上的一片厚爱，这些人……其心当诛！”

林初九说得义正词严，而她此时代表的就是萧王府，这也表明了萧王府的态度。

“好，说得好！”

看热闹的众百姓不懂这些弯弯道道，只听得林初九这话说得着实解气，可林相与刘永生等学子却是明白，林初九这话说得大义凛然，处处表明自己忠君爱国。实际上，只是为了帮萧天耀撇清关系，将所有的责任都推到当今天圣上的头上。

天下是圣上的天下，文下百官的任命皆由圣上定夺，他们忠的君也是圣上。识人不清、用人不当全是当今圣上的事，与萧王爷无关！

好厉害的一张嘴，好讨巧的一番话！

林相不知道这番话是林初九自己想到的，还是萧天耀提前教给林初九的，总之林相第一次用正眼打量林初九，精明的虎眼里闪烁着高深莫测的光芒。

林初九只当不知，浅笑而立，头上的凤钗微微晃动，说不出尊贵大气，道不尽仪态万千，只这么一站就让人无法忽视。

不管头脑如何，就这份气度便与往日截然不同，这绝不是萧王爷短时间内就能调教出来的。

这个女儿居然在他不知道的时候，悄悄长大了，而他却一无所知！

林相眯缝着眼，略带审视地打量林初九，然而此刻却又什么也看不出来了。

是装得太好，能瞒过他的眼睛，还是本性如此？

不管如何，与林初九作口舌之争已经没有胜算，萧王府现在站在道德的制高点上，他再纠缠下去那就落了下乘。

林相轻叹口气，若无其事地收回眼神，不再与林初九磨嘴皮子，转身望向聚在大门口的众人。

林初九口中的苦主与正义之士，到相府后就一直很安静，除了刘永生和个书生叫了几句话外，其他人一直保持沉默，可这并不表示林相可以随意打发他们。

林相很清楚，既然这群人闹到他面前，他无论如何都要接下，再把人赶走已是不可能。

“来人，”林相抬手招来下人，“将众人安顿好，事情一一问清楚，待本相查明真相后，立即上表朝廷。”

当着众人的面，林相把话说得漂亮至极。

至于真相?

到时候查出什么真相，还不是林相说了算。甚至这些人的生死，也是林相说了算。

苏茶与流白担忧林相会杀人灭口，然后嫁祸给萧王府，正想上前提醒林初九，就见林初九开口说道：“父亲大公无私，女儿也不能没点表示。夫人和妹妹病重，恐不能料理好这些琐事，我身边几个丫鬟和侍卫虽然笨拙，可小事还是能帮忙跑腿的。”

林初九不给林相拒绝的机会，扭头对着身后的人道：“你们全部留下来，协助我父亲办好此事。王爷交代了，此事不查个水落石出，你们就不必回去。”

林初九扯萧天耀这面大旗已经扯习惯了，凡是不能服众的事，她就一句“王爷说”，旁人也不可能去求证。

林相眼皮一跳，忙拒绝道：“王妃娘娘，王府的侍卫首要责任是保护王爷，怎么能将他们留下来？”留下这么一群人，他还怎么使黑手?

“父亲，我也不想把侍卫留下来，可官差的办事效率，父亲你也是知道的……”林初九轻叹口气，没往下说，一副我是为你着想的模样。

“我一大早就让管家拿着王爷的帖子前往顺天府，让府尹派遣官差处理此事，可至今都没有见到人影。来相府前，我又命人去顺天府，请官差过来维持秩序，可依旧没有人过来，顺天府的官差怕是太忙了。我们家王爷食君之禄，为君分忧是理所应当的。既然官差忙不过来，调用王府的侍卫帮帮父亲也不算什么。您是我父亲，于情于理王爷也不能坐视不管，父亲千万不要放在心上，尽管使唤他们，他们虽然笨拙，可帮父亲跑跑腿也是可以的，要是他们胆敢不听父亲您的话，您尽管打杀就是。”

林初九这话虽不至于滴水不漏，可却也让林相没有丝毫反驳的空间，顺天府尹不作为是事实，任谁也不可能颠倒黑白，可要把萧王府的侍卫留在林府，这绝对不是一件好事。

“王妃娘娘，您将侍卫与丫鬟全部留下，您的安危怎么办？您的日常起居没有人服侍可不行。”林相也换上为林初九考虑的立场，眼中溢满浓浓的担忧与不赞同。

要论演技，林初九完全不是林相的对手。

“父亲大可放心，天子脚下谁敢乱来，女儿在京城安全得很。至于服侍的人？女儿又不是没手没脚，自己照顾自己还是可以的。”前半句假得可以，后半句却是真的，可仍旧没有人相信。

“这怎么行，你是王妃，哪能没有人照顾，要不这样好了，我让你母亲安排几个丫鬟过去照顾你。”林相如法炮制，欲往萧王府塞人。

林初九却不客气地拒绝了：“多谢父亲厚爱，几个丫鬟只是借给父亲使唤，又不是永远留在相府，哪里还需要父亲再给女儿添丫鬟。我们家王爷一向节俭，我身边也就是四个丫鬟，多了我们家王爷会不高兴的。”

林初九说起谎来毫不眨眼，苏茶和流白则直接傻眼了，两人相视一眼：天耀有这么小气吗?

林相还不死心，又道：“不过几个丫鬟罢了，待你的丫鬟回去后，再送回来就是。”

“父亲，实在没有必要这么麻烦。府上要是丫鬟太多，父亲可以安排她们去慈恩堂，那里的孩子比我更需要人照顾。”慈恩堂是东文专门收养弃婴的地方，那个地方……乱得很，永远都缺人手。

一连两次被林初九顶回来，林相的火气也上来了，在这个讲究孝道的年代，林初九此举可以说是大不孝，可林初九现在是萧王妃，看样子还深得萧王看重，就算林相是林初九的父亲，轻易也不能呵斥她。

林相深深地吸了口气，压下心中的怒意，调整好脸上的表情，不再与林初九纠结下人的事，只道：“王爷深明大义，圣上知晓后定会高兴，那老臣就厚颜借用王爷的侍卫了。”

林相自知拒绝不了后，立刻给萧天耀戴了一顶高帽子。林初九浅笑一声并不回答，因为这一招，她刚刚用过，而戴完高帽后，必然有所图谋。

果然，林相赞完萧天耀后，马上话锋一转：“王妃娘娘，臣这段时间必要日夜查办此案，恐照顾不到家中琐事。你妹妹一直缠绵病榻，你母亲分身乏术，老臣厚颜恳求王妃娘娘回娘家暂住一段时间，以免家中之事无人打理。”

为了天下大事，顾不上家中琐事，特意留下林初九这并没有什么错，可是……

“相爷，此事恐怕不妥。”不需要林初九拒绝，苏茶便上前替林初九回话了，“萧王府只有一个女主人，别说王府诸事需要王妃调度，就是王爷也离不开王妃，王爷……”

“咳咳……”见苏茶越说越过，林初九忙出声打断：“父亲，别听苏公子胡说，王府的事情女儿可以交给管家，女儿有空。”

听到林初九这话，林相眼中精光闪烁，可不等他高兴，就听到林初九为难地开口：“只是，父亲你也知道，女儿身子素来不好，王爷一向不让我过度劳累，女儿担心自己不仅帮不了父亲，反倒要给家里添麻烦。”

只要有用，同样的理由可以用两遍三遍，又有什么关系呢?

苏茶很有眼色，适时补充道：“相爷，王妃娘娘的身子你最清楚。这段时间墨神医一直在给王妃调理，出来前墨神医还提醒我们，让我们一定要准时把王妃带回去，王妃下午还要泡药浴。相爷，你不会妨碍王妃娘娘调理身体吧？”

“当然……不会。”林相回答得很艰难，暗恨自己居然忘了这一出。

苏茶也是一个撒谎不脸红的主，一脸坦然地将萧天耀每天的任务，冠到林初九头上。

流白嘴角微抽，本以为苏茶已经够无耻了，没想到还有更无耻的。

林初九忙瞪苏茶一眼，无视林相的黑脸，说道：“不许胡说，我父亲怎么可能会妨碍我调理身体，不让我回去继续接受墨神医的医治？”

一连被插了两把刀，林相没有翻脸已是气度好了。

“好，很好。”林相似气极，可脸上的表情却没有一丝异样，端的是儒雅温和。双手作揖，朝林初九叩首道，“王妃娘娘身子金贵，娘娘还是早些回去，免得累坏了身子。”

林相这话明显是赌气，他等着林初九出招，可不想林初九却像是没有听懂一般，虚扶一把，顺着话道：“我就知道父亲关心我的身体，那我就不留下来给父亲添乱了。父亲，我先走了。”

林初九给苏茶和流白使了个眼色，头也不回地便离开了，留下林相呆呆地站在原地，看着他们三人背影，完全找不到话说……

这是完全不按他们预想好的方向啊？

这还不算，林初九刚走下台阶，又停下来回头对着林相道：“父亲不要送了，也不要担心我，国家大事要紧。”

看热闹的众人集体失语。

王妃娘娘，你哪只眼睛看到林相要送你了？

王妃娘娘，你哪只眼睛看到林相担心你了？

王妃娘娘，这样自欺欺人要不得呀！

苏茶和流白嘴角抽搐得厉害，好半天才平息下来，而林初九像是不知道自己都说了什么一般，淡定自若地扭头离去。

林初九每一步都走得稳稳当当，头上插满珠钗，却没有发出一丝响动，让极少见到名门贵女的寒门学子和普通老百姓狠狠地震惊了一把，甚至有几个小娘子，悄悄地学着林初九的步伐。

林初九一路进退有度，从容不迫，苏茶和流白以为林初九这人是泰山崩于前而面不改色之辈，可不想一出林府的范围，就听到林初九急切地道：“流白公子你快一点儿，回去晚了王爷会不高兴。”还有一炷香，就是要给萧天耀按揉穴道的时间，林初九可不敢耽搁。

“啊？”林初九把侍卫留在林相，回去的时候就是图流白为她赶车。流白以为自己听错了，忙问了一句：“王妃娘娘，你说什么？”

林初九再次催促：“我让你快点儿，回去晚了王爷会不高兴，那我就惨了。”

这段时间与萧天耀日夜相对，林初九很清楚萧天耀是一个掌控欲有多强烈的男人。

“你会怕王爷？我以为你谁都不怕。”许是林初九这话说得太不符合她的身份，流白说话也就随意了一些。

苏茶点头表示赞同。

林初九敢对上林相和皇上，会怕王爷？

“你们不怕吗？”林初九没有多说，就这么一句话便堵住了流白和苏茶的嘴。

怕，当然怕，在东文没有几个不怕战神萧天耀的，他的名字可是有止哭的功能。民间传说，小孩啼哭，只要说，你再哭战神王爷就要来抓你，那马上就不敢再哭闹了。

流白贫归贫，可到底不敢耽误萧天耀的正事，忙加快速度送林初九回去，凭着高超的技巧，一路畅通无阻，顺利抵达萧王府。

可就是在规定时间范围内将林初九送到萧王府，但林初九还要去锦天院呢。

“该死，那对讨人厌的父女肯定要借机生事了。”林初九跳下马车，招呼也不打一声，提起裙摆就朝锦天院跑去，头上的珠钗激烈撞击，啪啪作响，哪里还有一丝雍容华贵样。

苏茶站在原地，直接傻眼了：“这就是刚刚在相府门口，傲视群雄的王妃娘娘？”说好的高贵端庄呢?

苏茶突然觉得萧天耀好可怜，娶个这么能装的王妃。

流白原本因为林初九的那句“讨人厌的父女……”而不高兴，看到林初九急急忙忙的样子，也忍不住笑了出来。

“平心而论，王妃娘娘这人不错，而且很有意思。”鲜活生动，进退有度，不仅能成为天耀的贤内助，还能给天耀带来快乐。

饶是流白再喜欢墨玉儿，也不得不说，和墨玉儿相比，林初九更适合天耀。

“你现在才知道？”苏茶白了流白一眼，见流白转身要走，忙拉住他，“走，我们也去看看王爷不高兴王妃会有多惨淡。”

这是借口，苏茶真正要让流白看的，是墨玉儿有多讨人厌，他相信林初九不会夸大其词。

流白心里明白，理智告诉他不能去，可双脚却不受控制地随着苏茶，朝锦天院走去。

林初九赶到萧王府的时间刚刚好，可等她赶到锦天院却是迟了。诚如林初九所预料的那般，墨神医与墨玉儿没有放过这个机会。

“王爷，您每日按揉与泡药浴的时间不能更改，你的腿不能再等。”墨神医一脸严肃，眸子里噙满浓浓的担忧，可只有他自己才知道，这一切不过是装的。

不过是疏通筋骨与血脉罢了，早一分钟和晚一分钟的区别又能有多大?

“嗯。”萧天耀轻应一声，并不回答。

墨神医习惯了萧天耀的冷淡性子，主动道：“王爷，王妃娘娘也不知何时才会来，不如先让玉儿帮你按按？”

虽是询问，墨神医却朝墨玉儿使了个眼色，示意墨玉儿上前，见萧天耀没有拒绝，墨神医又道：“玉儿，医者父母心，你在这里好好照看王爷，我去看看药浴准备好了没有。”

墨神医转身出去，将空间留给墨玉儿与萧天耀。

墨玉儿等了片刻，不见萧天耀开口，神色有着几分扭捏尴尬。她习惯了被人追捧，被人讨好，这还是她第一次上赶着讨好一个男人，可萧天耀这样的人，她要不主动，萧天耀一辈子都不会主动。

“王爷，时辰不早了，你的腿伤不能耽误，我先替你按按可好？”墨玉儿强压下心中的羞恼，开口问道。

“不必了。”萧天耀这一次没有纵容，而是直接出言拒绝。

此时，林初九已经小跑到锦天院门口，苏茶与流白紧随其后，只是他们并没有在人前现身。

锦天院的防御滴水不漏，不许任何人进出不错，可萧天耀要知道外面的消息，所以……

苏茶与流白是可以从秘密渠道进来的，他们俩和曹管家打了声招呼后，没有惊动任何人，悄悄进了锦天院。

萧天耀毫不犹豫地拒绝，令墨玉儿很不高兴，语气不由得恶劣几分：“王爷，我父亲为你医治了这么久，你要因为一个女人的失误而前功尽弃吗？”

萧天耀没有说话，只是抬眸看了墨玉儿一眼，这一眼没有任何情绪，可墨玉儿就是觉得难堪，就好像自己的心思被人看穿一样。

“王爷……”墨玉儿倔强地抬头，清冷倨傲地道，“王妃明知道你这个时候需要按揉双腿，一刻都不能耽搁，可还是没有准时回来，可见她根本不在乎你的双腿能不能痊愈。王爷难道要用别人的错误来惩罚自己？”

林初九一走近就听到这句话，当即脸色就不好了。

苏茶与流白隐在暗处，不仅听到了墨玉儿的话，也看到了她此时的神情，流白有一刹那的恍神。

苏茶用手肘撞了撞他，流白扭头，正好看到苏茶嘲讽的冷笑。

“王爷，我和父亲都是为了你好，你的腿伤不能再耽搁，我专门学过，做得绝对比王妃要好。”墨玉儿边说边上前。萧天耀没有说不，只是嘴角噙着一抹玩味的笑意。

“王爷，我给你……”

林初九连歇口气都不敢，站在门口，深吸了口气后，“哐”的一声将门推开。墨玉儿一怔，转头就看到端庄华贵的林初九，一身华服，站在门口。

林初九累得直喘气，心“扑通扑通”跳得飞快，却竭力保持着平静，一脸肃穆地站在门口，一字一字地说道：“墨姑娘，照顾王爷的事就不劳烦你了，我回来了。”

说完，从从容容地走了进来，一举一动优雅出群，就好像刚刚一路奔跑，累得跟条死狗似的女人不是她。

“王，王妃你怎么来了？”墨玉儿吓得不轻，要不是反应快，此刻怕是会跌坐在地上。

勾引别人的男人，被正妻撞个正着，她能不尴尬吗？

“怎么？我不应该来吗？我是不是打扰到了二位？”林初九依旧说得很慢、很轻，每个字都像是在舌尖上打了个转再说出来似的，这语速无端端令人心慌。

苏茶与流白暗自佩服，林初九掌控全局的段数越来越高。

要是让这两位知道，林初九只是累得太狠，不敢说得快，生怕暴露真相的话，二人恐怕就不会这么想了。

墨玉儿越发地心虚："王妃说笑了，只是王妃久久不至，我怕耽误王爷的病情，这才自告奋勇过来问问王爷需不需要我帮忙。既然王妃回来了，那我就不打扰了。"

墨玉儿起身，挺直背脊往外走，姿势不免有些僵硬，就像是战败者强撑着最后的尊严。

从林初九身边走过时，林初九淡淡看了她一眼，红唇微动，最后还是放弃了。

她没有力气和墨玉儿说话。

墨玉儿刚出去，林初九便将门关上，然后……

直接靠在门背上，大口大口直喘气。

真的累死她了。

拍了拍胸口后，林初九给自己顺了顺气，而忙着平缓心跳的她，错过了萧天耀眼中一闪即逝的笑意。待到林初九回过神时，萧天耀已经绷着一张脸，完全看不出喜怒。

"王爷，对不起，我来晚了。"林初九一缓过劲就开口认错。

"嗯。"萧天耀应了一声，将盖在双腿上的毯子掀开，双腿伸直，其用意不言而喻。

林初九也不矫情，忙上前道："王爷稍等一下，我去洗个手。"

洗干净双手，又用帕子将脸上的汗渍擦干净，林初九并没有急着给萧天耀按揉，而是先给自己倒了一杯水。

她快渴死了。

"咕咚，咕咚……"一饮而尽，直率却不粗鲁，显示出良好的教养。

气息平静下来后，林初九这才上前，坐在矮凳上，极耐心地给萧天耀按揉起来，神色平静，没有一丝不满，双眼盯着萧天耀的双腿，认真而专注，却没有发现萧天耀正专注地看着她。

流白与苏茶明白，他们一进来萧天耀就知道了，二人看到这一幕，当下便很有眼色地退下，并不敢看热闹。

而在他们离开的那一刻，萧天耀眉头微松，看到林初九额头上细细的汗珠后，萧天耀没有迟疑，拿起一旁的帕子，倾身上前，为林初九擦汗，只是……

在帕子碰到林初九额头的那一刻，没有看到预想中的欢喜，反倒只有惊吓。

"王，王爷？"这是要干什么？

林初九吓得直结巴，身子一刹那便僵硬了，手上的动作也停了下来。

"擦汗，没有看到吗？"萧天耀回答得很平静，手上的动作也没有停下，温柔而细致。

这，这是在给她擦汗？

萧天耀居然给她擦汗？

还这么温柔？

大白天的出月亮了吗？

林初九傻了，呆呆地看着眼前放大版的俊颜，脑子彻底罢工，完全无法思考。

林初九傻傻地看着萧天耀，看着他给自己擦汗，然后若无其事地收回手。事后还不忘懒洋洋嘲讽一句："怎么？出去一趟傻了吗？还不快给我按揉，你想害本王双腿永远无法恢复吗？"

"哦，哦哦哦……"林初九完全没有注意到萧天耀的话有多刻薄，她只是觉得这风格不对呀！

萧天耀真的没有撞邪吗？

一直到萧天耀收回手，林初九恢复冷静，继续给萧天耀按揉时，她仍在思考这个问题。

萧天耀中邪的可能性微乎其微，那不是中邪又是什么？

难不成是喜欢她？

这个念头一闪，林初九就让它过去了，因为那太不可能了。

萧天耀怎么可能会喜欢她，这比萧天耀中邪的可能性还低。

应该是因为今天的事！

林初九越想越觉得是这么一回事，偷偷看了萧天耀一眼，发现萧天耀一如既往地高冷，林初九越发笃定自己的猜测。

"王爷，外面的事是要现在说，还是等你泡药浴的时候说？"林初九很自觉也很上道，可她却没有看到萧天耀眼中，那一闪而过的无奈。

萧天耀若是想要知道外面的事，根本就不需要林初九亲口说。

"说。"林初九身上还穿着王妃正服，穿这么厚陪他去泡药浴，就不怕把自己闷死吗？

"哦……"得到萧天耀的肯定答复后，林初九彻底放下心来，果然萧天耀很正常，刚刚一定是她的错觉。

林初九一边按揉一边将外面的事，一一说给萧天耀听，没有一丝隐瞒，包括自己和林相客套的寒暄，林初九也一字不落地重复出来。

非常详细，虽然一些细节没有说，可萧天耀能够想像得出，面对林初九不按常理出牌的举动时，那些个学子与林相会有多憋屈。

林初九做得很好，就是他出去，也不一定会做得比林初九更好，只是……

萧天耀夸了林初九，却不是夸她的好，而是："你的记性真好。"连旁人的话也记得这么清楚，这记忆力真不是一般的好。

"那当然，我是天才。"林初九想到她师父对她的赞美，毫无负担地收下了萧王的赞美。

她的记性是真的好，要不然也不至于学医三年，就让吴大夫拜倒……

第十五章　至亲至疏夫妻

萧天耀不是什么擅长言词的人，林初九不说话，他也找不到话题，一时间屋内静得落针可闻，只有林初九的手与衣服摩擦的声音窸窣不已。

林初九不觉得这有什么不对，之前哪一天不是这样。萧天耀却觉得很不舒服，林初九和一个陌生人都能说得上话，和他就无话可说吗？

这么一想，萧天耀就更不高兴了，周身散发出浓烈的寒气，林初九不禁哆嗦了下，满眼不解地看向萧天耀：“王爷，你没事吧？”不要这样吓人好不好，会吓死人的。

“本王能有什么事？”萧天耀不问反答。结果林初九只是应了一声，便低头继续手上未完的工作。

简直能把人气吐血！

萧天耀深吸了口气，算了，不和脑子迟钝的女人一般见识。

别过脸去，看向窗外，仔细思索今天的事，却越想越觉得不对。他和皇上斗了这么多年，皇上对他出手从来都是大杀招，什么时候这么委婉过，居然找一群狂生学子来诋毁他的名声？

这么多年来，皇上还不了解他吗，他从来不是在乎虚名的人。

“皇帝到底要做什么？”手指无意识地敲打扶手，“咄咄咄”的声音传出，让人不由自主地随着其节奏而调整呼吸频率。

外人看来，只觉得这对夫妻非常温馨亲昵，没有丝毫的尴尬与不睦。

墨玉儿刚进来请萧天耀去泡药浴时，就看到这一幕，心脏为之一揪，却仍强撑着笑脸，将来意说明。

“扶本王起来。”萧天耀收回思绪，对着林初九说道。

“好，王爷等我片刻。”因为墨玉儿在，林初九脸上的笑容比之前温柔了许多，尤其是当她看向萧天耀时，眼中的温柔能将人溺毙。

明知林初九是装的，可萧天耀仍觉得心里舒服了不少。

林初九擦了擦手，将轮椅摆好后，便上前搀扶萧天耀起来，墨玉儿站在一边，既不上前帮忙也没有走。

萧天耀看着不胖，不过实际上挺重的，就是俗话说的骨头里面都是肉的那种。墨玉儿就不敢保证自己一个人能将萧天耀搀扶起来，可是林初九却能做到，这让墨玉儿心里很不平衡。

她能做到的，林初九都能做到，她做不到的林初九也能做到。明明她才是学医出身的，还有个名满天下的神医父亲，为何她还是比不过林初九呢？

林初九心无旁骛，和往常一样搀扶起萧天耀，可不想在扶萧天耀坐下去的那一瞬间，萧天耀的唇从她脸颊一扫而过，最后落在耳际处。

“王，王爷。”林初九像是触电一般，扶着萧天耀的手不自觉地便抖了一下。

这，这是调戏吗？

林初九侧头望向萧天耀，微微瞪大的双眼满是疑惑。萧天耀却没事人似的，挑眉问道：“怎么了？”顺势坐下，动作不要太自然呀！

“没事。”林初九觉得应该是自己多心了，刚刚绝对是意外。

因为角度的问题，墨玉儿并没有看到萧天耀与林初九的互动，只是目含不解地看着两人，见林初九推萧天耀出去，墨玉儿也没有多说什么，只等林初九走后，这才一脸失落地跟了出去。

林初九身上穿着厚重的正服，走进萧天耀泡药浴的房间后，不免觉得有些闷热，只是林初九这人能忍，即使不舒服也没有多说什么。

林初九和往常一样默默地做着自己的事，唯一的差别就是，墨神医明里暗里指责林初九耽误了萧天耀医治的时间，而林初九没有像往常一样不软不硬地顶回去，只当没有听到。

墨神医知道林初九并非怕了，一时间也提不起劲，说了几句得不到回应后也就不吭声了，施完针便转身出去了，只留下林初九与萧天耀在屋内。

屋内的热气似乎比以往都要充足，不过是待了两炷香时间，林初九就有些气闷。在萧天耀看不到的地方，林初九捂着心口吐了两口气，萧天耀看着林初九的背影，眼眸越发深邃。

有些话想说，可却不知道怎么开口。

林初九手捧着书，坐在萧天耀身旁，轻声地为他念着，只是声音越来越粗哑。这一次明显不是装的，而是林初九在屋内很难受，厚重的正服勒得她连呼吸都困难。

额头上的汗珠啪嗒啪嗒往下掉，一颗一颗如水晶般莹亮剔透从高处落下，摔碎在地，溅起朵朵水花又很快消失不见。

手心亦不断地冒汗，每次翻书都要小心翼翼。屋内的热气本就大，纸上的字迹已有晕开的苗头，林初九稍稍用力就能糊了字迹。

梳得服帖的头发湿了汗水，粘在脸上，六七层厚的衣服早已湿透，林初九脸上熏染出不正常的红晕，眼前一片模糊，似被一片白雾遮挡。

可就是这样，林初九也没有吭一声，一字一字地念着，虽然慢却没有一个错字。

怎么就这么倔强？

他还真没有见过比林初九更倔的姑娘。

萧天耀摇了摇头，开口道：“下去休息吧。”他承认，他败在林初九的倔强与好强上。

“啊？”林初九脑子昏沉沉的，只听到萧天耀说话，却没听到他说了什么。

“下去休息。”他又不是“暴君”，林初九明明不适，他还会强求林初九不成？

“哦……”林初九这一次听清了，可别想她会感恩戴德，这本就不该是她做的。

放下书，毫不感激地转身离去，留下萧天耀坐在浴桶里，一时间心头涌起说不出来的复杂滋味。

这姑娘还真是不识好人心。

墨神医并不会时刻盯着萧天耀的屋子，他每隔一定的时间，便会过来给萧天耀加药草，这次看到林初九不在，墨神医也没有说什么，加了草药便退了出去。

回到屋内，看到墨玉儿闷闷不乐的样子，墨神医心里也颇不好受。

儿女债，儿女都是债！

“玉儿，感情一事急不来。”墨神医开口劝说道，心里也有那么一点不是滋味。

为了墨玉儿这件事，他连自己的老脸都豁出去了，可结果呢？真是丢脸。

“爹，我真的不明白，我哪里不好了？”墨玉儿绷着一张脸，一脸寒霜。

“我的玉儿很好，很好很好。”只是，不可能人人都喜欢呀。

“为什么萧王爷不喜欢我？”墨玉儿眼眶微红，心里委屈得不行。

“萧王爷不是儿女情长的人，等你成了他名义上的女人后，一切就会好了。”这是墨神医细心观察所得到的结论。

“那林初九呢？”林初九是萧天耀明媒正娶的王妃，有这么一个女人，墨玉儿怎么能高兴起来？

每一个自认是真爱的女子，最开始都会不计较名分，只求跟在那个男人身边。可人的欲望是无穷尽的，跟在那个男人身边后，就会想要名分，就会憎恨那个占着名分的女子。

齐人之福，并不是那么好享受的。

“她活不久了。”即使上次诊脉出了问题，可墨神医依旧很笃定这点。

墨玉儿相信自己父亲的判断，她不解的是：“王爷为什么不求你救她？”明明王爷很看重林初九。

“玉儿，你太天真了。”墨神医摇了摇头，“萧王爷那样的男人，怎么可能会为女人上心？”

“他这么冷酷？”墨玉儿神色骤变，心里发冷。

“最是无情帝王家，萧王爷是个中之最。为父一直劝你不要对萧王爷动真情，可你偏偏不听，一头栽进去。”他这辈子就这么一个女儿，难免会养得骄纵、天真一些，即使明知道这么做不对，可他仍旧选择站在自家女儿这边。

“我，我不相信，我一定会是例外，爹不是常说天下最无情的男人，定会是天下最深情的男人吗，我相信我一定可以让萧王爷用情至深。”

墨玉儿自信满满，她坚信自己是最出色的，如果是以前，墨神医也会这么认为，可和萧天耀相处久后，墨神医觉得这点很难很难。

虽然他很不想承认，可事实是，林相的女儿比他的玉儿好数倍，唯一不好的就是她没有一个好父亲，可萧天耀并不在意这一点。

这样的女人，都无法令萧天耀动情，他女儿能吗？

墨神医对此很怀疑，看到墨玉儿着迷的样子，他又不知如何劝说，只能尽最大的努力帮女儿争取。

墨神医转身出去为萧天耀配制新的药材，新药材加入了他一直舍不得放的珍贵药材。

将这些药材加进去，萧天耀的腿伤不说恢复如常，恢复到原来的七八成是可以的，他之前一直舍不得，现在看来为了自己的女儿，这些牺牲很有必要。

墨神医身边的药童，见到墨神医回到药房，不着痕迹地跟了过去，他颇得墨神医看重，平时经常跟在墨神医左右，侍卫也没有把他放在心上。

药童进去后，并没有急着现身，而是假装捣药，低着头掩去乱瞄的眼神。等到墨神医出来后，药童殷勤地给墨神医打水，闻着墨神医手上独特的药香，药童暗暗点了点头。

药童出去倒水，正好撞到墨神医的弟子陆元，陆元被洒了一身水，一个踉跄险些跌倒。药童忙低头道歉，陆元也没有说什么，只是折回房内换衣服。

这一幕再平常不过，侍卫看了一眼后没有发现异常，便收回视线，继续巡视。

折回房间换衣服的陆元，神色如常，只是背对着门看到手心的纸条后，脸色稍稍有了变化。

展开纸条，上面写着“龙魄”二字。陆元默默地将手上的纸条塞入嘴里，嚼了两下便吞进腹中。换上干净的衣服后，陆元打开自己随身所带的药箱，从药箱最里面取出一支白玉发簪。发簪是用一块完整的白玉，雕刻成兰花的样式。华贵精致，小巧玲珑，惟妙惟肖，特别逼真，乍一看去，还真以为是兰花，一眼就知道此簪价值不菲。

陆元拿出白玉发簪后，悄悄握在手心，出门后继续之前的路，只是这一次，是朝墨玉儿的房间走去。

“墨师姐，你在吗？我有几个不懂的地方想要向你请教。”陆元敲响墨玉儿的房门，不多时就见墨玉儿过来开门。

“是陆元呀，有事吗？”墨玉儿并未让他进门。

陆元恭敬地将自己的问题说了出来，墨玉儿听罢，眉头微蹙，将人引了进来：“你先坐，我去查一下医书。”

陆元问的问题，墨玉儿也不知道。

“麻烦师姐了。”陆元神色拘谨地坐下，态度恭敬，隐隐还有一丝崇拜，这眼神让墨玉儿很受伤。

墨玉儿折回内室查找医书，陆元等了一息，立刻起身。

墨玉儿的首饰盒里也有一支白玉发簪，和陆元手中的那一支一模一样，凭肉眼完全看不出区别。

陆元翻出来后，立刻将两支发簪调了包，随即若无其事地坐回原地。

墨玉儿出来后，什么也没有发现，解答完陆元的问题后，便客气地将人送走。

陆元自以为做得神不知鬼不觉，殊不知锦天院的侍卫，在他进入墨玉儿的房间后，就盯上了他。

是夜，一黑衣人跪在萧天耀面前，低头道：“王爷，陆元调换了墨姑娘一支发簪，发簪手下拿了出来，但不知是什么东西，不敢拿来给王爷看。”

“发簪送去给王妃。”萧天耀沉声说道。黑衣人知晓林初九会医术，对此并不意外：“属下明白。”

黑衣人弓着身子，正欲退下，却听到萧天耀说道：“王妃现在在做什么？”

“王妃？”黑衣人僵了一下，没有回答而是小声地问道，“王爷，要派人盯着王妃吗？”之前王爷不是说不用派人再盯王妃了吗？

没有人盯着，他们哪里知道王妃在做什么。

“不必。”萧天耀明显也明白自己的问题让属下为难了，挥挥手道，“下去吧。”

黑衣人忙不迭退下，就怕萧天耀再问什么奇怪的问题。

林初九白天累了一天，一回去便泡了个热水澡，却仍不解乏，怕生病的林初九早早就睡了。黑衣人无奈，只得将林初九从被窝里“挖”了出来，让她来检查手中的白玉发簪。

林初九在下人的服侍下起床，走出来时依旧哈欠连连：“给我泡一杯浓茶来。”提提神，才有精力面对萧王爷的刁难。

“王妃请稍等。”下人躬身退下，转身的工夫就给林初九沏了一杯茶，不需要任何人命令，悄声退了下去。

“找我有事？”稍稍清醒的林初九开口问道。

黑衣人将来意说明，奉上白玉发簪。林初九看着发簪并没有接，而是非常无奈地说道：“谁告诉你我能辨别这发簪上有没有加料？我又不是神仙，空手就能知道它是不是被人动过手脚吗？”

“王爷说的。”黑衣人很认真地回答道。

林初九默默望天，说不出来地郁闷。

黑衣人见林初九没有动静，又小心翼翼地补了一句：“王妃，事关王爷能否恢复健康，还请王妃不计前嫌，查明此发簪是否有问题？”

不计前嫌？林初九嘴角微抽，这些人也知道萧天耀对她很过分？

“发簪有没有问题很重要吗？既然发现发簪被人调换，弄碎它不就成了。”林初九并没有碰白玉发簪，连多看一眼也懒得。

“王爷想要知道发簪上有什么，以便反击。”萧天耀的性格，不是吃了闷亏不吭声的人，他喜欢一查到底，所以林初九今晚必须查！

“放桌上，出去等，不许任何人进来。”林初九架子摆够了，冷着脸道。

黑衣人见林初九应下，顿时暗松了口气。

作为王爷身边最亲近的人，他们也许比王爷还要清楚王妃在王爷心目中的地位。今天林初九要是不肯应下，他们也不敢拿林初九怎样。

黑衣人转身出去，在跨出门槛时，却听到林初九冷冷道：“不要派人盯着我！”

这是警告，同时亦是告诉黑衣人，他们之前监视她的事，她都很清楚。

黑衣人脚下一崴，差点摔了出来。林初九却不管他，上前将门关上。

解释的机会都没有了！

黑衣人泪了一把，想了一下，还是决定将此事放下，千万不能让王爷知道。

林初九隔着手帕拿起发簪回到屋内，唤醒医圣之心，让医圣之心为她检查，很快结果就出来了：没有任何问题。

“咦？”林初九这下好奇了，拿起发簪对着烛光看了一遍，肉眼什么也看不出来：“难不成中计了？”

医圣之心查不出问题，可林初九不肯死心，她拿着发簪仔细观察，对着光反复查看，这一看还真让林初九发现了问题。

“这不是一块完整的玉。不对，应该是一块完整的玉，被人特意切出裂缝，再用碎玉填补。”雕刻的人手法相当高明，只在花茎的位置留出长长的细缝，外面还用特殊的药物封住了，要不是她看得仔细，肯定就发现不了。

“真是巧夺天工。”林初九忍不住赞道，但称赞归称赞，该做的事还是要做的，林初九随后取来一根细针，先是将涂在细缝里的特殊胶质物挑出来，再将填补在缝里的玉屑一一挑了出来。

裂缝有五条，林初九挑出四条完整的胶状物，有一条失手弄断了。至于玉屑则不多，落在纸上将其铺平，也就只有指甲盖大小，而原来的发簪，在取出这一小撮玉屑后，完全看不出有什么不同。

林初九将发簪妥善放好，挑了一小撮玉屑和那条断掉的胶状物做检查，剩下的则包了起来，准备让黑衣人带去给萧天耀。

这一次终于有结果了！

胶状物是一种琥珀混合物，无毒，用特殊药剂可以将其瞬间溶化，有问题的是里面的玉屑。玉屑经过特殊的药材浸泡，具有一定的腐蚀性，只是……

“就算有腐蚀性，那也不会毁了萧天耀的腿呀？这个对萧天耀有什么用？”

看着检验报告，林初九一脸不解。玉屑有腐蚀性作用，可对萧天耀的腿能有什么影响，萧天耀又不是外伤？

林初九想了一下，依旧没能想明白这东西要怎么暗害萧天耀，便将此事放下。

将东西收拾干净后，折回书桌将检查结果写了下来，待到墨干了后，林初九将纸折好，与玉屑、胶状物放在一起。

走到外室，只说了一句：“可以进来了。”立马门就开了，可想而知对方的动作有多快。

“王妃。”黑衣人双手作揖，立在林初九面前。

“结果出来了，发簪没有问题，发簪里面有几条细缝，里面塞了一些碎玉，碎玉在有腐蚀性的药草中浸泡过，我简单的写出了几种，你拿去给王爷过目。”林初九连同白玉发簪一起给了黑衣人。

黑衣人接过，并没有立刻离开，而是有些迟疑地看向林初九，欲言又止。

“有什么事你就说。”林初九开口询问。黑衣人反倒不敢说，忙摇头道：“没，没有，属下这就告退。”他其实很想问问林初九，能不能亲自去见王爷，他感觉王爷很想见王妃，可这种事，他不知如何开口呀！

黑衣人生怕自己的心思被林初九看穿，走得不免有些匆忙，即使没有林初九突然叫住他，也差点在门口绊了一跤。

“呃……”林初九的嘴巴张成O字形：萧天耀那么精明的人，怎么就有这么二的属下？

林初九捂眼，正准备上前关门，就看到那黑衣人一阵风似的跑了回来：“王，王妃，我给你关门。”

嘭……门关上了，黑衣人走了。林初九在原地愣了一下，突然就笑了。

可惜萧天耀冷冰冰的不好亲近，不然她明天真想把这事告诉萧天耀，一定很有趣。

萧天耀一直在等黑衣人的消息，听到门外有响动后，眼中闪过一抹他自己也不知道是否存在的期待感，可当他只看到黑衣人独自进来时，那抹莫名其妙的期待感飞快地收了起来，沉着冷脸，稳重如初。

“王爷，王妃检查出来了。”黑衣人将手上的东西奉到萧天耀面前。

玉簪、玉屑、胶状物一一用锦帕包好，还有林初九亲笔所写的检查结果。

乍看到林初九的字，萧天耀只想说“真丑”，看到内容后，萧天耀便将这个评价硬生生咽了回去。林初九简洁明了的写法深得萧天耀的赞许，稍稍弥补了字丑的缺点。

看完后，萧天耀和林初九一样，也想不通玉屑里的东西到底有什么作用。不过，不管有没有用，东西取出来就是安全的。

“还回去。”萧天耀暂时还不想打草惊蛇。

是夜，皇宫御书房，太监通报秦太医求见，皇上立刻想到是什么事，忙放下手中未批的折子，屏退书房里的宫女太监，宣秦太医觐见。

作为帝王的心腹，秦太医自然知道皇帝的心思，见过礼后便主动说道："皇上，事情已经办妥了。"他们能做的都做了，至于结果如何就不是他们所能控制的了。

"很好，可有引起他的怀疑？"皇帝心情颇好，嘴角抑制不住地往上翘起。

"没有坏消息出来。"秦太医也不敢肯定最后的结果如何，当下只能给皇帝这么个保守的答案。

而没有坏消息，对皇帝来说就是最好的消息了，皇上满意点头："秦爱卿这段时间辛苦了，此事了结后，秦爱卿回去好好休息一段时间。"

"多谢陛下。"秦太医心头一喜，明白皇帝这是在保他，让他躲到人群后。如此一来，萧王的那些死忠手下，就是再怎么想也想不到他头上，有气也只会找墨神医出。

君臣二人接着又闲话了几句，秦太医离去前，给皇上诊了一个平安脉，发现皇上最近情绪不宁，有些上火，颇为担心地提了出来。

秦太医只是提醒，并没有想过得到回应，可皇上却是主动地开口说起此事："子安的腿，也不知该怎么办才好，最近频繁发作，朕看着那孩子受苦，心里着实不忍。"

安王的腿？秦太医也曾诊过，知道这是一个烫手的山芋，立刻装死不说话。

皇上也明白秦太医没有良策，他实在是太过挂念才会提起，草草说了两句后，皇上便放过了秦太医，反倒是秦太医有些踌躇："皇上，有一句话，臣不知当说不当说？"

"什么话，说……"都说到这份上了，皇上怎么可能不让秦太医说。

"皇上，墨神医的医术不差，他也许能医好安王的腿。"秦太医只是给个建议，至于用不用那就是皇帝的事。

"墨神医？"皇上咀嚼着这三个字，不多时突然笑了起来，"此提议甚好，秦爱卿有心了。"

若是萧天耀死了，墨神医只能听他的才能保住性命。若萧天耀没死，也只有他才能保得住墨神医。而得罪一个名满四国的墨大神医，萧天耀定会麻烦缠身……

检查完萧天耀派人送来的东西后，林初九一夜好眠。萧天耀却失眠了，辗转反侧，怎么也睡不着。

看着林初九写的报告，萧天耀不禁在想，他似乎娶到了一个很了不得的妻子，而这个女人非常懂得藏拙，要不是他一再逼迫，她恐怕会装上一辈子。

这事说起来，也不知是幸还是不幸。

林初九睡得香甜，第二天自然是精神抖擞，气色如花。萧天耀虽然一夜未眠，不过精神头和林初九比起来，却也是只好不差，战神王爷可不是吹的，有的是精力。

上午，林初九例行去萧天耀那里报到，陪萧天耀用过早膳后，便坐在一旁等墨神医过来给萧天耀检查双腿，同时给萧天耀施针。

在外人看来，林初九一天除了睡觉就是照顾萧天耀，事关萧天耀的一切全部亲力亲为，从不假借他人之手，这是她关心萧天耀的表现。可只有林初九自己明白，她是没有选择，萧天耀根本不让她乱跑闲逛。

林初九真是后悔来锦天院了。若是没有萧天耀这尊大佛在，她在萧王府绝对会过得很滋润，哪里会像现在这样，跟个下人似的。

不过，萧天耀逐渐软化的态度，倒也令林初九稍感欣慰，不然她真是要哭死。

这时，两人静静地相对坐着，虽然没有开口说话，可萧天耀刻意收敛了气息，使得屋内的气氛不是紧张而是温馨，偶尔侍卫巡视路过，不禁好奇而大胆地偷瞄一眼，也是一脸羡慕：王爷和王妃感情真好。

墨神医带着墨玉儿进来，见萧天耀与林初九相处融洽，墨神医微不可闻地皱了皱眉，心里再次为女儿担心起来。

墨玉儿反倒像是没有看到一般，只是眼神稍暗，随即又若无其事起来。

“王爷，还请你撩起裤脚。”墨神医要给萧天耀的双腿扎针。

林初九早已将萧天耀搀扶到矮榻上，半蹲在他面前，神色温暖，举止轻柔地替萧天耀撩起裤脚，那副小心翼翼，就好像萧天耀是易碎的水晶。

被人如此珍重的感觉真的很好，萧天耀眉眼间的冷硬不自觉地便软化了。林初九抬头，看到突然变得如此温柔的萧天耀，心跳不由自主漏跳一拍，脸上的笑容情不自禁地放大。

真的，真的好帅。直到林初九回过神来时，仍旧觉得自己脸颊滚烫烫的，一时间神色扭捏，很不自在，想要避开，却又控制不住被萧天耀那双深邃黑亮的眸子所吸引。

萧天耀人本就长得好看，平时冷着一张脸就足够吸引人了，而此刻被他温柔凝视，林初九觉得自己的心都要化了。

这是要心动的节奏？林初九心里惴惴不安，理智告诉她，爱上萧天耀这样的男人会很苦。可心里却又有一点小期待，萧天耀是她的丈夫，她比别的女人更有资格不是吗？

越想越离谱，林初九忍不住便掐了自己一把，在心底暗骂自己一声：胡思乱想什么呢，现在保命要紧，风花雪月什么的又不能当饭吃。

好吧，林初九承认自己胆怯了，萧天耀太好了，她高攀不起。

墨神医正在专心致志地给萧天耀施针，过程有些疼，萧天耀虽然没有表现出来，可额头却是浸出密密麻麻的细汗。

以往也是这样，林初九只当没看到。可今天不知为何，林初九却无法和往常一样无视，犹豫片刻后还是拿起手帕上前。

“王爷，你额头上全是汗，也不给我说一声。”林初九半是抱怨半是娇嗔地道。

说话间，倾身上前，动作轻柔地给萧天耀擦汗。

萧天耀身子一僵，很快就放松下来了，就连墨神医也没有发现。

林初九神色如常，只有她自己才知道，她此时有多么不平静。

近距离对上萧天耀那专注而认真的眸子，这才发现这双眼眸是多么的疏朗俊美，熠熠生辉。心跳再次情不自禁地加快，林初九很想要离开，可却被萧天耀反手拉住：“坐下。”

声音又轻又柔，和以往的冷酷截然不同，林初九根本无法拒绝。

当然，这一次不是出于惧怕，而是心甘情愿，因为她拒绝不了这样的萧天耀。

冷酷霸道的男人，偶尔流露出来的温柔细腻，能将人溺毙。

林初九在萧天耀身边坐下，而萧天耀则顺势握住林初九的手，微微用力便可以让林初九感觉到他的力道，又不会让林初九吃痛。

这是萧天耀第一次和林初九这般亲密地靠在一起，没有剑拔弩张，没有你死我活，只是一个简单的握手，一个最温馨的姿势。

墨玉儿绝不承认自己看得牙酸了，偏偏她收不回眼神。

她在幻想，幻想萧天耀有朝一日也这么体贴地握着她的手，温柔地对她笑。

那画面太美，让人沉醉。

墨神医察觉到墨玉儿的异常，怕她出什么事，寻了一个理由支开了她。

墨玉儿不想走，可看到林初九与萧天耀相视而笑的画面，委实待不下去，只得咬牙离开。眼不见为净。

萧天耀和林初九在某些方面非常相似，他们都是极度自我的人，墨玉儿的存在与否根本影响不到他们，他们该怎么做还是怎么做。

墨神医今天的动作似乎很快，不多时就将银针全部落下，轻弹针尾，银针嗡嗡作响，以极快的频率颤动着。

看到墨神医熟稔地捻针、弹针，林初九双眼放光，要不是她和墨神医注定的敌对关系，她真要不顾身份地缠着墨神医教她。但林初九很清楚，不管她怎么求墨神医都没用，她还是别自取其辱的好。

萧天耀将林初九的神色尽收眼底，待到墨神医拔针离去后，萧天耀侧头道：“想学银针之术？”

“嗯。”许是气氛太好，林初九按着自己的本心道。

“墨神医医术虽好，但他不适合教你。过段时间，本王为你寻个人来。”萧天耀云淡风轻地说道，林初九却是傻眼了，呆愣愣问道：“你，你说你要请人教我？”

“嗯，不喜欢吗？”声音很轻，如飘飘扬扬的羽毛轻拂心脏。林初九感觉自己的心脏颤了一下，脑子瞬时便空了，舌尖不受控制地僵直，结结巴巴道：“不，不，不是的，我，我喜欢。”

林初九感觉自己的心跳飞快，她觉得她昨天的猜测似乎是真的，萧天耀也许真的喜欢她了。不过，这种事情可不能光凭猜测，要是猜错了就尴尬了。

林初九努力平复自己激动的心情，用仅剩的理智问道：“我，我可以问为什么吗？”

“可以。”萧天耀含笑点头，至于他会不会回答？

这就要看林初九的表现了。

不知萧天耀想法的林初九，傻傻地却又极认真地问了一句：“为什么？”

可是……等了半晌也不见萧天耀回答，萧天耀像是没有听到一般，侧头望向窗外。这是什么意思？

林初九心有不安，又问了一句："王爷，你能告诉我为什么吗？"

"什么为什么？"萧天耀开口，仿佛是压根没有将刚刚发生的事放在心上，要说不失望那是骗人的。可偏偏林初九是个固执的人，她宁可失望也要问个清楚："王爷，你为什么愿意请人教我针灸术？"为什么会突然对她这么好？

"需要原因吗？"萧天耀冷着一张脸，可眼中却带着一丝笑意。

他终于能够理解苏茶为什么喜欢逗流白了，因为很有意思。

"你刚刚说了，我可以问为什么的。"林初九的声音，不自觉地带上一抹委屈。

萧天耀轻轻点头："是这样没有错，可本王有说一定会回答你吗？"

"呃……"这倒是没有说，不过林初九可以再问，"王爷，你能回答我吗？"

林初九脊梁挺得笔直，脸上也带着恬淡的笑容，连她自己都不知道，那双紧握的玉手，泄露了她此时的心情。

萧天耀看了一眼便收回眼神，没再继续逗弄林初九，开口道："没有为什么，你是本王的王妃。"他承认了林初九的身份，不是因为圣旨，只因为林初九这个人。

"原来，只因为我是你的王妃呀。"林初九说不出是庆幸还是失落，只觉得心里闷闷的难受。

不过，随即一想她也就释然了，萧天耀这样的天之骄子，怎么可能会轻易就喜欢上她，是她自作多情了。左右她也只是想一想，她并没有动心……

是的，她没有动心，她不喜欢萧天耀。所以，她不会失落，也不会难过，只是……

心里闷得难受，眼眶也酸酸的，到底是因为什么呢？

林初九心里烦躁，可却不想在萧天耀面前表现出来，接下来的林初九异常沉默。

虽然她平时在萧天耀面前也不会多话，可今天的沉默却还是有些特别，萧天耀看了她一眼，可林初九又和往常一样，行事说话滴水不漏，萧天耀也就没有再作关注。毕竟他每天要想要做的事情实在太多了，能花一两眼的时间看林初九，已经非常忙里偷闲了。

下午，林初九例行为萧天耀按揉双腿。结束后，墨神医特意进来一趟："王爷，今天我给你加了一味药，有利于你的双腿更快更好地恢复。"

"什么药？"萧天耀并没有信任墨神医，信任到一切由他的地步。

"龙魄！"墨神医说出两个字，眼中是毫不掩饰的骄傲，而他也的确有骄傲的资格。

龙魄是神州大地治愈经脉受损的顶级神药，是近乎是传说般的存在，在东文等四国有市无价，甚至在中央帝国也只有极上层的权贵才有可能弄到一星半点儿。

"整株？"萧天耀语气有几分急切，饶是冷静如他，在听到龙魄后也忍不住震惊。

他受伤时，为他医治的大夫说，如果能寻到整株龙魄，他的腿当时就能好。可放眼四国，别说整株的龙魄，就是连一片叶子也寻不到。

墨神医神色一僵，脸上的骄傲之色瞬时收起，有些不自在地说道："半株。"

虽说不是整株，却也已经非常难得。只是之前抱的期待太大，现在听到半株，萧天耀隐有几分失望。好在萧天耀善于隐藏情绪，面上倒也没有表露出来，略微提高音量赞道：“龙魄在中央帝国也不曾多见，墨神医手上能有半株已是不凡，本王佩服。”

墨神医听到这话，脸色这才好看起来，不无矜持道：“王爷谬赞，老夫得此株龙魄也是意外。多少年了，老夫一直舍不得用，本想留给玉儿。不过，现在用在王爷身上，和留给玉儿也没什么区别。”

墨神医话中的暗示意味赫然鲜明，而且让人无法讨厌，萧天耀只是一顿，便道：“本王明白了，墨神医安心。”

“有王爷这句话，老夫就放心了。”墨神医暗自松了口气，他还怕萧天耀会气他之前不把龙魄拿出来呢，现在看来萧天耀没有那么小气。

“王爷你稍等片刻，老夫去处理龙魄。”萧天耀若是不给墨神医一个肯定的承诺，墨神医是绝不会用龙魄的，现在很明显，萧天耀的承诺让墨神医安心了。

墨神医离去前，眼神扫向站在萧天耀身后的林初九，脸上露出一抹古怪的笑意。林初九只当没看见，脸上不见丝毫愤怒，甚至比之前更加地温婉柔和，可只有她自己才知道，她心里难受得有多要命。

说不出是什么滋味，只知道心里堵得厉害。

深吸了口气，林初九强压下翻滚的情绪，露出与平时无异的笑容，用着与平时无异的语调说道：“王爷，要不要先扶你到榻上休息片刻？”

“不必。”萧天耀招了招手，示意林初九走到他面前来。

“王爷，有什么事？”林初九上前，半蹲在萧天耀面前。

她知道，这个男人不喜欢仰视谁，他一向是俯视天下，哪怕面对当今圣下，亦不见得会抬头看人。

“你不高兴？”萧天耀单刀直入。林初九表情不变：“怎么可能，只要王爷的腿能好，我除了高兴没别的。”

“是吗？”萧天耀明显不信。林初九语气越发笃定：“那当然。”她很高兴，她相信她很快就会自由了，等萧天耀的腿痊愈后，她这个王妃也就没有存在的价值了。

萧王府有了墨玉儿这个女主人，她的存在就可有可无。到时候，无论是失踪还是“病逝”，都是一个脱身的法子。

“你在撒谎。”萧天耀盯着林初九看了半晌，突然倾身向前，手指轻抚她的脸，林初九身子一僵，一动不动。

萧天耀只当没有看到，大手缓缓婆娑，直到落在林初九的眼窝处：“你撒谎时，眼睛会睁得很大，刻意与人对视。”像是为了证明自己没有撒谎一般。

“是，是吗？”林初九脑子一片糨糊，根本不知道该说些什么好。

“是与不是，你自己心里很清楚。”指腹在林初九的眼眸处流转，萧天耀凝望林初九的眼神很专注，专注到林初九一抬头，就能看到萧天耀眼中的自己……

第十六章　夫人很凶残

萧天耀的指腹停在林初九的眼角，轻轻地摩挲着流连忘返，那种痒痒的感觉令林初九很不习惯，可萧天耀却没有移开或者加重力道的意思，就这么轻柔地摇曳着，晃动着，如最轻柔的羽毛撒落心尖。

四目相对，看到萧天耀那放大的俊颜，还有黑眸中缩小版的自己，林初九一动不敢动，甚至连呼吸都是小心翼翼的。

萧天耀的双眼似乎有着无穷无尽的魔力一般，林初九发现此刻除了萧天耀，自己的眼中、脑海里，再也没有其他任何一切，全部被这个男人填得满满的……

她想，哪怕萧天耀此刻问她愿不愿意为他而死，她都会傻傻点头。可是萧天耀没有问这样的话，萧天耀只是抚着她的脸，对着她轻轻道："你是我的王妃，不管萧王府有多少女人，你都是本王的王妃，唯一的那个。"

"只，只是王妃吗？"林初九不知自己是怎么了，问出来才知道自己说了什么，当即惊得跌坐在地，"我，我不是故意的。"

林初九看着僵在眼前的手，完全不知所措。

她平时不是这么笨的，可今天却一再出丑。明明想要在萧天耀面前好好表现，可总是事与愿违，一而再再而三地将自己笨拙的一面展露在他眼前。

真的好郁闷。

"蠢死了。"萧天耀没事人似的收回手，合上眼，掩去眼中浅浅的笑意。

林初九郁闷得快要哭了，低头，掩去心中的挫败，自己撑着站了起来，随手拍了拍身上的灰尘，佯装无事道："王爷，时辰差不多了，我推你去泡药浴。"

"嗯。"萧天耀依旧没有睁眼，因为他还在笑。

时间刚刚好，林初九推着萧天耀过去时，墨神医正好理完龙魄，看到萧天耀过来，墨神医更加激动："王爷，虽然只有半株龙魄，可却是满了千年，药效极好。不出三天，王爷你就可以正常行走了。"

"多谢墨神医，墨神医的恩情本王记下了。"萧天耀此时已冷静下来，得知墨神医手上有龙魄后，他就知道自己很快便能恢复正常。

在轮椅上坐了这么久，萧天耀都快忘了双腿自由行走的感觉了。

他很期待三天后的到来！

"不谢，不谢，都是一家人，没什么好谢的。"墨神医试探地说道，而萧天耀也没有否认，当然他也没有承认。

林初九一直当自己不存在，静默地站在一旁，面对墨玉儿时不时丢来的挑衅眼神，林初九只是轻轻一笑，并没有放在心上。

"玉儿，过来帮我捣药。"墨神医却不想自己的女儿落到和女人争宠的地步，忙让墨玉儿忙起来。

他的女儿，不需要放低身段讨好人，这些事他这个当父亲的自会做好。

墨玉儿虽不懂墨神医的良苦用心，却也非常听话，当即去了隔间，按墨神医的吩咐，将一干配药悉数切碎。

浴桶里已经放了不少的药材，墨神医试了试水温，说道："王爷，可以宽衣了。"

不需要多言，林初九就会帮萧天耀将衣服脱下，此时守在门外的曹管家会进来帮忙，扶着萧天耀坐进浴桶。

"嗯。"坐下的瞬间，萧天耀痛闷一声，脸上闪过一抹痛苦之色，可很快就恢复平静。

室内白雾萦绕，浴桶里的温度更高，不多时萧天耀就全身通红，脸上布满汗珠，林初九没有替他擦拭，只是站在一旁静静地看着，等着墨神医加药，给萧天耀施针，等到室内只有他们两人时，便坐在一旁给萧天耀"读书"。

墨神医陆续往浴桶里加了两次药，却没有将龙魄加进去，直到墨玉儿将切碎、炮制好的药材端过来，墨神医这才拿出龙魄。

墨玉儿是第一次见到萧天耀全身赤裸的样子，虽然隔着高高的浴桶看不到什么，可墨玉儿仍旧羞红了脸，只是……

室内温度一直很高，每个人都是一脸通红，满身大汗。再说了，现在众人的注意力都放在龙魄身上，也就没有人去管墨玉儿如何。

"王爷，药材准备好了，我这就将龙魄加进去。过程会很痛，请你忍一忍。"墨神医的声音有些颤抖。

拿出龙魄，他很不舍。现在就要用掉，他更不舍。

"本王忍得住。"萧天耀轻抿着唇，双眸比之前亮了不少，可见在他心底也是激动的。

"玉儿，过来帮爹将药材倒进去。"墨神医时刻不忘给自家女儿制造机会，而看在龙魄的面子上，萧天耀难得地没有说话。

墨玉儿心里想什么没有人知道，她坦然地上前，目不斜视，按照墨神医的要求，一点一点往浴桶里加药材。

辅药加了一半后，墨神医将炮制好的龙魄递给墨玉儿。

龙魄通体血红，莹亮剔透，散发出浓郁的精血气息，一瞧就知道是大补品。据说是神龙的魂魄凝结而成，汁液皆为神龙精血，所以得名龙魄。

龙魄只有龙族圣地才有，一般人根本采不到，外面几乎看不到龙魄的影子，偶有几株龙魄也只是品性不佳的百年龙魄，像墨神医手中的这株千年龙魄，可谓是极品。

墨神医手中的半株龙魄草，经过特殊的手法炮制后，提炼出小半瓶红色的液体，墨神医将其交给墨玉儿，由她加进萧天耀的药汤里。

墨玉儿双手接过，神情凝重，庄严肃穆，就像是举行什么重要的仪式一般。

打开……一股说不清味道的气息扑面而来，林初九眉头一皱，见墨神医与萧天耀神色如常，猜到这应该是正常的现象。

不懂就不说。林初九不吭声，当下只看着墨玉儿将手中的龙魄一滴一滴地滴入浴桶。

啪嗒……啪嗒……鲜红色的液体，比鲜血还要刺目，却没有鲜血的腥味，龙魄的气味散开，竟出奇地好闻。

林初九觉得这世界真的很神奇，居然还有这么神奇的东西。

然而，就在此时，医圣之心突然发出提醒：有毒气！

什么？

林初九懵了一下，就听到医圣之心重复了一遍：有毒气体，对人体有害！

对人体有害的有毒气体？

林初九脸色大变，第一反应便是萧天耀的腿！

医圣之心是在墨玉儿将龙魄加进去后才突然提醒的，这就说明龙魄，不，应该是药浴有问题。

萧天耀有危险！

林初九脸色大变，想也不想就冲上前，大喊："住，住手。别再加药了。有毒，王爷，药浴有毒。"

"啊……"墨玉儿正严肃地将龙魄滴入浴桶，根本不曾想到林初九会突然冲上前来，顿时被林初九推得后退两步："啪嗒"一声，手中的龙魄摔落在地，鲜红色的液体瞬间将地面染红。

"啊……龙魄。"墨神医傻了，僵在原地一动不动。

"林初九，你混蛋！"萧天耀低咒一声，冷冷地扫向林初九。

这个女人，居然打破能医好他双腿的绝世良药，她到底要做什么？

"林初九，你在干什么？这是龙魄，这是医王爷双腿的圣药，你居然毁了它。"墨玉儿脸色大变，声音尖锐地喊道。

墨神医反应过来，一脸怒容，破口大骂：“疯女人，你在干什么，这是龙魄，你居然毁了它，你到底有何居心？”

看着掉在地上的龙魄，墨神医心疼得不行，剜向林初九的眼神越发地凶恶，右手死死握成拳头，克制自己想要打人的冲动。

林初九却不管他们，而是一脸急切地扑到萧天耀身边，扯着萧天耀就往外走：“王爷，药浴有问题，你快起来。”

医圣之心一再提醒，虽然没有说出原因，可林初九却知道，此事必然与龙魄有关。

可是，萧天耀没有动，只是冷冷地看着她。

药有问题？林初九在开什么玩笑。别说墨神医不敢对他下黑手，就说他的人全天盯着墨神医，所有的药在用之前，都由他的人亲自检查过，这些药能有什么问题？

白玉发簪？那支簪子早就处理好了，甚至陆元那几个人也都被盯住了，他们根本没有别的行动。

“林初九，你发什么疯，还不快让开，你想害死王爷吗？”墨玉儿上前，一把拉开林初九。林初九却不理会她，反手就将她推得更远。

“萧天耀，你相信我，我没有骗你，药浴真的有问题。”林初九急得不行，直接叫出萧天耀的名字，“你快出来呀。”

可是萧天耀没有动，他“啪”地甩开林初九的手：“林初九，你为什么要打碎龙魄，你到底是谁的人？给本王一个解释！”为什么在关键时刻，居然打碎能让他双腿好起来的药。

林初九她到底想要做什么？

难道，林初九之前所做的一切，都是为了取得他的信任，就为了这一刻的背叛？

“王爷，我说了，你的双腿……不能再泡药浴了。这药浴有问题，你快起来。”林初九没有生气，她知道光凭一面之词无法让萧天耀相信，可现在的她没有证据，也没有时间去拿证据。

林初九急得不行，顾不得墨神医在场，直接道：“王爷，你相信我一次，求你，求你快出来，这些药只会害了你。”

为了让萧天耀相信自己，林初九急急地道：“昨晚，昨晚你就发现墨玉儿有异常不是吗？”

“你在胡说什么？”墨神医感觉事情不对，当即压下自己的怒气，斩钉截铁地道，“我女儿能有什么异常？这天下任何人都有可能谋害王爷，唯有玉儿不会。”

“王爷，我爹说得没错，我们父女二人绝不会暗害王爷。”墨玉儿僵在原地，急急解释。

这一点萧天耀相信，墨神医没那个能耐，也没有那个本事。只是他没有说话，而是看向林初九，他需要林初九给他一个解释。

林初九心里急得要命，急着说服萧天耀，可她眼下又找不到证据，只能大喊：“王爷，你信我一次，我扶你起来。这药浴有问题，对你双腿只有坏处没有好处。”

明知萧天耀不会信她，可她仍要试，因为……她舍不得萧天耀出事。

“不能，王爷你不能起来。龙魄一旦起效，中途就不能中止，不然……你的双腿就真废了，甚至还有可能丢命。王妃这是要害死你呀。”墨神医生怕萧天耀真信林初九，急忙解释道，“王爷，你现在是不是感觉双腿处像针扎一样？这就是龙魄起效了，龙魄会一一渗入体内，修复你坏损的经脉，这个过程一旦中断。轻则双腿尽废，重则身亡毙命！”

“林初九，你可听到了？”这就是萧天耀不能起身的原因。

即使药浴里面真如林初九所说的有毒，只要不会立刻致命，他都不能起来。

当然，他很清楚药浴里有没有毒，他身上的避毒石没有任何反应。

林初九在撒谎！

萧天耀看着林初九，眼神冰冷的没有一丝温度：“你到底要做什么？突然像一个疯子似的大喊大叫？”真的，是要取他的命吗？

“我，我不知道龙魄有这样的效果。但即便墨神医没有害王爷之心，却不能说神医身边的人也没有。”林初九后退一步，几乎不敢相信萧天耀会用这么冰冷的眼神看着她，这眼神……

比他们初见时还要冷上三分。林初九毫不怀疑，萧天耀要是能动手的话，一定会杀了她。

林初九的心瞬间冰冷，就像无形中有一只大手，紧紧揪住她的心，狠狠拧紧，好痛……

“我，我没有要害你的意思。是真的，药浴真的有问题，你会有危险，你必须尽快起来。”可即便如此，林初九依旧惦记着萧天耀的安全，只是她已不敢上前。

“你的话，我无法相信，本王相信证据，拿出证据来。”萧天耀没有动，他想相信林初九，可时机太巧了，就在龙魄起效时，林初九突然发疯似的撞过来，甚至将余下的龙魄毁掉，这让萧天耀不得不多想。

林初九是不是皇上的人？

“证据，证据……我，”林初九不知道该怎么说，最后只能低头道，“我拿不出证据，但我没有骗你，真的没有骗你。”

她，她要怎么证明给萧天耀看，让萧天耀相信她？

拿不出证据？

“林初九，这就是你给本王的解释？”萧天耀心里发寒，泡在水里的双手，紧握成拳。

他想要掐死林初九，这是他第一次试着相信一个女人，可结果呢？

她却反手给了他一刀。

“不是……我现在拿不出证据，但我真的没有骗你。我用我的生命发誓，药真的有问题，你快出来……快出来好不好？”林初九心似刀割，可仍放不下萧天耀，想要将他拉出来，却被墨玉儿推开了。

“王妃，你休要血口喷人。什么叫我父亲身边的人有问题？我父亲为了王爷，可是将珍藏了半辈子的龙魄都拿了出来，你凭什么说我父亲要谋害王爷？如果我父亲想害王爷，只要不医王爷的腿就行了，根本没有必要进萧王府冒险。”

“我没有说墨神医要害王爷，我只说药浴有问题。”林初九看着萧天耀，萧天耀却一声都不吭，他的态度让墨神医与墨玉儿明白他不相信林初九。

墨玉儿越发气愤地怒斥林初九：“王妃，我虽是江湖女子，可也不是任人欺辱的，你没有证据就胡乱说我要谋害王爷，你到底居心何在？”

清冷的眸子染上泪意，似有无尽的委屈。

“王妃，你不仅仅污蔑我，还强行打断我父亲为王爷医治，甚至打碎了能医好王爷双腿的圣药。你知不知道如果没有这半瓶龙魄，王爷的腿不仅不能好，伤势反倒要加重。你这么做是要害死王爷吗？”

墨玉儿的指控很严重，可林初九不在乎，她只在乎萧天耀的态度：“你也不信我吗？我要害你，当时就可以……”洞房那一夜，她完全可以杀死萧天耀。

“所以本王给你一个解释的机会。”萧天耀自认自己对林初九已经足够宽容，换作旁人，早就死了。

“解释？我要是能解释出来我早就说了。萧天耀，你明明知道墨神医身边的人有问题，你为什么还不相信我？”林初九很少在人前哭，母亲死后，她就清楚没有人疼的孩子，流泪也无人在乎，可这一次却是忍不住哭了出来。

不是为了哭给谁看，而是心里难受到极致，痛得无法自抑。

林初九哭得很伤心，可她的眼泪打动不了任何人。墨神医甚至补充道：“王爷，玉儿说得没错。龙魄的剂量不够，不仅医不好你的双腿，反倒会加重你的伤势。这半株龙魄本就不够，好在是千年龙魄，我又加了其他的药催动龙魄的药性，将龙魄的药性发挥到极致，这才勉强有整株龙魄的药效。可现在，剩余的一半也被王妃打碎了，王爷你的腿怕是……”

“墨神医你何必添油加醋，”林初九打断了墨神医的话，“龙魄是什么我不懂，我只知道你配的药浴有问题，要是全部倒下去，王爷的腿不仅会废，人也会有事。”

“我配的药有什么问题？还请王妃指出来？”墨神医也是一个硬脾气，他明明没有下黑手，所以理直气壮，毫不气短。

“我要知道现在还会和你纠缠？”她早就说出来了好不好，可偏偏那坑死人的医圣之心只提醒她有毒，却说不出原因。

“哈哈……”墨神医讥讽一笑，“王妃你以为你是什么人？你说有问题就有问题？你这么做是对老夫的污辱。王爷，你自己也看到了，老夫拿出珍藏一辈子的药草为王爷医治，却被你的王妃毁掉，不仅如此，萧王妃还倒打一耙指责老夫。要不是看在玉儿的面子上，老夫早就甩手走人了。王爷，这件事贵府不给我一个合理的解释，我绝不会就此罢休。”

墨神医也是有脾气的，他没有做亏心事，却被林初九一再指责。他要不反击当作什么事都没有发生，反倒降了身份，显得自己心虚。

萧天耀眼眸微眯，露出一丝危险的意味。一半针对林初九，一半则是针对墨神医。

他不喜欢被人威胁，林初九虽然做得不好，可墨神医却不该威胁他。

“出去。”萧天耀冷冷开口，对着林初九冷冷道。

不管墨神医有没有问题，他现在都必须安抚墨神医，他的腿还需要人家医治。

“你……”林初九脸色一变，踉跄后退，咬唇道，“要怎么样，你才肯信我？”

“本王无法信你。”林初九什么也拿不出来，要他如何相信？

“怎样都不行吗？”

“是的。”

“我……知道了。”林初九抹了一把脸，将脸上的泪痕擦干，木木然看着萧天耀，灵动的眸子没有一丝光泽，“你不信我没关系，真的没有关系，一点儿关系也没有。”

“我会走的，我这就走……”林初九转身就往外走，一步一步走得异常沉重，单薄的身子微蜷，无声地诉说着她的难堪与委屈。

萧天耀心中一痛，几次想要开口，最终还是忍了下来。

吱呀一声，门开，曹管家带着精兵守在屋外，见到林初九出来，曹管家担心地唤了一句：“王妃，你还好吗？”显然，曹管家知道里面发生了什么事。

“曹管家，你相信我吗？”林初九没有回答，而是问道。

“这……”曹管家一脸为难。

“哈哈哈……”林初九突然大笑，“原来你也不信我，我做人真失败。”她自认自己对得起萧王府上下，结果却是她自作多情了。

“王妃，你别这样。这里面许是有什么误会。”曹管家竭力给林初九寻个理由，可是……

这些都不是林初九想要的。

“没有误会，我也没有骗人。王爷泡在药浴里，对他有害无利。”林初九一再坚持自己的判断。

曹管家生怕林初九再说什么话惹萧天耀不高兴，忙催促道：“王妃，我们先下去吧。”这是要软禁林初九的意思。

“我会走的，但不能这样离开。你们家王爷不信任我，对我也不好，可总归护了我一段时间，看在这些日子的分上，我最后为你们家王爷做一件事。”

林初九话里话外都透着危险的气息，曹管家眼皮一跳：“王妃，你别做傻事。”

说完就要去拉林初九，可是来不及了！

“曹管家，我不会做傻事，我只为我之前愚蠢的心动，做个了断。”

林初九推开曹管家，趁所有人都没有防备时，猛地撞向浴桶……

萧王府的侍卫，不管有没有受到林初九的恩情，心里都记着林初九。如果林初九不是得罪了萧天耀，萧王府的侍卫一定会无条件支持她，哪怕明知她是错的也不会摇头。

偏偏林初九得罪的是萧天耀，好在萧天耀没有定案，不然侍卫也不敢帮助林初九。

“我们要不要去找吴大夫？”胆大的侍卫扶着林初九坐下，看向同伴。

这种事王爷不会过问，但前提是他们两个都不能说出去，不然，后果他们承担不起。

另一人犹豫了下，咬牙道：“王爷只让我们将王妃关起来，并没有说不能给王妃请大夫，我们先把王妃关起来，然后再去寻吴大夫。”吴大夫要是不肯救，他们也没有办法。

“就这么办了。”

林初九身前和脸上全都是血，两个侍卫不知道林初九到底伤到了哪里，也不敢乱动，只能先将她带到牢里，等吴大夫来看。

吴大夫知晓前因后果后，非常不想管林初九的死活。林初九不知道龙魄的重要性，可他知道呀。

“王妃这是要害死王爷呀。”侍卫不懂中断医治的后果，吴大夫懂，所以他更不敢动。

万一，王爷事后追究起来，后果不堪设想呀。

“王妃说药浴有毒，这才冒险中断。王妃自己也受了伤，她应该不是有意要谋害王爷的吧？”侍卫问得很小心，他们想问题很简单。

“过程如何一点儿也不重要，重要的是结果。不管王妃出于什么目的，她害了王爷这就是事实。你们可是王府的侍卫，负责保护王爷的安全。”吴大夫竭力说服侍卫，当然也是借此说服自己。

他不想惹事，可心里又不安。

“王爷真的会出事？”侍卫亦很不安。他们帮林初九的前提是萧天耀没有事。

“龙魄反噬，轻则残废，重则身亡，你们说呢？”吴大夫不答反问。侍卫哑口无言，半晌后才讷讷地道：“王妃也懂医术，她会阻止也许是药浴真有问题。”

“墨神医所用之药都是经我亲手检查过的，室内一应器皿也全是我萧王府的东西。当然，这些都不是重点，重点是如果药浴真的有毒，王妃为什么不说出来？她要说出哪味药有问题，王爷怎么可能将她关起来？”很明显，吴大夫也是不相信林初九的，可却又想不明白她为什么要这么做。

她若真想害死王爷，也不至于做得这么粗暴，依王妃的聪明，不至于做出这么没脑子的蠢事。

“那，那我们就不救王妃，任她自生自灭？”侍卫被吴大夫说得充满自责，深深地觉得自己对不起王爷。

“怎么能不救，王妃是我们的主子。也许王妃是为了王爷好，只是受人蒙蔽了。”吴大夫一听侍卫放弃，又开始说服侍卫。

好吧，吴大夫承认其实他自己也不知道该怎么办才好。

“萧天耀，我们互不相欠，重归陌路！”

砰的一声巨响，林初九撞向浴桶，萧天耀连人带桶一起倒在……水洒了一地，药浴泡不成了。

“林初九，你这个疯子！”萧天耀长这么大就从来没有这么狼狈过。

赤着身子摔倒在地不说，全身水淋淋的，头发上还挂着药草，双腿更像是针扎一般地疼。

双拳握得“嘎吱”作响，萧天耀有杀人的冲动。

“啊……”墨玉儿尖叫一声，忙捂住眼背转过身去。

“王爷，快，扶王爷起来。”曹管家反应过来，第一时间冲了进去，脱下外套披在萧天耀身上，与侍卫一起将萧天耀搀扶起来。

混乱中，没有人看到倒在药液里的林初九一动不动，更没有人注意到，那腥红的血从她身下溢出，与药汁混在一起，混合成一种让人看过欲呕的颜色。

萧王府的人此时都围着萧天耀，很快就将萧天耀打理干净，却发现萧天耀的神色不对，曹管家大喊：“墨神医，你快来，我家王爷，我家王爷他怎么了？”

萧天耀身上透着不正常的红晕，看上去就好像血要爆出来一样。

“龙魄反噬，王妃这是要王爷的命！”墨神医只看一眼就明白了，“快将王爷扶回房去，我要为他施针。”

“是，是。”曹管家忙不迭地推动轮椅，路过林初九身边时，曹管家脚步一顿，“王爷，王妃她……”

“关起来！”一再挑衅他的忍耐极限，真以为他舍不得动她吗？

“是。”曹管家应了一声，再不敢耽搁，忙推着萧天耀往前走。愤怒的萧天耀没有发现，林初九身下的那一摊血迹正越来越大……

墨玉儿走在后面，她看到了，可是那又如何？

墨玉儿走到林初九身边，高高在上，居高临下，用看蝼蚁的眼神看着林初九，漂亮的眸子闪过一道寒光，随手取下头上的白玉发簪：啪的一声折断，转身往外走去。

区区一支白玉发簪就能坑到林初九，这笔买卖怎么算怎么划算。

萧天耀有令，将林初九软禁起来，侍卫也不敢偏袒，忙将林初九拉了起来，只是这一动侍卫都傻眼了。

林初九一身是血，整个人就像是从血泊里拉出来的一样。

“王妃，王妃没事吧？”胆大的侍卫，小心翼翼地伸手放在林初九的鼻子下，发现还有气息，这才松了口气。

“还有气。”

“王妃这个样子，就算有气也活不了多久。”另一个侍卫眼露担忧。

他们平日里虽然很少吭声，可林初九在萧王府所做的一切，他们都看在眼里。林初九根本不知道，她亲手给侍卫们包扎伤口，这对他们来说意味着什么。

萧王府的侍卫，不管有没有受到林初九的恩情，心里都记着林初九。如果林初九不是得罪了萧天耀，萧王府的侍卫一定会无条件支持她，哪怕明知她是错的也不会摇头。

偏偏林初九得罪的是萧天耀，好在萧天耀没有定案，不然侍卫也不敢帮助林初九。

“我们要不要去找吴大夫？”胆大的侍卫扶着林初九坐下，看向同伴。

这种事王爷不会过问，但前提是他们两个都不能说出去，不然，后果他们承担不起。

另一人犹豫了下，咬牙道：“王爷只让我们将王妃关起来，并没有说不能给王妃请大夫，我们先把王妃关起来，然后再去寻吴大夫。”吴大夫要是不肯救，他们也没有办法。

“就这么办了。”

林初九身前和脸上全都是血，两个侍卫不知道林初九到底伤到了哪里，也不敢乱动，只能先将她带到牢里，等吴大夫来看。

吴大夫知晓前因后果后，非常不想管林初九的死活。林初九不知道龙魄的重要性，可他知道呀。

“王妃这是要害死王爷呀。”侍卫不懂中断医治的后果，吴大夫懂，所以他更不敢动。

万一，王爷事后追究起来，后果不堪设想呀。

“王妃说药浴有毒，这才冒险中断。王妃自己也受了伤，她应该不是有意要谋害王爷的吧？”侍卫问得很小心，他们想问题很简单。

“过程如何一点儿也不重要，重要的是结果。不管王妃出于什么目的，她害了王爷这就是事实。你们可是王府的侍卫，负责保护王爷的安全。”吴大夫竭力说服侍卫，当然也是借此说服自己。

他不想惹事，可心里又不安。

“王爷真的会出事？”侍卫亦很不安。他们帮林初九的前提是萧天耀没有事。

“龙魄反噬，轻则残废，重则身亡，你们说呢？”吴大夫不答反问。侍卫哑口无言，半响后才讷讷地道：“王妃也懂医术，她会阻止也许是药浴真有问题。”

“墨神医所用之药都是经我亲手检查过的，室内一应器皿也全是我萧王府的东西。当然，这些都不是重点，重点是如果药浴真的有毒，王妃为什么不说出来？她要说出哪味药有问题，王爷怎么可能将她关起来？”很明显，吴大夫也是不相信林初九的，可却又想不明白她为什么要这么做。

她若真想害死王爷，也不至于做得这么粗暴，依王妃的聪明，不至于做出这么没脑子的蠢事。

“那，那我们就不救王妃，任她自生自灭？”侍卫被吴大夫说得充满自责，深深地觉得自己对不起王爷。

“怎么能不救，王妃是我们的主子。也许王妃是为了王爷好，只是受人蒙蔽了。”吴大夫一听侍卫放弃，又开始说服侍卫。

好吧，吴大夫承认其实他自己也不知道该怎么办才好。

“萧天耀，我们互不相欠，重归陌路！”

砰的一声巨响，林初九撞向浴桶，萧天耀连人带桶一起倒在地上，浴桶重重地裂开，水洒了一地，药浴泡不成了。

“林初九，你这个疯子！”萧天耀长这么大就从来没有这么狼狈过。

赤着身子摔倒在地不说，全身水淋淋的，头发上还挂着药草，双腿更像是针扎一般地疼。

双拳握得“嘎吱”作响，萧天耀有杀人的冲动。

“啊……”墨玉儿尖叫一声，忙捂住眼背转过身去。

“王爷，快，扶王爷起来。”曹管家反应过来，第一时间冲了进去，脱下外套披在萧天耀身上，与侍卫一起将萧天耀搀扶起来。

混乱中，没有人看到倒在药液里的林初九一动不动，更没有人注意到，那腥红的血从她身下溢出，与药汁混在一起，混合成一种让人看过欲呕的颜色。

萧王府的人此时都围着萧天耀，很快就将萧天耀打理干净，却发现萧天耀的神色不对，曹管家大喊：“墨神医，你快来，我家王爷，我家王爷他怎么了？”

萧天耀身上透着不正常的红晕，看上去就好像血要爆出来一样。

“龙魄反噬，王妃这是要王爷的命！”墨神医只看一眼就明白了，“快将王爷扶回房去，我要为他施针。”

“是，是。”曹管家忙不迭地推动轮椅，路过林初九身边时，曹管家脚步一顿，“王爷，王妃她……”

“关起来！”一再挑衅他的忍耐极限，真以为他舍不得动她吗？

“是。”曹管家应了一声，再不敢耽搁，忙推着萧天耀往前走。愤怒的萧天耀没有发现，林初九身下的那一摊血迹正越来越大……

墨玉儿走在后面，她看到了，可是那又如何？

墨玉儿走到林初九身边，高高在上，居高临下，用看蝼蚁的眼神看着林初九，漂亮的眸子闪过一道寒光，随手取下头上的白玉发簪：啪的一声折断，转身往外走去。

区区一支白玉发簪就能坑到林初九，这笔买卖怎么算怎么划算。

萧天耀有令，将林初九软禁起来，侍卫也不敢偏袒，忙将林初九拉了起来，只是这一动侍卫都傻眼了。

林初九一身是血，整个人就像是从血泊里拉出来的一样。

“王妃，王妃没事吧？”胆大的侍卫，小心翼翼地伸手放在林初九的鼻子下，发现还有气息，这才松了口气。

“还有气。”

“王妃这个样子，就算有气也活不了多久。”另一个侍卫眼露担忧。

他们平日里虽然很少吭声，可林初九在萧王府所做的一切，他们都看在眼里。林初九根本不知道，她亲手给侍卫们包扎伤口，这对他们来说意味着什么。

救，怕死。

不救，良心难安。

王妃平日里待他不薄，师门绝学亦毫不避讳地倾囊相授，要是不帮忙的话他真正是寝食难安。

如果王妃因此而死，他这辈子都会良心不安。

侍卫被吴大夫说得一愣一愣的，左右为难，完全不知道该怎么办才好，相视一眼，齐齐问道："吴大夫，你就给个准话吧，你这到底是帮还是不帮？"

"我……"吴大夫咬了咬牙，重重点头，可是"帮"字还没有说出来，流白就飞似的跑了过来："吴大夫，快，快，天耀有危险，墨神医要你帮忙。"

说完，也不管吴大夫听没听清，抓着人就跑了。

萧王府能派得上用场的大夫只有吴大夫一人，现在吴大夫跑了，侍卫就是再想帮林初九也没办法，顶多是从吴大夫这里拿一些林初九可能用得上的药回去。

"王妃自己也是大夫，有药她应该就能处理了吧？"侍卫不太确定地道。

"不管了，反正我们能做的也就这么多了，王妃有没有谋害王爷还难说，我们现在只能如此了，再多了就不合适了。"

侍卫拿着药物回到大牢时，看到躺在干草堆里一动不动的林初九，不禁轻叹了口气："算了，好人做到底，我去取条被子来。对了，还有衣服，王妃的衣服也湿了。"至于林初九在牢里，要怎么换衣服，那就不是他们需要考虑的问题了。

侍卫也不管林初九的衣服还是湿的，直接替她盖上干净的被子，然后头也不回地离开。

他怕自己再留下去会心软，王妃一脸是血的样子真的太惨了，半点儿也没有昨日在王府外的雍容尊贵。

侍卫脚步飞快，就好像身后有鬼在追他一样，走出大牢后都来不及松口气，肩膀被人拍了一巴掌，侍卫吓得险些跳了起来："谁，谁，什么人？"

扭头看到半张脸藏在暗处的苏茶，侍卫大大地松了口气，忙行礼道："苏公子。"

"嗯。"苏茶应了一声，不着痕迹地看了一眼这牢房的方向，"她还好吗？"

"她？"侍卫估计是被吓狠了，一时间没有反应过来。

"王妃。"苏茶淡淡道。

"哦哦……王妃啊，王妃她不太好。身上不知道哪里受了伤，一直在流血，人也昏迷不醒，我们也不知道该怎么办才好。"侍卫倒豆子一样和盘托出。苏茶听罢只是轻轻点了点头："让人照顾好王妃，王爷并没有下令处置王妃。"

苏茶也不知道自己为什么特意过来一趟，照理说但凡意欲谋害天耀的人，他都应该讨厌才是。可听到曹管家说的前因后果后，苏茶却发现自己实在无法讨厌林初九，甚至他相信林初九说的话是真的。

苏茶相信，天耀也应该是相信林初九的。

天耀最近做什么都把林初九带在身边，这在外人看来萧天耀是把林初九放在身边观察和监视，可熟知天耀的人都知道，天耀这是信任林初九，要不是信任她，依天耀的性子根本不会让她近身。

将林初九关起来，对她来说未尝不是一种保护。

“好好照顾王妃，别让她出事。”苏茶拍了拍侍卫的肩膀，慎重交代。

有了苏茶这句话侍卫就放心了，忙道：“苏公子，能请吴大夫来给王妃看看吗？王妃好像伤到了骨头，我们不敢乱动。”

“我会去和吴大夫说。”苏茶转身就走，脚步有些匆忙。

锦天院内，在墨神医和吴大夫的通力合作下，萧天耀的情况已稳定，只是……

“王爷，你的双腿虽然保住了，可这段时间的医治也算是浪费了，甚至龙魄也浪费了，想要再次治疗需要好好调理一段时间。”说到龙魄，墨神医仍旧心疼得不行。

那可是价值连城的东西，为了摘到一株龙魄，多少高手命丧龙族圣地。

“嗯。”萧天耀靠在床头，声音有些虚弱，听不出喜怒。

墨神医深知过犹不及的道理，即使墨玉儿仍有不满，可墨神医也没有再多说，告了一声疲累便退了出去，同时带走了极度想要留下来的墨玉儿。

屋内只余流白与曹管家，曹管家细细地交代好琐事，想了想依旧没敢提起林初九，默默地退了下去。

人都散去，流白这才小心翼翼地道：“天耀，你还好吗？”

“你说呢？”萧天耀眼眸一动，锁定流白。

流白面上闪过一抹尴尬：“天耀，今天的事我不知情。”

“你应该知道。”萧天耀声音冰冷。流白一惊，背后已渗出汗珠：“天耀，今天的事是我失职，我不敢解释什么。”

萧天耀每次泡药浴时，流白都会在暗处保护，可今天流白却不在。

依流白的身手，只要林初九一动，他就可以制止林初九，后面的事也就不会发生了，可偏偏流白今天不在，以至于发生了这样的事情。

“你去哪儿了？”萧天耀竭力克制自己的怒火。

流白低头，不吭声……

这副模样萧天耀还有什么不知，冷笑道：“哼，看你这样子，怕是和墨玉儿有关了。”

“天耀，今天的事与墨姑娘无关，你不能迁怒于她。”流白急急解释，却惹得萧天耀更加生气：“与她无关？要不是她，你会失职？”

“天耀，没有人知道林初九会突然害你，我……”面对萧天耀那双黑邃凌厉的眸子，流白解释的话便说不下去了。

“谁告诉你林初九要害我？谁准你连名带姓叫她的？”萧天耀怒吼，毫不掩饰自己的怒火。

林初九今天的举动，他是气的！

她辜负了他的信任。

“天耀，你很清楚我说的都是事实，林初九她今天差点儿害死你，你到现在还要包庇她吗？”说到这事，流白理直气壮，“至于叫她的名字？就凭她害你这一点，她就根本没有资格让我称她王妃。萧王府不能有包藏祸心的王妃。”

“说完了吗？”萧天耀没有插话，一直等到流白说完才开口。

“说，说完了。”流白的勇气，在刚刚那一刻就用尽了，低头认错。

“说完了就听本王说。”事出突然，萧天耀当时考虑不周，再加上林初九一直解释不出个所以然，因此萧天耀无法相信林初九，可现在冷静下来却是想明白了一些事。

至少，林初九的话，并非全然不可信。

“林初九不知道龙魄的功效。”这是其一，所以林初九才会冒险打断医治过程。

“林初九没有害我。”如果真要害他，不会在最后一刻撞向浴桶。

“今天的药浴也许真有问题。”墨神医给他诊断时，神色不对，他怀疑他双腿伤势加重，极有可能不全是龙魄反噬带来的伤害。

“你，你说……林初九说的都是真的？”这次换流白傻眼了。

墨神医的一举一动，所用的东西全都在他们的监控之下，难道有人能在他们的眼皮子底下害萧天耀？

“也许。”萧天耀相信林初九没有害她，可林初九的举动却让他起了疑……

在萧天耀询问流白今日行踪的时候，苏茶和吴大夫已将药浴房全部清查一遍，甚至连门墙都不曾放过，可是……

“什么也没有发现。”苏茶带着吴大夫进来复命，对于站在一旁不吭声的流白，两人都当没看到。

“药浴与药渣都没有问题，所用之药的药效都达到最佳的比例。”吴大夫补充道，“至于龙魄，等我们过去时，已全部挥发了，寻不到痕迹。”

这个结果，无疑再次证明林初九说谎！

萧天耀为林初九找了许多理由，可听到吴大夫的话后，仍旧觉得不舒服，沉默片刻后，问道：“里面可有与龙魄相克的药。”

“没有。”吴大夫回答得很肯定，道：“屋内所有的东西我都查过，没有与龙魄相克的药材。墨神医与墨姑娘的衣服首饰，我也一一查过，没有发现异常。并且，我也仔细辨别了王爷昨晚交给我的碎玉渣子，虽然对伤口恢复不利，但与王爷的伤势没有任何影响。”

“本王明白了。”萧天耀合上眼，表示自己不想再提此事。

吴大夫见状亦不多言，双手作揖，躬身退了出去，走到门口时，突然听到萧天耀说道：“今晚，哪儿也不准去。”潜台词就是，不许去看林初九。

“小的明白。”吴大夫心中苦涩，他不想惹事，可听到萧天耀的话，心里又觉得不舒服，总感觉对不起林初九。

真不知道这种愧疚感怎么来的？

难道是因为王妃决绝的处事方式？

吴大夫摇了摇头，出门就看到候在院外的曹管家。曹管家没有吭声，指了指大牢方向。吴大夫摇了摇头，只当没有看到曹管家失望的脸色，快步离开。

屋内，萧天耀与苏茶继续说起今天的事。

“你怎么看？”萧天耀主动问道。

苏茶没有回答，犹豫一下，反问道：“王爷你信王妃吗？”

“她……是林相的女儿。”信任，是一个很重的字眼，林初九一再让他惊艳，他对林初九越来越宽容，可结果呢？

“王爷的意思我懂了。”苏茶垂眸，轻轻叹了口气，“王爷，你没有看到王妃与林相之间的交锋，他们父女之间的火药味是怎么也演不出来的。迄今为止，王妃没有做任何对不起你的事。”包括今天的事，苏茶也坚信林初九没有对不起萧天耀。

“嗯，本王信。”所以，他才没有一巴掌拍死林初九，而是一再给她机会解释，甚至现在因为她的一句话，动用大量的人力物力去查。

苏茶暗暗松了口气，继续道：“王爷，王妃虽然冲动，但她的出发点绝对是为了你好。你也许不知，王妃她……”

“她怎么了？”萧天耀急切地问道，抬眸，正好对上苏茶的那双似能洞察一切的眸子，萧天耀轻咳了下，掩饰自己的尴尬，“她现在不能有事，本王还要问她今天到底怎么回事。”

苏茶很体贴地没有继续追问，而是说道：“王妃的情况很不好，她最后一撞几乎是豁出命了，一身都是血，直到现在还昏迷不醒。侍卫不敢乱碰，只能任王妃流血不止地躺在天牢里，将牢房染红。”

苏茶虽然说得夸张了一点，可离真相也差不了多少。

萧天耀用的木桶，在没有装水的情况下都需要两个侍卫才能抬起来，林初九能一击将其撞破，可见用了多大的力气。

“她的伤……”萧天耀说到这里，顿了一下，“明日，让吴大夫过去看看。”他刚刚才让吴大夫晚上不要出去，总不能自打嘴巴，朝令夕改。

苏茶很有分寸，见好就收，不再提林初九的事。至于流白失职一事，苏茶也是半句不提，只说出了他对今天之事的怀疑。

“王爷，今天的事我怎么想都觉得蹊跷。我虽与王妃娘娘不熟，可从她处理闹事学子一事，就能看出王妃不是一个没有谋算的人。王妃今日行事匆忙，多有纰漏，绝非刻意为之。”也就是说，今天的事并非林初九有预谋的，而是事出突然。

“嗯。”萧天耀赞同苏茶的话。流白虽然不认同，可现在没有他说话的份。

苏茶继续道："王爷，王妃今天可有什么异常之举？"

"异常？"萧天耀想了想，本想点头可最后还是摇了下头，斩钉截铁地道，"没有。"林初九那一点小小的异常，完全是他逗起来的，根本不是因为有心事。

"没有异常，又不是刻意为之，而且从王妃的话中，我们可以大胆地猜测，王妃此前不知道龙魄的来龙去脉，也不懂龙魄的药效。如此看来，王妃之所以打断王爷泡药浴，不是出于谋害王爷，而是真的察觉到药浴有问题。"

"你的推断没有错，可前提是药浴真有问题，或者之前出现了什么异常。本王一直在室内，根本没有发现任何异常，在此之前林初九也没说有异常。她就像突然疯了一样，突然大喊那药浴有问题。"萧天耀想要相信林初九，可林初九的举动有太多的疑点。

"她凭什么断定药浴有问题？直觉吗？"说到这里，萧天耀不由得露出一抹嘲讽的笑。

当时，林初九哪怕只给他一个可能的推断，他也会站在林初九那边，可是没有……

林初九什么也没有说，只说药浴有问题。

这么苍白的说词，要让他如何相信？

要知道，林初九不仅害他即将恢复的双腿伤上加伤，更是险些害死了他，他没有杀林初九已是手下留情。

"这一点，我们怕是想不明白了。"苏茶无奈地叹了口气。

再多的辩解，也不敌这么一句。

"不过，王妃既然提起这件事，我总觉得我们有必要再查一查，说不定就能有意外的收获。"苏茶仍旧没有放弃，直觉告诉他，林初九没有撒谎。

"苏茶，够了！"流白很不喜欢苏茶偏袒林初九的态度，当下顾不得萧天耀还在生他气，站出来道，"林初九到底给你灌了什么迷魂汤，你要这样帮着她？就因为她一句话，我们所有人都要为她忙吗？就因为她一句话，她害天耀的事就可以不予追究吗？"

流白饱含气愤地盯着苏茶，见苏茶不以为然，又道："苏茶，你公平一点儿，别被她给欺骗了，谁知道她是不是故意装可怜，好让天耀不追究。你说她没有预谋，没有布局，可那是因为她之前不知道墨神医要用龙魄。至于她知不知晓龙魄的效果？我想这个问题只有她自己才知道。"

流白越说越顺，也不管萧天耀和苏茶怎么想，继续道："还有，你们都说依林初九的聪明，不会做这么简单粗暴的事。可我看她此举一点儿也不简单粗暴，她伤了天耀，可最后你们却还要为她说话，为她脱罪，这难道不正是她的高明之处吗？"

面对流白一句接一句的质问，萧天耀和苏茶没有开口。

不是萧天耀不信，不是苏茶不据理力争，而是因为林初九拿不出证据。只要林初九能拿出一丝的证据来证明她说的话有理可循，他们也不至于如此争执，萧天耀也不至于无法决断。

沉默片刻后，萧天耀道："苏茶，让人盯着墨神医父女。流白，你去盯着林初九。"

苏茶没有异议，流白却不高兴了："明明墨姑娘什么也没有做，你们却还是不相信她！"而林初九在众目睽睽下犯错，这些人却一个个地包庇。

"没有做并不表示没有错。王妃要是什么都不做，也不会错。"苏茶毫不客气地反讽，根本不给流白面子。

"流白，今天的事错就错在你什么都没有做。如果你当时能做一点什么，意外也不会发生，天耀也不会……"后面的话苏茶没有说，因为流白已是一脸青白。

流白把所有的错都推到林初九身上，却忘了他自己本身就犯了极大的失职之错。而他会犯错，就是因为墨玉儿，没有墨玉儿，今天的事情便不会发生。

"王，王爷……请王爷责罚。"流白一句也不敢解释，单膝跪在地上。

萧天耀并没有看他，而是对苏茶道："查清后，再罚。"

到时候只会罚得更重，流白心里明白却不敢吭声，与苏茶一同退下。

屋内，只余萧天耀一人，揉了揉酸痛的眉心，靠在床头，不禁又想起林初九。

"你到底要做什么呢？"萧天耀心里烦躁，脑海里不断地回响起林初九那句话："萧天耀，我们互不相欠，重归陌路！"

总感觉自己好像失去了什么，可偏偏又抓不住。

越想心里越烦躁，萧天耀睁着眼睛看着屋顶，无声苦笑……

他肯定是中了邪！

第十七章　来不及说爱

偌大的牢房里，除了林初九外就再也没有别的犯人，狱卒也不怎么管这一块。除了给林初九盖被子的侍卫外，再也没有别的人过来关心林初九的死活。

之前的那一撞，林初九着实是伤得狠了，直到半夜才被冻醒，哆嗦着唇，借着月光林初九这才知道自己身处何地，不由得露出一抹苦涩的笑容。

我怎么这么冲动？把自己弄到这个地步，简直是活该。萧天耀的死活与我何干？合上眼皮，任由泪珠从眼角滑落，林初九静静地躺在那里，平定自己的心绪。

萧天耀不信她没有关系，她也不会再相信萧天耀，她只相信自己，只相信自己能保护自己，再也不轻信萧天耀说的话。

艰难地抬起左手，只轻轻一动，就传来血肉撕裂般的灼痛，林初九知道自己伤到了骨头，便不敢再乱动。

医者不自医，林初九一点一点地抹掉脸上的泪，试着与医圣之心联系，希望医圣之心能为她医治。

一直坑主人不解释的医圣之心，这个时候倒没有罢工，只是诊断的结果让林初九希望它失灵了。

内脏出血，肋骨断裂，多处骨折，失血过多……

简直堪比灾害现场。

什么叫不宜移动，什么叫需要立刻进行急救！

她去找鬼救她。

“下次，再也不多事了。”林初九侧过头去，借着牢房的小窗口，望着外面的冷月光，眼泪无声地滑落……

她两条胳膊都受了伤，根本没有办法移动，甚至连虚拟空间里的药都拿不出来。

脑子昏沉沉的，可疼痛却是那么的清晰，明明撑不住想要晕过去，却又疼得合不上眼。

“我怎么就让自己落到这个地步？自私自利的林初九去哪了？”两行清泪控制不住地缓缓滑落，而现在的她连为自己拭泪的能力都没有。

流白过来时，正好看到这一幕，心里有那么一点不舒服，最终还是别过脸去没有说话。

今夜，注定是一个无眠夜……

林初九疼得一夜未眠，流白亦是双手抱膝在屋顶上坐了一夜，也想了一夜。

他是不是做错了？

萧天耀和苏茶也不能睡，言语上的推断说得再完美也没有用，他们需要证据，证明林初九的话是真的，或者……查出是谁在幕后指使林初九。

萧王府里里外外都守得严严实实，每处都有人盯着，消息根本透露不出去，在宫里等消息的皇上难免有几分心急。

从早到晚，已经过去三个时辰，可他们却连一点儿消息也没有收到，也不知道萧天耀有没有出事。

“秦爱卿，再去探探。”眼见早朝的时间到了，皇上心里越发地不耐烦。

秦太医犹豫着看了皇上一眼，见皇上脸色不佳，到嘴边的劝说便咽了回去，默默地退下。

时间一分一秒地过去，眼见得天已大亮，可萧王府仍旧没有传出“好”消息，就连秦太医出宫后亦没有回来，皇上只得压下今天弹劾萧天耀的事，带着一肚子的不满去上早朝。

萧王府没有“好”消息传来，就表示萧天耀还活着！

这个认知对皇帝来说，就像是吃了苍蝇一样恶心。

极力忍耐着，终于等到早朝结束，皇上第一时间便召见林相，话里话外都暗示林相应该多关心关心女儿，没事多去王府走动走动，看望林初九。

闻弦歌而知雅意，林相顿时明白皇上所为何事，当即就表示下了早朝，他就带夫人去看望林初九。

林相走后没有多久，秦太医就回来了。

“回皇上的话，王府里没有消息传出来，怕是被人盯上了。”秦太医见皇上脸色不好，又补了一句，“皇上，萧王府守得这么严，就算没有得手，萧王恐怕也不太好过。”

这个绝对有可能，可是……

“还有另一种可能，那就是龙魄医好了他的双腿，他不想让消息走漏出来。”皇上阴沉着脸，说出他最不愿意看到的事，秦太医“咚”的一声跪下，连请罪都不敢。

大殿内，落针可闻，秦太医连大气都不敢喘一下，皇上揉了揉太阳穴，见秦太医匍匐在地，皱眉道：“秦爱卿……”

“起来”二字还未说出口，殿下就传来一阵尖锐的大叫声：“皇上，皇上，安王殿下不好了。安王殿下吐血了，贵妃娘娘，贵妃娘娘求您快去看看……”

皇上对安王的重视，完全不需要言语，听到消息第一时间便赶往清和殿，至于萧天耀的事？

皇上交给林相全权负责，林相当即应下。

苏茶收到萧天耀的命令后，先从陆元处下手，在陆元的住处找到了白玉发簪，却是被折断了的，白玉发簪上没有任何有毒物质。

至于墨玉儿头上的那支发簪，正是林初九检查过的那支，吴大夫看过后没有查出问题。墨玉儿为表明自己的清白，让苏茶进她屋子里搜查，苏茶果然去查了，却是一无所获。

忙了一整晚，最终却仍然无法为林初九证明什么，让人不得不怀疑，林初九就是在撒谎，就是在借机谋害萧天耀。

“王爷，这事我们怎么办？”苏茶汇报完后，询问萧天耀处理方案。

“人先关着。”现在的情况，怎么做都不合适，萧天耀暂时不想动。

“好吧。”事情到这个地步，苏茶也不敢再为林初九开脱。

早晨，墨神医和往常一样来为萧天耀复诊，只是脸色非常难看：“王爷的腿疾越发严重了，老夫也只能尽人事听天命。”

“医不好？”萧天耀听出了墨神医话中的暗示意味，只是……他不打算答应。

“老夫只能尽力而为。”墨神医见萧天耀并不接话，便很聪明地没有多说。

他想为自己的女儿争取正妃之位，但并不想与萧天耀撕破脸。

“那就麻烦墨神医了。”萧天耀并没有咄咄逼人，神色淡漠地合上眼皮。

墨神医不再多言，默默地为萧天耀施针，全程不发一言，待到一套针运行结束后，墨神医收了针又说了一句：“王爷双腿的筋脉没有堵死，这是极好的事。”也就是说，萧天耀的腿伤并不算多严重，至少没有严重到医不好的地步。

前后两种态度，表明了墨神医的退让。

萧天耀暗暗松了口气，面上却是不显丝毫，淡然道：“有劳墨神医了。”

墨神医走后，萧天耀盯着自己的腿看了半天，最后忍不住在腿上敲了一记，紧皱的眉头终于舒展开了。

如果他的双腿彻底医不好，那么……

哪怕林初九是为了他好，林初九也只有死路一条，可现在他的腿能医好，如果林初九不是受人指使，不是有心要害他性命，那就让林初九吃点苦头好了。

萧天耀刚想好对林初九的安排，曹管家上前来报：“王爷，林相上门，要见王妃娘娘。”

“林相？来得真是时候，王府的消息怎么传出去的？”萧天耀不高兴，很不高兴。

林相此时上门，要说是巧合他绝不会信。

“王府里里外外都严严实实，消息绝无外传。”这一点曹管家可以保证，毕竟之前就是出了纰漏，现在管得更严，绝不可能将消息透露出去。

“消息没有外泄，林相又怎知王妃的事？”萧天耀轻敲床板，“咄咄咄”的冷硬声音让人头皮发麻。曹管家一句话都不敢说，心里暗骂林相坑死人了。

好半晌后，萧天耀终于开口：“请林相稍候，带王妃回院子。”

这是要把林初九放出来了。

曹管家暗喜，又问了一句：“王爷，是否要先请吴大夫给王妃娘娘治伤？”

萧天耀没有回答，只是冷冷地看了曹管家一眼，曹管家再不敢多言，飞快地退了下去。

大牢里，林初九一夜未睡，又痛又饿又冷，烧了一整夜，人已经迷糊了，流白坐在屋顶，隔得很远，根本不知道林初九现在的情况，狱卒不到早饭时也不会过来，是以曹管家带人来接林初九出去时，就只看到烧糊涂了的林初九。

“王妃，你没事吧？”曹管家看着林初九脸上那不正常的潮红，顿时吓白了脸，忙蹲下去探了探林初九的额头，“天啊，这么烫，可是要把人给烧糊涂了。”

曹管家急急忙忙让人抬林初九出去，可一动林初九就发出痛苦的低喃：“不，不要动我，不要。”

干咧的双唇微微蠕动，声音小得必须要侧耳倾听。

“住手，快住手。”曹管家忙叫人停下来，半跪在林初九面前，“王妃，你还好吗？小人奉命接你出去，你没事吧？”

“我……伤了骨头，不能乱动。”林初九很吃力地睁开眼皮，眼睛一片血红，见到曹管家后，露出了一个笑脸，“王爷他……知道我说的是真的了？”

话刚出口，林初九就觉得自己肯定是烧糊涂了，要不是烧糊涂，她怎么会管萧天耀想什么，她说了不管的……

“王妃……”曹管家满脸心疼地看着林初九。

到这个时候还惦记着王爷，要说王妃是故意陷害王爷，那这本钱也付得太高了。

“看样子是没有了。”林初九从曹管家欲言又止的神态中明白了萧天耀对自己的态度。

合上眼皮，不想让曹管家看到她眼中的失望：“为，为什么接我出去？”林初九不相信，没有理由又没有查证她清白的情况下，萧天耀会放她出去。

萧天耀，从来不是一个仁慈的人，更不会对她善良。

“林相来了，说是要看望您。”这种事瞒不了，曹管家也没有打算隐瞒。

“原来……”林初九自嘲一笑，“原来最终能救我的，还是林这个姓氏。”即使对方不是为了救她而来，可她却因此而得以离开天牢。

“王妃，林相此举不是救你。”曹管家语重心长地道，就怕林初九不能理解。

“我知道，他这个时候出现，如果我又没有证据，那便更洗不清了，可是……”林初九虚弱地扭头，看向门外，“再不出去，我就要死在这里了。”哪怕走出去后，再也得不到萧天耀的信任，那她也认了。

她不能因为萧天耀的不信任就不要自己的命，萧天耀还没有重要到这个地步。

“王妃，你，你还好吗？我去给你找吴大夫来。”曹管家忙站起身，却被林初九叫住了：“不必，弄一块平木板让人抬我回去，我不能让父亲久等。”

“可，可是……”曹管家不认为凭林初九现在的样子，没有大夫能行。

“没有可是，曹管家，按我说的办。告诉王爷，我不会让他失望。”林初九倔强地开口，明明意识到已经不清醒，却强逼自己保持清醒。

她，可以做到！

林初九胸前的肋骨与肩骨都摔断了，双手几乎使不上力气，左手勉强能够移动一二，此时的她等同于废人。

被侍卫抬出天牢后，只能躺在那里，任由下人给她换衣服，而每一次抬手、移动，对林初九来说都是一种折磨，可是林初九忍了，而且她必须忍！

甚至为了不让林相看出什么破绽来，林初九只能紧咬牙关，根本不敢咬自己的嘴唇，就怕嘴唇鲜血淋漓的不能见人。

下人并不懂医理，哪怕她们再怎么小心，也免不了会弄伤林初九。林初九好不容易才凝固的伤口，此时再次裂开，渗出血来。

“奴婢该死，奴婢该死。”下人见状，忙跪下请罪。

“无事。”林初九觉得自己的意识完全被抽离，身体越来越沉重，可脑子却越来越清醒。

林初九知道自己这种状况很危险，随时可能会休克。可医者不自医，她现在什么也做不到了，只能祈祷自己能撑住，至少撑到林相回去。

“奴婢给王妃再换一件衣服。”下人忙爬起来去衣柜取衣服，却被林初九拦住：“给我盖上被子。”这样就看不到血迹了。

下人有心劝说，可林初九心意已决，下人只能照办。

略略收拾干净，让林初九能见人后，下人便退了出去，去请林相来。

曹管家一路陪着林相，路上曹管家已经解释了，王爷和王妃起了争执，王妃受了伤，情况不是很好，此时正在房内养伤。

林相是奉皇命而来，私下的目的则是探查萧天耀的情况，此刻听到林初九真的受了伤，心神一跳，一路忧心忡忡，进屋便道：“九儿，你怎么了？为父来晚了，为父来晚了啊。”

走到林初九的床边，看着脸色潮红的林初九，林相眼眶一红，在林初九床边坐下：“九儿，你受委屈了。别怕，爹爹在这，爹爹为你做主。”

林相边说边查看林初九的脸色，只见林初九一脸病态，气色极差，便知道林初九不是在作假，心里隐约察觉到萧王府可能出事了，只是他查不到线索，而他的女儿？

林相眼中闪过一抹冷笑，他早就不指望他这女儿了。

“爹？”林初九迷迷糊糊地睁开眼来，然而没过片刻，本就烧糊涂了的林初九便再次神志不清，喃喃道：“我这是在做梦吗？我居然梦到有人为我出头？这怎么可能，我长这么大还没有人为我出过头。”

这是林初九最真实的反应，可林相却以为林初九这是故意嘲讽他，脸上的表情有那么一刹那的僵硬，可很快就恢复正常，略带责怪地道：“初九，你这孩子怎么了？莫不是烧傻了？”

林相看到林初九垂于身侧的手，为表示自己对林初九的担忧，便伸手将其握住，却不想这一动，恰恰拉扯到林初九的伤口。

“唔……”林初九痛得咬唇，却无力挣扎。

“初九，你怎么了？”林初九的表情不似作假，林相是真的担心了。

“父亲，我没事。”剧烈的疼痛，让林初九有片刻的清醒，她终于明白了自己的处境，强扯出一抹笑容，无视身上的巨痛，问道，“父亲，你怎么来了？”

“你这孩子，为父不是担心你嘛。回来后一个消息也不传回去，为父担心你的身体，一下早朝就来看你，没想到你居然病得这么严重，为父今天要是不来，怕是不知道你一个人在这里受苦了。”林相加重力道，以显示出对林初九重视，却不想此举对林初九来说，就是雪上加霜。

“啊……”林初九忍不住地痛叫出声。林相忙道：“初九，你怎么了？可是受伤了？告诉为父你伤在哪里，为父给你请大夫。”

林相虽然很想知道林初九到底出了什么事，可只敢握住林初九的手，并不敢掀开她的被子。即使是父女，也要注意分寸。

“旧，旧疾而已。父亲不要担心。”林初九试着抽回自己的手，可林相却握得死紧，而她根本不敢用力，只能忍了。

“父亲不要担心我。萧王府有墨神医在，我不会有事的。”至少现在死不了，出了大牢她总能找到办法让自己活下来。

“你这个样子我怎能不担心，你看看萧王是怎么照顾你的，好好一个人病成这样，也没看到一个大夫过来，萧王人在哪里，我去找他理论。我的女儿可不是送来萧王府受气的。”林相松开林初九的手，起身欲走。

林初九知道要是让林相走了，萧天耀指不定怎么怀疑她。她不在乎萧天耀怀疑她，可她怕自己的日子更难过，受了伤的她，需要人照顾。

林初九顾不得手伤，忙拽住林相的衣摆：“父亲别去，女儿之所以病倒，全都是因为自己，是我有错在先，与王爷无关。”

“怎么回事？”林相脚步一顿，转身问道。

要打上门也得理直气壮才行，要是理亏的是林初九，林相还真不敢贸然行动。萧天耀毕竟是亲王。

“王爷要纳侧妃，我不高兴……”林初九故意说得含糊不清，语焉不详，让林相自己去想象。

“纳侧妃？纳谁为侧妃？”林相再次坐下，不再提去找萧天耀理论的事。

男人纳妾天经地义，就是告到皇上面前，也不会说萧天耀此举有错。

“墨，墨姑娘。”林初九垂眸，看上去像是失魂落魄。

林相眉头一皱，训道：“不过是纳个侧妃罢了，这是再寻常不过的事。你是正室，要有正室的气度，为一个小妾而与王爷闹翻，实在不值当。”

“父亲……”林初九委屈地叫了一声。林相却当没有听到，继续道：“罢了，罢了，你终归是我女儿，你做错了事，为父总要为你收拾。为父这就去找王爷，代你向他赔罪。”

说罢，起身就往外走，再不过问林初九的病情。

这一次林初九没有阻拦，凭她现在的情况，也实在拦不住林相。她已经做了她该做的，她能做的，萧天耀若是还不满意，那她也只有认了。

林初九缓缓合上眼，被林相随意松开的左手，无力地垂在床缘，鲜红的血液顺着手腕直往下流……

果不其然，萧天耀不肯见林相，并让曹管家告诉林相，他不需要林相代林初九赔罪。纳妾与否是他们夫妻之间的事，他会等林初九病好后，与林初九再商量。

为免引起萧天耀的不满，林相不敢再作纠缠，只得无功而返。

好在，林相还是得到了萧天耀想纳墨玉儿为妾的消息。不过，为了不引起萧天耀的注意，林相并没有急着进宫复命，而是用特殊渠道将消息传给了皇上。

他相信，皇上会明白这个消息的价值。只是，皇上这个时候正在清和殿陪着安王，实在没有时间也没有精力去管萧王府的事。

林初九再一次用实际行动表明，她是站在萧王府的立场上做事，这让萧天耀心情好了不少：“去，让吴大夫去看看。”昨天那一撞，怕是伤得不轻，也不知会不会留下什么隐患。

“是。”曹管家高声应道，比以往任何时候都要中气十足，连跪安礼都忘了行，屁颠颠地跑去找吴大夫。

吴大夫一大早就收拾好所需要的药材，只等萧天耀下令，可左等右等也没有等到人来，就在吴大夫以为萧天耀不管林初九死活时，曹管家终于带来了好消息。

“走，走走，快快快。”吴大夫背起药箱就跑了起来，跑到一半就听到曹管家大喊：“错了，错了。不是去大牢。”

“怎么错了，不是去给王妃看病吗？”吴大夫忙停下来，扭头问道。

“是给王妃看病不错，可王妃不在大牢。王妃一大早就回院子了。”曹管家说这话时，隐约透着几分喜悦。

不管怎么说，林初九能从大牢回去，就表示王爷还是看重她的。

“这才一个晚上，就让王妃回去了，王爷还真是刀子嘴豆腐心啊。”吴大夫也为林初九高兴，可当他走进室内，看到像破布娃娃一样躺在床上的林初九时，吴大夫却怎么也高兴不起来。

他完全没有办法，将床上那个看上去死气沉沉的女子，与那个穿梭在伤者间，为受伤士兵包扎伤口的干练女子联系在一起。

“怎么回事？王妃怎么会流这么多的血。来人，来人呀……”曹管家急得大喊，可却没有一个人应。

林初九的住处，平时只有翡翠四个丫鬟在，之前给林初九换衣服的小丫头，在做完自己的活后就退了下去，现在林初九身边根本没有照顾她的人。

曹管家喊了半天也没有喊到人来，只能撸起袖子自己来。

“王妃娘娘哪里是王妃，连个下人都不如。”下人病了，还有交好的人照顾一二，王妃伤成这样，身边却连一个倒水的都没有，说来真是可悲。

“你也别生气了，事出有因。要不是因为那事，王府上下谁敢怠慢王妃。”吴大夫放下药箱，出声安慰道。

“唉……”曹管家叹了口气，什么也没有说。

主子们的事不是他们所能插手的，不该多话的时候绝对不能多。

“我去让人送热水来。”略略帮林初九收拾一下后，曹管家转身出去。

吴大夫轻应了一声，走到林初九身旁，掀起她身上的被子，露出那被血浸透了的衣服。

“怎么伤得这么严重？”吴大夫不敢耽搁，忙将林初九的袖子剪掉，露出青紫交加的肩胛骨，还有凸出来的带血骨头。

“骨头错位得这么严重？”吴大夫擅长医治外科，像林初九这种骨头移位的病人，吴大夫不知医了多少，可此时却不敢贸然下手，因为除了肩胛骨外，林初九的胸前肋骨断了两根，内脏出血。

这些伤都不能再受力，不然一定会当场毙命。

曹管家吩咐好下人后，再次折回，就见吴大夫站在床前发呆，忙上前问道：“王妃没事吧？”

“伤得这么重，又没有及时医治，怎么可能会没事？”吴大夫没好气地凶道。

林初九本就伤得极重，现在还延误了医治时间，又失血过多，吴大夫真不知该从哪里着手。

曹管家也没空和他生气，只问道：“怎么？很严重？”

“嗯。”吴大夫点头，“可以告诉王爷，给王妃准备后事。”就吴大夫看来，林初九有七成的可能性会因重伤不治身亡。

“你，你在开什么玩笑？”曹管家吓了一跳，看看吴大夫，又看看林初九，怎么也不敢相信吴大夫的话。

只是伤着了骨头，怎么就严重到要死呢？

“你知道的，我这人虽然经常不正经，可从不拿这种事说笑。”吴大夫非常认真地点头。曹管家都快要哭出来了：“你有几成把握？”

“不到三成。”林初九昨晚在条件恶劣的牢房待了一整夜，再加上身上的水没有清理干净，伤口沾了脏水，已经发炎了。

当初，曹林就是因为伤口发炎差点死掉，林初九也是人，体质又弱，情况可想而知。

“不到三成？你，你等等，我去找王爷，也许会有办法的。”曹管家不敢拿林初九的命冒险，忙跑去请示萧天耀，看看能不能说动墨神医为林初九医治。

墨神医的医术比吴大夫好百倍，吴大夫有三成把握，墨神医最少有七八成。可是……

理想很美好，现实却很骨感。

曹管家刚开一个头，萧天耀就打断了他：“让吴大夫尽力医治。”他不会为林初九而开口求墨神医。再说了，哪怕他开口，墨神医也不会救林初九，他何必做那无用功。

“王爷，吴大夫只有三成的把握。”这简直就是必死呀！

“让他尽力，生死不论。”依旧是这一句。

曹管家还想做最后的努力，可看到萧天耀眼中的冷意，曹管家再不敢开口，一脸失望地退下。

他们家王爷，永远都是这么的理智、无情，也不知道他日后会不会后悔。

曹管家回来后，将萧天耀的话重复给吴大夫听。林初九昏迷不醒，曹管家并没有防着她，说得声音极大，本以为林初九听不到，可不想曹管家的话没有说完，林初九的眼角突然滑出一滴血泪。

不曾抱希望，就不会失望。那一滴血泪，代表她曾经希望过……

萧天耀虽然说了生死不论，吴大夫却不敢真的不上心，只是他的医术实在有限，他只能尽最大的力，至于林初九能否活下来，就得看她的造化了。

就在吴大夫为林初九医治时，宫里的秦太医正在给萧子安保命。萧子安的情况同样很危险，只是秦太医的医术明显比吴大夫高出许多，萧子安的命顺利保住了。可也仅仅是保命，仍旧没有查出病因。

“皇上，安王殿下的病情越来越严重，当尽快医治。下次发病的话，臣不敢保证还能不能救活。”秦太医说的是大实话，可皇帝不喜欢听：“朕知道了，退下！”

秦太医深知皇上的脾气，并没有再劝，而是默默地退了下去，皇上则留在清和殿，继续陪着周贵妃与安王，因此萧王府的消息，反倒是秦太医先一步知晓。

秦太医在得知萧天耀可能会纳墨玉儿为妾的消息后，脸色微变，立刻出宫回家，来到西北角的一个小院子里。

院子里有一个头发泛白，双腿残疾，坐在轮椅上的男人。男人年约五十岁左右，双眼黯然得没有一丝光亮，手上的皮肤皱起，尽显老态。

秦太医进来后，朝着老者拱手道："师父，我刚刚收到消息，萧王可能会纳墨神医之女为妃。"

秦太医看上去并不比对方小多少，可在白发老者的面前却异常恭敬。

"纳墨玉儿为妃？"白发老者讥笑道，"果然是那姓墨的死老头子会做的事，为了他那个宝贝女儿，他可真是连老脸都不要了。"

秦太医听罢，并不言语，只恭恭敬敬地站在那里，等待白发老者的命令。

白发老者沉吟片刻后，道："去，引萧王府的人查到墨玉儿头上，我不想看到墨玉儿嫁入萧王府。"

"弟子明白。"秦太医双手作揖，离去前又特意问过老者身体。老者神情淡淡，只说了一句："墨老头没死，我怎么舍得先死，我就是死撑也得撑下去。"

秦太医虽心疼老者，可却是没有吭声，他比任何人都清楚老者与墨神医之间的仇恨有多深。

他们二人，不是你死就是我亡。

秦太医走后，老者看了眼天空，半晌后露出一抹讥讽的冷笑："不是不报，时候未到。师父，时隔十八年，我们师徒二人又遇上了，只有我知道你的真面目，而这一次，你在明，我在暗，你还能赢我吗？"

原来，这白发老者便是墨神医口中的大弟子，也就是墨神医最大的仇家。而他们之所以会结仇，有一半是因为那株龙魄。

萧王府内，高烧了一天一夜的林初九，终于退烧了，半夜醒来后床前连个照看的人也没有，渴得嘴唇发干，却连倒杯水的力气都没有。

"突然觉得自己好可悲。"许是身体不舒服，林初九觉得自己越发脆弱了。

闭了闭眼，林初九平定自己的思绪，待到自己心情平静下来后，这才唤醒医圣之心，抬起自己稍稍好转的左手，从虚拟空间取出药丸，也不需要水就这么直接吞服掉。

半个时辰后，不知是药效起了作用还是心理作用，林初九觉得没那么疼了，缓了缓神，自己起身，只是这一动便牵动了伤口，疼得林初九咬牙切齿。

倒抽了口冷气，坐在床上缓了半天，林初九这才敢再次起身，只是每走一步都如同走在刀尖子上，疼得人脸色惨白若纸。

如果不是实在太渴了，林初九一定不会起身。

桌子上的水冰冷得没有一丝温度，林初九也顾不得这些，一连喝了三杯才觉得自己舒服了一些。

吐了口浊气，休息了一炷香左右的时间后，又一小步一小步一蹒跚回床边。平时只要三五步就能跨越的距离，林初九硬生生走了一炷香的时间。

坐回床上，林初九想也不想就躺了下去，又休息片刻后，侧头望向窗外渐渐明朗的天空。林初九决定趁这个时间，先用银针刺激穴位，好恢复元气。

右手无法使用，左手勉强能动，林初九每一针都扎得极慢，在此期间她忍不住回想之前的事。

那天发生的事，她当时虽然什么也没有找到，可她相信医圣之心，医圣之心不会无端地提醒她。

墨神医和墨玉儿之间，一定有一个人有问题。从墨神医的口气中不难听出，他很宝贝龙魄，他应该不会白白浪费龙魄，那唯一有嫌疑的就是墨玉儿。

当然，林初九并不是说墨玉儿存了害萧天耀的心，墨玉儿也可能是被人利用了。

“有些事宜早不宜晚，再不查，等到对方毁掉痕迹，我就是想查也查不到了。”她现在已经不在乎萧天耀信不信任她，更不在乎萧天耀怎么看她，但是……

她没有做的事，绝不会为别人背黑锅，要是洗刷不清这个罪名，萧天耀的腿以后有什么毛病，这些人迟早都得找到她头上。况且她当时是为了救他，不查清太冤了。

林初九左等右等，等到天光大亮都没有等到下人进来，就在林初九以为萧天耀会让她自生自灭时，吴大夫到了。

“王妃的院子外怎么一个下人也没有？王妃病得这么重，身边就没有人守着吗？”人未到，声先至。

“王妃的院子只有四个侍女，全部留在了相府。现在这样的情况，王爷不发话我也不敢调侍女过来。至于我，我一个大老爷们儿，也不方便留下来照顾王妃。”曹管家唉声叹气，语气惆怅，“也不知道王妃怎么样了？”

门“吱呀”一声打开，吴大夫与曹管家一前一后走了进来。吴大夫一进来就看到睁着眼睛的林初九，当下高兴地大叫一声：“王妃醒了，居然这么快就醒了，真的，真的是太好了。”

吴大夫忙放下药箱，激动地上前要为林初九把脉，却被林初九避开了，林初九的视线越过吴大夫，看向身后的曹管家，虚弱却坚定地道：“曹管家，告诉王爷一声，我能证明昨天的龙魄有问题！”

不管如何，她都要再查一次，就算没有结果也无所谓，横竖情况也不会比现在更糟糕。

林初九执意要见萧天耀，并且非常坚决。吴大夫虽然不赞同她这种不要命的行为，却也没有阻止。

吴大夫和曹管家都很明白林初九现在的处境，她要是不能证明自己的清白，那她就是活着也和死了没什么区别。

曹管家不太确定地看了吴大夫一眼：“王妃娘娘的身体，能坚持得住吗？”

“不能。”吴大夫应得干脆，可就在曹管家准备劝说林初九，让她缓一缓，等身体稍好再去见萧天耀时，吴大夫又道，“但是，王妃娘娘自己就是大夫，她很清楚自己的身体状况。她能做出这样的决定，必然是有原因的。”如果不是被逼无奈，谁又甘愿冒险？

就算身体撑得住，可伤得那样重，每走一步都像是走在尖刀上，正常人都不想吃这个苦。

“放心，我不会死，至少现在死不了。”林初九也给了曹管家保证，至于会不会因此加重伤势，这个就没有说的必要了。她只要动，伤势必然加重。可她要不动，她连养伤的可能都没有。

曹管家不言不语，默默退下。吴大夫则留了下来，给林初九换药，同时让下人将熬好的药端上来。

曹管家经过层层检查，终于来到锦天院，当下便将林初九已清醒并脱离生命危险的消息告诉萧天耀。

“王妃娘娘醒了，只是娘娘执意要见王爷。”

“嗯，让吴大夫好好照料。”萧天耀满意点头，至于林初九的要求则想也不想就道，“不见。”伤成那么重还要起身，简直是找死。

如果是平时，曹管家绝不会再多说第二句，可这次却忍不住再次进言：“王爷，您要是不肯见王妃娘娘，王妃娘娘也就无法静下心来养伤。”

这一次萧天耀没有立刻回话，而是沉吟片刻，然后点头道：“抬她过来。”

“小人遵命。”曹管家领命，忙不迭地跑出去，走到门口又听到萧天耀道：“将本王隔壁的房间收拾出来。”

曹管家脚步一顿，折回行了个礼，又继续往外走，心里却暗自嘀咕：王爷这到底是什么意思?

说在乎王妃吧，可又不在乎她的生死；说不在乎王妃吧，可又命人为她收拾屋子。简直是自相矛盾。

曹管家摇了摇头，转身安排了锦天院的两个侍卫，去外面将林初九抬起来。

曹管家的动作虽然很小，锦天院的三个人出去却是一件很大的事，墨神医与墨玉儿第一时间就知道了。墨神医犹豫片刻，还是决定去找自己的女儿，他总觉得这事不对。

林初九懂医，而且是个聪明人，她中止萧天耀医治的举动那么突然，又那么坚定，说不定还真的有可能发现了什么。

“玉儿，那天你到底有没有做什么？”墨神医开门见山。

墨玉儿眼神闪烁，想要摇头，可对上墨神医精光闪现的眸子时，最终只能点头。见墨神医神色不悦，她忙解释道：“爹，我只是动了一点儿小手段，绝不会伤害王爷，林初九她是夸大其词了。”

“你，你糊涂啊。”墨神医差点吐血，厉声问道，“你做了什么？”

“我，我在发簪上抹了一点迷幻药。爹，你和我，还有王爷接触的药中，有一味药剂对迷幻药有克制作用，那药只对林初九有效。”墨玉儿吓得瑟缩了一下，可身子却是挺得更直，声音也更加清亮，就像是证明自己没有错一般。

墨神医虽然生气，可事已至此，现在说什么都没有用，当下也只能收拾善后：“东西在哪？”

“发簪吗？爹放心，我已经处理好了。”墨玉儿说到这里，不免有些小得意，“我有两根一模一样的发簪。萧王府的人并不知道，爹，你看……”

墨玉儿起身，从梳妆盒里拿出一支完整的白玉发簪，墨神医看过后，确定上面没有痕迹，这才满意地点了点头，同时又将墨玉儿房间仔仔细细查了一遍，同样没有发现异常，这才满意地离去。

墨神医出去时，正好碰到被侍卫用软轿抬回来的林初九，两人视线相撞，皆是默契地别开，就好像不曾看到对方一样。

墨神医脚步不变，从容地向左走去，林初九姿势不变，任由侍卫抬着走向右边……

屋内，萧天耀早已坐在轮椅上等候，听到屋外的动静后，萧天耀眼皮也没有抬一下，只是放在扶手上的左手指轻轻地动了动。

“王爷，王妃求见。”屋外传来侍卫的禀告声。紧接着，萧天耀道：“进来！”

侍卫脚步稳健，几乎没有发出什么声音，将林初九放下后，转身离去，出去前不忘将门关上。

“无法给王爷见礼，还请王爷见谅。”林初九淡漠地抬头，脸上没有一丝表情，眼神平静得吓人，没有一丝血色的嘴唇轻启，声音一颤一颤的，明显带着痛音。

萧天耀看着脸色苍白，病态毕现的林初九，眉头不自觉地皱了一下：“找本王何事？”这才醒就急着动，简直是不想要自己的命。

“求王爷一件事。”林初九没有傻得去问萧天耀会不会同意，直接道，“还请王爷允我查一查墨姑娘的房间。”

“你还不死心？”他的人已经查过无数遍，林初九你能查出什么？

“是的，不死心。我没错，我为什么要帮别人背黑锅？”声音虚弱，却透着种别样的坚定。

“没错？这么说你中止墨神医为本王医治，害本王双腿差点废掉，本王还要谢谢你了？”嘲讽意味十足的话却没有嘲讽的味道。

林初九应得毫不心虚：“我不知道龙魄到底有什么功效，但我却知道王爷那天要是坚持医治，最终不仅保不住腿，甚至连性命也保不住。”

“你……肯定？”如果说之前有七分信，现在萧天耀就有九分相信林初九。

如果不是真的，林初九眼下又怎么敢出现在他面前，又怎么敢主动请求去查墨玉儿的房间？依林初九的聪明，她应该很清楚，要是没有从墨玉儿的房间查到什么，她的下场会更惨，就算他会放过林初九，墨家父女也不会。

“若是不敢肯定，我又怎么会不要命地去撞浴桶，王爷该不会以为我不会痛吧？”林初九露出进来后的第一个笑容，可是……

看到这个笑容，萧天耀却笑不出来，他只觉得眼睛酸涩得难受，总觉得面前的女子有什么不一样了。

心里微微刺痛，那种感觉萧天耀无法形容，因为在此之前，他从来不曾体会这种滋味，他只知道他很讨厌这种感觉，他愿意付出一切，只求他的心不会如现在这般难受。

可他的骄傲不允许。

暗自吸了口气，压下心中的酸涩，萧天耀移开眼神，看向窗外，淡漠地开口："你打算什么时候查。"这就是同意了。

"现在。"六个时辰内是最佳时间，现在已经过了最佳时间，她不能再拖下去。

"现在？"萧天耀移回目光，上下打量林初九，明显是不相信林初九凭她现在这个破身子，能去查墨玉儿的院子。

林初九却只当没有懂萧天耀的意思，唇角轻扬，略带嘲讽道："怎么？王爷做不到吗？"

"别激本王，激将法对本王没有用。"声音低沉，语速比平时慢了数倍，每一个字都像是在舌尖打了个转后再吐出来，每一个字都敲在人的心灵最深处。

"不是激将法，是询问。"虽然明知这个说法萧天耀不会信，可林初九依旧说得信誓旦旦。大有不管你信不信，反正我是信了的架势。

萧天耀无奈摇头："你赢了，今天便今天。"

"多谢王爷。"林初九抿嘴一笑，只是这笑却不达眼底，看得萧天耀没由来地心烦，当即招来曹管家，让人把林初九抬到隔壁去。

这样的林初九，他看得不顺眼极了，他宁可林初九张牙舞爪地对着他，也好过这样的冷静与理智。

萧天耀不愿意看到这样的林初九，林初九又何尝愿意看到他？每每看到萧天耀的这张脸，林初九就觉得自己傻透了。

她要是不傻，怎么会沉醉在萧天耀专注的眸子中，以为他对自己动了心，又怎么会做出这么多的傻事，把自己陷入有口难言的两难境地？

不等侍卫来抬，林初九就闭上眼皮，摆明不愿意看到萧天耀，萧天耀只当林初九累了！

这真是一个美妙的误会……

第十八章　出身好就是这么任性

萧天耀一诺千金，他应下的事，就一定会做到，林初九刚离开他便将流白招来：“引走墨玉儿，一个时辰。”

“引走墨姑娘？”流白一脸防备地看向萧天耀，“你还在怀疑墨姑娘？”

萧天耀既不承认也不否认：“锦天院每一个人都有嫌疑，只要有疑点本王就不会放过。”

“嫌疑最大的不应该是林初九吗？要查也应该查林初九的屋子。”流白不无气愤道。

“你以为本王没有查过？”萧天耀斜睨流白一眼，这令流白觉得自己特别傻。

流白不敢再说不，缓缓点头退了下去。

一炷香后，侍卫来报，墨神医与墨玉儿都不在房间，可以进去。

“抬王妃过去。”萧天耀本不想去，可不知为何，脑子里又一次闪过林初九不顾一切撞向浴桶的画面。

如果一切真如林初九所说的那样，那么在那一刻，林初九是真的为了救他而牺牲自己吧？

在所有人都不相信她的情况下，她依旧选择救他，这种感情要说不感动，那绝对是在欺骗自己。

没有任何犹豫，萧天耀决定亲自为林初九压阵。当然，他也不否认，他想看看林初九能从墨玉儿房间找出什么。

两人同时到达，林初九见到萧天耀出现并不意外，萧天耀不信她，会亲自过来监督，这再正常不过。

墨玉儿的房门已打开，林初九和萧天耀一人软轿，一人轮椅，将墨玉儿的房间堵死。萧天耀示意侍卫将林初九抬进去，林初九却拒绝了：“不必，我自己可以进去。”

从口袋里掏出一双白色手套戴在手上，林初九靠左手的支撑，一点一点站了起来。

她来之前就给自己吃了止痛剂，现在几乎感觉不到痛，所以特别放心，因为她就是伤到了骨头，自己也感觉不到。

“扶王妃进去。”萧天耀看到林初九步履蹒跚的样子，实在受不了，可林初九又一次拒绝了：“不必，我自己可以，你让人进去看着就成。”

“看着”说得好听，实际上是监视，以免她混了什么东西进去。

“你只有一个时辰。”萧天耀这是变相地给林初九施压。林初九只是笑了笑，依旧不接受萧天耀的提议。

要是以前，林初九绝不会这样，可委曲求全的结果是什么？

是依旧得不到自己想要的生活，既然如此，她就只过好自己的生活好了。

没有萧天耀的庇护，她依旧可以过得很好。

进屋前，林初九将鞋子脱掉，只穿袜子走进去，这么一来不仅没有声音，就连痕迹也没有。侍卫本想直接踏进去，可一看到自己的鞋底，立刻默默地收回刚迈出去的脚，一时间不知如何是好。

“开门窗。”萧天耀没有让自己的人为难，众侍卫齐齐松了口气。

面对准备充分的王妃娘娘，他们真心压力很大。

林初九行动不便，走得很慢，可这也正好可以让她更专心地检查。

林初九从梳妆台开始，将属于墨玉儿的东西一一拿出来检查，先是看上面的指纹与痕迹，再让医圣之心帮她检查上面是否有可疑物质。

医圣之心可以通过她的接触，感受到大体上的异样，但要分辨却是不能，那需要更精密的仪器做检查，不过现在只要能找出怀疑对象就好了。

梳妆台，桌子，柜子，床上，衣柜……凡是墨玉儿的私人东西，林初九都一一检查，尤其是她那天穿过的衣服、佩戴过的首饰。

林初九虽然怀疑墨玉儿，可更多的却是认为她被别人利用了。

只可惜林初九来晚了，墨玉儿那天所穿的衣服全部清洗掉了，虽然清洗之前吴大夫也有检查，可也仅限于外衣，墨玉儿的贴身衣物吴大夫是拿不到的。

一路寻找，眼见时辰就快要到了，眼见就差最后一个书箱没有检查，屋外的众人包括萧天耀都很紧张，可林初九却依旧不急不躁，慢悠悠地做着自己的事。还是那句话，左右不会比现更糟糕，她怕什么？再说了，她再不济也是皇上亲赐的王妃，实在不行就和萧天耀鱼死网破，然后离开萧王府。

最后一箱是书，如果林初九从中查不到什么，那么……

即使萧天耀相信她也没用，她拿不出任何证据证明自己的清白，根本无法服众，可就是这样，林初九的脸上也不见丝毫慌乱。

林初九先是检查了一遍箱子里外，从箱底抽出一个隔层，众侍卫顿时激动一把，一个个伸长脖子，想要看看里面到底有什么，结果里面只是一个很普通的布袋子，而袋子里面什么也没有。

有人叹气，说不出来的失望，林初九却不气馁，继续翻找。而看似普通的书箱，里面却有不少隔层，林初九从里面找到几张漂亮的书笺纸，上面写着萧天耀的名字，还有几首情诗。

看不出来清高冷傲的墨姑娘私底下居然这么大胆豪放。如果是以往，林初九说不定会嘲笑一声，可现在她没有这个心情。

将箱子里的书一一拿了出来，林初九又在底下找到一个暗格，暗格里是一根被折成两截的白玉发簪。

“这是……”林初九脸色微变，不自觉地看向梳妆台。

那里有一根完好无损的白玉发簪，和她那天检查的一模一样，可惜她手边没有精密仪器，无法确定哪根发簪是她检查过的。

至于暗格里的这根断了的白玉发簪？

林初九也细细检查了一遍，发现这簪子也和她检查的一模一样，只是医圣之心没有从上面检查出任何有害物质。

林初九拿出白玉发簪的那一瞬间，萧天耀也看到了，瞳孔不自觉地收紧，心底为林初九松了口气。

就凭这两只簪子，也能证明墨玉儿不对劲，到时候就算不能洗刷林初九的嫌疑，也能让林初九的罪名小一些。

“有趣了。”林初九唇角溢出一抹冷笑，朝屋外的侍卫招了招手。那侍卫在萧天耀的同意下，默默地脱下鞋子走了进来：“王妃。”

“将这个拿给王爷，另外梳妆台上的那支白玉发簪也拿过去。”这可是证据，缺一不可。

侍卫小心翼翼地捧着簪子，悄无声息地退了出去。林初九继续查找，只是箱子内再无其他的东西，只剩下几本书，而林初九连书也没有放过，一页一页地翻了起来。

这是一个非常耗费时间的工作，可萧天耀却没有催促半句，即使一个时辰眼看就要到了，萧天耀也毫不在意，放任林初九慢悠悠的动作，因为……

光凭手上的这两只白玉发簪，萧天耀就能让墨家父女哑口无言。要不是还需要墨神医为他医双腿，他甚至光凭这两支发簪，就可以关墨家父女一辈子。

时间悄然流逝，一个时辰很快就到了，林初九没有出来的意思，萧天耀也没有催促的意思，两人在某些方面有着无法言语的默契。

咚咚咚……院外传来脚步声，众侍卫面色一紧，不自觉地望向萧天耀。

这个声音，不用猜也知道，必是墨神医或者墨玉儿过来了。

脚步声由远及近，很快萧天耀就可以肯定，来人不仅有墨家父女还有流白。对于流白会出现在这里，萧天耀一点儿也不意外，美色误人，他自己不就一路为林初九大开方便之门吗？

林初九专心地翻着手中的书，并没有听到屋外的脚步声，她一页一页极其认真地翻着，直到……

“你们在干什么？”墨神医和墨玉儿进来后，看到院中的阵仗，墨玉儿脸色大变，墨神医亦是怒得大吼。

“萧王爷，你这是什么意思？”墨神医气得不行，可心底却是有些虚惊，生怕萧天耀手上掌握了什么，毕竟墨玉儿是真的做了手脚。

“你们……侮辱人！”闺房被查，墨玉儿寒霜般的俏脸瞬间通红，牙齿咬得咯咯作响。

屋外的动静并不小，林初九听到后，只是抬头看了一眼，便继续翻书。

注定成为死对头，她不需要给对方留面子。

“墨神医别急，这件事本王会给你一个解释。”萧天耀淡漠开口，眼神扫向一旁的流白，眼中闪过一丝嘲讽。流白脸色微变，张嘴想要说什么却说不出口，默默地低头，后退一步，摆明了自己的立场。

萧天耀微不可闻地冷哼一声，伸出握成拳头的右手，手心朝上，缓缓打开，露出手中两根白玉发簪。墨神医脸色不变，墨玉儿却是瞬时脸色惨白，身子僵住。

萧天耀冷冷开口道：“墨神医，墨姑娘，先解释一下这是怎么回事？”

“萧王爷你什么意思？不相信老夫便不要请老夫来为你医治双腿，老夫并不缺你一个病人。”墨神医并不回答萧天耀的话，而是用萧天耀的腿伤来做威胁，可是……

这个威胁以前管用，现在却不行。

在得知墨神医有害自己的心思后，萧天耀不可能再信任墨神医，而要墨神医心甘情愿医治他的双腿，他有的是手段。

“并非本王不信你，而是事实摆在眼前。”萧天耀轻轻一弹，两根玉簪呈抛物线状态，朝墨神医飞去。墨神医接也不是，不接也不是，只能愣在原地，任由玉簪落到他手上，再滑落在地。

“啪”的一声，玉簪摔在泥土里，好在没有断。

“这两根簪子想必都是墨姑娘的，墨神医你用龙魄为本王医双腿时，墨姑娘就戴着一根白玉发簪，只不知墨姑娘当日戴的是哪一根？”

最初的震惊与担忧过去后，墨玉儿很快便恢复冷静：“断了的那根，我有两根白玉发簪，这是我爹送我的生辰礼物，王爷要不信可以去查。”

“墨姑娘你确定，你只有两根同样的发簪？”萧天耀微微后仰，给人一种强烈的压迫感。

墨玉儿不清楚萧天耀的用意，本能地点头。

萧天耀却是冷笑一声，轻拍巴掌：“来人，将东西送上来。”

墨神医暗道不好，可已来不及阻止，眼睁睁看着萧天耀身边的侍卫出去，又眼睁睁看着他捧着一个盘子进来。

盘子上面盖了一层布，墨神医根本看不到下面是什么。萧天耀没有让他久等，视线移向流白：“流白，掀开。”

“王爷。”流白就像双脚生钉，一动不动。

“流白，这是最后一次机会。”萧天耀声音平淡，没有一丝起伏，可流白知道，萧天耀怒了。

流白再不敢反抗，顶着巨大的压力，一步一步上前，在墨神医和墨玉儿注视下，揭开盘子上面的黑布，清楚地看到下面的白玉发簪，和萧天耀手中的白玉发簪一模一样，甚至连细微处的划线也是分毫不差。

墨神医脸色微变，墨玉儿则是不可思议地摇头：“这，这怎么可能，这不是我的东西。”

萧天耀并不理会墨玉儿，而是看向流白：“你应该很清楚，这到底是不是墨姑娘的东西。”

在萧天耀的威压下，流白根本没有办法躲避，只得冲着墨神医艰难点头：“这支发簪是墨神医您的爱徒陆元从墨姑娘房中偷换出来的，这件事我亲眼所见。”

墨神医脸色大变，当即将所有的错推到陆元身上：“那孽徒居然做出此等大逆不道之事，老夫真是瞎了眼，才会收他为徒。王爷你且放心，我绝不会包庇他，任由你处置。”

“有墨神医这话，本王就不必担心他撑不住重刑。”萧天耀半点儿也不怕墨神医知道，他已经将陆元拿下，而墨神医即使觉得萧天耀做得过分，此时也不会提出来。

这件事，终究是他有错在先。

可墨神医不说，萧天耀却没有打算就此放过他，继续说道：“本王让人查过这三支发簪，除了墨姑娘梳妆台上那支完好的发簪外，其他两支都有问题，只不知哪支才是墨姑娘的。”

萧天耀就差直说墨玉儿动了黑手，墨神医当即怒喝道：“荒唐，我女儿怎么会做这样的事情，王爷可不要被人蒙骗了，我女儿一定是被人陷害的。”

“本王也担心被骗，所以才会在这里等墨神医为本王解惑。”萧天耀神色不变，幽深的眸子落到墨玉儿身上。

墨玉儿确实吓了一跳，当断簪出现时，甚至有一种遮羞布被人扯掉的羞耻感，可是……

她有墨神医为她做主，有墨神医为她争取时间，现在的她已经平静下来。

“王爷，发簪上有什么我不知道，我的闺房于你们来讲，完全是可以随意进出的地方，你随便拿支簪子就来诬赖我，这就是萧王府的办事风格和待客之道？”不能承认，打死也不能承认，墨玉儿又道，“你们趁我父女外出，带着一群人等闯进我的院子，肆意搜查我的东西，王爷这般做法，与强盗有什么不同？”

墨玉儿越说气势越足，就好像受了天大的委屈一般。流白目光闪烁，似乎想要说些什么，可不等他开口，萧天耀便一个冷眼扫了过去。

成功制住流白后，萧天耀这才道："锦天院里里外外都有重兵监守，发现墨姑娘的房间出了问题后，本王第一时间让人请来重伤的王妃检查，墨姑娘大可放心，其他人并未进入你的闺房。"

"我要问的不是这些，而是你们凭什么趁我不在的时候搜查我的东西？"墨玉儿死咬着这点不放，"如果我的房间真有问题，完全没有必要特意让流白公子引开我们父女吧？如果王爷开口要查，我岂敢反抗？"

说到最后，已有赌气的成分在，寒霜般的俏脸，此时亦憋得通红："我们父女不在房内，王爷查到什么就是什么，王爷说我的东西有问题就有问题，你们简直是欺人太甚！"

墨玉儿是被墨神医捧在手心长大的宝贝疙瘩，她从小到大也没有受过几丝委屈，今日之事除了心虚外，自尊心也受到了极大的伤害。

萧天耀并不理会她，只是看着墨神医，和聪明人打交道省事多了，他没有兴趣也没有精力应付看似精明实则不知深浅的墨玉儿。

墨神医虽然生气，脸色难堪，可却保有理智："王爷，此事还有许多蹊跷，还请王爷仔细查清，还小女一个清白。"

"清者自清，浊者自浊。本王不会冤枉一个好人，可也不会放过任何一个意欲暗害本王的人。"

萧天耀的话滴水不漏，墨神医束手无措，又气又怒。而此时，林初九正好看到最后一卷书，看她神情自若的样子，墨神医与墨玉儿几乎快要怄死了。

"王爷，王妃本身就有最大的嫌疑，由她亲自去查，老夫实在无法放心，老夫请求与王妃一同去查。"墨神医就差没说林初九会陷害墨玉儿了。

墨玉儿亦点头道："王爷，王妃当日言行怪异，而且她身上有伤，行事不便，还请王爷另派大夫检查。"

萧天耀轻轻点头，以示赞同："本王也这么觉得，来人……去请吴大夫。"

至于墨神医的提议？

萧天耀权当没有听到。

可萧天耀刚开口，就听到林初九喊道："是该去请吴大夫来，毕竟要墨神医亲自说出来，着实是残忍了一些。"

顺着声音看去，就见林初九捧着一本书，缓慢地往外挪了挪，那步子看得着实令人心急。

墨玉儿心神不宁，提高音量道："王妃，你一再污蔑我，是担心什么吗？王妃，你大可以放心，我醉心医术，绝不会与你争什么。"

墨玉儿暗指林初九是故意针对她，是不想她入府为侧妃，同时亦表明自己行事磊落，光明正大，完全没有与林初九一争的心思，纯粹是林初九多心了。

可她忘记了，林初九刚刚查了她的房间，细致得一分一寸也没有放过，自然也就不会漏掉那些诗句了。

林初九脚步一顿，轻笑道："墨姑娘说谎可真是脸不红气不喘，要不是我的手伤了，我真想为墨姑娘鼓掌，真的是太精彩了。"

"你，什么意思？"墨玉儿咽了一下口水，心底隐有不安。

"真要我说出来吗？"

"王妃有话就说，我没有做什么不能见人的事。"墨玉儿的视线一直锁定在林初九手中的书上，眉头紧锁，也不知在想什么。

"确实是不能见人，不然墨姑娘也不会将它们放在隔层，压在书底下不敢让外人看到。"林初九很给面子地没有当场说破，可墨玉儿却是气白了脸："你，你怎么可以翻看我的私人东西，你简直不要脸！"

林初九已经给墨玉儿留了脸面，可偏偏人家不理，林初九也不客气，冷笑道："不要脸的是谁？一个未出阁的大闺女却觊觎别人的丈夫，嘴上还要说得冠冕堂皇、大公无私，你确定你不是当了婊子还要立牌坊，你确定你要脸吗？"

此言一出，众人还有什么不明白？众侍卫齐刷刷望向墨玉儿，其中又以流白的视线最为直接，反倒是当事人之一的萧天耀面无表情，好像听不懂一般。

墨玉儿俏脸通红，又急又怒："你，你胡说八道什么？你陷害我，一定是你陷害我，王爷，她陷害我，你要为我做主。"

"我陷害你？亏你还有脸面说出来，正好你爹在这里，就让你爹来查一查到底是谁陷害谁？"林初九扬起手中的书，眼中一片冰冷。

"王妃，说话慎重些。"墨神医不是墨玉儿，林初九从来不是无的放矢的女人，她敢这么说必然是有所倚仗。

墨神医看着林初九手上的书，眼眸微眯，心里暗道自己太大意，居然没有检查书箱，实在是一个天大的失策。

心里不安归不安，此时却是半点儿怯也露不得，甚至还要从容不迫，不将林初九的举动看在眼里。

墨神医定下心神，对着墨玉儿道："玉儿，去给王妃搬张椅子来，别让王妃累着了。"

"不用了，我不坐。"林初九出言拒绝。墨神医又道："玉儿，进去给为父搬把椅子。"

墨玉儿的房间并不算大，林初九正好站在屋中央，墨玉儿要是不小心碰到林初九，那是再正常不过的事。

林初九不知道墨神医的目的是什么，见墨玉儿正要走进来，林初九飞快地道："你们是死人吗？没看到墨神医要椅子吗？还不快给墨神医、墨姑娘搬两把椅子出去。"

"是。"侍卫的反应极其迅速，"唰"的一声挡在门口，堵住了墨玉儿的去路，"墨姑娘请稍候，小人这就帮你将椅子搬出来。"

侍卫态度坚决，完全不容墨玉儿说不，一人留下挡住门口，一人进去搬椅子，墨神医和墨玉儿半句不满也说不出来，还要面带笑容地说谢谢。

萧天耀垂眸，掩去眼中的笑意。

果然是我看上的女人，不错!

一连两把椅子搬出去，墨玉儿没有进来的理由，只得悻悻退下。

林初九暗暗松了口气，慢悠悠地往外走去，缓缓地给自己穿上鞋子，动作迟缓笨拙，就像行动不便的老人，旁人都在为她着急，可她自己却半点儿不急，坚定地完成每一个动作。

有那么一刹那，众人的眼神是深沉的，因为他们在林初九的身上，看到了令人心疼的固执与坚持。

林初九出来后，并没有将手中的册子交出来，而是默默地站到萧天耀身侧。

一直静默不动的萧天耀，在林初九走过来时略略抬了抬眼，看到林初九苍白的脸色时，眼中飞快地闪过一抹心疼，快到他自己都未曾察觉到。

没有人知道林初九拿出来的书到底有什么问题，在场的众人都很想知道，可除了萧天耀外，没有一个人敢，或者说能开口询问。

墨神医与墨玉儿心里像是猫抓一般，恨不得能将林初九手中的书看穿，可偏偏萧天耀根本不问，他们只能装作不在乎。就是视线滑向林初九手中的书时，也得摆出一副淡漠不屑的样子，那种感觉别说有多难受了。

这一刻，所有人包括萧天耀都希望吴大夫尽快赶来。好在吴大夫就在锦天院，很快便到。在给萧天耀见过礼后，萧天耀便让人抬来一张桌子，然后将白玉发簪放在上面，又让林初九将她手中的书放了过去。

林初九在吴大夫不赞同的视线下，继续往前挪步，每多走一步呼吸便急促一分，哪怕林初九什么也没有说，但在场的人也知道，她此刻正在承受着极大的痛苦，可是……

她从头到尾都没有吭一声，就好像是不知道痛的木头人。

即使心中再急，此时也没有人敢开口催促林初九，皆是满怀耐心地等她慢悠悠地走去。

短短几步路，林初九硬是走了半炷香，而她上前的第一件事，并不是将书摆上去，而是对墨神医道：“我知道你不相信我，为表明我没有暗中陷害令媛，我给你一炷香的时间，你可以检查我身上是否带了有害的药物，或者我曾经接触过。”

按说墨神医要是大气一些，这个时候就应该说不，可此事攸关墨玉儿一生，墨神医不敢托大，哪怕是舍掉老脸，亦是在所不惜。

“那老夫就得罪了。”墨神医干巴巴地应下，颇有几分不自在的神情。

林初九很配合地张开双臂，手上的书亦摊在墨神医面前，只是没有打开。

林初九身上有伤，吴大夫给她用了不少的药，可那些都只是最普通的外伤药，墨神医要分辨它们并不是什么难事。

事关唯一的女儿，墨神医检查得很仔细，也可以肯定林初九没有动手脚。

想想也是，萧天耀并不是好糊弄的人，而萧天耀还需要他为其医治双腿，又怎么可能放任林初九污蔑他女儿?

只这么一想，墨神医就越发不安了。

林初九没有让众人多等，待到墨神医检查完毕后，便将手中的书摊在桌上，翻到那一页时，淡淡道："墨姑娘想必会很熟悉的。"

林初九翻开的那一页，正好是墨玉儿当初为解答陆元的问题而翻看的那一页。

墨玉儿脸色大变，却仍强自镇定地道："你说什么……我不懂。"

后面的话还没有说完，便被林初九一连串的咳嗽声打断，听那声音似能将心肺都咳出来，听得旁人都为她心疼，可她自己却不当一回事，咳嗽后没事人一样地站在旁边。

吴大夫关心地看了一眼，林初九摇了摇头，扯出一抹极淡的笑容，表示自己没事。

吴大夫这才安心，上前道："墨神医，你先请。"

眼看着林初九那般笃定的样子，墨神医还有什么不明白，可此时已容不得他说不，只得硬着头皮上前。

书页泛着古黄，上面字迹有点浅，看得出来书的主人经常翻看。从表面上看不出什么来，可墨神医却也没有掉以轻心。先是查看有没有作假的可能，随即才用鼻子去闻，只是这一闻墨神医的脸色就不对了。

"怎么可能？"墨神医一脸惊恐，不停地摇头，"不可能，不是玉儿，就算在书上也不可能是玉儿。"

墨神医此时的表情说明了一切，吴大夫心底暗暗为林初九高兴，可也没有忘记自己的工作，忙上前检查。

"爹，怎么了？"墨玉儿比他更紧张，怕萧天耀误会，忙解释一句，"爹，这本书我好长时间都没看了。只有那天陆元来找我，问我问题时，我才翻了这页。爹，我什么也没有做。"

墨玉儿不说还好，一说墨神医更紧张了："陆元，他哪天来找过你？"

"为王爷医治的前一天。"

墨玉儿这话刚说完，就见墨神医身形一晃，险些栽倒……

在场的哪个不是人精，墨玉儿的话足以证明一切，墨神医根本不知道该如何辩解，就像林初九说的那样，这事情如果由他亲口说出，真的很残忍。

好在，吴大夫为人"厚道"，检查完后也不管墨神医的脸色有多难看，朝着萧天耀拱手道："王爷，书页上有极淡的噬龙草的痕迹。此药草没有什么效果，无味无害无毒，可与龙魄在一起时却能致命。墨姑娘当日翻了此页，手上必然沾了噬龙草，只是太淡而没有被发现。"

"噬龙草？你胡说，我怎么会有噬龙草，你故意陷害我！"墨玉儿急着解释，又像墨神医求证，"父亲，他们在陷害我对不对？你要为我做主。"

墨神医很想为她做主，可是……

"玉儿，书页上真的有噬龙草。"这是事实，就是墨神医也无力改变。

"不可能，这不可能。我怎么会用噬龙草暗害王爷？我是被人陷害的，王爷你要相信我。"墨玉儿失控大喊，可除了墨神医外没有人理会她。

他们都很清楚墨玉儿十有八九是被人利用的，可那又如何？

萧天耀确实是因为墨玉儿而差点儿没命，她的无知不能成为其脱罪的理由。

墨神医张了张嘴，却是什么也没有说，暗害萧天耀的是他的徒弟与女儿，而他们却冤枉了林初九这个好人，他还能怎样？

吴大夫没有理会歇斯底里的墨玉儿，只是看了一眼墨神医，继续说道："噬龙草碰上龙魄后极其霸道，只要时间够了，即使只有一点儿也能够取走王爷的性命。"

换言之，要不是林初九阻止及时，萧天耀早死了。

众人齐刷刷望向林初九，却见林初九一脸淡然地道："终于证明了我的清白。王爷，你说是吗？"

"嗯。"萧天耀只应了一声，并无多言。林初九不在乎地一笑，瞥了墨神医一眼。

墨神医一脸难堪，却不得不低下头来为墨玉儿求情："王爷，玉儿她绝无害王爷之心，她这是被人利用了，还请王妃娘娘明察。"

林初九轻笑一声："墨神医你问错了人，差点儿被害死的人又不是我，你需要我明察什么？"

墨神医犹不死心，说道："王妃，玉儿是无辜的。你应该很清楚被人误会的滋味，你忍心让玉儿和你一样，被人误会吗？"

这是道德绑架，可惜林初九并没有墨神医想的那样在乎好名声，林初九讥笑道："墨神医说错了，本王妃从来没有害王爷，反倒是救王爷的功臣，哪里来的误会一说。至于墨姑娘是不是无辜，恐怕就只有她自己知晓了。"

墨玉儿身形一晃，似承受了巨大的打击，极度悲痛地道："王妃，你怎么可以这么冷酷无情，你明明知道我是被人陷害的，你要眼睁睁看着我蒙受不白之冤吗？"墨玉儿双眼泛红，眼角一滴泪珠滑落。

冰山美人垂泪，自是美得让人疼惜，可惜在场诸人一想到墨玉儿差点儿害死萧天耀，就对她再也没有半点儿怜惜之意，就连流白亦是别过头去。

林初九轻笑道："墨姑娘，你忘了你刚刚说的话吗？你说本王妃害怕你嫁入王府，抢走王爷的宠爱，这才设局陷害于你。我的话和墨姑娘一样，我害怕你嫁入王府，借恩情和所谓的对王爷没有企图的高义，设局陷害我这个王妃，好凭借救命恩人之女的身份成为王妃。所以，我不可能帮你。"

"我才不会这样做。"墨玉儿下颔微抬，一脸倨傲。

林初九并不与她争辩，只道："你会不会这么做与我无关，我只知道以德抱怨，何以抱德？墨姑娘也许能忘，我却忘不了药浴间你们父女是怎样逼我的，我身上这一身伤又是怎么来的。墨姑娘，你听着……不管我林初九是死是活，你都别想嫁入萧王府，别想嫁给王爷！"

"你，你凭什么决定王府的事。"墨玉儿脸色苍白，眼神不安。

"就凭我是林初九。我父亲是当朝左相，我舅舅是镇国公，我母亲与皇后是好友，我是皇上亲赐的萧王妃。我要捏死你比捏死一只蚂蚁还要容易，你拿什么和我比！”

这是林初九第一次表明自己的身份，拿自己的身份压人，而这个时候众人才想到，原来这个低调亲和的王妃，其实有着傲人的身份，王爷可以不将王妃看在眼里，但他们不能。

“你，你怎么可以拿身份压人？”墨玉儿气得脸颊通红，右手指向林初九，就像无理取闹的小孩。

“我拿身份压你又怎样？有本事你也去投个好胎，让皇上给你赐婚。”林初九不认为用身份压人有什么不对的。

她不用身份压人，难不成要等墨玉儿拿身份压她？

“你不就是仗着命好有皇上给你指婚吗，要不是皇上给你指婚，你以为你能嫁给萧王爷吗？你以为像萧王爷这样的大英雄，能看得上你吗？林初九，除去身份你什么也不是！”墨玉儿已经气得失去理智，指着林初九破口大骂。

但是林初九半点儿不气，脸上的笑容越发恬淡：“我有这个出身就足够了。有这个出身，王爷再厌恶我，再看不起我，我也能坐稳萧王妃的宝座。而你……就是再得萧王爷的心，最多也只能是个小妾，你拿什么和我斗？”

“你无耻。”墨玉儿气得继续大骂。

林初九冷笑反讽：“那也比不上你下贱，自荐枕席都没有人要。”

林初九此言一出，全场皆静，侍卫们不由自主地看向林初九，眼中有着绝对的狂热和崇拜，萧天耀亦抬眸看她，可林初九却依旧没有任何的表情，就好像……

今天的一切与她无关，被冤枉的不是她，洗刷了冤屈成为萧王府功臣的也不是她，傲气地阻止墨玉儿嫁入王府的人，也不是她。

这样的林初九，既陌生又熟悉。萧天耀的眼中闪过一抹不安，皱眉道：“本王没有厌恶你，也没有看不起你。”

“这个不重要。”林初九不在意地开口，她已经不在乎这些了。

萧天耀的眉头皱得更紧：“你在怨本王？”药浴间逼迫林初九的人中也有他。

愤怒，指责，骄傲，发怒，他都能接受，他也做好了安抚林初九的准备，可是……

什么都没有！

林初九不喜不悲，半点儿情绪也不外露，只是轻轻地说道：“不怨。”你是我什么人，我为什么要怨恨你。

这话林初九没有说出来，她只记在心里。

她永远都不会忘记萧天耀质问她时的语气，永远都不会忘记自己撞向浴桶时的痛，更不会忘记一个人孤立无援地躺在大牢里时的绝望。

她不恨萧天耀，可也对萧天耀没有任何期待。她和萧天耀之间已经回到大婚那一夜，她会谨记自己的身份和本分，不属于她的感情，她不争；而应该属于她的地位与尊严，她也绝不让。

“真的不怨？”萧天耀不信，可林初九的眼神太平静了，令人根本看不出情绪。

“没什么好怨的。”怨了也报复不回去，何必呢，她心里记着就好。

“口是心非。”萧天耀手指轻敲扶手，“不怨本王却怨墨神医和墨姑娘，你以为本王会信吗？”

林初九轻轻摇头，一脸诚恳地道：“我也不怨墨神医和墨姑娘。”

“是吗？”萧天耀扬了扬眉，一脸怀疑。

林初九极其不屑地道：“他们是什么人？也值得我怨？我不怨他们，我只是看他们不顺眼而已。怎么？王爷有意见？”

林初九一脸傲然，即使是目中无人，也让人觉得理所当然。墨玉儿想要说什么，却被墨神医制止了。

墨神医很清楚，此时的局面对他们父女极度不利。他们现在什么也不能做，只能等，等萧天耀处理好此事。

墨神医自信，只要萧天耀的双腿一天没有医好，萧天耀就不敢怠慢他们父女二人。至于噬龙草的事？

墨神医倒也没有那么担心，毕竟玉儿也是被人利用的，就算要罚也不会罚得太重。

此时墨神医在想什么，林初九大致也能猜到。许多事是不可能当面解决的，林初九也没有傻得要逼着萧天耀现在就给她一个公道，轻咳一声，说道：“事情已经说清楚，我可以回去了吗？”她快撑不住了，胸口处的伤疼得她直抽气，她觉得自己随时都会倒下去。

萧天耀没有立刻回答，而是怔怔地看着她，好半天后才轻叹了口气：“可以。来人，送王妃回去。”

“不……”后面的话还没有说出来，便见林初九身子一晃，一头栽了下去。

“该死。”萧天耀反应极快，轮椅一滑便上前接住林初九，“你怎么了？”

林初九软软地倒在萧天耀的怀里，双眼紧闭，没有一丝反应。

“吴大夫，过来！”萧天耀大喊。吴大夫已在身前，半蹲下来为林初九诊脉：“体力透支，思虑过重，又发热了，伤口也裂开了。”

吴大夫指了指林初九衣襟前的血迹，不由得叹了口气。

看似身份尊贵的王妃，其实是一个苦命人。偌大的王府里，没有一个心腹可用之人，凡事都只能靠自己，受了这么重的伤也得强撑着处理这些事。

“走。”萧天耀二话不说，抱起林初九，示意侍卫推他回去。

墨神医知道这是一个好机会，忙道：“王爷，老朽那里有极好的外伤药，先请王妃……”

“不用。”萧天耀不等墨神医说完就打断了，抱着林初九头也不回地离去，侍卫紧随其后，流白落在最后，离去前看了墨玉儿一眼，那一眼很是复杂。

人全部散去，只余墨家父女，墨玉儿怔怔地看着萧天耀一行人离去的背影，喃喃地道：“爹，事情怎么会变成现在这个样子？”明明昨天林初九还是谋害萧王爷的罪人，怎么一夜之间，就变了一个样？

“我也想知道事情怎么会变成这样，你怎么会这么不小心，居然会被陆元利用？”墨神医看着桌上那三根一模一样的白玉发簪，还有那一本摊开的书，一时间愁容满面。

他现在什么都不敢想，只想医好萧天耀的腿，然后平安地离开这里，他保证他再也不来东文国。

“玉儿，嫁入萧王府的事你别再想了，为父办不到。”他再强也只是一个大夫，如果萧天耀不需要他，那他就什么也不是，而他曾经救过的那些人，也不一定会为一个已死的他去得罪东文的战神王爷。

墨玉儿不解地看向墨神医：“爹，你在说什么？王爷答应娶我的。”

“玉儿，别那么天真。”墨神医无力地叹气，他原本觉得自己的女儿很好，可和林初九一比，他这才明白自己的女儿远没有他想象中的那么优秀。

“爹，明明说好的事，怎么又要反悔了？”两行清泪滑落，墨玉儿咬唇道，“是林初九对不对？是因为她的话，所以我不可能嫁给王爷？”

“不，与林初九无关。”墨神医眼带怜悯地看着墨玉儿，“没有林初九王爷也不会娶你。”

能被人利用一次，就有可能被人利用第二次，墨神医不认为萧天耀会娶一个这么蠢的女人给自己添麻烦。

“明明就是她，就是她不想我嫁入王府。爹，我恨她，我恨她。”墨玉儿根本听不进劝，丢下这话转身就跑。

“玉儿……”墨神医佝偻着身子，重重地叹了口气，想要追上去可最后还是忍住了。

林初九会说出永远不让墨玉儿嫁入萧王府的话，虽然是她自己的意思，可更多的也是代萧天耀拒绝这门亲事，好让双方都有台阶下，可偏偏他的女儿到现在还不明白。

真的，很天真！

去而复返的流白，将这一幕尽收眼底，他什么也没有做，只是伸出手来在虚空中抓了一把，然后松开。

漠然地转身，每一步都走得异常坚定。

萧天耀将林初九送到自己隔壁的房间，吴大夫重新给林初九换了药，只是等到吴大夫开的药熬好了，林初九也没有醒过来。

吴大夫没有办法，只好让人给她灌药，只是一碗药有大半都洒了出来。

吴大夫看得直心疼，不止一次地想开口，让萧天耀以口渡药，可看到萧天耀双眼紧闭，一脸淡漠的样子，又生生将这个念头压下，让人再去熬两碗。

三碗药灌了下去，林初九全身都湿了，下人要给她换衣服，萧天耀没有坚持留下来，因为……

第十九章　女人不好惹

流白正跪在外面，他在认错！

萧天耀的轮椅停在林初九的房门前面，居高临下地问道："你是求本王，还是求王妃？"

"属下该死，属下求王妃原谅。"流白跪得笔直，并不畏惧认错。

"王妃不会生你的气。"因为林初九没有把他放在心上，不曾在意又怎么会生气？

"属下明白。"所以他才会在林初九昏迷不醒时跪在外面，"王妃不醒来，属下不会起来。"

他……其实是在给自己认错，或者说求一个心安。

萧天耀并没有多作劝说，只道："既然如此，那你就跪着。"也是时候给流白一个教训了，不然他永远学不乖。

书房内，苏茶早已在等候，见到萧天耀进来，立刻上前道："王爷，王妃还好吗？"很明显他知道了消息。

"死不了。"这三个字从萧天耀嘴里说出来，并非刻薄而是事实，只是苏茶听着却觉得怪不是滋味，便多说了一句："王爷，这次的事情王妃受了天大的委屈，王爷还是哄哄王妃的好。"

"嗯。"见萧天耀如此，苏茶也不好纠缠此事，这毕竟是萧天耀的家事。苏茶转而问道："王爷，墨神医与墨姑娘要如何处置？"

"先放着，等幕后之人出来。"对萧天耀来说，拿一个墨神医出气没有半点儿意思。

苏茶早就知道是这样，只是这事真的不好办，叹了口气道："陆元一口咬定此事是墨玉儿指使的，还说墨玉儿身上还用了有迷幻效果的药粉，此药对你们三个接触龙魄的人无效，但对王妃有效。目的是为了踩死王妃，让你的腿永远好不了，这样你就会永远对她好，永远离不开她。”

陆元这话虽然没有证据，可也说得通，明眼人都看得出来墨玉儿对萧天耀有没有情，只是……

“事情绝不会这么简单。”不是萧天耀高看自己，而是他看不起墨玉儿，“就凭墨玉儿的脑袋，她想不出这么好的法子。”

苏茶亦是这么想，只是这件事想要查出实质的证据很不容易。“不管怎么用刑，陆元都不肯说。”苏茶也很无奈。

“罢了，处理干净。”一心想要他死的人，也就那么几个。

苏茶出去时，特意去看了看流白，看到他仍旧跪在那里，只是轻叹了口气，什么话也没有说。

流白是个硬汉子，他说要跪到林初九醒来，必然不会食言。

林初九刚醒来，曹管家就将流白跪在外面请罪的事告诉了她。林初九听罢露出一抹虚弱的笑：“请流白大人起来。”至于原不原谅的话，林初九一句没有说。

流白虽说是给林初九请罪，可更多的是做给萧天耀看，林初九一发话他便站了起来，拖着僵硬的双腿，一跛一跛地往外走。

刚出去，就看到在外面等他的苏茶，上前就给了苏茶一拳：“也不知道为我求情。”这一句，表明他们兄弟的感情不会因此事而出现裂缝。

苏茶很高兴，抬手就还了他一拳，看似下手很重，实则只是轻轻一碰：“你这小子也是得吃点苦头，不然你以后也不知道天高地厚。”

“以后不会了。”流白低下头，脸上的笑容僵住。

苏茶也说不出安慰的话，只是拍拍流白的肩膀道：“吃一堑，长一智。以后可千万要记住，女人不是好惹的，你惹谁也别惹那女人。”

流白应了一声，在苏茶搀扶下回到自己的住处，等着吴大夫来给他上药。其间，流白特意让人将消息漏给墨玉儿，他心里还有那么一丝丝的期待，可是……

墨玉儿没有来看他，也没有给他送药，就好像他这个人不存在一样。

“终于可以死心了。”流白躺在床上，合上眼皮。

林初九证明了自己的清白，墨玉儿却牵扯了进来，即使萧天耀没有做出处罚，墨玉儿也自觉无脸见人，这几天一直躲在屋内不敢出来，倒让锦天院清静不少。

墨神医则无事人一般，每天都来为萧天耀诊治，萧天耀也没有拒绝，这让墨神医看到了希望。

萧天耀的双腿受了噬龙草的影响，双腿恢复起来会特别慢，墨神医预计医好萧天耀的双腿需要两个月左右的时间。

萧天耀知晓后，轻轻点头道：“墨神医医术高超，本王相信你。”

这绝对是威胁，萧天耀的双腿要是医不好，墨神医也不用活了。墨神医心里明白，背后冷汗淋漓，面上却不敢表露出来，故作平静地应了声：“是。”

林初九虽然伤得很重，可却也不是什么不治之症，五天后，林初九已经可以移动，而她能动后做的第一件事，就是让曹管家派人送她回自己的院子。

锦天院，她不住。

曹管家脸色微变，劝说道："王妃，吴大夫说你身上的伤需要静养，不宜多动。更何况王爷就在锦天院，王妃若是出去了，日后要见王爷恐怕多有不便。"

锦天院现在外松内紧，林初九要是出去了，肯定不能再进来。

"我的身体我很清楚，你只管让人安排，吴大夫不会说什么。至于王爷那里你也不用担心，我现在伤成这个样子，也无法照顾王爷，与其留在这里，不如出去静养。"理智告诉自己，不要怨恨萧天耀，可是感情上林初九做不到。

她现在看到萧天耀就烦，只想距离这个男人远远的。

"可是……出了锦天院，吴大夫就不方便去给王妃换药，还请王妃三思。"曹管家并非夸大，萧天耀现在并不信任墨神医，吴大夫一直在暗处看着，只是墨神医不知晓罢了。

"我自己就是大夫，我可以给自己换药。"她一旦下了决定，就容不得旁人阻止，见曹管家还要劝说，林初九不等他开口便道，"曹管家你不必多说，你要不安排我自己也能走回去。"

锦天院的护卫敢拦她却不敢伤她，而现在的她就如同豆腐一样，只要轻轻一碰就能倒。

"王妃，你非出去不可吗？"曹管家一脸为难，他此时真想跪在林初九面前，求林初九别再刁难他。

曹管家那可怜兮兮的样子，真的很让人同情，可林初九不为所动，继续说道："去林府接翡翠她们四人回来，就说我受了伤，需要她们四个人照顾。"不是信任她们四人，而是在萧王府，她熟悉的下人也就只有这四个。

不管翡翠四人带着什么目的来到她身边，这段时间贴心的照顾都是事实，林初九觉得她们做得很好。

林初九将一切都安排好后，就是容不得曹管家说不。曹管家无力地叹了口气："王妃，此事小人做不了主，还请王妃容我禀报王爷，等王爷定夺。"

"可以，给你一个时辰。一个时辰后，我要离开锦天院。"经历过药浴间的事后，林初九也想明白了，人的欲望是无穷的，她一味地退让并不能得到萧天耀的满意，只会换来萧天耀的得寸进尺。既然如此，她何必再委屈自己？

曹管家拿林初九是一点儿办法也没有，只得立刻去找萧天耀，将林初九的要求禀报给萧天耀知晓，请他定夺。

萧天耀思索了好半晌，才道："王妃，她的心情如何？"

"很……寻常。"曹管家想了半天，才想到这个词。

没有欢喜，亦没有愤怒。这应该算是寻常吧？

可这才叫不正常。

被人污蔑，险些横死，洗刷清白后还能不生气？

这简直不是人该有的情绪。

萧天耀一直认为林初九这般平静是不对的，那天查到证据她平静不争，萧天耀以为她只是身体不适，经不起剧烈的情绪起伏，可现在看来……

怕是，她根本就是在用冷暴力。

“你这般折腾，有什么意思？”萧天耀垂眸，喃喃自语道，“本王要不在乎你，你就是表现得再冷静、再淡漠也没有任何意义。”

萧天耀的声音不大，可曹管家离得近，将萧天耀自言自语的话听得一清二楚，不由得在心中暗道：王爷呀，要是你不在乎王妃，王妃就大吵大闹，哭天喊地说自己的委屈，也没有用啊！

萧天耀是个极骄傲的人，林初九将话说到这个份上，他就是再不舍得也不会强行将人留下，不仅让曹管家将人送回去，还让曹管家去给林初九请个大夫。

“王爷，外界都知道墨神医在府上是为了给王妃医病，现在再去请个大夫进来会不会传出不好听的话？”曹管家不是不担心林初九，只是他更在乎萧天耀的名声。

“无妨。”林相亲自见过林初九，这事瞒是瞒不住的。

有萧天耀这话，曹管家只得命人送林初九出去，只是请大夫的提议被林初九否决了：“府上的名声重要，我自己也是大夫，没有必要为了这么一点儿小事兴师动众。”

曹管家只有再去找萧天耀，将林初九的意思转达给他。

“既然不领情，那便算了。”萧天耀也有些不高兴，他觉得林初九这是持委屈而骄纵，以退为进。

曹管家抹了把汗，一声也不敢吭。

这段时间也不知是怎么了，两个主子一个比一个诡异，夹在中间的他真的很为难呀！

萧王府虽然如同铁桶一般，内外皆严实，可架不住有内贼。皇上处理完萧子安的事，便马上问起萧王府的事。

得知萧天耀无事后，皇上气得不行：“又让他逃过一劫，他的命倒是硬。”布了这么久的局，甚至拿朝廷的事引开萧天耀的注意，却不想仍旧功亏一篑，要说不生气那绝对是骗人的。

秦太医匍匐在地，语气颤抖道：“臣无能，请皇上责罚。”

“此事与你无关，起来吧。”皇上虽气，倒也没有失去理智。

“谢皇上不罪之恩。”秦太医并没有起身，而是继续说道，“皇上，臣收到的消息是，当时发现异常并不顾性命救下萧王的人，正是萧王妃。”

告状也是有技巧的，如果一开始说出来，皇上必然认为秦太医是在推卸责任。可在皇上不怪罪他后说出来，皇上就是不信也得信。

皇上当即脸色大变：“萧王妃？林相的女儿？”

“正是。”秦太医并不畏惧林相。

林相与他虽同为帝王心腹，两人……总要有一重一轻。

皇上冷哼一声，不阴不阳地道：“林相倒是养了个好女儿。”一再坏他的好事。

秦太医默不吭声，皇上也无意多说，挥挥手示意他退下。

秦太医跪安退下，还未走出皇宫就被太监叫住：“秦太医，秦太医，快，快，安王又发病了。”

“什么？安王又发病了？”这才三天不到的工夫，怎么又出事了？

“是的，快，快，皇上在等着你。”太监不与秦太医多说，连拖带拽地将秦太医拖走。

秦太医医术不凡，可着实医不好萧子安的病，费了九牛二虎之力，勉强稳定了萧子安的病情，让他不那么痛。

暗杀萧天耀的计划失败，最喜爱的儿子又一再出事。皇上心情极差，对着秦太医大吼道：“朕给你一个月的时间，想不出医治安王的法子，朕就要你的命。”

“臣领旨。”秦太医脸色微白，诚惶诚恐地应下。

皇上盛怒之下说出来的话可以不当真，可秦太医却不敢不当真。

不怕一万就怕万一，万一是真的，他找谁哭去？

秦太医很清楚萧子安的病情，别说一个月，就是一年他也医不好，一路忐忑不安，出了宫直接去找自己的师父。

“师父，皇上命徒弟一个月内，找出医治安王的办法，徒弟学艺不精，还求师父救我。”秦太医此时也顾不得面子，哽咽地哭求。

银发老者，也就是墨神医的大徒弟，听到秦太医的话后露出一抹阴冷的笑容：“安王的病……我救不了你，不过有人可以救你。”

秦太医脸色一喜，忙道：“还请师父赐教？”

银发老者也不卖关子，直接道：“墨神医名满天下，他如果能医好萧王爷的双腿，也必然能医好安王的腿疾。他手上能有至宝龙魄，就必然还有其他名贵的药材，只要皇上宣墨神医进宫，不愁安王的腿疾不好。”

秦太医听罢眼前一亮，虽然他知道师父此举没安好心，可死道友不死贫道，将墨神医推出来对秦太医来说，无疑是最好的办法，而且还是一箭三雕的好事。

推荐墨神医去医治安王的腿，不仅能让自己摆脱困境，还能抢走萧王府的大夫，让萧王失去双腿复原的可能性。

当然，最重要的还是，这有可能会帮到师父报仇。

“师父英明，徒弟实在愚笨，这么好的法子居然一直没有想到。”秦太医彻底放心了。

银发老者并不张扬，只道：“不是我英明，而是你想太多了。”

不管是秦太医还是皇帝，都认为墨神医是萧天耀的人，他的女儿要嫁给萧天耀，必然只为萧天耀办事，却不知对大夫而言，每一个人都是病人，只是不同的病人出的诊金不同罢了。

秦太医得了好计策后便再也坐不住，连夜就进宫将计划说给皇上听。

如果是之前，皇上断然不会接受，大夫能杀人于无形，墨神医与萧天耀的关系实在太近，皇上怕引狼入室。

可现在不同，萧天耀与墨神医之间有了嫌隙，彼此之间的信任基石出了裂缝，这个时候他抛出橄榄枝，墨神医一定会接受。

“去，宣旨。”皇上竟是一刻也不愿意等，当即就命人去萧王府带人。

当天夜里，一千御林军突临萧王府，萧王府上下如临大敌，一个个严阵以待，随时准备出手。

萧王府的侍卫，本以为皇上声势浩大地派御林军前来是要捉拿萧天耀，可圣旨念完他们才知晓，原来皇上只是“请”墨神医入宫为安王诊治。

萧王府的侍卫暗暗松了口气的同时，又有些不高兴了。

皇上这么做也太打脸了。

“王爷，请您接旨。”宣旨的太监，上前一步，将圣旨捧到萧天耀的面前。

此刻，无论是御林军还是萧王府的侍卫，一个个都看向静坐在人群中的萧天耀，等待他做决定。

萧王府的侍卫已经准备好了，只要萧天耀说一句不接旨，他们誓死也要阻止御林军带走墨神医。

同样，御林军也做好了准备，只要萧天耀说一句不接旨，他们会不惜一切代价，强行将人带走。

太监说完，不见萧天耀有动作，只得硬着头皮又催了一句：“王爷，请您接旨。”

“接旨？”萧天耀唇角轻扬，一脸嘲讽，“圣旨并非给本王的，本王要接什么旨？”

太监愣了一下，答道：“圣旨是宣萧王府的墨神医进宫。”

“墨神医非本王府上之人，他的去留不由本王决定。”萧天耀摆明了不愿意接旨，无视一众御林军那肃杀的眼神，淡淡道，“来人，带墨神医过来。”

太监显然没有想到，萧天耀并不正面与皇上对上，而是将难题推到墨神医头上，不由得暗暗佩服萧天耀厉害。

如此一来，不管墨神医进不进宫，萧天耀都不会丢面子，更不会因此而背上抗旨的骂名。

墨神医很快就被带到，得知事情的前因后果后，墨神医暗道不好，可宣旨的太监却不容他说不，笑盈盈问道：“墨神医，皇上宣你进宫为安王医治，这可是天大的好事，你还等什么呢？”

“王爷，这……”墨神医一脸为难地看向萧天耀，希望萧天耀能出面说两句话。

他是不愿意与皇家接触的，可也不想得罪皇家。

可惜萧天耀并不是什么良善之辈，墨神医若不摆出他的立场，萧天耀又怎么会傻乎乎地为他出头？

萧天耀神色淡漠地道："墨神医看本王做什么？皇上宣你进宫，愿意与否由你自己决定。"墨神医愿意进宫，他不拦；要是不愿意，他也能保下墨神医。

想要他萧天耀出面作保，那就得付出点什么，什么也不付出就想拿好处，天底下哪有这般好事？

"王爷，老夫若是进宫，你的腿伤怎么办？"墨神医咬咬牙，最终还是说出威胁的话来。

萧天耀现在还离不开他。

"本王的腿疾可以等。"萧天耀依旧打着太极拳，心底却很是失望。

墨神医连林初九一个女人都比不上，林初九都明白两边讨好最是要不得，早早就和林府做了决断，可墨神医却想谁也不得罪，这怎么可能？

萧天耀眼角轻扬，带着一丝不屑。

墨神医一脸挣扎，他不想进宫，可萧天耀不给出保证，他又不想得罪皇上，一时间完全不知道如何是好。

在场的人都看得出墨神医的挣扎，萧天耀不开口，宣旨的太监却不客气地催促道："墨神医，你还等什么？可不能让皇上久等。"

"老夫……"墨神医看了一眼面无表情的萧天耀，心底暗自失望，咬牙道，"草民遵旨。"

果然如此！

萧天耀并不失望，虽然他的双腿依旧没有医好，可墨神医这种摇摆不定的大夫，他也是不敢用的。

他不怕死，但怕死得不明不白。

太监听到墨神医的回答后，一张脸笑得像花儿一样灿烂："墨神医放心，皇上定不会亏待于你，日后必定前途无量。来人呀，快去帮墨神医收拾东西，我们这就进宫。"

太监虽然得意，却不敢在萧天耀面前造次，转而面对萧天耀时，已是一脸谦卑："王爷，小人的差事已经办妥，这就告退，不扰王爷清净。"

萧天耀没有理会他，只是抬手招来身后的侍卫，转身朝内院走去，留下墨神医一脸复杂地站在原地。

返回锦天院时，正好遇到收到消息的墨玉儿，墨玉儿拦在萧天耀面前，一脸控诉地说道："王爷，为什么？"

萧天耀抬眸，冷睨一眼，冷冷道："让开。"

墨玉儿身子一颤，却是没有动，咬着唇道："我不让，你告诉我为什么呀？我哪里不好？我哪里比不上林初九，你为什么要这么对我？为什么不喜欢我？"

说到后面，眼泪直流，梨花带雨，那样子就好像被负心汉丢弃的小可怜。

萧天耀极其厌烦地瞥着墨玉儿，正眼都不给，淡漠无情道："你是个什么东西，也值得本王喜欢？"

"我……"墨玉儿身子一颤，张了张嘴却被萧天耀打断："滚开，别让本王再说一遍。"

墨玉儿怔在原地，好似到现在才知道，萧天耀竟是这般冷酷的人。

墨神医得不到萧天耀的保证，万般无奈下只得选择倒向皇上。不过离去前，墨神医还给萧天耀卖了一个好，或者说坑了林初九一把。

"王爷，按揉的手法和针灸的穴位，王妃娘娘都很清楚。药浴的方子我会留下来，王爷坚持下去就算双腿无法行走，也能保证双腿血脉顺畅不会萎缩。"

如果墨神医只说这句还不算什么，最最让人不耻的是，他又补了一句："王爷的腿被龙魄反噬，医治的过程不可中断，王爷这几天千万记得，要王妃给你多多按揉几次，这对王爷的双腿很有利。"

明明知道林初九伤得不轻，还留下这样的话，这不是要逼死林初九吗？

满府上下都听到墨神医的话，如果萧天耀开口，林初九还能说不吗？

吴大夫和曹管家面面相觑，他们心里门清，知道墨神医这是要坑死林初九，可事关萧天耀双腿的康复，他们能说什么？

果然，一回到锦天院，萧天耀就叫人收拾东西，要搬去林初九住的院子。

林初九住的地方，不管是离锦天院还是离萧天耀住的院子都很远，一来一回要耗费不少时间，现在萧天耀住过去，其目的不言而喻。

"王爷，王妃伤得很重，这段时间用不了力，恐怕无力为王爷你按揉穴道。"吴大夫本着大夫良心，顶着巨大的压力劝说了一句。

不说林初九胸前几根断了的肋根，就说她错位的胳膊，就很要人命。依林初九现在的情况，别说按揉穴位，就是自己起身都做不到。

"本王自有分寸。"萧天耀右手一抬，摆明不愿多说。

曹管家不敢违抗，只能闷不吭声地指挥人手搬东西，天一亮一行人就去了林初九的住处。

林初九知道后什么也没有说，最主要的是她说也没有用，这里是萧王府，萧天耀要住哪里住哪里，还需要征得她同意不成？

搬家的声响不小，林初九却权当没有听到，房门紧闭绝不出来凑热闹，也不让人在跟前侍候。

府上的下人，此时都正忙着给萧天耀清理住处，也没有人过来管她，直到下午时分，萧天耀例行按摩的时间到了，吴大夫这才找上门，小心翼翼道："王妃，王爷让我来问你穴位的事。"

吴大夫说这话时脸色特别尴尬，他就不能理解了，王爷怎么就能那么理直气壮地要求王妃默背出穴位，王爷难道以为发生那样的事后，王妃会毫无芥蒂吗？

吴大夫已经做好被林初九冷嘲热讽的准备，不想林初九连眼皮也没有抬，只道：“拿纸笔来。”

“啊？”吴大夫愣了一下，这才反应过来，忙道，“王妃，你的手还不能写字。”王妃真当自己是铁打的，不知道痛吗？

“你写。”林初九现在面对萧王府的人，不仅吝于微笑，也吝于言语，说完这句话后就不吭声了。

吴大夫一脸莫名，好半天才想明白林初九说的是什么，忙出去拿纸笔。

“王妃，可以说了。”研好墨后，吴大夫巴巴看着林初九。

林初九虽不像以往那般和气，可也没有为难人，闭上眼眸，背了起来……

有几个穴位很偏，吴大夫不太确定是在什么位置，便询问了几句，林初九也极有耐心地解释，脾气好得不行。

吴大夫万分感慨，好长一段时间，见人就说林初九气度大，非常人能及，男子亦是不如。

萧天耀得知林初九这么配合地背出穴位，丝毫不意外：“她一向聪明。”整个府上只有林初九一人知晓，她不背出来又能如何？

吴大夫自己就是大夫，有了林初九背出来的穴位，给萧天耀按揉穴位的事就交给了他，只是吴大夫也不知是自己年纪大，还是技巧不对，每天按揉两次，吴大夫就觉得自己像是跑了八百里，累得不行，双手酸得直打抖，到了晚上连碗都端不起来。

“王妃娘娘给王爷按了那么久，居然半句苦也不叫，真是让人佩服啊。”吴大夫不愿意承认自己比不上一个女子，便又坚持了几天，可是……

真的撑不下去了。

没有办法，吴大夫最后只得找来一个年轻力壮的学徒，将方法交给他后，让他每天给萧天耀按揉，对此萧天耀没有任何异议。

不是林初九，是谁又何妨？

转眼，墨神医进皇宫已有半个月，墨神医的医术自是不用多说，虽然现在还没有查出安王的病因，可却成功控制住安王的病情，安王这大半个月都没有发病。皇上对此万分满意，赏了墨神医不少的好东西，并且承诺只要墨神医医好安王，便给墨玉儿郡主之位。

皇上这么大方的举动，令墨神医心下稍安，心中暗想：有皇上保护，即使得罪了萧天耀也无妨。这么一想，墨神医对安王的病就更上心了。

经过半个月的调理后，林初九的伤势已好了不少，这几天已经可以出来走走，只是林初九每次都挑萧天耀按揉和泡药浴的时间出来，两人明明住在同一个院子，但住了大半个月却是连一面也没碰上。

林初九承认自己是故意的，她是人，不可能没有脾气，她无力反抗，便只能消极应对。萧天耀也知道林初九是故意的，可是……

他也不知该如何是好。

林初九不声不响，他就是想要补偿也不知从何处着手。萧天耀真希望林初九能哭闹出来，将自己的委屈与不满悉数说出来，将自己的要求一一摆出来，这样他才知道该怎么做，偏偏林初九一点也不配合。

“女人，真是麻烦。”无人时，萧天耀一个人坐在书桌前发呆，左手撑着脑袋，眉头紧皱，像是被什么大事给烦住一样。

要是苏茶知道萧天耀这副忧心忡忡的样子，既不是发愁属下贪污的事，也不是发愁学子污他名声一事，而是发愁该如何哄林初九，一定会气笑。

可惜，这么私密的事，哪怕是兄弟，萧天耀也不会吐露半句。

一个大男人，却连个小女人都搞不定，这实在是太丢人了……

墨神医为人如何暂且不说，医术确实是极好的。吴大夫完全按照墨神医的手法医治，可萧天耀的双腿却没有一点儿好转的迹象，只能保持不会更坏。

又是半个月过去，林初九的伤已好得差不多，只要不吃力的事都可以自己做。萧子安的病情也渐有眉目，只有萧天耀的病情毫无进展。

吴大夫的压力特别大，每次给林初九换药时，都要借机说上两句，希望林初九能看在夫妻的分上，帮忙想想法子，实在不行表示一下关心也好，可是没有……

林初九就像是没有听到一样，根本不关注萧天耀是死是活。

萧天耀的腿疾没有新的进展，可朝中之事却不会停下来等他，皇上也不会放过这个机会。

抢走了墨神医，让萧天耀的双腿没有医治的可能，又稳定了心爱儿子的病情，皇上龙颜大悦，接着将全部的精力都用在清理萧天耀在军中的势力上，而贪污死去将士抚恤金就是一个开端。

除此之外，军中吃空饷，冒领军功的事情也非常严重，虽说萧天耀带的兵没有这些问题，可欲加之罪何患无词?

在皇上的默许和林相的策划下，一大拨弹劾军中弊端的折子出现在皇上的案前。虽说这些人没有指名道姓说萧天耀的不是，可所弹劾之人十有八九是萧天耀的亲信。

依律，这些人要是全被治罪，那萧天耀也逃脱不了御下不严的罪名。

除了朝廷上弹劾，民间关于萧天耀贪污、残暴的流言亦是屡禁不止。之前在萧王府闹事的书生，林相查证后重重处理了，可此举不仅没有让那群学子安分，反倒激起了他们的不满，叫嚣得比之前还要厉害。

这倒不是说林相有多厉害，而是林相处理此事的时间非常对。林相要大理寺审理此案时，正值萧王府大乱之际，萧天耀和林初九一个忙着揪内贼，一个忙着洗刷自己的罪名，根本无暇盯那件事，这才让林相钻了一个大空子。

现在事情都过去了，流言却愈演愈烈，就算萧天耀重新审理此案，用处也不大，至于林初九?

她现在一点儿也不想管萧天耀的死活。萧天耀要是死了，她说不定还能早些获得自由。

皇上步步紧逼，完全不给萧天耀喘息的机会，局势对萧天耀越来越不利，这两天苏茶的眉头都没有舒展开过。

“王爷，皇上这段时间对我们打压得越来越狠，再这么下去，我们根本没有立足之地。”苏茶成天在外行走，他对朝廷上的变化感受最深。

流白亦是沉着一张脸：“皇上这一次针对的都是王爷的心腹。如果他们倒下去，那我们不仅损失了在军中的中坚力量，还会失去人心。”

连忠于自己的属下都保不住，以后还会有人忠于萧天耀吗？

“嗯。”萧天耀点头，表示自己听到了。

看到萧天耀波澜不惊的面孔后，苏茶急得直磨牙：“王爷，你必须要有所决断。”不反击，他们只有死路一条。

“让本王再想想。”如果不是这句话，没有人知道萧天耀此时的心情有多复杂。

苏茶还想再逼问，可刚张嘴就让流白拉住了：“苏茶，我们先出去。”

苏茶点了点头，走之前还不忘提醒一句：“王爷，你就算不为自己着想，也请你为三十万大军着想。”不管是谁，在接手萧天耀的心腹部队后，一定会将这些人当作炮灰，慢慢地在战场上消耗掉他们。

萧天耀手中的兵太强了，强到让其他三国打心里恐惧，也让东文的皇帝尤为不安。

萧天耀手中的兵太忠了，可他们只忠于萧天耀，即使皇上将兵权夺了回去，依旧调动不了这批人马。要不是这样，皇上也不会接二连三地使阴谋手段。

萧天耀将流白与苏茶打发走后，在屋内静坐片刻，便决定去找林初九。当然，他之前是想叫林初九来见他，可是……

叫来暗卫，却没有将这个命令下达出去。

不知为何，就是说不出口了。

萧天耀亲自去见林初九，并且不让属下通报，来到林初九屋外时，正好听到屋内林初九主仆五人的对话声。

“王妃，今儿个曹管家送来一支千年人参。说是王爷特意命人找出来给王妃您补身子的。这千年的人参，就是皇宫也不见得有，王爷这可真是把您记在心上呢。”说话的是珍珠，她性子开朗，较之其他三人，多了几分天真，这些话由她说出来再自然不过。

“除了人参，还有好多好东西呢。王爷这几年南征北战，好东西多得很，王妃以后可有福了。”珊瑚亦跟着附和。

翡翠和玛瑙要老成一些，劝说的话也委婉些：“王妃，今晚厨房端来的鸡汤很是不错，您看是不是要给王爷送点过去？”

“王爷这几天经常忙到半夜，估计这个时候也该饿了。”

翡翠等四人这般尽力地劝说林初九，除了有曹管家的暗示外，更多的是为了林初九自己好。

这段时间以来，萧天耀出门林初九就关门，萧天耀泡药浴林初九就出门。明眼人都看得出来林初九在躲萧天耀，或者用林初九的话来说，那就是她不想再见萧天耀。

作为王府的女主人，要是府上的男主子不支持她，她在府上也很难立威，与萧天耀置气最终吃亏的只有她。

林初九自然知道这个理，要不是如此，她之前也不会那般的委曲求全，可结果呢?

萧天耀就是一个自私自利的男人，而且根本就不信她，她做再多都没用。

面对四个丫鬟殷切的眼神，林初九既不拒绝也不应下，只道："明儿个将那支人参切了，给王爷泡茶喝。"

这是变相地拒收那支千年人参。

四个丫鬟一听，顿时一个个面露无奈，有心想要劝说，可也知道自己说也是白说。经过这两个月的相处后，她们都很清楚，她们家王妃看着好说话，甚至没有主见，实则是旁人说什么，她听之任之，可真正做决定的时候，又无比坚持自己的想法。

简单地来说，就是认错却不改。

屋外的萧天耀，听到林初九这样的答案后，不知怎么的，只觉得心中一痛，就好像有一只大手在揉捏他的心脏，一点一点地用力，虽不致命可却是痛得难受……

第二十章　撑腰的人来了

屋内，主仆五人还在说话，可说了什么萧天耀却听不清了，他只知道自己很不舒服，心里难受得紧，就像是病了一样。

萧天耀不知道自己在门口待了多久，等他平静下来时，屋内已经没有声响，翡翠几个正在服侍林初九安寝，而他……

没有进去，而是让下人原路折回。

回到书房后，萧天耀也不管时间有多晚，直接将流白和苏茶找来，闭上眼道："将消息透露给北历国。"

北历地处冰寒雪地，本国资源极少，对富足的东文国素来虎视眈眈，只是碍于战神萧天耀在，不敢贸然出兵攻打东文而已。

这两年，北历一直靠从南蛮与西武抢粮食过日子。只是南蛮与西武也不富裕，北历能抢到的粮食有限，每年都有不少的老人和妇人饥饿致死。

如果北历收到消息，得知萧天耀双腿残疾无法领兵，而他手中的兵马则被皇上拿下，一定会毫不犹豫地出兵攻打东文，好过一个富足温饱的冬季。

一旦北历和东文开打，皇上就没有精力打压萧天耀。当然，这些不是重点，重点是北历人骁勇善战，在东文除了萧天耀和他手下的兵，没有人是北历人的对手。

到时候，皇上就是为了他的江山，也要启用萧天耀和他手下的兵。

这个计划，苏茶与流白早就提起，这是釜底抽薪之法，也是唯一能让皇上妥协的方法，可是萧天耀却一直都不肯用，因为……

他是东文的亲王，也是领兵作战的将军，他很清楚一场战争对国家的危害有多大，如果可以，他由衷地不希望有战争，可现实却逼得他不得不发动战争。

有了外患，才不会有内乱。

有了战乱，武将才有机会。

见萧天耀终于下定决心，流白和苏茶都暗暗松了口气：“天耀，你此举于东文百姓有利而无害。北历人这几年养兵蓄力，实力比之前更强，若是不及时消耗一二，日后定会是我东文的隐患，到时候百姓会更苦。”

“嗯。”萧天耀依旧面无表情。

一旦下定决心，他就不会后悔亦不会后退。他选择的路哪怕是错的，也要走成对的。

苏茶和流白也不再多说，要掀起一场战争，可不是光靠嘴巴说说就行的，他们两个要做的事情还很多很多。而且必须得尽快做到位，好让皇上有压力，不敢再逼迫他们。

萧天耀没有挽留，一个人坐在书房里，将房内的灯火吹灭，隐在黑暗中也不知在想些什么。

墨神医与墨玉儿入宫一个月后，安王的病情越发地稳定，安王已足足有一个月没有发病，周贵妃很感激墨神医，连带的对墨玉儿也高看三分。

平日里有什么好东西都不会忘记给墨玉儿一份，甚至暗示墨玉儿，只要安王的双腿好了，墨玉儿的未来不可限量。

而对于女人来说，未来不可限量估计也就是那把凤椅，周贵妃的暗示，墨玉儿听懂了却没有当真。

皇上早早就立了太子，就算太子没了，皇后还有一个七皇子。在东文，立储是先立嫡，嫡子在的情况下，旁的皇子就是再受宠也没机会，当今圣上与萧天耀就是一个极好的例子。

萧天耀是先皇最喜爱的幼子，甚至先皇为了这个幼子，动了废后另立的打算。要不是当年先皇年事已高，精力不济，事情都没有办成就驾崩而去，那现在谁坐在龙椅上还说不定呢。

不过，先皇就算没有立萧天耀为太子，也给了萧天耀无上的权势，让年幼没有父母庇护的萧天耀在成年皇帝的手中平安长大，并且手握大权，甚至一度威胁到皇权。

萧天耀的存在，对于皇上来说就是一个耻辱，皇上会将萧天耀视为眼中钉肉中刺再正常不过。

伴随着安王的情况好转，不管是皇上还是周贵妃，都对墨神医抱有极大的希望，两人坚信墨神医一定能医好萧子安的双腿，甚至皇后与太子也这么认为。

不管出于什么原因，皇后与太子都不希望萧子安康复，皇上对萧子安的喜爱他们看在眼里，萧子安要是双腿能够行走，未来的事还真不好说。

先皇为了能让幼子继位，便想着废后另立，难保当今圣上不会这么办。

“一定不能让墨神医医好子安的双腿。”这是皇后的意思。

太子亦然：“这件事，我们还是要从墨神医入手才行。”

太子眼神闪烁，皇后一看就知道他在想什么，当即呵斥道：“收起你的小心思，你父皇最近盯得太紧，没有把握就不要出手，要是被你父皇知晓，本宫也保不了你。”皇后并不希望太子现在被废。

在皇上还年轻时，太子就是一个活靶子。

太子听罢，立刻收起动手的心思，语气恭敬道："儿臣明白，请母后放心。"

太子有种种不好，可他有一点极好，那就是听话。皇后说的话，不管对错太子都会听。

皇后满意颔首，眼眸轻转，脸上绽放出一抹雍容的笑意："好长时间没有见婉婷了，本宫有些想她，你去接她进宫陪陪本宫。"

女孩子之间，比较有共同的语言，林婉婷是一个不错的替罪羔羊。

太子虽不精明，可从小在宫里长大，这种事他怎么会不明白，太子不情不愿地道："母后，婉婷她什么都不懂，儿臣不想她接触这些事。"那么单纯善良的婉婷，怎么可以做这些肮脏的事。"母后，不如我们接林初九进宫如何？她和墨姑娘本就有交情，接触起来也容易些。"

皇后强忍着翻白眼的冲动，耐着性子道："傻孩子，就是婉婷什么也不懂，旁人才不会防备她。她是要做太子妃的人，你能保护她一时还能保护她一辈子吗？"

在皇后看来，林婉婷可不是什么都不懂的小白羊，都能从嫡亲姐姐手中抢走婚事，林婉婷能是简单的角色吗？

"这事林初九出面，不是更好吗？"太子一脸犹豫。皇后适时加了一把火："你呀，别再林初九、林初九地叫着。她是你皇婶，母后也不能随便宣她进宫，更不能留她在宫中常住。"

宫里，又不是没有皇上强占臣妻、弟妻的事，将林初九接进宫，外面指不定传得多难听呢。她虽然利用了林初九，可并不想害死林初九。

皇后说得这么直白，就是不允许太子说不。即使心中仍有不舍，可太子却不敢反驳，老老实实地道："儿臣知晓了，儿臣这就出宫去接婉婷进宫。"

林初九的身份摆在那里，确实不适合进宫。而且就算进了宫，林初九也不会像以前那般乖乖听话，为他处理麻烦的人。

"你明白就好。"皇后很满意太子的配合，为了让太子安心，皇后又补了一句，"放心，母后知道你和婉婷的感情，定会好好照顾她，不会让她受委屈的。"

有了皇后这句话，太子彻底地安心了。在太子眼中，没有皇后办不到的事情，皇后答应的事就一定会做到。

太子高高兴兴地离开，他刚走，隐在后面的七皇子便走了出来，看着坐在凤椅上一脸苍白的母后，眼眶泛红："母后，你还好吗？"

皇后已没有面对太子时的威严，气色虚弱地靠在龙椅上，握了握七皇子的手，温柔道："母后没事。"

可七皇子根本不信，半跪在皇后面前，咬着唇道："母后，我去求墨神医给你看病好不好？初九姐姐她自己恐怕也不知道以命换命的法子。"

“别去，母后的病墨神医也没有法子。”最主要的是，她不能让人知道她命不久矣，她的小七还这么小，没有娘的嫡子，在宫里要怎么活下去？

“可是，天耀皇叔的腿疾要是好不了，他就不可能去战场，初九姐姐也不可能离开京城，根本接触不到那些人。”七皇子眼中蓄着泪水，却倔强地不肯让它落下来。

母后身子太弱，他不能再让母后操心。

“放心，”皇后拍了拍七皇子的手，一脸笃定地说道，“过不了多久你天耀皇叔就会带兵出征，到时候母后再想办法让你初九姐姐跟着去，那些人见到机会，一定会接触你初九姐姐，毕竟你初九姐姐也命不久矣，那些人不会让她死的。”

“母后，你说的是真的吗？”七皇子双眼一亮，隐含期待。皇后只是推断，可现在只能点头称是，因为她不想让自家儿子失望。

“小七你安心，母后不会死的，一定会看着你长大成人。”哪怕活着的代价是背叛唯一的蜜友，她也不后悔。

太子办事效率极高，当天就将林婉婷接进宫来。

林婉婷这段时间对太子一直避而不见，理由是养病，可实情只有林婉婷和林夫人知晓。

这一次，林婉婷本不肯见太子的，最后还是林夫人拿出墨神医为饵，这才令林婉婷同意与太子进宫。

林婉婷此次进宫，是想借机亲近墨神医，劝说墨神医能够去萧王府为萧天耀医治双腿。她坚信，只要她劝动墨神医，医好了萧天耀的双腿，萧天耀一定会很感动地娶她为妃。

至于墨神医会不会听她劝？林婉婷完全不担心，世上无难事，只怕有心人，她就是一直缠，也要缠到墨神医同意为止。

带着这个目的，林婉婷斗志昂扬地进了宫。在皇后不着痕迹的帮助下，林婉婷通过各种手段与方法接近墨玉儿，在她的刻意讨好下，很快就与墨玉儿成了好朋友。

这一切，都是皇后乐见的，只是还不等她动手，就有人先一步想要借林婉婷出手了。

秦太医府，银发老者听到秦太医说的情况，语气嘲讽地道：“果然是那个贱人生的女儿，真是愚不可及。吃了那么大的亏仍旧不学乖，活该被人利用。”

秦太医一直都知道，他师父非常仇视墨神医与墨玉儿，对此并不意外，只静静地等银发老者发泄。

和往常一样，银发老者说了几句便冷静下来：“就用上次的法子，这么蠢的女人不值得我花精力。”

“师父，皇后也抱着同样的目的，你看我们是不是……”秦太医还想在宫里当太医，并不想掺和这件事。

有些事，一旦做了就会留痕迹，哪怕做得再隐蔽也一样。

银发老者很快就明白了秦太医的想法，面上露出一抹歉意："是为师太急切了，没有考虑到你的立场，这件事你看着办，为师不插手，只要能让他身败名裂就成。"

这就是银发老者的高明之处，明明只是一句空话，可听在秦太医的耳朵里，只有满满的感动，当即保证道："师父请放心，我一定不会让你老人家失望。"

"别太为难自己，凡事以自己为重。为师这么多年都等了，不在乎再多等一两年。"依旧是以退为进，可却做得自然漂亮。秦太医满口应是，心里却暗自决定，这一次一定要替师父报仇，让墨神医身败名裂。

银发老者看着秦太医离去的身影，布满褶子的面容露出一抹阴森的笑意：师父呀师父，你毁了我一生，我无法亲手报仇，可是我调教的徒弟却能为我报仇。恐怕你老人家做梦也不会想到，我教出来的徒弟，能让你栽大跟头！

银发老者自以为隐藏得很好，没有人知晓他的存在，却不知他前脚和秦太医说完话，后脚萧天耀就收到了消息。

自从查出墨神医身边有奸细后，萧天耀一刻也没懈怠，除了让手下的人紧盯皇上外，连皇上几个亲近的大臣也不放过。

林相，右相，还有秦太医……这些都是萧天耀的重点监视对象，这其中又以秦太医嫌疑最重。毕竟，想要在墨神医身边安插人，不是一般人所做到的。

果不其然，经过长达一个月的监视，萧天耀终于找到蛛丝马迹，查到陆元幕后的主子就是秦太医。

只是让萧天耀感到奇怪的是，秦太医不仅指使陆元用药暗杀他，还让陆元陷害墨玉儿，将罪名栽给墨玉儿。

带着这个疑问，一路追查下来，终于让萧天耀发现了银发老者的存在。

"此人想必就是墨神医口中的仇人，没想到他居然藏在京中，胆子可真大。"苏茶看到手中的消息后不禁暗自心惊。

幸亏，幸亏萧天耀任由皇上将墨神医带走，不然留这么个人在身边，指不定会惹多少麻烦呢，要知道……

医者，是真可以杀人于无形的，龙魄的事就充分证明了这句话。

查到此事涉及墨神医的私人恩怨，流白和苏茶都庆幸墨神医进了宫，不然把人留在萧王府，指不定还要再出什么大乱子。

毕竟，敌暗我明，对方以有心算无心，他们就是长四双眼睛也不够盯。

现在墨神医离开，潜在的危险也就解除了，可萧天耀的腿疾却是一个麻烦事。

苏茶的视线落在萧天耀的双腿上，小声问了一句："王爷，你的双腿怎么办？"这都一个月过去了，萧天耀的双腿还是没有一丝恢复的迹象，吴大夫都快哭了。

"总会有办法的。"萧天耀现在并不是很担心自己的双腿，本来墨神医是能医好他的双腿的，这就表示他的双腿有药可医。他就不相信这天下就找不出第二个墨神医来。

墨神医是流白请来的，流白曾一直在萧天耀面前为墨神医与墨玉儿说好话，流白自觉一切都是自己造成的，可此时认错也没用。

流白上前一步，说道："王爷，我去中央帝国给你找大夫。墨神医的医术在四国名声颇大，可在中央帝国也仅仅是排得上号而已。既然墨神医能医好您的腿，中央帝国的大夫肯定也能。"这是流白深思熟虑后的结果，除此之外他找不到更好的法子了。

"不行。"萧天耀想也不想就拒绝了，"中央帝国不允许四国的人进出，除非达到武神以上，你去中央帝国会很危险。"

萧天耀原来是有资格去中央帝国的，可惜最后关头功败垂成。

"那你的腿怎么办？如果没有意外的话，最多半年后你就得上战场。"在东文，除了萧天耀，没有第二个人可以抵挡住北历大军的强攻，等到北历大军猛攻东文时，皇上就是再不乐意也会重用萧天耀。

"本王自有办法，你不必再管。"经过墨神医的事后，萧天耀对流白的能力有了新的认知，这件事他已经不放心交给流白去办了。

要不是流白够忠心，怕是连进入他书房的资格也没有。

流白自己也明白，要不然他也不会提出冒险去中央帝国，可萧天耀不允许，他也不敢擅自做主，只能垂头丧气地退了下去。

苏茶实在看不下去，拍了拍他的肩膀安慰道："你捅了这么大的篓子，天耀不高兴再正常不过，等过段时间天耀消气就好了。"要不是林初九足够警觉，萧天耀这次就死在墨家父女手中，流白犯的错可谓极其严重。

"我知道，我只是心里不舒服。"理智和感情哪有可能分得那么清楚？

"想想王妃，你就没什么好不舒服的了。"此事，最受委屈的莫过于林初九，有资格说心里不舒服的也只有林初九。林初九都什么也没说，流白有什么资格？

流白自知有错，忙道："这件事是我对不起王妃，以后绝不会再犯。"

"你心里明白就好。不过此事也不是没有收获，至少令我们知道了王妃的性子与为人。经此一事，以后除非王妃拿刀子捅王爷，不然王爷都会相信王妃。"苏茶也不知这话是自我安慰，还是安慰流白。

信任与获得信任，并不是嘴巴上说说而已的，是需要用实际行动来证明的。墨神医的选择失去了萧天耀对他的信任。而林初九的所作所为，则令萧天耀心中的最后一丝怀疑也消散。他现在对林初九的信任，与对苏茶和流白的信任持平。

因为信任，所以萧天耀可以包容林初九的冷暴力，可以包容林初九的小任性。甚至想要见她时，没有让人宣她过来，而是体贴地亲自去找她。

在不知不觉中，林初九已经走进了萧天耀的心里，只是他不自知罢了。

上一次想见林初九，结果却因为她们主仆的对话无疾而终，这一次萧天耀不打算悄悄过去，免得又听到让自己不高兴的话。

萧天耀提前派人通知了林初九，给了林初九一个准备的时间。

听到下人的传话后，林初九颇为意外，她意外的不是萧天耀要见她，这事她早有预料。她意外的是，萧天耀竟会亲自过来，而不是宣她过去。

“什么时候变得这么有人性了？”这话，林初九说得嘲讽意味十足，可惜除了她之外，再无第二人知晓。

一炷香后，萧天耀准时出现在林初九的房间，下人则很有眼色地退下，离去前不忘将门带上。

屋内，两人相对而坐，静悄悄的没有一丝声响。林初九等了片刻，依旧没有等到萧天耀开口，只得主动招呼萧天耀。

她倒了一杯水放到萧天耀面前，问道：“王爷找我有事吗？”

这样的开场白，绝不像是夫妻，反倒像是对待客人。他们以往也是这般，只是……

那时候萧天耀不觉得有什么，可现在听着却觉得很不是滋味。

萧天耀没有回答林初九的话，而是说道：“你说过你不怨本王的。”

像是求证，又像是询问，那双清明的眸子似染上一层薄雾，好似陷入浓浓的迷茫中。可惜林初九没有为他解惑的打算，只轻轻点头道：“是的，不怨。”

为了证明自己的话，林初九非常诚恳地直视萧天耀。四目相对，没有火花，只有说不出来的冷漠，明明人就坐在对面，触手可及，却让人觉得离得很远很远，似乎是两人各自天涯，遥遥对视……

对，咫尺天涯，说的就是他们。

萧天耀的脑海突然冒出这么个想法，令他整个人顿时烦躁起来。

这种陌生的感情，让他不知所措，只能无视或者避开。

林初九见萧天耀莫名烦躁起来，很是不解，可她也没有开口询问的意思，淡漠地收回眼神后，低头看着手中的茶杯，一言不发。

萧天耀的情绪很快平静下来，可是等了半天也没等到林初九再次开口，心底的那股躁动似要重新涌出，却是被他极力压抑住。

他很不喜欢这种莫名的情绪，这种情绪会影响到他的判断力。

“咳咳……”萧天耀清了清嗓子，试图拉回林初九和自己的注意力，只见林初九抬头看着他，萧天耀这才舒心了些，说道：“半年后，本王可能会再上战场。”

“哦……”林初九长长地应了一声，心里却满是不解：萧天耀这是没话找话说吗？他要去战场和她有什么关系？

当然有！

没有关系萧天耀会说给林初九听吗？

答案是不会。

“上战场前，本王的腿一定要医好。”历史上，双腿残疾却威名赫赫的将军不是没有，但那人绝不会是萧天耀。

林初九隐约听出一点不对劲，却不敢正视自己的猜测，只道：“恭喜。”

不知为何，萧天耀突然觉得这样的林初九其实也很可爱的。

装傻，装迷糊，可却又在他面前露了馅。于是，坏心情一扫而空，萧天耀唇角上扬，眼含笑意："你还没有听明白吗？"

"明白什么？"林初九心想，自己应该明白了，可是她一点也不想明白。

重点是，凭什么！？

萧天耀凭什么认为，发生那样的事后，她还会为萧天耀做牛做马，她就这么贱吗?

眼看着林初九在装傻，萧天耀也不着急拆穿，只道："墨神医人在宫里，皇上轻易不会放他出宫。当然，就算墨神医能出宫，本王也不敢再用他。放眼四国，要找一个医术比墨神医好的实在不容易。"

"与我有什么关系？"林初九将杯子放在桌上，双手交叠置于大腿上，身子微微后仰，无声地抗拒。

萧天耀扫了一眼，眸中的笑意淡了几分："本王记得，你曾说过你有把握医好本王的腿。"

"你信我？"这三个字，由林初九嘴里说出来，嘲讽意味十足。萧天耀并不生气，微微颔首："你很好，本王愿意信你。"

萧天耀的语气很平淡，可仍给人一种施恩的感觉。林初九皮笑肉不笑地道："荣幸之至。"

"笑得真难看。"太假了，让人看得心里发堵。

"王爷可以不看的。"此生最好不相见。

"你就在本王面前。"他们是要看一辈子的人。

"我这就走。"说完就欲起身，却被萧天耀先一步叫住："坐下，本王的话还没有说完。"

语气非常严厉，听得出来萧天耀生气了，而且是很生气。

"王爷还要说什么？"林初九很配合地坐下，神情透着倨傲，看上去确实是有盛气凌人的气势。可在萧天耀眼中，这就是小女孩在撒娇："都出嫁了，怎么还跟个小女孩似的。"

她被萧天耀调戏了?

林初九好半天才反应过来，愣愣地看着眼前的萧天耀，嘴巴微张，眼睛亦睁得大大的，就好像见鬼一样。

可不就是见鬼吗?

林初九捏了捏自己的脸，这才收起震惊的表情，语气淡然道："王爷说笑了，王爷要是话已说完，那我就不送了。"她看到萧天耀就烦，尤其是萧天耀调戏她。

"这么不愿意见到本王？"萧天耀声音低低长长，似叹息又似无奈。林初九却听得烦躁，别过脸去不看萧天耀："不是，王爷时间宝贵，不敢耽搁王爷正事。"

"本王都不在乎，你在乎什么？"萧天耀只当听不懂林初九话中的厌烦，他有些后悔没有早些来找林初九。早些来，林初九的气性应该没有这么大。

“哦……”林初九继续不回应，坐在椅子上发呆。

既然萧天耀都不在乎浪费时间，她又何必在乎？

两人相对无语，林初九坐在椅子上发呆，而萧天耀则坐在她对面看着她，两人就这么坐了半个时辰，无所谓尴尬与否，因为林初九从头到尾都没有再看萧天耀一眼。

这种被人无视的感觉，真的很糟糕。

萧天耀相信，他要不开口，依林初九的定力，她应该可以坐一整天。

无奈地摇了摇头，萧天耀望向林初九的眼神，就像是看不懂事的小孩子，带着一丝包容与宠溺，说道：“初九，你是本王的王妃。”

这是萧天耀第一次没有连名带姓叫她，也是第一次承认林初九是他的王妃。可惜……太晚了。

林初九只觉得心里酸涩得难受，双眼不受控制地泛红，暗暗吸了口气，强撑笑脸道：“不用王爷提醒，我知道我是萧王妃。”

萧天耀对林初九不是很满意，但也能让人接受。萧天耀也不强求林初九什么，只道：“我们荣辱与共。”

“是吗？”明显林初九不认可这句话。

“你在皇宫，不是已经感受过萧王妃这个身份所带来的好处了吗？”萧天耀指的是，林初九曾凭借身份驳太子面子的事。

没有萧王妃这个身份，林初九拿什么和太子叫板？

“王爷不提我都忙忘了。”在萧王府，她的身份一点儿用处也没有。

“本王不喜欢听谎话。”

“正好我也不喜欢说谎，费脑子。”

“很好，我们果然很般配。”

这话从萧天耀嘴里说出来，真的很讽刺，林初九只当没有听到，继续沉默。

林初九的抗拒意味实在太过明显，萧天耀本身就不是一个会哄女人的男人，两人的对话僵持到这里已经再也僵持不下去。

萧天耀皱了皱眉，心里似有一股无名的怒火在熊熊燃烧，只可惜他的理智大于情感，即使那把火烧得再旺，他也没有忘记自己来找林初九的目的：“初九，四个月。本王给你四个月的时间，医好本王的腿。”

林初九抬眸看了萧天耀一眼，只见这男人一副理所当然的样子，想也不想就拒绝道：“对不起，我做不到。”

她就说嘛，萧天耀突然说什么夫妻、荣辱与共的话，他怎么可能没有目的？

林初九的拒绝让萧天耀着实恼火，既然林初九敬酒不吃，他不介意上罚酒：“四个月太长了吗？三个月如何？”

“我说了，我做不到。”依旧是拒绝，声音比之前还要大几分。

萧天耀眼神一冷，似又回到新婚那一夜：“初九，你没有拒绝的权利。”

“我有。”林初九不怕死地反瞪回去，“我现在不怕死，王爷大可以杀了我。”

她之前就是太怕死，才会处处受制于萧天耀，她就不信除了死亡外，萧天耀还能拿什么威胁她。

“初九，你太天真了。这世间多的是比死亡更可怕的事。”萧天耀露出一抹笑容，可这笑容不达眼底，让人不由得心里直发寒。

这绝对是威胁，而萧天耀说出来的威胁一定会成真，可惜……

林初九这一次是真的豁出去了，她已经做了那么多，绝不会容许自己后退。

林初九轻哼一声，语气倨傲道：“王爷你可以试试，是你先拿下我，还是我先自杀。”一字一字说得特别慢，坚定的眼神无声地告诉萧天耀，她是认真的。

“没想到，你居然这般烈。”要是洞房那一晚，林初九这么和他说，林初九就死定了，可现在他舍不得下手了。

林初九眼眶一红，哽咽了一声：“是你把我逼成这副模样的。”如果可以，她也不想这样。

用生命做谈判的筹码，本身就是一件很可悲的事情。

“看样子，你得谢谢本王。”这话似认真又似玩笑，林初九当真了：“我是该谢谢你，要不是你，我都不知道我原来也是有气性的人。”她一度以为，她的骨气被生活磨圆了，原来没有。

眼看着气鼓鼓的林初九，萧天耀突然笑了出来。

明明还是一团孩子气却故作老成，这副样子真是说不出来的可爱，让人很想捏一把，可惜两人隔得太远，他就是伸手过去也够不着。

不过，这个念头一起，萧天耀就怎么也压不下去。见林初九一脸戒备，萧天耀又兴起了戏弄她的念头。

既然捏不着，逗逗她总可以的吧?

萧天耀是这么想的，也是这么做的。

没有任何预兆，萧天耀突然倾身上前，半个身子探过桌子，径直朝着林初九扑了去……

如萧天耀所料的那般，林初九吓了一跳，本能地就往后仰，因为力道太大，差点连人带椅子翻了过去。

“哈哈……”一扫此前所有的阴郁，萧天耀笑得无比开怀，“果然还是个孩子。”因为是孩子，所以他的包容也就会多一些。

“你……无聊。”林初九气得咬牙切齿，可偏偏不能拿萧天耀怎样。

这个男人，简直是……又无聊又无耻。

一个大男人，平时装得那么严肃，现在居然一而再再而三的玩这种恶作剧，真是没脸没皮了。

“确实挺无聊的。”萧天耀非常赞同这个评价，要搁在遇到林初九之前，有人说他会为了逗一个女子而做出有失身份的事，他绝对不会相信。

笑闹过后，萧天耀又恢复了原来的严肃："初九，本王知道你是一个聪明人。"

林初九没好气地应道："所以呢？"

"所以，本王给你一个月的时间考虑。再给你三个月的时间医治。四个月后，本王要正常行走。"这不是征求意见，而是通知或者说是命令更准确。

事情又兜了回来，林初九再次竖起心防，不厌其烦地重复道："我说过了，我做不到。"

这一次萧天耀没有纠缠，他只道："你有一个月的时间思考，一个月后本王等你的答案。"而他不接受否定的答案。

"随你。"林初九不想和萧天耀争，只想着这个男人赶紧离开，可是……

"时辰不早了，本王就留在这里用膳，让人将本王的饭菜端来。"再次反客为主，直接下令，不给林初九拒绝的机会。

林初九默默地看了萧天耀一眼，什么也没有说，起身离开。

萧天耀没有拦，只是若有所思地看着林初九渐行渐远的背影。

萧天耀是萧王府的最高决策者。不管何时何地，萧王府上上下下都以执行萧天耀的命令为最高准则。

萧天耀的午膳很快就送到了小花厅，也就是林初九平时用膳的地方。可是，林初九今天没有出现。

看着满桌饭菜，萧天耀轻叹了口气。

他现在可以肯定了，林初九确实不怨他，可却讨厌他，或者说恨也可以。

明明将饭菜端了过来，最终仍旧是独自用膳，唯一的区别就是桌上的菜多了几个，而且还都是他不爱吃的。

慢条斯理地用完膳后，萧天耀没有多待，当即就离开了。离去前，他特意交代下人，给林初九准备一份饭菜，别饿着她，可惜林初九没有领情，她直接让玛瑙去厨房下了一碗面。

这举动，真的很像小孩子在怄气，萧天耀就是想气也气不起来。

接下来的每一天，萧天耀都会准时出现在林初九的饭桌上，只可惜除了第一次遇上外，之后林初九都不在花厅用膳，而是直接在房内用膳。

萧天耀当然可以破门而入，可他的骄傲不允许！

一连数日都是如此，萧天耀很有耐心地陪着林初九玩。不过一味地等待并不是萧天耀的风格，主动出击才是萧天耀的一贯作风。

"告诉蒙老夫人，就说王妃想她了。"

萧天耀口中的蒙老夫人，指的是镇国公府的老夫人，也就是林初九的外祖母，之前就派人递了几次帖子想要见见林初九，可全都被萧天耀拦了下来。

蒙老夫人大致猜到林初九和萧天耀不方便见客，也就没有强求，只隔个十来天就往萧王府递次帖子，希望能见见林初九。

只可惜，这些帖子都到不了林初九手上，林初九对这些事情一无所知，甚至林初九还在奇怪，不是说她外祖母回京了吗？怎么一点儿消息也没有？

从某些方面来说，被困在内院里的女人真的很可怜。只要那个男人不乐意，他就能断了后院女人与外界的一切联系，哪怕尊贵如王妃也是一样。

蒙老夫人为了见林初九一面，等了数个月，要不是萧王府下午才将帖子送到，蒙老夫人当时就收拾东西来了。

一大清早，林初九早膳还没有用完，就听到下人通报："王妃娘娘，蒙老夫人来了，此时正在门外。"

蒙老夫人？

林初九愣了一下，这才反应过来。

"外祖母来了？"林初九饭也不吃，放下碗筷就站了起来，"怎么突然上门了，我怎么一点儿消息也没有收到？"

林初九只是随口抱怨一句，那下人顿时心虚，吓得低头不敢言语。林初九瞥了一眼，心里隐约明白了什么，只是现在不是计较这些的时候，林初九将此事搁在心里，略略整理衣裳，就急匆匆赶出去接人。

没有意外的话，镇国公府或者说蒙老夫人将会是她最大的外援。

蒙老夫人是林初九的长辈，按理说应该是林初九去见蒙老夫人，哪有让蒙老夫人亲自上门来见林初九的，可是……

满京城上下都知道林初九"病重"，萧天耀给她请来了墨神医医治，虽说中途露了一次面，可据说回去后又病得更重了，林相都亲自登门探望。

这样的情况下，就是林初九想去看望蒙老夫人，蒙老夫人自己都不会同意。就算所有人都知道林初九是装病也没有关系，前提是林初九一路装到底，不让人抓到把柄就成。

蒙老夫人一早就想来看林初九了，只是萧天耀一直拿墨神医当挡箭牌，说是医治期间不方便见外人，这才拖到现在。

林初九住的院子，可谓是萧王府最偏僻的地带，距离大门也很远，她一路坐着软轿，紧赶慢赶，才堪堪在蒙老夫人进门前赶到门口。

隔着门，看到蒙老夫人在下人搀扶下登上台阶，林初九不等软轿停稳便走了下来，三步并做两步走到门口，还未走近就听到蒙老夫人严厉的声音："初九，你的礼仪呢！"

林初九顿时吓了一跳，她终于明白她为什么会怕蒙老夫人，听到这声音，她也怕怕的。

林初九忙站好身形，仪态万千地往外走……

蒙老夫人今年六十六，黑发早已变银丝，个子不高，身子有些佝偻，脸上满是褶子和老人斑。眼睛像是蒙了一层灰浊，可却不像一般老人那样一副昏昏欲睡的样子。

气度不凡，礼仪上佳，举手抬足间似能看出她年轻时的风韵。虽然语气很严厉，可眉眼间却是一片慈祥，是一个优雅又睿智的老人，只看着就让人觉得想要和她亲近。

林初九压下心中的激动，放缓步调走到蒙老夫人面前，屈膝行礼：“外祖母。”

此刻，蒙老夫人没了刚刚教训林初九时的凶悍，看到林初九乖巧的样子后，眼睛一红，便顾不得场合的不对，一把握住林初九的手：“好，好，好。我的初九长大了，越来越像你母亲了。”没了骄纵与蛮横，越发像自己那早逝的女儿。

“外祖母……”林初九原本是抱着抱大腿的心态来见蒙老夫人的，可蒙老夫人一句话就弄得她眼睛酸酸的，不由自主地就靠在了蒙老夫人身上，“我好想你。”

林初九依赖的动作，令得蒙老夫人既高兴又心酸，感慨万千道：“好孩子，你受委屈了。都是外祖母不好，外祖母就不该离开，留下你一个人在京城孤苦无依。”

蒙老夫人话中似乎不把林夫人与林相当成她亲人，这让林初九很是不解，可她却不敢多问，只当没有听懂，撒娇地道：“外祖母，我没有受委屈，我很好，我就是想你了。”

这里不是说话的地方，蒙老夫人也知道是自己失言了，温和地笑了笑：“没受委屈就好。”

“老夫人，王妃娘娘，请……”下人忙走上前，请两位上软轿，蒙老夫人眼眸微沉，看到软轿心里就猜到林初九应该没有住在主院。

“外祖母，你当心。”林初九亲自搀扶蒙老夫人上轿，待一切稳妥了，自己这才坐回去。

从萧王府正大门走到萧王府最后面，随着沿途的景色越来越荒凉，蒙老夫人的脸色也越来越阴沉，眼中似有一股无名的火焰在燃烧。

林初九暗暗叹了口气，心里有些后悔没有提早解释，可此时两人分别坐在软轿上，实在不方便说话。

好在，很快就到了。

仆人将软轿停在院门口，林初九忙上前扶蒙老夫人：“外祖母，到了。”

“你堂堂亲王妃，就住在这种地方？”蒙老夫人起身，脸色越发地难看，不等林初九解释，又劈头问道，“你父亲和母亲来看过你，就没有发现你住在这里？他们就没有说什么？我们蒙家姑娘就这么好欺负吗？”

这是林初九第一次感受到来自亲人的关心，虽然蒙老夫人每一句话都带着怒火，可却让林初九打心底感激。

“外祖母。”林初九强压下心中的感动，笑道，“是我自己要住这里的，这里清静，养伤方便。”

她不想让这个看似严厉实则慈祥的老者担心，更不想以亲情为筹码，求得镇国公府的援助，她现在只想保有这份不夹杂任何算计与利益的温情。

“你的性子外祖母还不了解吗，你怎么可能自愿住在这种地方？”林、蒙两家千娇万宠养大的女儿，什么时候住过这等荒凉的地方？

林府对林初九不好，可在物质上从来都没有缺过林初九，不管是吃食还是住处，林初九用的东西无一不精挑细选。

林初九眨了眨眼，将眸中的眼泪眨了回去，一脸灿烂地说道：“外祖母，你这次可猜错了，这真是我自愿的，而且不仅我住在这里，王爷也住在这里。”原本是想要在蒙老夫人面前告状，让镇国公府为她出头，可现在……

她只想打消蒙老夫人的担忧，哪怕违背本心，说萧天耀的好话她也认了。

“你说的是真的？王爷也住在这里？”蒙老夫人一脸不信，林初九用力点头：“外祖母，你要不信，跟我进去看看就知道了，王爷一直在等你呢，只是双腿不方便这才没有过去接你。”

说话间，林初九便搀扶着蒙老夫人往里走。

林初九一脸娇俏，眉眼间没有一丝阴霾，也没有面对萧天耀时的稳重和谨慎，只有小女儿的活泼乐观天性，这让蒙老夫人稍稍安心。

也许，萧王爷对初九真的不错！